Correspondance
1930~1944

생텍쥐페리와 콘수엘로,
사랑의 편지

Correspondance(1930-1944)

by Antoine de Saint-Exupéry et Consuelo de Saint-Exupéry

Édition établie et présentée par Alban Cerisier

Avant-propos de Martine Martinez Fructuoso et Olivier d'Agay

Copyright ⓒÉdition Gallimard, Paris, 2021

All rights reserved.

Korean translation Copyright ⓒMunhakdongne Publishing Corp., 2024

This Korean edition is published by arrangement with Gallimard through Sibylle Books Literary Agency, Seoul.

Correspondance
1930~1944

생텍쥐페리와 콘수엘로,
사랑의 편지

앙투안 드 생텍쥐페리
콘수엘로 드 생텍쥐페리 지음

윤진 옮김

문학동네

〈콘수엘로 드 생텍쥐페리〉
앙투안 드 생텍쥐페리의 그림
뉴욕, 1942~1943

차례

서문

마르틴 마르티네스 프룩투오소°

° 콘수엘로의 비서로. 콘수엘로 사후에 포괄유증 수혜자로 지명된 호세 마르티네스 프룩투오소의 아내다.
남편 사망 이후 콘수엘로의 저작권을 상속했다.

"······편지를 써, 편지를 써줘······ 이따금 편지가 오면 내 마음에도 봄이 와······"

앙투안이 콘수엘로에게*

"아, 무슨 일이 일어나는지 얘기해주는 당신 편지가 얼마나 간절한지. 창으로 들어오는
공기가 필요하듯 당신의 소식이 필요해······"

콘수엘로가 앙투안에게**

1943년 4월, 앙투안 드 생텍쥐페리는 바라던 대로 참전하기 위해 뉴욕을 떠난다. 다시 만날
수 없음을 예감한 부부는 마지막 작별인사를 준비한다. 콘수엘로는 이 고통스러운 순간을
『장미의 회고록 *Mémoires de la rose*』*** 마지막 장에서 회고했다. 앙투안이 떠나기 며칠 전,
콘수엘로는 뉴욕 거리에서 입원까지 해야 할 정도로 심한 폭행을 당했던 터라 남편을 배웅할
수 없었다.
『장미의 회고록』 마지막 문단은 이렇다.

나는 허드슨강을 따라 바다로 향하는 배에 타고 있을 당신 모습을 보려고 애쓰지 않았어.
그러지 않았어. 당신은 전기 불빛 때문에 차가운 강물 위에 비현실적인 반사광이 어른거려
어차피 아무것도 보이지 않을 거라고 했지. 그래도 마음속으로 나를 힘껏 껴안아서 내가
평생 당신의 애무를 느낄 수 있게 해주겠다고, 당신이 돌아오지 않으면 당신이 얼마나

• 알제. 1944년 3월 30일. 「편지 149」참고.
•• 콘수엘로의 녹취 회고록. 1978. 콘수엘로 드 생텍쥐페리의 유증 보존문서.
••• 1944년 앙투안이 실종된 뒤 혼자 남은 콘수엘로는 그와의 첫 만남부터 결혼생활에 이르기까지의 이야기를
기록하기 시작한다. 그렇게 써내려간 글들은 오랜 시간 공개하지 않으나, 1979년 콘수엘로 사망 이후 원고
를 발견한 호세 마르티네스 프룩투오소에 의해 비로소 세상에 모습을 드러낸다. 이 책은 『장미의 회고록』이라
는 제목으로 출간되었으며, 앙투안의 전기를 쓴 알랭 비르콩들레가 서문을 썼다(Plon, 2000).

뜨겁게 키스를 했는지 강물이 대신 말해줄 거라고 했어. 당신 얘기를 해줄 거라고…… 우리 얘기를.

허드슨강은 아무 말도 하지 않았고, 설령 했다 한들 들은 사람이 아무도 없었다! 그 대신 숱한 타인들이 말했다. 그들은 콘수엘로를, 그녀가 앙투안과 부부로 산 삶을 비난했다. 콘수엘로는 말년의 인터뷰에서 이러한 상황에 대해 통찰력 있는 말을 남겼다.

남편 생텍쥐페리와 함께한 가정생활의 내밀한 일들을 이야기하는 게 나로서는 굉장히 힘든 일이에요. 여자로서 그런 얘기를 해서는 안 된다고 생각하지만, 그래도 나는 죽기 전에 말할 수밖에 없습니다. 사람들이 우리 부부에 대해 잘못된 사실들을 많이 이야기하고, 난 그런 일이 더는 계속되지 않기를 바라니까요.•

세계 곳곳에서 앙투안과 그의 아내가 부친 편지들은 이 부부가 함께한 삶에서 가려져 있던 부분을 보여준다. 사실 앙투안의 아내는 오랫동안 남편의 전기에서 완전히 지워져 있었다. 앙드레 지드가 『일기』에 써놓은 알쏭달쏭한 문장이(물론 몇 년 뒤에 그는 앙투안이 보여준 콘수엘로의 편지를 읽으며 감탄하지 않을 수 없었지만!) 콘수엘로의 존재를 잘 요약해준다.•• 사실 앙투안과 콘수엘로의 결합은 당시의 기준과 잘 정돈된 삶이라는 부르주아적 모델에 들어맞지 않았다. 그들은 오히려 수시로 분주하게 떠도는 삶을 살았고, 세상 어디서든 그때그때 잠깐씩 머물렀다. 압박의 강도는 다를지라도, 유효한 규칙들을 거부하면서 사회가 강요하는 단조로운 삶의 길을 벗어나는 것은 어느 시대에나 위험한 일이다. 아주 젊은 나이에

•   콘수엘로 드 생텍쥐페리, 『장미의 회고록』.
••   앙드레 지드, 『일기』, 1931년 3월. "그는 아르헨티나에서 새 책 한 권과 함께 약혼녀를 데려왔다. 책을 읽었고, 약혼녀를 보았다. 그에게 축하 인사를 했다. 하지만 특히 책에 대해 축하했다."

고국과 전통적이고 유복한 가정의 편안한 삶을 떠난 콘수엘로의 경우가 그랬다. 시대를 앞서가는 현대적 여성이던 콘수엘로는 어느 정도 거리낌없이 자유롭게 살았고, 자기만의 개성과 독립된 삶을 추구했다. 이는 콘수엘로와 마찬가지로 잘 다져진 길을 벗어나 살아가던 앙투안이 이 반짝이는 비범한 외국 여인에게 반한 이유이기도 했다. 앙투안에게 콘수엘로의 이국적 억양은 모험과 시詩로 가득한 미래의 약속으로 보였다. 그렇게 두 사람은 너무도 자연스럽게 함께하게 되었고, 각자의 정체성과 영역을 지키며 자유롭게 살아가는 현대적인 부부가 된다. 앙투안은 작가이자 비행사였고, 콘수엘로는 화가이자 조각가였다. 이처럼 미묘한 이중성을 이해하지 못한 사람들은 생텍쥐페리 부부가 사는 방식을 이해하지 못했고, 주변에서 하는 말에 신경쓰지 않고 각자의 열정에 따라 치열하게 살아간 그들의 삶을 헐뜯었다.

이 책에 엮인 편지들은 앙투안 드 생텍쥐페리의 아내로 사는 삶이 콘수엘로에게는 견디기 힘든 길이었음을 보여준다. 그녀는 앙투안과 살기 시작한 초기부터 이미 비행사 아내의 삶이라는 힘겨운 현실에 부딪혔다. 『장미의 회고록』에서 이렇게 말한다. "토니오가 우편수송기를 몰고 떠나면 나는 병원 신세를 질 만큼 힘들었다." 게다가 작가의 아내로 사는 일 역시 끊임없는 노력을 요했다. "그는 글을 쓰는 동안 내가 같은 방에 있어주길 원했고, 쓰다가 막히면 나한테 들어달라고 요구하며 쓰던 페이지들을 한 번, 두 번, 세 번 읽어주고는 내 반응을 기다렸다……" 이는 앙투안의 지인들에게 제대로 이해받지 못한 이 외국 여인이 사실상 앙투안의 삶에서, 작가의 삶과 비행사의 삶 모두에서 중요한 역할을 했음을 증명해준다. 그리고 이들 부부의 관계가 열정적인 만큼 파란만장했고, 콘수엘로가 품위를 지키느라 눈감아주면서도 무척 고통스러워했던 앙투안의 바람기에도 불구하고 둘은 서로에게 필요한 존재였음을 보여준다. 콘수엘로는 앙투안이 어려움을 겪을 때마다 그를 지지해주었고, 앙투안은 언제나 콘수엘로를 지켜주었다.

앙투안이 실종되면서 콘수엘로는 가장 소중한 지지자를 잃었다. 앙투안은 이 책에 실린 편지들을 통해 처음으로 콘수엘로에 대해, 부부의 삶에 대해 말한다. 그러니까 이 편지들에는 1943년 4월 그가 뉴욕을 떠나면서 아마도 차가운 허드슨강에 털어놓았을 모든 것이 담겨 있다. 이제 우리는 부에노스아이레스에서부터 뉴욕까지, 앙투안과 콘수엘로가 각 도시에서 얼마나 격동에 휩싸인 삶을 살았는지, 세계가 전쟁으로 치달으면서 둘의 삶이 어떻게 점점 더 불안정해졌는지 알 수 있다. 하지만 무엇보다도 이 편지들의 진가는 보편적 철학을 전 세계에 전파한 짧은 이야기가 서서히 그려지기 시작한다는 데 있다. 두 예술가의 만남이 20세기 문학에 지속적으로 영향을 끼치리라고, 오늘날까지 읽히는 작품의 기원이 되리라고 짐작하게 해주는 단서는 어디에도 없었다. 앙투안은 어린 왕자와 길들여진 한 송이 꽃의 사랑이라는 있을 법하지 않은 사랑을 우수에 찬 마음으로 떠올리면서 콘수엘로와 함께 시를 누렸고, 그 시는 언제나 그들을 이어주었다. 생텍쥐페리 전문가인 알랭 비르콩들레가 말했듯이 "……앙투안은 콘수엘로에게서 시적이고 창조적인 분신을 보았다".• 어린 왕자 이야기가 태어나는 데 콘수엘로가 맡았던 핵심적인 역할을 부정하는 근거 없고 잘못된 이론들도 있지만, 이 편지들을 읽어보면 그 이론들이 틀렸다는 사실을 분명하게 알 수 있다. 장미-꽃은 그 자체로 어린 왕자 이야기의 철학적인 중심 주제다. 게다가 콘수엘로와 함께한 초기부터 그녀를 '오이풀'이라고 불렀던 앙투안은 어린 왕자 이야기에서도 초반에는 꽃을 오이풀 모양으로 그렸다. 마지막 장에서 어린 왕자가 한 그루 나무가 쓰러지듯 서서히 쓰러진 것 역시 콘수엘로가 앙투안을 나무에 비유하곤 했기 때문이다. 다른 데서 날아든 씨앗, 치장하며 멋부리는 꽃, 그 꽃을 위해서라면 목숨이라도 내어놓았을 어린 왕자, 보방광장에 자리했던 방과 같은 초록색 방, 어린 왕자에게 한마디도 지지 않는, 바람을 무서워하는 꽃, 기침을 하고 가시로 자기 자신을 보호하면서 다정함을 감추는 꽃 전부 편지에 담겨 있다. 어린 왕자 이야기에는 꽃과 콘수엘로가 같은 존재임을 보여주는 모든 증거가 들어 있다……

• 알랭 비르콩들레, 『어린 왕자의 보물들 *Les Trésors du Petit Prince*』, 마르틴 마르티네스 프룩토오소의 서문 (Gründ, 2014).

부부에게 주어진 시간이 얼마 남지 않은 무렵부터 앙투안의 편지는 점점 더 어두워진다. 그는 더이상 이해할 수 없는 세상에 대해 말한다. 그리고 콘수엘로에게 절망에 차서 절규한다. 더는 아무것도 감추지 않고, 세계가 처한 상황에 대해, 전쟁에 대해, 우울에 허덕이는 스스로에 대해 전부 토로한다. 흘러가는 시간에 절박함을 느끼며, 앙투안은 『어린 왕자』의 탄생에 대해 점점 더 분명하게 말한다. 경험 많은 군인이던 그는 자신이 돌아오지 못할 수도 있다는 걸 분명히 예감하고 있었기에, 콘수엘로가 『어린 왕자』와 얼마나 긴밀하게 이어져 있는지 강조한다. 마지막 편지들 중 하나에서 앙투안이 콘수엘로에게 건넨 고백을 보면, 그는 『어린 왕자』를 그녀에게 헌정하지 못한 것을 무척 아쉬워한 것 같다.° 그는 아내를 향한 미안함과 후회를 드러냈다. 콘수엘로에게 쓴 마지막 편지에서 앙투안은 "『어린 왕자』는 (…) 당신의 뜨거운 불길 속에서 태어났지"라고 쓴다. 어린 왕자 이야기에는 일말의 모호함도 없음을, 그 이야기의 중심은 바로 콘수엘로임을 마지막으로 한번 더 그녀에게 알려주려 한 것이다.

콘수엘로는 늘 앙투안의 편지들이 출간되기를 바랐다. 그러면 『어린 왕자』가 어떻게 태어났는지 사람들에게 보여줄 수 있음을 누구보다 잘 알았기 때문이다. 그녀는 진짜 어린 왕자 이야기를 아는 유일한 사람이기도 하다. 앙투안이 『어린 왕자』를 쓰는 내내 함께했으니 말이다. 하지만 나서기 부끄러워서, 그리고 아마도 그 이야기가 자신과 지나치게 얽혀 있기 때문에, 주로 아무 말도 보태지 않는 편을 택했다. 이제야 마침내 콘수엘로와 앙투안이 각자의 필치로 이야기를 나누며, 『어린 왕자』를 쓴 작가의 의도에 응답하는 진실을 전해준다. 앙투안 드 생텍쥐페리는 『어린 왕자』의 메시지가 온전히 전해지기를, 아이들을 위한 동화처럼 보이는 이 책이 전기이자 유언으로 받아들여지기를 바란 것이다.

° 앙투안은 『어린 왕자』를 스무 살이 넘는 나이 차이에도 오랜 우정을 이어간 작가 레옹 베르트에게 헌정했다.

15

서문

올리비에 다게°

° 생텍쥐페리의 종손자로, '생텍쥐페리 재단'을 이끌고 있다.

앙투안과 콘수엘로…… 콘수엘로와 앙투안!

놀랍게도 두 사람이 주고받은 편지가 앙투안 드 생텍쥐페리가 실종된 지 칠십칠 년 만에 발견되었다. 사랑의 편지, 특히 부부의 편지를 출간하는 일은 늘 은밀한 것을 공개한다는 문제를 피하기 어렵다. 아! 누군가 당신의 내밀한 삶을, 당신의 '집'을 침범하는 것을 그 무엇보다 싫어했던 나의 할아버지! 아마도 당신은 이 편지들을 세상에 내놓는 일을 야만적인 짓이라고, 당신의 문명을 지배했던 원칙들에 어긋나는 행동이라고 생각하시겠지요. 하지만 저는 바로 그 야만적인 행동을 감행하기로 했습니다.

내가 말하고 싶은 것은 무엇보다 앙투안과 콘수엘로가 함께한 일상의 진실을 알게 될 때, 그러니까 사실을 알게 될 때 느껴지는 충격이다. 이미 일어난 일은 결코 없던 일이 될 수 없고, 흔적도 고스란히 남는다! 덕분에 늘 고통을 겪던 부부의 이야기, 돈, 건강, 불안정한 여건, 이별, 연락 두절, 속이기, 신의 저버리기, 배신, 옥죄기, 오만, 질투 등 부부의 온갖 이야기를 우리가 알게 된 것이다! 어떻게 봐도 장미수 향내를 풍기는 동화는 아니다!

사실 앙투안이 늘 괜찮은 사람은 아니었다. 그는 마초였고, 매사에 투덜댔으며, 항상 무언가를 요구했고, 여자의 유혹을 이기지 못했다! 콘수엘로는 우울한 기질에, 감정 기복이 심하고, 질투심 많고, 지고는 못 사는 성격이었다. 그녀는 어린 왕자의 장미가 아닌가! 두 사람은 진정 스타 부부였다!

나의 이런 말들이 아름다운 그림 위에 어두운 그림자를 드리우는 것 같은가? 하지만 이 편지들을 읽어보면 알게 된다. 앙투안은 쓴다. "내 생각에 당신은 내가 없어야 더 행복할 것 같아. 그리고 나는 죽어서야 마침내 평화를 얻게 될 거야. 내가 원하고 바라는 건 오로지 평화뿐이야. 당신을 비난하진 않을게. 지금 내 처지로는 그 어떤 것도 중요하지 않아. 당신 때문에 난 스스로에 대해 품었던 얼마 안 되는 믿음까지 잃었어." 그러자 콘수엘로가 쓴다. "우리는 지금 우리 사랑의 심장을 쥐고 있어. 그걸 부서뜨리면 안 돼. 그러면 우리에겐 눈물만 남을 거야!"

앙투안과 콘수엘로는 정말로 서로 상처를 입혔다. 둘은 이별의 고통을 즐기는 마조히스트였다. 자아에 사로잡힌 병자였다. 술래잡기하듯 상대를 괴롭히는 사디스트였다. 그들은 세 번이나 이혼 직전까지 갔다. 둘 사이에 아이는 어린 왕자뿐이었다.

그렇다면 생각해보자. 이 모든 게 정말일까? 이들이 각자 주어진 역할을 연기하는 건 아닐까? 이들은 문학작품을 쓰고 있었던 걸까? 그들의 행동은 진심에서 우러나온 것이었을까? 앙투안은 콘수엘로에게 감동적인 편지를 써 보내면서 동시에 다른 애인들에게도 사랑을 맹세하는 편지를 썼다. 콘수엘로 역시 브르통(앙드레 브르통) 등과 염문을 뿌렸다. 그러니까 남편이 제일 싫어하는 사람과 어울렸다. 앙투안이 얼마나 초현실주의자들을 싫어했는데!

하지만 두 사람을 판단하지는 말자. 콘수엘로는 자유로운 여인이자 예술가였고, 앙투안은 천재였다.

역사적이고 사회적이고 문학적인 맥락은 빼고 생각해야 한다. 그들의 일상생활에 끼어들어서는 안 된다. 앙투안 드 생텍쥐페리가 어떤 사람이었는지는 잊어야 한다. 더는 콘수엘로의 '명예를 회복'시키려 해서도 안 된다. 물론 이 책에 실린 편지들을 읽고 나면 저절로 콘수엘로가 앙투안의 마음속에(일등), 또 어린 왕자의 전설 속에(장미) 어떤 자리를 차지했는지 알게 될 테지만 말이다.

그러니까 역사는 잊고 오롯이 편지글에만 집중한다면, 트리스탄과 이졸데 이후 가장 아름답고 가장 진실된, 가장 비극적인 사랑 이야기를 보게 될 것이다.

1943년 4월, 앙투안이 참전하기 위해 다시 떠난다. 콘수엘로는 뉴욕에 남는다. 그즈음 우리는 앙투안과 콘수엘로가 함께한 수렁 같은 삶을 떠나서 두 사람이 함께한 결혼생활의 황금기라는 숭고한 절정에 이른다. 그리고 둘의 사랑의 진실을 파고들어, 관계의 비밀을 발견하는 데까지 나아간다. 그들이 주고받은 편지는 기나긴 서정시, 기나긴 속죄, 그리고 고통스러운 용서의 과정이다. 아름답다, 더없이 아름답다.

앙투안이 쓴다. "콘수엘로, 내 아내가 되어줘서 진심으로 고마워. 만일 부상을 당해도 나에겐 보살펴줄 사람이 있는 거잖아. 만일 죽음을 맞게 된다면 다음 세상에서 기다릴 사람이 있는 거고. 내가 무사히 돌아간다면 찾아갈 사람이 있는 거지. 콘수엘로, 이제 갈등과 다툼은 없을 거야. 난 오로지 당신을 향해 긴 감사의 송가를 부를 뿐이야."

콘수엘로가 쓴다. "그대, 난 당신이라는 모래 속을 작은 개울처럼 흘러서 당신이 몸을 적시게 해주고 싶어. 나에게 중요한 건 오직 당신뿐이야. 난 온전한, 자신만만한, 꽃피어난 당신을 알고 싶어.(…) 나의 사랑스러운 남편, 나의 모래시계, 당신은 나의 생명이야. 나는 살아 숨쉬고, 당신이 좋아하는 것으로 가득 채운 작은 바구니를 들고 당신을 향해 걸어가. 당신에게 거울이 되어줄, 당신이 괜찮은 사람이라는 걸 스스로 알게 해줄 마법의 달도 가져갈게. (…) 나의 토니오, 나에게 돌아와. 내 마음속 어린 공주가 당신을 기다리고 있어."

앙투안은 콘수엘로를 '황금 깃털' '병아리' '오이풀' '천사'라 부르며 찬미한다. 콘수엘로는 '케트살'° '파푸' '토니오'라고 부르던 앙투안의 죽음을 슬퍼한다.

앙투안은 자신의 짧은 삶에서 콘수엘로가 가장 소중한 존재임을 깨닫는다. "나이가 들고 보니, 낮이라는 신의 선물을 향해 우리가 함께 건너온 밤들보다 더 아름다운 모험은 없었어. 나의 눈물, 나의 기다림, 우리가 함께 눈뜬 순간들에서 태어난 아이, 마치 높은 파도의 고랑에 들어앉은 것처럼 당신 곁에 누워 보낸 밤들에서 태어난 아이. 그 높은 물고랑, 늘 한결같던 그곳에 누워서 나는 너무도 심오한 진리를 발견했어. 지금 난 혼자 잠들면서 살려달라고 외쳐."

콘수엘로는 마침내 남편이 이 땅에서 특별한 임무를 수행해야 하는 사람임을 깨닫는다, 인간들을 인도하는 성령의 임무를. "나의 남편, 돌아와서 믿음과 사랑의 책을 써서 세상을 비추고 목마른 사람들에게 마실 물을 줘. 빛과 하늘과 사랑으로 두드려대는 당신의 시의 힘

° 중앙아메리카에서 사는 꼬리가 길고 아름다운 새. 엘살바도르인인 콘수엘로에게는 친근한 새일 것이다.

21

말고도, 나는 당신이 사람들에게 베풀어주는 힘을 믿어. 당신은 위로를 줘. 기다리게 하지. 당신은 인간이 인간으로 설 수 있도록 인내심을 불어넣어."

앙투안과 콘수엘로의 사랑은 승화된다. 두 사람의 사랑은 다음 세상에서 비로소 결실을 맺을 것이다. "내 인생의 남편, 언젠가 우리가 다시 만나는 행복을 누리길. 사는 게 참 힘들었으니 함께 죽는 행복이나마 누리길. 그대, 사랑해." "당신은 날 새로 창조했어. 난 당신 덕분에 인간 존재 안에 신성한 것들이 있다는 문장을 사는 내내 굳게 믿을 수 있었어. 인간에겐 신성함이 있다고 말이야" "당신은 (…) 영원 속에 무한히 이어질 나날에도 내 남편이잖아!"

앙투안이 떠나고 실종되기까지 걸린 열여섯 달…… 마침내 믿게 된 그 두번째 기회를 기다리기 힘든 콘수엘로에게는 너무 긴 시간이었다. 앙투안에게는 무엇보다 임무가 중요했고, 그 일은 드골주의를 거부한° 데 대한 속죄이기도 했다…… 앙투안은 자신이 전쟁에서 살아남을 수 있으리라는 환상을 품지 않았다. 삶에 상처 입은 두 사람은 편지를 통해 애정을 주고받고, 서로를 용서하고, 약속하고, 하나씩 더듬어가면서 화해한다. 두 사람 사이에 편지가 무사히 오가기도 하고, 반대로 전해지지 못할 때도 있다. 세상이 혼란스럽고, 그들의 마음도 혼란스럽다. 앙투안과 콘수엘로는 잃어버렸다가 되찾은 사랑에 취한다. 그들은 외롭다. 앙투안은 용암처럼 들끓는 알제에서 외롭고, 콘수엘로는 밀림 같은 뉴욕에서 외롭다. 세상천지에 오로지 둘뿐이다.

앙투안이 쓴다. "나에게 옷이 되어준 건 오로지 당신의 편지들뿐이야. 나는 벌거벗은 느낌이고, 벌거벗고, 벌거벗고, 매일 점점 더 벌거벗고 있어. 우편수송기가 당신의 편지를 쏟아놓고 가는 날이면 나는 온종일 화려한 실크를 걸치고 있지. 시종처럼, 기사처럼, 왕자처럼."

° 제2차세계대전 동안 앙투안은 독일과의 굴욕적 평화를 받아들인 비시 정부의 수반 페탱도, 런던에서 '자유프랑스'를 이끌며 독일에 맞선 드골도 지지하지 않았다. 그는 '좋은 프랑스인'과 '나쁜 프랑스인'을 나눈다는 생각 자체를 거부했고, 그러한 태도로 인해 뉴욕에서 지내는 동안 비시 정부 협력자로 비난받았다.

콘수엘로가 쓴다. "당신은 내가 이곳, 이 거대한 수도에서 얼마나 외로운지 짐작도 못할 거야. 다행히도 난 가족이나 충실한 친구들에게 둘러싸여 자라지 않았어. 그래서 영화를 보면서, 일 년에 한 번씩은 멋진 연극을 보면서, 그리고 당신의 편지를 읽으면서 살아갈 수 있지……"

하지만 앙투안도 콘수엘로도 살아생전 다시 만나려 진정으로 애쓰진 않는다. 슬퍼서 눈물이 흐르지만 어쩔 수 없다. 그들의 사랑이 다시 기회를 얻는 일은 일어나지 않는다……

1944년 7월 26일, 마지막 편지에 앙투안이 쓴다. "내 사랑 콘수엘로, 나의 콘수엘로, 흰 수염이 텁수룩하게 자라 기진맥진한 상태로 전쟁을 하는 당신의 파푸를 위해 기도해줘. 그를 살려달라고 기도하지 말고 마음의 평화를 얻게 해달라고 기도해줘. 그의 눈에는 자기 못지않게 위태로운 상황에 놓인 오이풀을 걱정하느라 낮이나 밤이나 불안해하지 않게 해달라고 기도해줘. 나의 아이, 내가 당신을 얼마나 사랑하는지!" 목이 멘다……

7월 31일, 앙투안 드 생텍쥐페리 소령은 평소와 다름없이 코르시카의 바스티아 포레타에서 하늘로 올라가 프랑스 상공에서 정찰비행을 시작한다. 그는 돌아오지 않을 것이다. 어린 왕자는 자기 행성으로 돌아갈 것이다. 이야기는 그렇게 끝난다. 그리고 전설이 시작된다. 긴 몽상에서 갑자기 깨어난 우리는 조금 몽롱하고, 조금 어리둥절하고, 조금 창피하고, 화가 나고, 감탄한다. 남편이 며칠 전부터 연락 두절 상태라는 소식을 신문에서 읽은 콘수엘로의 반응이 어땠는지는 알 수 없다. 그렇게 다시 삶이 시작된다. 동화는 끝났다.

엮은이의 말

그녀는 시가 될 것이다

알방 스리지에°

° 고문서학자, 역사학자, 갈리마르출판사 편집자.

삶과 문학은 어떤 관계인가? 허구의 인물들은 실제 인간들과 어떻게 연결되는가? 생텍쥐페리는 조금은 이론적인 이런 질문들에 별로 신경쓰지 않았지만, 그래도 대답을 남겨놓았다. "알다시피 동화가 삶의 유일한 진실이다." 『어린 왕자』에는 요정이 나오지 않지만°, 바로 이러한 진실의 추구를 통해, 그리고 인간 존재의 모든 것과 관련되고 숱한 이들의 마음을 건드리는 시의 형태를 통해 깊이와 보편성을 끌어낸다.

앙투안과 콘수엘로가 부에노스아이레스에서 처음 만난 1930년부터 앙투안이 사라진 1944년까지 주고받은 편지들을 보면, 두 사람이 함께한 삶에서는 실제로 경험한 것과 꿈꾼 것이 잘 구분되지 않는다. '토니오'가 아내가 될 여인에게 보낸 첫 편지는 대번에 우리에게 전설의 문을 열어준다. 그리고 앞으로 완성될 악곡의 음자리표를 그려 보인다. "옛날 옛적에 한 아이가 보물을 발견했어. 하지만 그 보물은 어린아이의 눈으로 그 아름다움을 이해하고 두 팔로 그 아름다움을 안고 있기에는 너무 아름다웠지." 『어린 왕자』는 흔히 생텍쥐페리의 연보에 나오는 것처럼 1943년이 아니라 1930년에 태어난 것이다! 자기에게 주어지는 것과 동시에 빠져나가는 모든 것에 경탄하고 우수를 느끼는 어린 왕자가 이미 우리 앞에 와 있다. 하지만 작가 앙투안 드 생텍쥐페리가 삶에서 느낀 것을 작품의 재료로 삼기까지는 아직 십삼 년의 시간이, 그 시간 동안 이어지는 기쁨과 불행이 필요하다. 바로 그 십삼 년 뒤 생텍쥐페리는 조국을 떠나 뉴욕에서 망명자로 살았고, 콘수엘로도 남편을 따라 뉴욕으로 갔다. 자신들의 사랑이 완성되려면, 너무도 불확실한 사랑이 삶의 우여곡절을 버텨내고 온전히 살아남으려면 상상력과 시의 도움이 필요하다는 것을 앙투안과 콘수엘로는 처음부터 알았다. 몇 차례나 이별과 위기를 겪으며 그야말로 혼란스럽고 비장했던 그들의 결혼생활에는 늘 동화 같은 이야기가 따라다녔다. 그럴 만했다.

콘수엘로가 일찌감치 글로 썼듯이(예지까지는 아니라 해도, 제대로 깨달은 것은 분명하다!) 직접

° 프랑스어로 '동화'를 뜻하는 'conte de fée'는 풀어 쓰면 '요정 이야기'라는 의미다.

겪은 일과 문학작품을 꼭 구별할 필요는 없다. "우리의 이별, 절망, 우리 사랑이 흘린 눈물이
당신이 사람들의 마음을, 사물들의 신비를 꿰뚫는 데 도움이 되지 않을까?" 눈물이 흘러넘쳐
계곡을 이루는 삶이라 해도 그 어떤 것도 쓸모없는 일은 없다. 앙투안은 부부생활에 위기가
닥칠 때마다 마음과 정신을 빼앗긴 탓에 몇 달이고 글을 쓸 수 없다고 한탄하지만, 그러한
불안정성, 존재와 부재 사이, 돌아오기와 멀어지기 사이의 지속적인 긴장이 그가 글을
쓰는 데 자양분이 된 것 또한 사실이다. 게다가 이 편지들에도 예술작품에 대한 언급이
몇 번 나온다. 뉴욕에서 쓴 한 편지에서 앙투안은 초현실주의 예술이 추구하는 이른바
즉각적 표현성을, 예컨대 앙드레 브르통의 아내 화가 자클린 랑바의 작업을 비판하면서
콘수엘로에게 자신의 입장을 설명한다. "예술가에게 작품은 들인 시간만큼 지속되니까. (⋯)
'한 시간에 그림 하나' 그려내는 방식을 보면 화가 나. 난 평생을 바친 그림만 사랑할 수 있어.
진실은 한 우물을 오랫동안 팔 때 얻을 수 있지, 오 분에 하나씩, 십만 개의 작은 웅덩이를
파는 건 아무 소용이 없다고. 그렇게 물을 얻은 사람은 아무도 없어." 결국 작품의 진실은
삶이다("내가 나의 장미를 위해 잃어버린 시간⋯⋯"). 이제 우리는 『어린 왕자』가 1931년이
아니라 1943년에 쓰였음을, 다시 말해 생텍쥐페리가 수많은 역경을 겪고 난 뒤, 인간적인
모험에 숱하게 휩쓸린 뒤에 쓴 것임을 이해할 수 있다.

격정이 담긴 부부의 편지가 때로 몽상에 젖는 것은 앙투안과 콘수엘로가 공유하던 몽상적
영토, 그들만의 영토 덕분이다. 그 영토에서는 별들이 인간에게 영향력을 행사했고, 어린
왕자들이 사막 한가운데서 서로 마주쳤다. 두 사람이 주고받은 편지에는 "지구 저편에서
빛나던, 한쪽 눈이 꼭 마녀 같던 불길한 별"이 "심장에 못을 박"는다는 말이 여러 번 나온다.
부에노스아이레스에 있던 부부의 첫번째 집에서, 밤에도 식지 않는 열기 속에 테라스에
나가 몽상에 젖던 때의 추억이다. 앙투안은 1931년에도 "우리가 길들이지 못한" 별 이야기를
한다. 앙투안과 콘수엘로가 함께하는 세상에는 친구들, 만남, 불신과 같은 현실적인 것들도
있지만, 몽상도 있었다. 이 몽상을 너무 깊이 파고들어가면 꿈의 바다에 휩쓸려 길을 잃을지

모른다. 제정신을 유지하지 못할 수도 있다. 앙투안과 콘수엘로도 잘 알고 있었고, 둘이서 그 위험에 대해 이야기하기도 했다. 하지만 몽상은 위험하면서도 도움이 되었다. 부부는 어떻게 해도 문제가 해결되지 않을 때 몽상에 빠져들었다. 서로 이해하지 못한 채 비난하고, 서로를 버려두고 배신하고 거짓말하고, 그렇게 행복한 삶이 무너질 때 그들은 몽상에 빠져들었다. 파리에서 그랬고, 뉴욕에서도 마찬가지였다. 심장에 못을 박는 별, 늘 위협하는 별은 다행히도 서로를 지켜보는 "기적을 행하는 아름다운 별"이다. "내 심장이잖아!" 내밀한 마음, 감정의 진원이 그렇게 하늘로 투사된다.

허약한 사랑에서, 이상理想을 절망시키는 일상에서 동화 같은 이야기가 태어난다. "우리는 지금 우리 사랑의 심장을 쥐고 있어. 그걸 부서뜨리면 안 돼. 그러면 우리에겐 눈물만 남을 거야!" 다시 아프리카의 어느 먼 곳으로 우편물을 수송하러 떠난(생활비를 벌어야 했다) 비행사 남편에게 콘수엘로가 쓴다. "나는 우리를 생각했고, 우리 사랑을 생각했어. 그리고 내가 얼마나 내 사랑을 사랑하는지 깨달았어. 우리의 사랑을."

훗날 콘수엘로는 유명한 『사랑과 서구 문명』(1939)의 저자 드니 드 루주몽°과 친해지지만, 아직은 문명사적 사실로서 사랑이라는 건축술의 핵심에 대해서 그와 이야기하기 전이었다. "전설의 진짜 주제는 무엇인가? 사랑하는 이들의 결별? 아마도 그럴 테지만, 열정의 이름으로, 사랑하는 사람들을 고통스럽게 만드는 사랑 자체에 대한 사랑을 위해, 그런 사랑을 부풀리기 위해, 미화하기 위해…… 행복을 희생하고 생명까지 희생하는 것……" 어쩌면 이것이 실제적이면서 전설적인 이 편지들의 진짜 주제가 아닐까? 사랑을 사랑하기. 이것은 또한 떠나고 돌아오고 치유되고 다시 쓰러지기를 무한히 반복했던 하나의 삶 전체를 관통하는 주제가 아닐까? 사랑하기를 사랑하는 사람들을 더 사랑하기 위해 세상이라는 사막으로

°   스위스 작가. 제2차세계대전 동안 파시즘에 저항하는 스위스 레지스탕스 그룹에 참여했고, 생텍쥐페리와도 가까운 사이였다. 대표작 『사랑과 서구 문명』은 사랑의 열정이 17~18세기에 교회의 억압으로부터 벗어나기 위해 엘리트 계층이 만들어낸 신화임을 주장하는 내용이다.

향하기. 앙투안이 쓴다. "당신을 피하면서 동시에 당신을 찾아다녔다고." 삶의 이야기다.
하지만 앙투안과 콘수엘로는 사랑하는 일이 쉽지 않다고 앞다투어 쓴다. 사랑은 너무
까다롭다. 단번에 전부를 주지 않는다. 넘어야 할 장애물이 너무 많고, 알 수 없는 것도 너무
많다. 사랑하는 두 사람은 나약해진 상태 그대로, 다가갈 수 없는 이상과 이어진 모든 것을
고통과 우울 속에 살아낸다. "그대, 지금껏 난 순수한 것만을 찾아다녔어." 앙투안이 쓴다.
그는 상대에게서 순수한 것을, 자기에게서 순수한 것을, 인간 삶에서 순수한 것을 찾으려 했다.
순수의 추구를 자신의 존재 이유로 삼기 위해서는 역시 상상력의 도움을 받아야 한다.
사랑의 형상들은 우리가 매일매일 사랑으로부터 기대하는 것들에 늘 못 미치기 때문이다.
줄곧 회피하고, 믿음을 저버리고, 고약하게 굴고, 속이는 앙투안 때문에 콘수엘로는 자주
실망하고 상처받았고, 무엇보다 남편이 강요하는(적어도 그가 하는 말을 들어보면 그랬다) 권태와
기다림의 삶이 너무도 싫었다. 그런 분위기 속에 자신이 서서히 죽어가는 것처럼 느껴질 때면
콘수엘로는 에둘러 표현하지 않고 자주 과격한 언어를 사용했다. "나한테 시체나 다름없는
희망 나부랭이를 던져주며 장난치지 마! (…) 매 순간이 암흑이야. (…) 당신은 암흑의
타락 천사인 거야? 난 이미 당신이 그토록 아름다운 이유들과 그토록 상냥한 말들과 함께
밀어넣은 심연에 빠져 있는데……" 사랑은 꺼질 수 있기에 너무 깊이 빠져서는 안 된다.
그런데 앙투안 역시 자기에게 완강히 저항하는 콘수엘로의 의지 때문에 격앙했다. 콘수엘로는
양떼를 지키는, 성모처럼 위안을 주는, 가정을 밝히는 꺼지지 않는 불빛이 되어야 하는
역할을 거부하는 조금은 연극적인 아내였다. 자기 말을 들어줄 마음이 전혀 없는 아내 앞에서
앙투안은 남자의 모순을 느끼고 확신이 흔들렸다. "꽃은 언제나 어린 왕자 탓을 했다. 그래서
어린 왕자는 떠났다!" 복잡한 승부였다. 체스를 즐기는 앙투안도 압박에 시달렸다. 결국 선한
의지를 지닌 남자들과 여자들을 포함해 이 땅에 이상을 위한 자리는 없는 것인가. 사랑을
꿈꾸었기에 사랑 때문에 고통을 겪는 것인가. "나에겐 꿈이 하나 있었어. 나의 아내." 절망한
앙투안은 왜 자신의 아내는 "늘 곁에 있어주는 아름다운 자질"을 가지고 있지 않은지, 왜

"헌신의 욕구"가 없는지 한탄한다. "난 그녀의 날개 아래서, 한 마리 새의 온기와 한 마리 새의 언어, 넘치는 순수와 경이로운 전율에 포근하게 감싸여 글을 쓸 날을 간절히 꿈꾸었는데." 그런 꿈은 이루어지지 않는다. 콘수엘로는 오늘날 우리의 눈에는 이미 구식이지만 그녀가 살았던 시대에는 사회적 교리로서의 아내상에 부합하지 않는 아내, 그러니까 온전히 자기를 주는, 온전히 남편의 것이 되는 그런 아내가 아니었다. 반대로 보일 듯 말 듯한, 있었다 없었다 하는, 짧은 은총의 순간들에만 약속되는 아내였다. "닿을 만하면 다시 멀어지는 당신을, 그래, 나를 한 번 환하게 밝혀준 빛 때문에, 한두 번 겸허했던 어조 때문에, 한두 번 다정했던 목소리 때문에 당신을 따라가다보면, 난 갈증으로 죽을 수도 있다는 걸 잘 알고 있어. (…) 당신 안에는 내가 사랑하는 누군가가, 마치 4월의 자주개자리 풀처럼 신선한 기쁨을 주는 누군가가 있지." 바로 그런 것들이 삶을 지탱한다. "당신 안에는 나에게 새벽과도 같았던 순간들이 있어. (…) 바로 그 순간의 환한 빛이 나로 하여금, 아마도, 내 삶을 희생하게 만드는 걸 거야." 자연스레 모험을 생각하지 않을 수 없다. 꿈꾸기 좋아하는, 조금은 허무맹랑한 꿈을 꾸는 한 아이가 삐걱대는 다락방 들보 아래 몽상에 젖어 있던 어느 날 저녁, 별빛 한줄기가 들보 사이로 새어들어왔다. 그 순간이 인간들 틈에서 살아가는 그의 삶을 결정지었다. 아이는 그 별을 따라 어둠 속을 비행하고, 폭풍우를 헤쳐나가고, 적의 포화 속으로 들어갔다. 사랑에서도 같은 이야기가 되풀이된다. 사회 관습과 계급적 질서에서 벗어난다면 사랑 또한 모험이 아니겠는가. 어떤 일이 닥칠지는 알 수 없어도, 현재 디디고 선 대단치 않은 것이 무엇인지는 아는 것이다. "나는 내가 잘 이해할 수 없었던 삶을, 온전히 충실하지는 못했던 삶을 사랑했다." 앙투안이 첫 책 『남방 우편기』(1929)에 쓴 말이다. "그때 나에게 필요했던 게 뭔지도 잘 모르겠다. 그저 가벼운 갈망이었다."

앙투안은 그 빛을 떨치지 못한다. 설령 목적지에 다다를 수 없다 해도 얼마든지 부름을 느끼는 것은 가능하지 않은가. 짧은 은총의 순간이 몇 년의 고통으로 이어지기도 한다. 그 고통의 세월 동안 둘은 상대가 자기 마음 깊은 곳에 있는 사랑을 "환히 빛나게 해주는" 존재가 아니라고, 그것을 흉내낸 형편없는 캐리커처일 뿐이라고 서로 비난한다. 한 사람의 진정한 형상이 상대의 진정한 형상을 풍성하게 비추는 상이 되는 일은 일어나지 않는다. 오히려 서로 수없이 거짓말하고 수없이 마음을 감춘다. "내가 그토록 정성 들여 가꾸고 지켜온 꽃이 이제 나에게 빛을 조금 비춰주려 하는구나 싶었지." 토니오가 절망으로 탄식한다.

무거운 밤. 콘수엘로의 조언대로 앙투안이 『야간비행』의 제목으로 처음 생각한 것이다. 1930년부터 1931년 사이 부에노스아이레스에서 쓴 『야간비행』은 생텍쥐페리가 아에로포스타 아르헨티나 항공우편 회사에서 일한 경험을 바탕으로 써내려갔다. 앙투안은 어머니에게 이 책의 진정한 의미에 대해 이렇게 말했다. "이것은 밤에 관한 책입니다." 따라서 위대한 모험소설로 간주되는(실제 그렇기도 하다) 『야간비행』은 어떤 점에서는 추상적인 책이다. 콘수엘로와 앙투안의 편지에서 밤은 빛과 이상을 향한 추구에 대응하는 지극히 인간적인 짝으로 자주 은유된다. 삼 년간의 결별 뒤° 1941년 크리스마스이브에 뉴욕의 남편 곁으로 온 콘수엘로가 그에게 쓴 편지에도 이러한 점이 잘 드러나 있다. 애원하는 듯한 편지 안에 사랑과 사랑으로 인한 비탄이 뒤섞여 있다.

어느 날, 아주 멀리서 온 당신 눈물을, 당신이 잠드는 나라, 당신이 고통받는 나라, 당신이 몸을 숨긴 나라에서 온 눈물을 보았기에, 나는 사랑을 알 수 있었어. 내가 당신을 사랑한다는 걸 깨달았지. 한 방울의 눈물 속에, 단 한순간 속에 담겨 있는 사랑의 모든 쓰라림 또한 알 수 있었고. 그래서 나는 당신과 부에노스아이레스에서 결혼하겠다는 생각을 곧 포기했어.°° 어린 소녀일 때 침대에 가기 위해 어두운 방을 가로질러가길 포기하듯이 말이야. 그 어둠을 지나면 친구가 있고, 장난감이 있고, 산책이 있고, 빛이 있는데. 지금 내가 이 얘기를 하는

° 두 사람은 불안정한 생활. 무엇보다 앙투안의 연인이던 넬리 드 보귀에(넬리에 관해서는 「편지 72」 참고)의 존재로 인한 갈등 때문에 결국 파리 보방광장의 복층아파트 생활을 끝으로 1937년부터 헤어져 살았다.

°° 이 일에 대해서는 「편지 3」 참고.

건, 나의 남편, 이 암흑의 밤이 무서워서야. 당신 손 바로 옆에 있는 나의 침대, 나의 빛, 나의 평화에 가닿지 못할까봐 두려워(나는 어두운 방을 지나갈 수 없을까? 내 꽃들이, 내 음악이, 당신의 두 손이 바로 옆에 있는데, 나는 어두운 방을 지나가지 못하고 쓰러지고 말까?).

이 문장들은 스스로 감당할 수 없는 보물을 발견한 아이가 느끼는 우울의 반향이다. 하지만 이번에는 슬픔과 당혹스러움과 혼란에 위험까지 더해져 있다. 그 위험은 모든 것, 특히 사랑과 관계된 모든 것의 불을 꺼버리는 죽음의 위험이다. 좁고 긴 복도 끝에서 화해의 순간에 앙투안은 이렇게 쓴다. "당신은 날 너무 아프게도 했어. 너무 자주, 너무 심하게. 하지만 다 잊었어. 내가 당신을 아프게 한 건 더는 기억도 안 나. 내가 울게 한 콘수엘로, 외로운 밤을 보내게 한 콘수엘로, 기다리게 한 콘수엘로. 콘수엘로, 당신은 이 세상에서 내가 사랑하는 단 한 사람이야. 내가 당신을 사랑했다는 걸 알아줘서 고마워."
동화와 삶은 분리될 수 없다. 1943년 앙투안이 다시 전쟁터로 떠나고 남편을 기다리는 동안 콘수엘로는 그 사실을 절실히 깨달았고, 뉴욕까지 퍼진 남편에 대한 구설수에 대비하기 위해 부부의 결합이 영원히 뿌리내리게 했다. "난 그냥 당신을 믿을 거야. 당신을 기다릴 거야. 난 당신의 아내고, 깨어서도 당신을 기다리고 영원히 잠들어서도 당신을 기다릴 거야. 왜 그런지 알아? 나는 당신을 사랑하고, 우리가 함께한 꿈의 세계를 사랑하니까. 난 어린 왕자의 세계를 사랑하고, 그 세계 속을 거닐어…… 거기선 아무도 날 건들지 못하지…… 비록 가시는 네 개뿐이지만……"
앙투안과 콘수엘로는 그렇게 또다시 눈에 보이지 않는 세계의 힘을 빌린다. 거짓이 들어설 곳 없는 땅, 정확히 말하자면 꿈의 영토 안에 마음의 진실을 새겨넣는다. 앙투안이 말하길, 아이들을 위한 동화는 진짜 진실, 사라지지 않는 진실을 담고 있다. 놀랍게도, 앙투안이 아직 『어린 왕자』를 한 줄도 쓰지 않고 그림도 단 한 점도 그리지 않은 1940년에 쓴 콘수엘로의 편지에 이미 여인이 장미로 변하는 이야기가 나온다. "진정한 기적이지. 난 곧 오이풀이 될 거야. 세상이 아무리 잔인해도, 양들이 아무리 멍청해도, 아무리 어리석고 심술궂어도, 나는 예쁜 오이풀이 될 거야. 오이풀은 길을 잃었어. 죽었어. 그 예쁜 오이풀을 초록 풀밭으로 데려가서 꽃과 노래로 옷을 입혀줘. 더는 누구도 그 오이풀에 상처 주지 못하게. 오이풀은 파푸의 시가 될 거야, 파푸가 흘린 그 많은 피로 쓴 시!"

앙투안이 "울린" 콘수엘로는 그렇게 "나의 영원한 콘수엘로"가 된다. 영원히 장미로 변한 그녀는(기적은 1942년 여름과 가을 동안, 노스포트에 있는 베빈 하우스에서 일어났다) 어린 왕자가 버리고 떠났던 행성으로 돌아오는 모습을 영원히 지켜보게 된다. 유치한 장난일까? 퇴행적인 동화일까? 불 꺼진 사랑의 초라함을 가리려는 걸까? 성스러움을 증명하는 알리바이일까? 그저 하나의 이야기에 지나지 않을 수도 있다. 중요한 것은, 불쾌한 진실을 덮기 위해 아름다운 우화에 매달리는 게 아니라, 사랑하는 두 사람의 몸이다(나의-몸-콘수엘로).

"나이가 들고 보니, 낮이라는 신의 선물을 향해 우리가 함께 건너온 밤들보다 더 아름다운 모험은 없었어." 앙투안은 1943년 4월 2일 뉴욕에 홀로 두고 온 아내를 언젠가 다시 만나리라 기대하며 쓴다. 하지만 그는 살아서 다시 아내를 보지 못한다. 전쟁 때문에 떨어져 있던 기간 중 마지막 해에 부부는 다시 한번 관계를 회복했고, 결혼이라는 성사聖事를 기렸다. 앙투안은 1940년 어머니에게 이렇게 썼다. "전쟁이, 그리고 미래의 위험과 위협이 심해질수록, 제가 책임져야 하는 사람들에 대한 걱정이 커져갑니다. 약하기만 한 콘수엘로가 혼자 남겨져서 너무 가엾습니다." 멀리 사막에 가 있으니 걱정이 더 많아졌다. 떨어져 있게 된 이유가 전과 달라도, 즉 동포들을 돕는다는 훌륭한 이유라 해도 마찬가지다. 사람들이 서로 미워하고 헐뜯는, 그러니까 망명자들이 모인 뉴욕과 다를 바 없던 1943년의 알제에서, 나이가 많아서 비행 허가를 받기까지 몇 달이고 기다려야 했던 앙투안은 콘수엘로에게 자신의 기도를 써 보낸다. 마치 희생 제의 한가운데 놓인 그가 '두루마리의 끝'에 거의 다다랐음을 느끼며 자신을 지키려는 것 같다. 하지만 꿈이 기도보다 낫기에(『어린 왕자』는 복음서가 아니다), 앙투안은 사랑의 모험을 처음 시작할 때 그랬던 것처럼 이번에도 꿈 이야기를 한다.

들판에서 나는 당신 곁에 있었어. 땅은 죽어 있었지. 나무들도 죽었고. 냄새와 맛이 모두 사라졌어. 그런데 갑자기, 겉으로는 아무것도 바뀌지 않았는데, 모든 게 달라졌지. 땅이 생기를 되찾고 나무들도 되살아난 거야. 모든 게 어찌나 강한 냄새와 맛을 품었는지 몰라. 나에겐 너무 강했어. 나도 곧바로 생명력을 되찾았지. 그리고 왜 그런 일이 일어났는지 이유를 알 것 같았어. 난 이렇게 말했지. "콘수엘로가 다시 살아났다! 콘수엘로가 돌아왔다고!" 당신은 땅의 소금이었어, 콘수엘로. 당신이 돌아온 것만으로 내 사랑이 깨어난 거야. 그리고 콘수엘로, 그때 난 내가 당신을 영원히 사랑한다는 걸 깨달았어.

사람들 때문에, 살아내야 했던 시대 때문에, 오해 때문에 몹시 고통받았던 앙투안 드 생텍쥐페리가 마침내 가장 본질적인 것으로 돌아온 것이다. 한 여인의 사랑이 그를 구원했다. 모든 사람의 마음을 얻으려는 욕망에 시달리던 젤리그°가 한 여인의 사랑을 통해 구원받은 것과 비슷하다. 석양을 바라보듯 장미를 바라보는 어린 왕자의 마음속에서 일어나는 일은 바로 우리를 존재하게끔 하는 모든 것의 신비다. 육체와 피, 꿈과 이상의 신비로운 결합이다. 우리가 감당하기엔 너무 크지만, 그럼에도, 어떤 경로로 가든, 얼마나 깊은 마음이든, 우리 모두에게 주어진 어떤 것이다. 자신이 떠나고 며칠 뒤 뉴욕에서 출간하기로 한 『어린 왕자』의 소식을 좀 알려달라고 콘수엘로에게 부탁할 때, 앙투안은 그것을 알고 있었다. 사람들이 그 작품을 어떻게 생각할까? 자존심 강한 작가의 쓸데없는 욕심과 걱정이 아니었다. 그것은 어려운 시대, 어쩌면 제 길을 찾지 못한 시대에는 조금 부족한, "목마른 사람들에게 마실 물을 줄" 신화가 필요한 시대에 주어진 중요한 질문이었다.

"당신에게는 빛이 있어. 당신은 그 빛을 어디서 얻었지? 그 빛을 어떻게 돌려줘? 자기 행성을 떠난 어린 왕자들이 노래하게 만드는, 그 왕자들을 소생시키는 달빛은 어디로 스며들지?"

° 우디 앨런 감독의 영화 〈젤리그〉의 주인공 이름이다. 젤리그는 사람들 틈에서 살아가기 위해 무조건 상대에게 맞춰 변신한다.

알림

철자나 구두점에 분명한 오류가 있는 경우에는 수정했다. 콘수엘로 드 생텍쥐페리는 엘살바도르 출신으로 프랑스어를 완벽하게 구사하지 못했기 때문에, 독자들의 편의를 위해 구문과 철자를 수정한 곳도 있다. 하지만 편지 원본에 없는 말을 추가하지는 않았다.

이 책에 엮인 편지 가운데 열일곱 통과 앙투안의 자필 쪽지 아홉 장은 1984년 7월 6일 경매로 팔렸고(드루오 경매장, 파리, 아데르 피카르 타장 경매 회사), 2015년 12월 2일 크리스티 파리 경매장에서 다시 팔렸다(「책과 원고」, 묶음 번호 43). 59쪽, 109~113쪽, 425쪽(뉴욕 모건 라이브러리 앤드 뮤지엄), 426쪽(갈리마르출판사 기록보관소), 434쪽(텍사스 오스틴의 해리 랜섬 인문학연구센터)의 자료들을 제외하고, 나머지 편지들은 대부분 콘수엘로 드 생텍쥐페리 상속 컬렉션에 포함되어 있다.

앙투안 드 생텍쥐페리의 작품은 플레이아드 전집(1권 1944년, 2권 1999년)을 인용했다.

*

이 책이 나오기까지 도움을 주신 분들께 감사드린다. 우선 콘수엘로 드 생텍쥐페리의 저작권 소유자로, 이 책이 만들어지는 동안 우리에게 신뢰와 아낌없는 호의를 베풀어주고 귀중한 도움을 준 마르틴 마르티네스 프룩투오소 부인에게 감사드린다. 또한 이 책의 출간을 호의적으로 받아들여주고 앙투안 드 생텍쥐페리의 편지와 그림이 출간될 수 있게 해준 올리비에 다게와 앙투안 드 생텍쥐페리 재단에도 깊이 감사드린다.

이 책을 고故 호세 마르티네스 프룩투오소에게 바친다. 그는 생전에 이 서간집이 생텍쥐페리 부부와 가까운 사이였던 가스통 갈리마르의 출판사에서 출간되기를 바랐다.

알방 스리지에

C^{TE} & C^{TESSE} DE SAINT EXUPERY

명함, "생텍쥐페리 백작 부부"

편지

앙투안 드 생텍쥐페리와 콘수엘로 고메스 카리요
부에노스아이레스, 1930

남아메리카, 프랑스, 북아프리카

1930~1940년

1930년 8월 부에노스아이레스로 향하는 마실리아호에서, 콘수엘로 고메스 카리요가
피아니스트 리카르도 비녜스(왼쪽), 예수회 사제 피에르 랑드와 작가 뱅자맹 크레미외(오른쪽)와 함께
찍은 사진. 콘수엘로는 사진 뒷면(아래 사진)에 자신 없는 철자법으로 이렇게 써놓았다.
"8월 15일. 당신을 찾아 먼길을 가는 여인." 아마도 앙투안을 향한 말이 될 것이다.

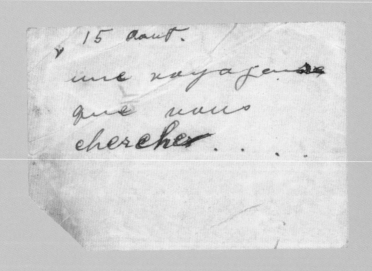

1

앙투안이 콘수엘로에게*

부에노스아이레스, 1930**

나는 당신의 불안과 당신의 분노를 사랑해. 당신의 절반밖에 길들여지지 않은 모든 것을 사랑해. 당신이 나에게 어떤 존재인지, 내가 기품 없는 얼굴들에 얼마나 지쳤는지 당신은 모를 거야.

뜨거운 불길 같은 그대.

불길 같은 그대 앞에서 난 때로 야만인이 된 것 같아. 너무 아름다운 여인, 언제고 그

- 편지지 상단에 "아에로포스타 아르헨티나/부에노스아이레스/레콩키스타 240번지"라고 찍혀 있다.
- 1926년 10월 라테코에르사社의 남아메리카—아프리카 노선 우편기 비행사가 된 앙투안은 1929년 10월 12일 부에노스아이레스에서 아에로포스타 아르헨티나 항로개발국 국장이 되었다. 그가 맡은 일은 파타고니아 항로를 개척하는 것이었다. 남아메리카에서 지내는 동안 비행사 친구 앙리 기요메와 장 메르모즈를 다시 만났다. 그는 부에노스아이레스에 온 지 일 년 뒤에 콘수엘로 순신 산도발을 처음 만났다. 1901년 4월 16일 엘살바도르의 아르메니아에서 태어나 캘리포니아와 멕시코에서 오 년간 공부한 뒤 1926년부터 파리에 살던 콘수엘로는 과테말라 출신 기자이자 작가였던 남편 엔리케 고메스 카리요가 살아 있을 때 그에게 아르헨티나 국적 취득을 권했던 이리고옌 대통령의 초청으로 고메스 카리요를 기리는 행사 참석차 부에노스아이레스에 와 있었다. 고메스 카리요는 콘수엘로와 일 년 반 동안 동거하다 결혼했지만 불과 몇 주 뒤인 1927년 11월 29일 심장발작으로 사망했다. 1930년 7월 23일 보르도를 출발한 마실리아호에서 찍은 사진(1930년 7월 24일자 『르피가로』 8면)에서 콘수엘로는 프랑스 문학지 『NRF』의 심의위원인 뱅자맹 크레미외 옆에 있다. 크레미외는 아미고스델라르테 협회의 초청으로 현대 프랑스 문학에 관한 강연이 예정되어 있었다. 앙투안 드 생텍쥐페리와 콘수엘로 고메스 카리요는 1930년 반 리엘(부에노스아이레스. 플로리다 659번지) 갤러리의 일층에서 열린 네 차례의 강연 중 1930년 9월 3일 수요일 강연에 함께 참석했고, 그 자리에서 뱅자맹 크레미외가 두 사람을 소개했을 것이다. 그후 라플라타강에서 기념비적인 첫 비행식이 펼쳐졌다. 재기발랄한 콘수엘로와, 그 전해에 『NRF』에서 첫 소설 『남방 우편기』를 출간한 소설가이자 비행사의 남아메리카에서의 로맨스는 그렇게 시작되었다.

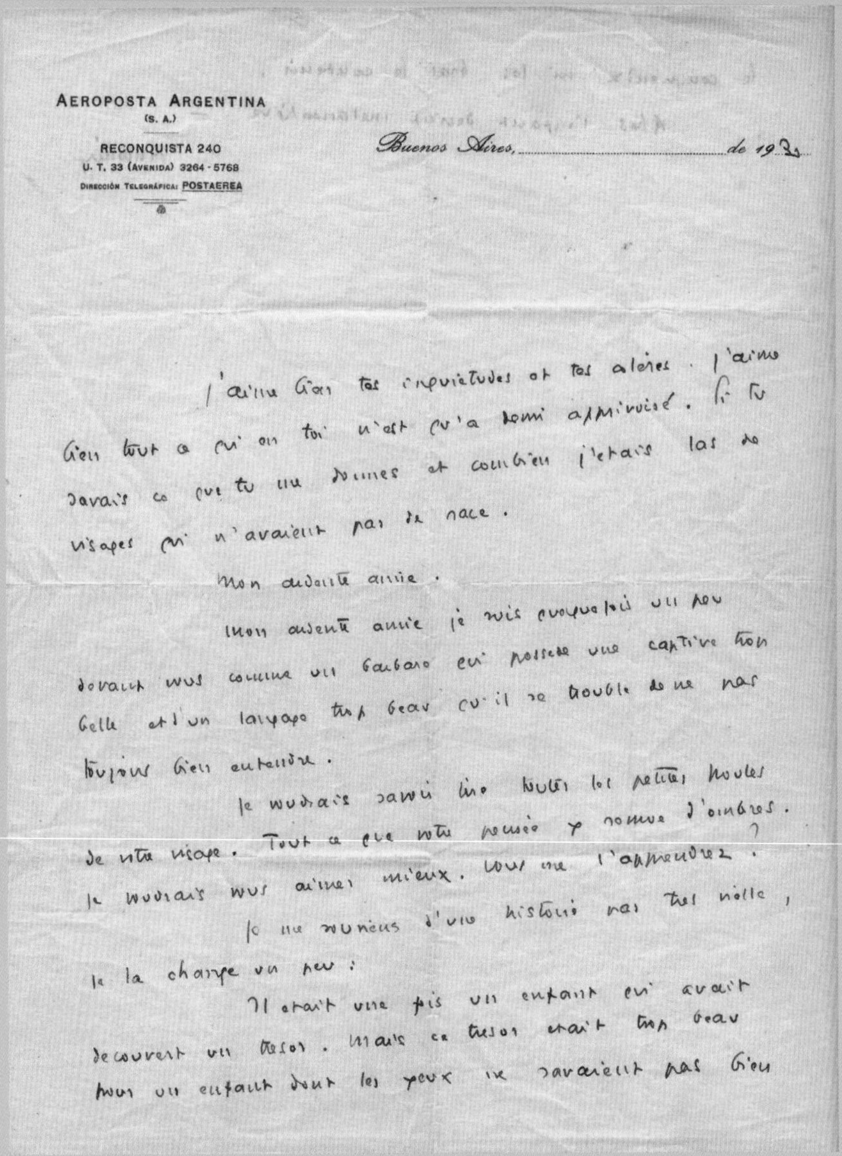
AEROPOSTA ARGENTINA
(S. A.)
RECONQUISTA 240
U. T. 33 (AVENIDA) 3264 - 5768
DIRECCIÓN TELEGRÁFICA: POSTAEREA
Buenos Aires, de 193
J'aime bien tes inquiétudes et tes colères. J'aime bien tout ce qui en toi n'est qu'à demi apprivoisé. Si tu savais ce que tu me donnes et combien j'étais las de visages qui n'avaient pas de race.
Mon ardente amie.
Mon ardente amie je suis quelquefois un peu devant vous comme un barbare qui possède une captive trop belle et un langage trop beau qu'il se trouble de ne pas toujours bien entendre.
Je voudrais savoir lire toutes les petites houles de votre visage. Tout ce que votre pensée y remue d'ombres. Je voudrais vous aimer mieux. Vous me l'apprendrez ?
Je me souviens d'une histoire pas très nette, je la change un peu :
Il était une fois un enfant qui avait découvert un trésor. Mais ce trésor était trop beau pour un enfant dont les yeux ne savaient pas bien

"옛날 옛적에 한 아이가 보물을 발견했어.
하지만 그 보물은 어린아이의 눈으로 그 아름다움을 이해하고 두 팔로 그 아름다움을
안고 있기에는 너무 아름다웠지. 그래서 아이는 우울해졌어."

목소리를 듣지 못하면 마음이 불안해질 정도로 아름답게 말하는 여인을 포로로 잡은 야만인.

당신 얼굴에 이는 잔물결을 전부 읽을 수 있으면 좋겠어. 당신 머릿속 생각이 얼굴에

드리우는 그림자들 말이야. 당신을 더 잘 사랑하고 싶어. 내가 어떻게 해야 하는지 가르쳐줄

거지?

그리 오래되지 않은 이야기 하나가 떠올라. 조금 바꿔서 들려줄게.

옛날 옛적에 한 아이가 보물을 발견했어. 하지만 그 보물은 어린아이의 눈으로 그

아름다움을 이해하고 두 팔로 그 아름다움을 안고 있기에는 너무 아름다웠지.

그래서 아이는 우울해졌어.

앙투안

2
콘수엘로가 앙투안에게*

부에노스아이레스, 1930

토니오,

나의 아이, 당신은 지금 어디 있어?

난 플라자호텔의 바에 친구들과 함께 있어. 당신과 함께 칵테일을 마시려고 기다려.

내가 있는 곳으로 와줘. 얼른.

콘수엘로

당신 번호 5274로 걸었는데 연결이 전혀 안 돼.**

- 편지지 상단에 "플라자호텔. 부에노스아이레스"라고 찍혀 있다. 1909년 문을 연 플라자호텔은 산마르틴광장 근처인 레티로 구역에 있다. 콘수엘로는 부에노스아이레스에서 외롭지 않게, 옛 친구들이나 전남편의 지인들과 활발하게 교류하며 지냈다.

- 타글레 거리에 집을 구해 콘수엘로와 같이 살기 전까지 앙투안은 아에로포스타 아르헨티나 본사 바로 옆 케메스 갤러리의 아파트에서 지냈다.

3

콘수엘로가 앙투안에게*

부에노스아이레스, 1931년 1월 1일 혹은 2일

나의 토니오,

한참 동안 당신은 나와 멀리 떨어져 지내겠네.** 매일 아침 누가 당신을 깨워주지? 누가
당신에게 키스를 해주지? 바람, 달, 밤이 당신 아내가 해주는 것 같은 달콤하고 뜨거운
애무를 해주지는 못할 텐데.
내가 매일 그 모든 걸 간직했다가 당신에게 하룻밤 동안 전부 다 줄게. 빨리 내가 있는
곳으로 돌아와.
사랑해.

당신의 콘수엘로

- 편지지 상단에 "마제스틱호텔"이라고 적혀 있다. 스페인어로 쓴 편지.
- 콘수엘로는 1931년 1월 3일 부에노스아이레스를 떠나는 마실리아호를 타고 1월 18일에 프랑스에 도착했다. 보르도에서 내려 파리 마들렌(8구) 근처 카스텔란 거리 10번지의 아파트로 갔다. 부에노스아이레스의 타글레 거리 2846번지, 강변의 넓은 정원으로 둘러싸인 커다란 석조 주택에서 석 달간 함께 산 콘수엘로와 앙투안은 유럽에서 결혼식을 올리기로 한다. 콘수엘로의 회고에 따르면(『장미의 회고록』), 그들은 부에노스아이레스에서 결혼식을 준비했지만 앙투안이 가족들 없이, 특히 어머니 없이 결혼식을 올릴 수 없다고 눈물을 흘리는 바람에 콘수엘로는 결혼식을 포기하고 먼저 파리로 돌아간다. 콘수엘로는 외국인이었고, 서른 살에 이미 첫 남편과 이혼하고(콘수엘로는 대학생 때 멕시코 군인 리카르도와 결혼했다. 곧 이혼했다고도 하고, 멕시코혁명 중에 사망했다는 설도 있다) 두번째 남편과는 사별한 상태였다. 다시 말해 관례에 어긋나는 결혼이었다.

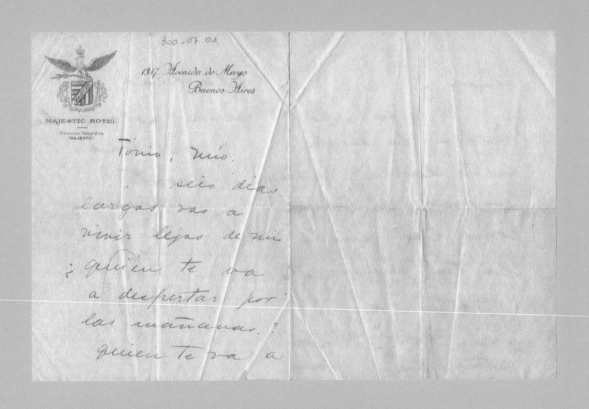

"매일 아침 누가 당신을 깨워주지?"

4

콘수엘로가 앙투안에게*

1931년 1월 4일, 마실리아호

사랑하는 토니오,

나는 잘 잤어. 오늘 아침에 몬테비데오**에 도착했는데 더워서 일찍 깼어. 이곳에서 두 시간

머물고, 다시 멀리……

너무 말썽부리지 말고 있어야 해, 토니오. 소설*** 열심히 써서, 아주 아름다운 작품을

완성해봐. 우리의 이별, 절망, 우리 사랑이 흘린 눈물이 당신이 사람들의 마음을, 사물들의

신비를 꿰뚫는 데 도움이 되지 않을까? 토니오, 토니오, 아디오스, 내 사랑.

콘수엘로

당신 어머니****께 부에노스아이레스에서 만나지 못해서 내가 얼마나 아쉬워하는지 잘

말씀드려줘.

- •　　편지지 상단에 "마실리아호"라고 적혀 있다.
- ••　　부에노스아이레스를 떠난 마실리아호가 이튿날 우루과이에서 처음 기항한 곳이다.
- •••　앙투안은 아르헨티나에 머문 초기부터 두번째 소설 『야간비행』을 쓰기 시작했다. 책은 그가 프랑스로 돌아온
　　　뒤 1931년 6월에 출간된다.
- ••••　1930년 12월 20일 플로리다호를 타고 마르세유를 떠난 마리 드 생텍쥐페리(1875~1972)는 1931년 초에 부에
　　　노스아이레스에 와서 아들을 만났는데, 콘수엘로는 이미 프랑스로 가는 배에 오른 뒤였다.

5

콘수엘로가 앙투안에게[*]

산토스.[**] 1931년 1월 5일

지난 이틀 동안, 난 바보 같았어.

이렇게나 가까이 있는 당신인데.

잠에서 깨어나보니 산토스야.

당신한테 편지를 쓰고 싶은데 할말이 생각 안 나네. 밤에는 여섯 번이나 깨서 바다를

바라보았어. 그 밝은 달빛에 몸을 던지고 싶었는데 용기가 안 났어! 당신의 전보를 손에 쥔

채로 잠이 들었어. 고마워.

당신이 어머니와 함께 편안한 날들을 보냈으면 좋겠어. 행복하다고 말해줘, 내 사랑 토니오,

그러면 고통스러워도 참고 버틸게. 난 매일 조금씩 죽어가고 있어! 사랑하는 토니오! 내가

다시 살아나게 해줘! 나에게 편지를 써줘! 편지를! 돌아오는 게 정해지는 대로, 당신이

어떻게 지내는지 소식 전해줘.

당신의

콘수엘로

- [*] 편지지 상단에 "마실리아호"라고 찍혀 있다.
- [**] 마실리아호가 브라질 상파울루주에서 처음 기항한 곳이다.

6

콘수엘로가 앙투안에게[*]

1931년 1월 5일, 마실리아호

토니오 내 사랑,

나 아파. 몸에 열이 나!

당신은 괜찮아, 내 사랑? 당신이 뭘 하는지 말해줘. 여자들 만났어? 새 소설은 쓰고 있어?

리우^{**}에서 전화할게.

나 아파!

아! 당신이 새 소설을 몇 쪽이라도 나에게 보내주었으면 해.^{***} 발표할 대목을 크레미외^{****}와

* 편지지 상단에 "마제스틱호텔/마요부에노스아이레스대로 1317번지"라고 찍혀 있다. 콘수엘로가 부에노스아이레스에서 두번째로 묵은 호텔이다.

** 여객선이 기항하는 리우데자네이루를 가리킨다. 콘수엘로는 『장미의 회고록』에서 시어머니가 될 생텍쥐페리 부인이 타고 있던 부에노스아이레스행 플로리다호 역시 같은 날 리우데자네이루에 몇 시간 동안 기항했다고 썼다(하지만 플로리다호가 리우데자네이루에 기항한 것은 1월 4일이었다).

*** 앙투안은 프랑스에 돌아간 뒤 뱅자맹 크레미외와 앙드레 지드의 조언을 듣고 『야간비행』 원고를 세심하게 수정하고 난 뒤인 1931년 4월에야 가스통 갈리마르에게 보낸다(크레미외는 장 폴랑과 마찬가지로, 원고를 발췌해서 『NRF』에 미리 실으려 했던 것 같다).

**** 뱅자맹 크레미외는 콘수엘로와 함께 탄 마실리아호가 브라질에 기항하기 전날인 1930년 8월 4일 『NRF』의 편집장이자 친구인 장 폴랑에게 편지를 썼다. "다행히 파도가 너무 심하지 않고 날씨도 너무 덥지 않아서 순조로운 항해 끝에 내일 리우에 도착한다네. 그런데 동행한 승객들의 구성이 제법 흥미롭다네. 모두 가족처럼 친하게 지내기는 하지. 우선 피에르 라세르는 건강상태가 많이 안 좋고, 카르코피노, 비네스(아주 멋진 동행이지), 랑드 신부(포슈의 고해사제, 빈틈없이 영악한 사람), 쉬페르비엘의 처가 형제 하나가 있고, 아름다운 므니에 드 쇼

51

함께 골라보게. 보내줄 거지?

당신에게 나의 키스를 보내.

콘수엘로

토니토*가 당신한테 인사 전해달래. 당신을 기다리느라 애가 탄대.

콜라 부인. 작고한 고메스 카리요의 아내. 섬들에 사는 새떼. 기타를 들고 애교머리를 내린 브라질 여인들. 『파리의 외침Cris de Paris』을 쓴 피에르 드 트레비에르가 있지. 의학 아카데미의 세르장을 비롯한 의사들도 있고."(현대출판자료연구소. 장 폴랑 재단) 앙투안이 『야간비행』을 쓸 때 뱅자맹 크레미외가 어떤 역할을 했는지를 말해주는 앙투안의 감동적인 편지도 있다. 『바람과 모래와 별Du vent, du sable et des étoiles』. 알방 스리지에 편(Gallimard, 2019. 'Quarto'. pp.409-410)을 볼 것. 앙투안 드 생텍쥐페리의 문학작품을 한 권에 모은 책으로, 제목은『인간의 대지』가 미국에서 출간된 때 사용된 'Wind, Sand and Stars'에서 가져왔다.

* 무엇에 빗댄 말인지 알 수 없다.

7

앙투안이 콘수엘로에게

부에노스아이레스, 1931년 1월 중순

나의 귀여운 아가씨,

당신 주소를 잃어버렸으니까 빨리 다시 보내줘.

집이 텅 비어 있어.* 나는 울적한 기분으로 거실에서 식당으로, 서재로 왔다갔다하고 있어. 서재에서는 몇 시간이고 울적한 기분으로 책들을 상자에 정리하기도 해. 엄마가 도착했고, 모레 함께 아순시온에 갈 거야. 아순시온에서 브라질로, 거기서 유럽으로 가. 뉴욕으로 돌아가진 않을 거야.**

당신이 떠난 뒤에 당신은 상상도 못할 난리법석이 있었어. 생각하면 구역질이 날 정도야. 어느 날 아침에 사람들이 찾아와서는 내가 모두를 속였다고 우기는 거야. 내가 당신을 집안에 숨겼다나. 모두 알고 있다면서 있을 수 없는 일이니 어쩌니 떠들더군. 화를 내면서 난리 치는 모습이 어쩌나 우스꽝스럽던지. 자기들이 뭔데 내가 당신을 내 집에 숨겼다고 난리를 피우는 거냐고. 그자들한텐 안됐지만, 집은 정말로 비어 있었지. 그런데 내가 어떤 증거를 대도 도통 믿지를 않는 거야. 당신이 몬테비데오에서 내렸고 곧바로 나한테 왔다면서. 확실한 정보라고 우기는데 정말 어찌해야 할지 모르겠더라고. 결국 친구

• 　콘수엘로와 앙투안이 1930년 가을에 함께 살았던 타글레 거리 2846번지의 집을 말한다.
•• 　앙투안은 어머니와 함께 2월 1일 알시나호에 승선해 프랑스로 향했다.

부아예*한테 부탁해서 마실리아호에 전보를 보내달라고 할 수밖에 없었어. 부아예도 굉장히 못마땅해했지. 이 모든 게 베사크**한테서 시작된 일이야. 이제 이곳을 떠난다는 게 행복할 정도야.

나의 귀여운 아가씨, 인생은 참 쉽지 않아. 왜 다들 행복한 사람을 보면 못 괴롭혀서 안달인지! 그 난리 때문에 복권도 아직 못 맞춰봤어. 또 편지 쓸게. 지금은 정말 기진맥진한 상태야.

작은 집 한 채를 찍은 사진과 당신한테 온 편지 한 통을 같이 보낼게. 마음이 심란해서 도무지 기분좋게 말하기 힘드네. 아순시온에선 그렇게 할게. 아에로포스타 아르헨티나에 당신 주소를 전보로 보내줘.

이 편지 보내고 한 달 뒤면 난 파리에 있을 거야.

나의 귀여운 아가씨, 요 몇 달만큼 행복했던 적이 없어.

사랑을 담아,

앙투안

• 당시 프랑스 해운사에서 마실리아호의 항로 개척 담당자로 일하던 앙드레 부아예를 말한다.
•• 1930년 5월에 쥘리앵 프랑빌이 사고로 사망한 뒤 베사크가 리우데자네이루에서 아에로포스타를 이끌고 있었다. 아마도 이해관계가 걸려 있었겠지만 구체적으로 누가 어떤 이유로 그런 소문을 퍼뜨렸는지는 알 수 없다. 콘수엘로도 이 일에 대해 언급한 바 있다. "우리는 부에노스아이레스의 추문이었다…… 내가 세상을 떠난 고메스 카리요의 이름을 욕되게 할 행동을 했을 리 없다."(마리엘렌 카르보넬, 마르틴 마르티네스 프룩투오소, 『콘수엘로 순신 산도발, 콘수엘로 드 생텍쥐페리, 검은 옷을 입은 신부 Consuelo Suncín Sandoval, Consuelo de Saint-Exupéry. Une mariée vêtue de noir』, Rocher, 2010)

8

앙투안이 콘수엘로에게

부에노스아이레스, 1931년 1월 14일

〔마실리아호에 보낸 전보〕

카리요 일주일 여행* 떠나기 전에

사랑을 담아 보내 이달 말에 프랑스로 떠나

배에서 전보 칠게. 앙투안

---

* 　파라과이 아순시온으로 가는 여행이었다. 이 전보는 콘수엘로가 1931년 1월 11일 마실리아호에서 보낸 전보
　　("전보가 힘든 항해를 달래줘 당신 편지를 받아서 행복해")에 대한 답장이다.

9

앙투안이 콘수엘로에게

부에노스아이레스, 1931년 1월 22일

그대, 내 가슴속엔 여전히 바람이 불고 있어.

당신에게 편지 쓰는 기분이 달콤해.

엄마하고는 그리 잘 못 지내. 내 성격이 고약하잖아, 자꾸 문제가 생겨. 나도 모르게 자꾸

엄마 마음을 아프게 하게 돼.

아순시온에는 일주일 머물렀어. 아순시온 근처, 산베르나르디노의 여름 호수°에 젊은

여자들이 잔뜩 놀러왔더라고.

난 전혀 방탕하게 지내지 않았어. 일을 했거든. 책을 거의 다 끝냈어.

창밖을 바라보면서 여름 호수를 하나 사면 좋겠다는 생각을 했어.

그 호수를 내가 아는 하나뿐인 귀여운 아가씨에게 줘야지. 거기서 헤엄치라고. 그러면 내

작은 호수는 금붕어 한 마리가 노니는 커다랗고 투명한 유리잔이 되겠지.

당신은 그레타 가르보보다 예뻐. 예쁜 만큼 말 잘 듣는 아이가 되길.

토니오

•   아순시온에서 약 40킬로미터 떨어져 있는 이파카라이호수를 말한다.

Número del retrato y credencial debe ser el mismo

27 367

Pulgar derecho

C. D.

Fotografía tomada el 27 de 1 de 19 31

부에노스아이레스, 1931년 1월 27일

10

콘수엘로가 앙투안에게

생트마리드라메르 라디오, 1931년 2월 13일 23시 55분

〔전보〕

P PARIS 1 14 13 20.20

생텍쥐페리 알시나* 생트마리드라메르 라디오

당신이 탄 배가 서서히 다가오고 아름답고 행복한 내가 당신을 맞이하려 기다려.

* 앙투안은 유럽으로 돌아가는 알시나호에 어머니와 함께 승선했다. 1931년 2월 1일 부에노스아이레스를 떠난 배는 2월 23일 마르세유에 도착했다(1931년 2월 24일자 『루에스트-에클레르』, 8면). 앙투안은 콘수엘로와 함께하기 위해 스페인의 기항지 알메리아에서 내렸고, 어머니만 프랑스로 돌아갔다.

COMPAÑIAS FRANCESAS DE NAVEGACION

AGENTE GENERAL: ANDRÉ BOYER

351 - CORRIENTES - 359

TARJETA DE ENTRADA

A bordo del vapor ALSINA

Se permitirá el acceso a bordo hasta media hora antes de la salida del buque

Válida para 4 personas.

GRATIS

NO DEBE PAGARSE NADA POR ESTA TARJETA.

알시나호 승선권. 앙투안과
그의 어머니가 탄 알시나호가
알메리아에 기항할 때 콘수엘로가
배에 올라 그들을 만났다.
1931년 2월 중순

1931년 봄, 니스에서
콘수엘로와 앙투안
가스통 갈리마르에게 준 사진

11

콘수엘로가 앙투안에게

아게*, 1931년 3월 혹은 4월

내 사랑,

5프랑짜리 만년필을 샀다는 얘기를 해주려고 편지를 쓰는 거야. 잘 써져. 만족스러워!

오늘 아침 내 편지는 참 바보 같을 거야. 여기서는 아무런 생각도 할 수가 없거든. 태양이 내 생각을 다 앗아가버려.

피부도 햇볕에 타서 까매졌어. 그래도 날 사랑해줄 거지?

토요일에 당신을 위해 소풍을 준비했어. 토요일 아침 일찍 돌아와줘.

이제 졸려. 오전 내내 붉은 암벽 가장자리에 누워서 일광욕을 했어. 암벽들이 검푸른 파도가 넘실대는 해양 동굴을 만들어놓았더라고. 디디가 장난으로라도 절대 바위는 건드리면 안 된다고 했어!

• 피에르와 가브리엘 다게 부부는 프랑스 남동부 바르주 생라파엘 코뮌의 아게에 살았다. 앙투안의 여동생 가브리엘 다게는 1903년에 태어났고, '디디'라는 애칭으로 불렸다. 1931년 3월과 4월 동안 앙투안은 회사 일과 책 출판 때문에 파리에 머물러야 했고, 콘수엘로 혼자 곧 시가 식구가 될 다게 부부의 집에 며칠 머물렀다. 앙투안과 콘수엘로는 그에 앞서 2월 중순에 알메리아에서 다시 만나 파리를 거쳐 니스로 가서 콘수엘로가 죽은 남편에게 상속받은 빌라 엘 미라도르(다비오대로 10번지)에서 지낸 뒤였다. 3월 31일에는 앙투안도 아게에 와 있었고, 콘수엘로를 앙드레 지드와 이본 드 레스트랑주(마리 드 생텍쥐페리의 친척 자매로, 그녀의 살롱에는 앙드레 지드를 비롯한 문인과 예술가가 모였다)에게 소개하고, 또 당시에 쓰고 있던 『야간비행』 이야기도 한 것이 확인된다. 콘수엘로가 앙투안의 가족들을 처음 만나고 앙투안이 콘수엘로의 친구들을 소개받은 것도 이때였다.

다음에는 우리 둘이 거기서 수영하고 싶어.

오늘은 피에르와 함께 니스에 가. 결혼식 날짜를 정하려고.* 디디가 날짜를 몰라서

친구들한테 알리질 못하니까 안절부절이야.

엄마**가 당신한테 인사를 전해달라셔. 엄마는 나한테 참 잘해주셔. 난 엄마를 사랑해.

하지만 아무리 봐도 엄마는 참을성 없는 나보다 디디를 더 사랑하시는 것 같아! 질투가 나!

나의 보물, 당신한테 키스를 보내. 밤마다 혼자 있는 게 지루해……!

너무너무 보고 싶어!

토니토!

콘수엘로

* 앙투안과 콘수엘로는 1931년 4월 22일 니스 시청에서 위베르와 아델 드 퐁콜롱브 부부를 증인으로 한 결혼식을 올렸다. 종교 예식은 이튿날(혹은 이틀 뒤. 명부에는 24일로 기록되어 있다) 아게성당에서 열렸고, 쉬도르 신부가 혼례 미사를 집전했다. 『장미의 회고록』에서 콘수엘로는 니스에서의 법적 결혼식은 자기들이 원한 게 아니고 준비도 직접 하지 않았다고, 무엇보다 경제적인 이유 때문이었다고 말한다. 시청에서 혼인신고를 하면 콘수엘로가 전남편 고메스 카리요에게 상속받은 연금을 포기해야 했기 때문이다. 그런데 사실은 콘수엘로와 앙투안이 어머니나 여동생이 준비하는 대로 따르기보다는 직접 나서서 두 번의 결혼식을 모두 준비한 것 같다.

** 콘수엘로는 곧 시어머니가 될 앙투안의 어머니를 '엄마'라고 불렀다.

소풍을 간 콘수엘로와 앙투안
아게 근처, 1931년 3~4월

12

콘수엘로가 앙투안에게

아게, 1931년 4월 14일

〔전보〕

AGAYVAR 604 15 14 1645

편지 보내줘 당신을 기다려 키스 콘수엘로

13

콘수엘로가 앙투안에게

아게, 1931년 4월 15일경

그대,

당신이 탄 기차가 토요일 몇시에 생라파엘에 도착하는지 꼭 알려줘.

그리고 전화할 때 말하는 걸 잊었는데, 파리에서 양말 좀 사다줘, 한 다스 이상.

가족들은 다 잘 지내고 있어, 유티°만 빼고. 유티는 기분이 안 좋은지 먹지도 않아.

내일 전화하면 결혼 날짜 정한 거 말해줄 테니까 도라°°에게 알려줘. 그 사람°°°도 오지?

세고뉴°°°°도?

태양이 빛나고, 나도 희망과 기쁨으로 환하게 빛나.

사랑하고 또 사랑받는다는 느낌에 젖는 건 참 멋진 일이야.

° 콘수엘로의 페니키즈종 반려견의 이름.

°° 아에로포스타의 항공노선 개발국장으로, 이전에 라테코에르사에서 앙투안을 고용한 디디에 도라(1891~1969)를 말한다. 『야간비행』에 나오는 '리비에르'의 모델이 된 인물이다. 앙투안은 남아메리카를 배경으로 한 『야간비행』을 그에게 헌정했다.

°°° 예비 부부는 뱅자맹 크레미외도 결혼식에 초대한다.

°°°° 1917년 생루이고등학교의 그랑제콜 준비반 동급생이었던 앙리 드 세고뉴(1901~1979)를 말한다. 저명한 등반가이자 고위공무원이던 세고뉴는 앙투안의 절친한 친구였다. 그들의 우정에 관해서는 베르나르 보넬이 쓴 『하늘에 닿기 Toucher le ciel』(Artaud, 2021)를 볼 것. 이 책에는 앙투안이 파리의 카스텔란 거리 아파트로 세고뉴를 보내 자신이 유럽으로 돌아오는 일정을 아내에게 전한 이야기가 나온다(p.111). 1974년 프랑스 항공 잡지 『이카르 Icare』에 이 일화를 확인시켜주는 콘수엘로의 증언이 실린 글도 있다.

당신의 아내,

콘수엘로

만년필 하나만 가져다줘.
나의 사랑하는 케트살에게 아름다운 편지를 쓰고 싶어.

〔아래는 마리 드 생텍쥐페리의 글씨〕
엄마의 사랑도 보낸다.

종교 예식 때의 콘수엘로와 앙투안

아게, 1931년 4월 23일

14

콘수엘로가 앙투안에게*

생모리스드레망,** 1931년 6월 말

나의 토니오,

나는 이 집에서 제일 아름다운 방에 머물고 있어. 엄마가 우리 둘을 위해 다 준비해두셨어.

아무래도 당신이 와서 엄마 곁에 좀 있어드려야 할 것 같아. 당신한테서 편지가 오지 않아서

적적한 마음을 당신의 책***과 당신 사진으로 달래고 계시거든.

난 여기서 아주아주 잘 지내고 있지만, 당신이 멀리 있어서 아쉬워. 당신은 어때, 내 사랑?

여기서 보름 정도 머물려고. 그 이상은 안 돼. 할머니,**** 마드 이모,***** 이름은 모르겠지만

아무튼 외숙부,****** 영국 사람 두 명, 그리고 디디와 그 식구들이 올 거라고 엄마가

기다리고 계셔. 난 항상 여기 가족들에게 예의를 갖춰야 하는 게 불편해.

- •　　타자기로 친 뒤 자필로 수정한 편지.
- ••　　앙투안의 어머니가 친척 트리코 공작부인에게 상속받은 가족의 사유지가 앵 코뮌의 생모리스드레망에 있었다. 어릴 때 앙투안은 여름이면 형제들과 그곳의 성에서 어머니, 이모들, 그리고 하인들과 함께 행복한 시간을 보냈다. 콘수엘로는 남편 앙투안과 파리에서 지내는 동안 급성충수염 수술을 받았고, 남편이 아에로포스타의 아프리카 항로 비행을 다시 시작하려고 준비하는 동안, 요양차 1931년 6월 23일부터 이곳에 와 있었다. 생텍쥐페리 가족은 1932년 생모리스드레망성을 매각했다.
- •••　　앙드레 지드의 서문이 실린 『야간비행』이 갈리마르출판사에서 막 출간된 때였다.
- ••••　　앙투안의 외할머니(결혼 전 이름은 로마네 드 레스트랑주)인 알리스 부아예 드 퐁콜롱브(1847~1933).
- •••••　　마리 드 생텍쥐페리의 여동생 마들렌 드 퐁콜롱브(1883~1971).
- ••••••　　아마도 마리 드 생텍쥐페리의 오빠인 에마뉘엘 드 퐁콜롱브(1874~1954)일 것이다.

제발 건강 잘 챙겨. 내가 당신과 같이 모로코에 가서 살 수 없어서 속상해.* 파리에선

친구들이 쉬지 않고 우리를 따로 불러내잖아.

편지를 타자로 쳐서 미안해. 그래도 마음껏 당신에게 키스하게 해줘.

콘수엘로

스카피니 부인**과 차를 마시고, 리네트***도 만났어. 전화로 두 사람에게 작별인사도 했고.

• 앙투안은 지중해 포르크롤섬으로 짧은 신혼여행을 다녀오고 니스와 파리에서 며칠 머문 뒤(이때 파리에서 『야 간비행』 집필을 마치고 교정쇄를 다시 읽어보았다) 다시 아에로포스타에서 일을 시작했다. 3월에 툴루즈에 머물면서 모로코 노선을 비행했고, 5월부터 그해 말까지는 '라테-26'기를 몰고 카사블랑카-포르테티엔(서부 사하라 모 리타니의 누아디부 지역) 구간을 비행했다. 부부는 앙투안이 툴루즈에서 비행을 시작하고 몇 주 뒤에야 다시 만 났고, 이후에는 카사블랑카에서 같이 지냈다.

•• 앙투안, 앙리 드 세고뉴와 젊을 때부터 친구였던 뤼시마리 스카피니(1909~1989. 결혼 전 성은 드쿠르)를 말한다.

••• '리네트'라는 애칭으로 불리던 르네 드 소신은 앙투안과 젊을 때부터 친구였다. 앙투안의 『가상의 한 여자친 구에게 쓴 편지Lettres à l'amie inventée』(Gallimard, 1953)의 수신자이기도 하다.

68

15

콘수엘로가 앙투안에게

생모리스드레망, 1931년 7월

토니오,

난 피곤해. 공기가 바뀌니까 기운이 없어서 처지네. 아직 힘이 안 나서 정원을 다 돌아보지도 못했어. 몇 분만 대화해도 힘들어서 정신을 잃을 정도야. 저녁도 못 먹겠어. 소화가 안 돼. 밤이면 악몽을 꿔. 사람들이 날 수술시키려고 재우는 꿈까지 꿨어. 꿈이 아니라 정말인 것처럼 고통스러웠어.

엄마는 정말 친딸처럼 나를 보살펴주셔. 어제는 평온한 토요일을 보냈어. 정원도 조금 거닐었고, 나의 유티와도 놀았지. 그런데 유티가 물에 들어갔다가 불쌍하게도 탕페트*한테 물렸어. 엄마가 키우시는 검은 개 말이야. 어제부터 열이 나고 눈이 퉁퉁 부었어. 탕페트는 고양이들을 싫어하는데, 유티가 뛰어가면 (제 눈엔) 고양이처럼 보이나봐. 언젠가 탕페트한테 유티가 목을 물리지 싶어. 유티는 탕페트를 엄청 시샘해. 탕페트가 가까이도 못 오게 하거든. 한쪽 눈이 멍들고서도 그 큰 개를 공격하는걸.

그래도 오늘은 조금 덜 피곤해. 옷도 챙겨 입었어. 점심식사 자리에 어느 부부가 손님으로 온다고 해서. 나 혼자 침대에 누워 있고 싶지는 않거든. 엄마가 보기에도 내 상태가 좋아지는

* 이 개 때문에 콘수엘로가 생모리스드레망에 머물기 힘들어진다. 콘수엘로의 일기에도 이 이야기가 나온다(콘수엘로 드 생텍쥐페리 보존 문서).

69

것 같대.

그대, 당신은 어떻게 지내? 주사 맞으니까 좀 효과가 있어? 건강을 잘 살펴야 해. 그대, 내 사랑, 내가 곁에서 식단 조절하고 담배도 끊게 도와주고 싶은데…… 우린 지금 어려운 시기지.[*] 당신 건강만 회복되면 우리는 웃으면서 이 곤경에서 벗어날 거야. 난 아직은 허약한 상태야. 수술한 것 때문에 아직 배가 아파. 특히 지금…… 내 난소가……

조합 문제, 세금 문제, 다 해결되면 알려줘. 카스텔란 거리의 관리인에게 당신 주소[**]는 알려줬지? 쥘리앵[***]이 당신 줄 거 빼놓은 건 없고?

몸이 다 나을 때까지 이곳에 잘 머물기만 한다면 난 아주 건강해질 것 같아. 집안 살림도 다 할 수 있을 것 같아. 사랑하는 내 남자도 챙기고. 나는 내 남자가 자기 생각들을 다듬어 영원한 작품을 빚어내게 하고 싶어. 자기를 자랑스러워하고 싶고, 돕고 싶어. 내 사랑이 자기를 도와줄 거야.

전보 보내줘서 고마워, 내 사랑. 하지만 당신이 참 야속해. 파리에서 잠시만 시간을 내면 전보 말고 전화를 할 수 있었을 테니까. 내키지 않거나 탐탁지 않아도, 최소한 나에 대한 예의로 해줄 수 있는 일인 것 같아서.

일주일 내내 당신한테 아무 연락도 못 받았어. 키스는 안 할래…… 당신이 해달라고 할 때까지.

사랑해, 당신의 아내

콘수엘로

---

* 책 출간 건 때문에 앙투안이 파리로 가야 해. 남아메리카에서 받던 월급이 끊기면서 부부의 재정 상황이 어려워졌다. 게다가 콘수엘로가 아르헨티나로 떠나기 직전 니스에서 자동차로 자전거 탄 사람을 치는 바람에 1931년 2월 9일 7만 5,000프랑의 벌금을 선고받은 상태였다.

** 카스텔란 거리 10번지. 콘수엘로의 파리 아파트 주소를 말한다. 두번째 남편 엔리케 고메스 카리요가 1910년 9월부터 살던 곳이다.

*** 아에로포스타의 사장이던 쥘리앵 프랑빌로 추측된다.

엄마가 당신이 잘 쉬어야 한대. 디본°에 가서 온천 요법 정도는 해줘야 한다고. 내 생각도
그래.

엄마 생각엔 당신이 카사블랑카에서는 그래도 좀 쉬면서 주사도 맞을 수 있었는데, 지금은
파리–비아리츠 노선을 비행하느라 더 피곤해진 것 같대. 하지만 찾아보면 어디든 주사를
놔줄 의사들은 있을 거야. (나에게 편지를 써줘, 나의 케트살.)

엄마가 당신에게 키스를 보낸대.

유티는 당신을 핥아준대.

°   프랑스 동부 온천 도시 디본레뱅.

"사랑하는 아내에게. 애정을 담아. 앙투안."
1931년 봄, 『NRF』의 사진가 로제 파리가 찍은 『야간비행』의 작가 사진

16
앙투안이 콘수엘로에게*

툴루즈, 1931년 7월

사랑하는 나의 보물,

당신이 너무 보고 싶어. 혹시 시간이 나면 일요일에 당신을 보러 갈게. 난 당신이 행복하길

바라. 당신이 햇빛 아래서 낮잠을 즐기면 좋겠어. 엄마가 당신을 나라고 생각하고

보살펴주시길 바라고. 그리고 당신이 점점 더 아름다워지면 좋겠어.

그거 알아? 편지를 몇 통 쓰긴 했는데, 끝까지 다 쓰지 못했거나 아니면 주머니 안에 들어

있어. 온종일 비행장에 나가 있다가 저녁이면 피곤한 몸으로 돌아오니까. 마음을 가라앉히고

당신에게 편지를 쓰고 싶은데 정신 집중이 잘 안 돼. 저녁이 되어도 선선해지지가 않아.

저녁이면 땀에 절어 있지. 사랑하는 나의 아내, 얼른 다 나아서 나에게 다정한 가정을

만들어주고 달콤한 정원이 되어줘. 난 나의 보물 같은 여인이 절실히 필요해.

이곳은 위대한 열정, 위대한 욕망 같은 건 찾아볼 수 없는 작은 도시야. 거의 공무원 같은

소박한 사람들이 여기저기 카페에 모여 자기만족을 늘어놓는 곳이지. 대단치 않은 추억들,

낚시나 사냥이나 당구 시합 같은 걸로 행복을 누리는 거야. 이 도시에서 창조는 다 끝났어.

니스칠 한 묘지나 다름없는 박물관에는 앞으로 그림 한 점 더할 일이 없고, 이미 있는 집들에

---

* 편지지 상단에 "주식회사 그랑카페 드 툴루즈/카페-레스토랑 라파에트/그랑카페 드 라 코메디/그랑카페 글
  라시에 데 자메리캥/레스토랑 도르/윌슨광장 15번지"라고 찍혀 있다.

더해서 새로운 집을 짓는 일도 없을 거야. 새 전차를 들여놓지도 않을 거고. 지나다니는 사람들은 아주 조금씩 늙어가고, 흔들리고, 쇳소리를 내. 너무도 얌전한 이곳 사람들은 그 쇳소리를 유년기의 노래, 오래된 후렴구처럼 좋아하지. 이곳엔 새로운 게 아무것도 없어. 아예 아무런 생각이 없어. 카페테라스에 모인 이들 사이에는 사랑의 추억을 공유하는 여자들도 섞여 있어. 추억은 그들과 함께 늙어가고 주름살이 늘어가. 그런데 그들이 추억보다 먼저 늙는 일은 없으니, 자기들이 여전히 젊은 줄 알지.

얌전한 이곳 사람들은 연금과 남은 살날과 자기 마음을 아주 조금씩만 내어놓아. 먹는 것에도 돈을 아끼지. 아마도 이 사람들은 다 같이 늙어 죽을 것 같아.

나의 아내, 이 도시는 우리와 안 맞아. 난 당신을 데리고 그래도 신비가 조금은 남아 있는 아름다운 곳으로 갈 거야. 저녁이 마치 침대처럼 더할 나위 없이 쾌적한 곳, 저녁이 몸의 피로를 모두 풀어주는 곳, 그리고 우리가 별들을 길들이는 곳으로. 우리가 길들이지 못한 별 기억하지? 한쪽 눈이 꼭 마녀 같고 우리 심장에 못을 박던 별 말이야. 거긴 이제 안 갈 거야. 당신이 편지를 안 보내주니까 마음이 힘들어. 내가 편지를 자주 못 쓴다고 똑같이 그러면 어떡해. 남자를 보살펴주지 않고 내버려두면 안 돼. 내 아내가 보내주는 다정한 말 한마디가 세상 그 무엇보다 더 든든하게, 내가 흔들리지 않고 당신에게 충실할 수 있게 해주는데. 아무리 당신이 그리워도, 당신이 다시 햇빛을 쬘 수 있는 곳으로 보내야 하는 게 내 의무였어. 당신의 의무는 침묵으로 나를 삶의 추하고 자질구레한 미끼들에 걸려들게 버려두지 않는 것이고.

나의 고집쟁이 아내, 당신은 다가오질 않고 난 정말 혼자가 된 기분이야. 그래도 난 내 아내 이야기를 해. 그러면 마음이 놓이거든. 이렇게 말하지. "내 아내는 시골에 있어" "내 아내가 곧 올 거야" 말하고…… 또 말하지…… 그렇게 내가 결혼했다는 걸, 말썽부리면 안 된다는 걸 되새기는 거야. 하지만 계속 나 혼자서만 말썽부리지 말자고 다짐할 수는 없어. 내 아내도 마음 넓게 내 잘못을 잊어줘야 해. 너그러운 마음으로 내가 편지를 제때제때 못 쓴 것을 잊어줘야만

해. 내 마음이 사랑으로 가득차 있다는 것을 기억하고, 또 내가 기억하게 해줘야 해.

파리에선 리네트도 못 만났고 아무도 못 봤어. 전화도 못하고, 편지도 못 썼지. 당신이

떠나고 이틀 뒤에 나도 곧바로 떠났어. 이제 다른 사람들은 상관없어.

엄마에게 내 키스를 전해주고 내가 사랑한다고 전해줘. 우선 당신을 보러 가고, 그뒤에

당신을 데리러 가겠다고도.* 이번주에는 카사블랑카에 갔다 올 거야. 당신 줄 거 챙겨올게.

그리고 돈이 생기면 곧바로 보내줄게.

사랑해.

                                                                        앙투안

---

*   툴루즈에서 앙투안은 이 편지를 쓰고 얼마 안 되어 어머니에게도 편지를 썼다. "아내를 잘 보살펴주셔서 고맙습니다. 자상하신 분이니 그렇게 해주실 줄 알았어요. 엄마를 만나러 간 김에 아내를 데려오고 싶지만, 돈이 너무 없어서 여의치 않네요. 그래서 아내에게 저를 만나러 오라고 전보를 보내려 합니다."(플레이아드 전집 1권)

17

앙투안이 콘수엘로에게*

툴루즈, 1931년 7월

내 사랑,

돌아온 지 사흘이 지났어. 모든 게 평온해. 격납고도 비행장도 사무실도 전부. 우편기들이

무탈히 하늘을 오가는 평화로운 여름이야. 여기서 파리는 얼마나 먼지…… 이곳 사람들은

파리에서 무슨 일이 일어나는지 관심도 없어. 사무실 창가에 한련을 키우는데, 꽃이

피어났어. 누가 보면 은퇴한 뱃사람이 사는 집인 줄 알 거야.

저녁이 되면 난 시내로 나가. 메르모즈**도 거기 와 있어. 우린 함께 저녁을 먹지. 건강을

회복중인 서로의 아내 이야기를 하면서 말이야. 내가 "내 아내는……" 하고 말하면,

메르모즈가 이어서 "내 아내는……"이라고 해. 둘 다 아주 자랑스러워하지. 밤이 오면 나

혼자 한참 산책을 해. 그러고 나면 피로에 지쳐 욕망이 사라진 상태로 돌아오게 돼.

- • 편지지 상단에 "테르미누스호텔/옛 쇼마르호텔/카페/역 앞/툴루즈"라고 찍혀 있다.
- •• 예비역 비행사인 장 메르모즈(1901~1936)는 1924년 라테코에르사의 상업 노선 비행을 시작했고, 군에서 조종 교육을 받은 또다른 비행사 앙리 기요메도 그를 따라 라테코에르사에 입사했다. 메르모즈는 1926년 카사블랑카-다카르 노선을 비행했고, 이어 1927년에는 아에로포스타의 새로운 노선을 개척하는 일을 맡아 남아메리카로 갔다(기요메와 함께 특히 안데스 노선을 개척했다). 앙투안은 1929년 남아메리카에서 메르모즈를 다시 만났다. 메르모즈는 그동안 이룩한 비행 과업으로 민간항공 분야의 중요 인물이 되어 있었다. 그는 1930년 5월에 수상비행기로 아프리카대륙과 남아메리카대륙 사이, 세네갈 생루이(은다르)에서 브라질 나타우까지 처음으로 비행기 항로로만 이어진 노선을 개척하고 동력 비행 최장 거리 기록도 보유하고 있었다.

76

이 작은 도시는 죽었지만 또 살아 있어. 알 수가 없어. 대단치 않은 그 수많은 소소한 열정들. 카페마다 거창한 욕심 없이 낚시나 사냥이나 당구 시합의 추억을 그리는 고만고만한 사람들로 가득차 있어. 특별할 것 없는 사랑의 추억들도 그들 틈에 살아 숨쉬고. 상냥하고 멋없는 젊은 여자들이 가득해. 이 도시는 더이상 아무것도 창조하지 못할 거야. 박물관을 채우는 일도 다 끝나서 그림 하나 더 걸 일 없는, 필요한 거나 겨우 손에 넣고, 서두르는 일 없이 연금과 남은 살날과 자기 마음을 조금씩 쓰는 그런 도시야. 모든 사람이 그럭저럭 살아가는, 새로운 변화 같은 것은 기대할 수 없는, 다 같이 늙어가는 행복한 소도시, 당신도 알지?

나는 또다른 도시도 알고 있는데…… 당신도 기억하지? 우리가 타글레의 집 창문으로 내다보던, 이제 막 혁명이 벌어진 도시 말이야.[•]『크리티카』^{••}의 사이렌소리, 그리고『라 나시온』^{•••}의 대포와 또다른 사이렌소리가 때때로 경이로운 노래가 되어 그 거대한 도시에 생명을 불어넣었지. 우리가 발코니에서 이렇게 말했잖아. 도시가 아프구나…… 그리고 그 1월 1일^{••••}의 밤도 있었고. 내가 가서 당신을 깨웠잖아. 이리고옌을 뒤흔든 그날처럼 도시가

• 앙투안과 콘수엘로는 1930년 9월 6일 우리부루 장군의 군사 및 민간 쿠데타로 이리고옌 대통령(콘수엘로의 과테말라인 전남편에게 아르헨티나 국적 취득을 권하고 영사로 임명했다)이 이끌던 합법적 정부가 무너지는 현장에 있었다. 콘수엘로는 『장미의 회고록』과 개인적인 글들에서 쿠데타 당시 아르헨티나에 있는 재산을 처분하지 못하리라는 불안과 자신의 안전이 보장되지 않을지 모른다는 생각에 힘들었다고 말한다. 앙투안도 친구 앙리 드 세고뉴에게 보낸 편지(미출간 편지로, 이 책의 부록에 수록되었다)에서 그때 일을 이야기한 바 있다. 그 역사적인 날에 뱅자맹 크레미외도 생텍쥐페리 부부와 함께 있었다. 그 역시 1930년 9월 7일 장 폴랑에게 보낸 엽서에 자신이 겪은 놀라운 일을 이야기했다. "더 흥분되는 일이 있을까? 내 방 창문 밑에서 혁명이 일어났다네. 전부 보고, 들었지. 훌륭한 청중이 강연장을 가득 채우는, 정말로 달콤한 한 달을 보냈는데 말이야. 하지만 혁명과 견줄 순 없지. 내 얘기를 들어보게. (…) 내가 묵던 호텔에서 멀지 않은 의회 광장에서 사람들이 기관단총과 대포를 맞고 쓰러졌다네. 난 발코니에서 그 모습을 바라보았지."(IMEC, 장 폴랑 재단)

•• 당시 체제에 맞선 저항의 온상이던 신문.

°°° 아르헨티나의 보수 일간지.

•••• 1931년 1월 1일. 콘수엘로가 보르도로 떠나기 직전이다.

77

시끄럽고 내 심장도 요동쳤거든. 도시가 어떤 폭군을 향해 소리치는지, 어떤 희망을 향해 외치는지 알 수 없었지. 난 당신에게 이렇게 말했어. 혁명이야! 하지만 새해맞이 행사였지. 그날 사람들이 축하한 건 바로 그런 유의 생명의 승리였어. 나는 가슴이 뭉클했고, 당신도 그랬지. 그때 나는 내 가슴에 대고 당신한테 맹세했어. 평생 당신을 지키겠다고, 당신과 함께 앞으로 다가올 새로운 날들을 살아가겠다고……

지구 저편에서 빛나던, 한쪽 눈이 꼭 마녀 같던 불길한 별이 생각나. 당신은 그 별을 다시 보고 싶어? 난 아니야. 우리 심장에 못을 박은 별이잖아.

나의 아내, 나의 동반자, 나의 모든 것, 난 당신에게 충실해. 나는 당신을 세계 곳곳으로 데려갈 거고, 우리는 별들을 길들일 거야. 그래야 더운 밤 우리가 테라스에 나갔을 때 온 하늘이 우리에게 감미롭다는 걸 느낄 수 있지.

건강 잘 챙기고 나에게 편지 보내줘. 당신의

앙투안

화요일에 떠났다가, 수요일에 돌아올 거야.

18

앙투안이 콘수엘로에게[*]

탕헤르, 1931년 6월 말 혹은 7월

편지를 길게 쓰진 못할 거야. 몸이 피곤하거든. 오늘 오전에 툴루즈에서 출발했어. 내일은 카사블랑카로 갈 거고. 모레 툴루즈로 돌아갈 거야.

날씨가 나빴어. 쉼없이 바람에 얻어맞았지. 때로 푸른 하늘이 나타나면 3천 피트 고도에 피해 있었어. 먼지 하나 섞이지 않은 바람이 세차게 일면 그 차가운 기운에 땀이 마르지. 그런 바람은 위험하진 않아. 하지만 얼음같이 차가운 공기의 흐름이 너무 세서 앞으로 나아가기 힘들지. 그러면 부동의 황금빛 휴식을 멈추고 다시 지상의 무질서와 흔들림과 참을 수 없는 열기 속으로 들어가야 해.

탕헤르, 죽어 있는 작은 도시.

그대, 난 이제 자려고 해. 자기 전에 당신에게 키스를 보내려고 편지를 써. 나의 온 사랑을 전하려고.

카사블랑카에서 좀더 길게 편지 쓸게.

난 당신이 생각하는 것보다 당신을 훨씬 많이 사랑해.

앙투안

---

[*] 편지지 상단에 "그랑카페 드 파리 / 파스퇴르대로 / 프랑스광장 / 탕헤르(모로코)"라고 찍혀 있다.

엄마에게도 내 키스를 전해줘. 내 책*에 대해 사람들이 무슨 말을 하는지도 써 보내줘.

* 『야간비행』은 1931년 6월 말 갈리마르에서 출간되었다. 처음에는 언론의 주목을 별로 받지 못했고, 그나마 반응도 갈렸다. 모리스 부르데는 『르 프티 파리지앵』에 호의적인 글을 실었고, 로베르 브라지야크는 『락시옹 프랑세즈』에 다소 논쟁적 의도로 훨씬 냉정한 글을 실어 작가에게 큰 영향을 끼친다. 하지만 이 작품으로 앙투안은 1931년 페미나상을 수상하면서 성공을 거둔다.

19

앙투안이 콘수엘로에게*

툴루즈, 1931년 6월 말 혹은 7월

황금 깃털,

당신 없이 더는 못살겠어. 당신을 데리러 갈게. 황금 깃털, 당신은 이 세상에서 가장
사랑스러운 여인이야. 요정이지. 당신 편지를 읽다가 눈물을 흘릴 뻔했어. "당신에게 추한
편지를 썼다는 후회가 점점 커져서 절망으로 눈물 흘리며……"**
당신을 잘 이해하려면 케트살이 되고, 황금 깃털이 되어야 해. 그래야 그 작은 야생의 영혼에
감탄할 수 있지. 그런 황금 깃털한테 유티의 밥을 바닥에 두지 못하게 하다니…… 내 집으로
와, 황금 깃털. 집안을 마음껏 어지럽혀도 돼. 아무 탁자나 어지르며 편지 써도 돼. 전부 당신
거니까. 내 마음도 마구 어지럽혀도 돼.
다시는 당신을 떠나지 않을 거야. 사람들이 나의 보물을 이해하지 못해서 정말 속상해. 이제
난 그 어떤 것으로도 절대 당신을 비난하지 않을 거야. 그 어떤 것도 후회하지 않을 거고.
매일 조금씩 더 많이 고마워할 거야. 아주 착하고, 아주 충실할 거야.
당신의 고통은 나의 고통이야.
언젠가 당신이 내가 "옳다"고 말했지. 황금 깃털, 나는 언제나 당신에게 걸맞은 사람이 되고

- 편지지 상단에 "주식회사 그랑카페 드 툴루즈/카페 - 레스토랑 라파예트/그랑카페 드 라 코메디/그랑카페
  글라시에 데 자메리캥/레스토랑 도르/윌슨광장 15번지"라고 찍혀 있다.
- •• 이 편지는 발견되지 않았다.

싶어. 언젠가 당신이 "완벽하게 행복해"라고도 말했잖아. 황금 깃털, 카사블랑카에서 함께 살면 더 행복할 거야. 작은 자동차도 한 대 장만하자. 일주일 비행하고, 그다음 일주일은 함께 보내고, 그렇게 지내는 거야. 내가 없는 엿새 동안은 그림을 배우면 어때, 황금 깃털? 아랍어를 배우는 건?

황금 깃털, 당신을 행복하게 해주겠다고 약속할게.

당신의 남편, 당신의 케트살.

앙투안

20

콘수엘로가 앙투안에게*

리옹, 1931년 7월 어느 목요일

내 사랑,

오늘은 리옹에 왔어. 영화를 봤고, 한 시간 뒤에 생모리스로 돌아갈 거야.**

일요일에 올 당신을 기다려. 만일 못 오게 되면, 제발 부탁이니, 토요일 일찍 전보를 보내줘.

어떻게 되든지 간에 전보 보내줘.

내가 좀 예민해지긴 했지만 심하지는 않아. 건강상태는 아주 좋아. 당신과 함께 떠날 수

있어.

이미 난 당신 곁에 있으니 더 좋아질 거야, 내 사랑. 그러니 어서 나를 데려가줘.

당신을 사랑해.

당신의

콘수엘로

- 편지지 상단에 "브라스리 뒤 토노/레퓌블리크광장 66번지/리옹"이라고 적혀 있다.
- 생모리스드레망 코뮌은 리옹에서 약 50킬로미터 거리에 있다.

21

앙투안이 콘수엘로에게

사하라, 1931년 여름[*]

사랑하는 황금 깃털,

모래를 들어올리는 거센 바람이 불고 있어. 사막 전체가 움직이고, 형체가 사라져. 당신은 나에게서 2천 킬로미터 떨어진 도시에서 평온하게 잠들어 있지만, 나는 막사의 판자 사이로 모래바람이 들이칠 때마다 요란한 울음소리에 귀를 기울여. 우리는 모두 피로에 지친 채로 테이블 주위에 바짝 붙어앉아 있지. 책을 읽는 친구들도 있고, 나는 당신에게 편지를 쓰고 있어. 하지만 불편한 건 모두가 똑같아. 개들도, 텐트에 사는 무어인들도 마찬가지지. 우리는 신음하고, 한탄하고, 한참을 뒤척이다 잠들어. 지금 모래바람이 불고 있어, 황금 깃털. 우리는 바람에 휩쓸리는 모래 소리 때문에 잠들지 못해. 움직이는 어떤 세상이 우리가 책을 읽는 작은 방으로 밀려오는 것 같거든. 황금 깃털, 나는 문까지 갔다가, 기다란 노란색 연기처럼 빠르게 지나가는 모래바람 사이로 달을 보았어. 황금 깃털 그대, 우리가 현실을

---

[*] 앙투안은 수당이 더 많은 카사블랑카-다카르 노선을 비행하기 위해 툴루즈를 떠났다. 1931년 9월 11일 그가 포르테티엔에서 이본 드 레스트랑주에게 보낸 편지가 있다. "무급휴가가 길어진 탓에 많이 힘들어진 재정 상황을 회복하기 위해 다시 비행을 신청했습니다. 툴루즈에서 기지 감독관으로 지내면서 괜찮은 노선이 배정되기를 기다린다면 하염없이 긴 시간을 견디기만 하는 가련한 인간들과 다름없어질 테죠. 그래서 전 콘수엘로를 큰 비행기에 태워 함께 카사블랑카로 갔습니다. 그곳에서 출발하는 (리오데오로강을 건너는) 남부 노선을 맡을 예정입니다. 밤안개가 지독해 꽤 힘든 노선이지만요. (…) 이 일을 두세 해 더 할 계획입니다. 그러고 나면 형편이 좀 나아지겠지요."(플레이아드 전집 2권, p.901)

84

벗어날 때 지표가 되어주고 부표가 되어주는 달 말이야. 움직이는 땅들, 오늘밤 움직이고
있는 땅들 위에서 움직이지 않는 무언가였지. 황금 깃털, 이럴 때면 짐승과 인간들은 모두
불안에 휩싸여.

나도 불안해. 내 보물을 멀리 두고 왔잖아. 나의 보물은 심심해하고, 꿈을 꾸고, 물속에서
헤엄치는데 나는 그곳에서 맞아주고 해변에 데려다줄 수 없다니. 꿈속에서 그리고
바닷속에서 너무 멀어지지 않게 잡아줄 수 없다니. 나는 나의 보물로부터 멀리, 오늘
모래언덕이 모두 무너져내리고 형체가 사라진 나라에 와 있어. 달빛 아래 땅들이 마치
물결처럼 일렁이는 나라, 바람이 문틈으로 휘파람소리를 내고 바닥 타일에 부딪히는
소리밖에 들리지 않는 나라, 그리고 사막 어디선가 끝이 없는 동요처럼 아랍의 서글픈
곡조가 들려오는 나라에.

황금 깃털, 나는 우리 생계를 위해 돈을 벌고 꿈을 꿔. 당신이 모래 아닌 단단한 길 위를 누빌
수 있도록 작은 자동차를 사주고 싶어. 나는 우리 사랑을 위한 장소로 바다는 싫어. 당신은
대상 행렬caravan을 눈보다 더 확실하게 뒤덮어버릴 수 있는 모래를 좋아하지 않을 테니까.
난 당신이 원하는 거라면 뭐든 다 줄 거야. 나는 다정하고 강인하고 사랑스러워질 거야.
그리고 무엇보다 온 힘을 다해서 언제나 올바를 거야, 황금 깃털.

보물에 관한 아름다운 이야기들을 들었어. 무어인들이 귀하게 여기는 보물이 여기저기
있는데 백인들은 손댈 수가 없대, 나라에서 금지해서. 그 보물들은 언제까지나 달빛 아래
잠들어 있어. 내가, 어느 밤에, 그 보물을 찾아 나서는 상상을 해, 모래로 온통 뒤덮인 채로,
보물을 볼 수 있다는 강력한 희망을 품고서 말이야. 내 생각에는 사람들이 보물을 좋아하는
게 꼭 그 안에 든 황금 때문만은 아닌 것 같아. 아무도 손댄 적 없는 그 순결함 때문이지.
바로 이 땅, 이 나라가 간직한 신비 말이야. 모래 속에서 반짝이는 보물 때문에 어떤 땅은 더
매력적이고 더 쓰라린 거야. 대상단을 꾸려서, 별들을 길잡이 삼아, 모래 안에 잠들어 있는
샘을 찾아 떠나면 얼마나 멋질까. 모래를 파헤쳐, 거울과 보석과 황금을 찾아내면……

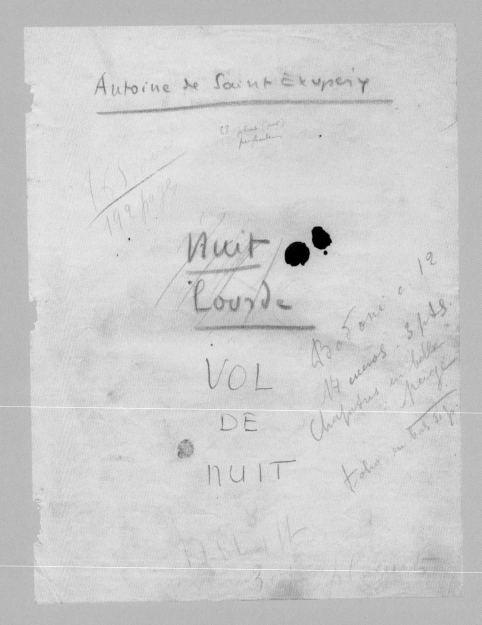

『야간비행』 최종 원고. 원래 제목은 '무거운 밤'이었다.

그래도 나에겐 다른 보물이 있으니까, 내 모든 귀로의 여정은 의미가 있었어. 그래, 황금 깃털, 전부 당신 거야. 내일 밤 당신이 잠들면, 우린 한 팀이 되어 길을 나서는 거야. 무전기와 하늘에 뜬 달과 야광 나침반에 의지해 고군분투하면서, 필요한 수치들을 계산하면서, 주먹 꽉 쥐고서, 그렇게 내가 어디선가 나의 시원한 샘을 찾을 때까지, 그 샘이 제 팔로 나를 붙잡아 가만히 감싸안아줄 때까지 가는 거야. 난 내 집에서 잠들 거야, 밥도 먹고 내 아내를 안아줄 거야.

편지를 더 잘 쓰고 싶은데, 이 모래가 우리 모두의 숨통을 막네. 이 집은 마치 침몰하는 배 같은 소리를 내고. 개들도 테이블 아래로 숨어. 가련한 남편들은 생각에 잠기지. 아내에게 가려면 저 물살을 거슬러올라 헤엄쳐가야 한다고, 2천 킬로미터를 가느라 탈진하고 말 거라고……

황금 깃털, 당신을 너무 사랑해서, 머릿속으로도 마음속으로도 당신에게 줄 것만 찾고 있어. 그래 봤자 찾아낸 건 커다란 사랑뿐이지만.

22

콘수엘로가 앙투안에게

카사블랑카, 1931

참 무거운 밤이야. 난 이 밤을 통째로 삼켜버린 기분이야. 너무 불행해서 숨도 잘 못 쉬겠어. 사랑하는 나의 남편, 나에겐 당신처럼 나를 이해해주고 내가 원하는 대로 사랑해주는 친구가 없어.

지금 난 한 가지 엄청난 비밀 때문에 마음이 괴로워. 당신에게 털어놓을게. 그건 바로 내가 당신을 사랑한다는 거야. 나는 내 남편 당신을 사랑한답니다. 당신한테 내가 서툴거나 무심하게 굴더라도 원망하면 안 돼. 지금은 내가 지쳐서 그래. 창피하지만 말할게. 난 아파. 말하기 창피하지만, 난 몸이 약해. 견디기 힘들어지면 나도 모르게 딴사람이 되어버려. 진실한 반응을 보일 수가 없어.

수술받은 뒤에 좀 무리했더니 이제 대가를 치르는 거지. 그래도 내가 필요하다면 며칠이고 밤새도록 위로해주겠다던 당신의 약속을 떠올리면 힘이 나.

나의 남편, 나는 당신에게 튼튼하고 아름답고 지혜로운 아내가 되려고, 당신만의 아내가 되려고 힘겹게 애쓰는 중이야. 어쩌면 내 모습이 당신이 꿈꾸는 여자와 비슷해질지 몰라. 당신이 날 도와줘, 사랑하는 나의 케트살. 나 너무 절망적이야. 정말이야.

평온하고 고요한 분위기가 절실해. 내 머릿속에 있는, 나 자신도 이해하지 못한 이미지들을 다뤄야만 해. 아니, 제자리에 가져다놓아야 해. 그런데 너무 많아……

어떨 땐 내가 미친 것 같아. 하지만 난 미치지 않았어. 적어도 일반적인 의미에선 미치지 않았어, 정상이야. 그냥 무언가 생각하다보면 금세 갈피를 못 잡고 헤매게 되는 거야.

88

내가 가끔 별다른 이유도 없이 불쑥 떠올라 분출하려 하는 이미지 이야기하던 거 당신도 기억하지? 나의 남편, 내가 미친 걸까?

당신하고 모로코에서 살게 돼서 좋아.[*] 내가 힘든 건, 진정한 나와 자주 대면할 수밖에 없어서야. 그리고 나는 아름다운 모든 것을 사랑해서, 내 앞에 완벽한 '황금 깃털'이 없으면 화가 나고 눈물이 나. 난 언젠가 내 앞에 아름다운 '황금 깃털'이 나타날 거라고 믿으니까.

사랑하는 그대, 당신도 자기 자신과 단둘이서만 있기 좋아하지. 자주 그러고, 당신은 그렇게 하는 방법도 알잖아. 난 당신이 놀라워. 난 당신하고 얘기하는 게 좋은데. 나 혼자 얘기하는 것보다 확실하거든.

난 스스로에게 거짓말을 해. 늘었다 줄었다 하는 고무줄처럼 말을 바꾸지. 거의 무의식적으로 문학을 하려고 해.

누구든 자기 생각을 표현해야 하잖아, 안 그래, 나의 보물? 그런데 너무 많은 사람이 자꾸 나타나서 진정한 우리를 일그러뜨려. 예술작품 말고 당신의 호기심과 당신의 개성을 사랑해줄 사람도 거의 없지.

우리가 잘살아갈 수 있도록 도와주는 친구를 만나기가 너무 어려워. 나는 당신을 위해 그 일을 하고 싶어. 이미 세상 이치를 깨친 당신을 위해서 말이야. 내가 해낼 수 있을까?

내가 당신을 황홀하게 만들 수 없다면 너무 괴로울 거야. 내 사랑, 난 당신의 아이야. 날 버려두지 마. 날 데려가줘. 내가 그렇게 바보는 아니야, 아마도!

참! 어젯밤에 기요메, 게레로[**]와 함께 라바트에서 카사블랑카로 오는 길에 차 사고가 났어. 나중에 얘기해줄게. 오토바이 한 대가 라이트를 안 켜고 오는 바람에, 게레로가 미처 못 본

---

[*] 생텍쥐페리 부부는 카사블랑카에서 건축가 마리위스 부아예가 설계한 마라케시의 파샤 글라우이의 궁에 있는 넓은 거처에 묵었다(놀리 거리 23번지). 앙투안은 비행을 자주 나갔기 때문에 콘수엘로 혼자 있을 때가 많았다.

[**] 비행사 앙리 기요메(1902~1940)와 전투비행기 조종사 출신 로랑 게레로(1902~1937).

거지. 오토바이가 옆쪽을 들이받아서 차가 찌그러졌어…… 〔뒷장은 없어졌다〕

23

콘수엘로가 앙투안에게

카사블랑카, 1931

나의 케트살,

당신은 이미 하늘에 있을 텐데, 나에겐 당신이 보이지 않아. 지금은 어두운 밤이고, 당신은 아직 멀리 있지. 날이 밝길 기다려야지. 당신이 집으로 돌아오는 동안 난 잠을 잘래.
비행장에 가서 당신을 기다릴게.
나의 사랑하는 남편, 이미 당신의 모터가 내 가슴속에서 부르릉대고 있어. 내일이면 당신이 바로 이 테이블에 내 눈의 포로가 되어 앉아 있겠지. 난 당신을 볼 수 있고, 만질 수 있겠지…… 카사블랑카에서의 삶이 나에게 의미 있어질 테고, 살림을 잘하지 못해도 감내해야 할 이유가 생기겠지. 그대, 나의 마법의 새, 당신이 나에게 노래를 불러주는 순간 모든 게, 모든 게 아름다워질 거야.
"신께서 그 위대함으로 당신을 지켜주시길."

황금 깃털

24

콘수엘로가 앙투안에게*

마라케시, 1931

내 사랑,

당신이 없어서 난 슬퍼 울고 있어.

우리는 나라케시에서 기막히게 멋진 하루를 보냈어. 태양이 빛났고, 신기루가 펼쳐졌고,

콩트**와 나는 다정한 말들을 주고받았지. 당신에 대한 추억도 이야기했어.

오늘 저녁엔 오래된 은빛 올리브나무 사이를 걸어 햇빛에 잠긴 메나라호수*** 쪽으로 갔던

우리의 멋진 산책을 당신에게 전해주고 싶어. 얼마나 평화롭고, 얼마나 감미롭던지! 그 모든

걸 내 몸에, 내 눈에, 내 입에 간직했어.

당신에게 보내줄게! 키스와 함께!

당신을 열렬히 사랑하는 당신의 아내.

콘수엘로

- 편지지 상단에 "라 마무니아/트란스아틀란티케호텔/마라케시"라고 찍혀 있다.
- 카사블랑카의 외과의사 앙리 콩트와 그의 아내 쉬제트는 생텍쥐페리 부부와 가까이 지내며, 부부가 1932년 카사블랑카를 떠날 때까지 자주 왕래했다. 콘수엘로는 쉬제트와 마라케시에서 며칠 동안 함께 지내기도 했다.
- 마라케시에서 한 시간 거리에 있는 정원으로. 알모하드 칼리프 왕조 때(12~13세기)의 것이며 올리브나무밭이 있고 산책하기 좋은 곳이다. 산에서 끌어온 물을 채운 저수조가 있어. 그 물을 올리브나무밭에 댔다.

카사블랑카의 안파 해변에 있는 르리도호텔 입장권, 1931

25

앙투안이 콘수엘로에게

카사블랑카, 1931

나의 심술궂은 아내,

당신은 왜 나로 인해 모든 게 쉬워지는 게 아니라 오히려 어려워진다고 말하지? 왜 하필 곧 떠나야 하는 나를 두고 겨우 십오 분 늦었다고, 닭고기가 너무 푹 익었다고 나무라지? 이제 일주일 동안 당신과 멀리 떨어져 있어야 하는데, 오로지 당신과의 추억만 그리며 지내야 하는데, 앞으로 나에겐 닭고기를 익히는 것보다 훨씬 더 힘든 지긋지긋한 밤들이 기다리고 있는데, 어떻게 나한테 그럴 수 있지? 그리고 당신은 어째서 날 배웅하지 않지? 왜 한 번도 마중을 안 나오느냐고. 당신의 애정이 간절한 오늘 같은 날 대체 왜 나를 다정하게 대해주지 않아?

황금 깃털, 당신은 열렬한 사랑을 받잖아. 오늘 같은 날은 당신이 많이 행복하지 않더라도 나에겐 감춰야 해. 나는 오로지 당신을 위해 무언가 하고 있다는 생각으로, 당신이 넓은 아파트에 살고 햇볕과 해수욕을 즐길 수 있게 하려고, 당신의 멋진 미라도르*를 지키려고, 우리가 함께할 더 아름다운 날들과 여행을 위해서, 당신에게 아름다운 드레스를 사주고 싶다는 마음으로 일하는데.

---

* 엔리케 고메스 카리요가 1923년 2월 17일에 매입한 니스의 다비오대로 10번지 저택 '빌라 엘 미라도르 드 니스'를 말한다. 카리요 부부는 그곳에서 일 년 반 동안 행복하게 살았다.

당신이 정신이 나간 게 아니라면 그렇게 돌아다녀서도 안 돼. 나처럼 멀리 사막에 가 있는 사람들은 금방 불안에 휩싸이거든…… 당신에게서 너무 멀리 떨어진 이곳에서, 가진 거라곤 오로지 사랑뿐인 내가 당신을 지킬 수 있을지 모르겠어.

황금 깃털, 날 위해 행복한 척이라도 해줘.

당신의 케트살

당신이 행복해 보이면 언제나 나도 행복해.

26

콘수엘로가 앙투안에게

카사블랑카, 1931

사랑하는 나의 남편,

오늘 오후엔 폭풍이 휘몰아치는 바다를 바라보며 멋진 시간을 보냈어. 나는 우리를
생각했고, 우리 사랑을 생각했어. 그리고 내가 얼마나 내 사랑을 사랑하는지 깨달았어.
우리의 사랑을.

당신이 떠나기 전에 흥분해서 *신경질 낸 것* 탓하지 않을게. 하지만 그 이유는
원망스러워……

그대, 우리는 지금 우리 사랑의 심장을 쥐고 있어. 그걸 부서뜨리면 안 돼. 그러면 우리에겐
눈물만 남을 거야!

내일 내가 비행장에 마중 못 나가도 이해해줘. 보샹 부인 집에 가기로 해서 비행장에 나가서
기다릴 수가 없어. 난 친구들을 사귀고 싶거든.

당신이 없어서 마음이 너무 아파. 집이 텅 비었어…… 비어 있어…… 오늘처럼 추운 밤에는
슬픈 생각들이 자꾸 떠오르려 해.

당신의 연약한,

황금 깃털

27

앙투안이 콘수엘로에게

카사블랑카, 1931

콘수엘로, 이러면 어떡해.

당신을 앙투안* 집에 데려가지 않은 건 당신이 감기에 걸려서 힘들 것 같아서 그런 거야.
당신이 기다릴까봐 일찍 돌아왔잖아. 그런데 당신은 나가고 없네. 내가 빠질 수 없는
자리여서 어쩔 수 없었어.
난 지금 혼자 있어. 나도 나갈 거야.

* 아마도 1925년 라테코에르사에 입사해 당시 아에로포스타 아프리카 노선에서 일하던 비행사 레옹 앙투안
(1902~1993)일 것이다.

Un vol.
12 fr.

PRIX
FÉMINA
1931 *nrf*

1931년 12월, 앙투안은 『야간비행』으로 페미나상을 받았다.

앙투안이 콘수엘로에게

카사블랑카, 1931

콘수엘로, 왜 이렇게 심술을 부리고 날 아프게 하는 거야.

당신이 비행장에 마중나오지 않은 것만으로도 이미 난 너무 슬펐어. 힘든 비행을 마치고 돌아올 때 당신이 비행장에서 기다려주면 얼마나 큰 위로가 되는데. 내가 이 위험한 일을 하는 건 다 당신을 위해서라는 거 알잖아. 그런데 다른 할일이 없는 당신이 내가 오는 것조차 모르고 있다니! 나 혼자 비행장에 내리게 하다니.

게다가 아프고 피곤하고 슬픈 나를 두고 당신은 차를 마시러 가는군. 모든 약속을 일부러 내가 오는 날로 맞춰서 잡아놓는 게 아니고서야. 난 너무 서운했고, 집에 돌아왔다는 기쁨마저 다 사라져버렸어. 물론 당신한테 내가 잠자는 모습을 지켜봐달라는 건 이기적인 생각이니까, 다녀오라고 했지만.

그런데 당신은 저녁식사 약속이 있다고 또 가버렸고, 지금 한시인데 아직도 집에 안 들어왔어. 난 불안해 죽겠어. 도저히 이해를 못하겠어. 비행장에도 안 오고, 이젠 밤에 집에 들어올 생각도 안 하다니. 너무 마음이 아파. 내가 집에 돌아온 날인데, 내 아내가 새벽 한시까지 집에 안 들어오다니.

너무 실망스럽고 불안하고 외로워.

앙투안

콘수엘로가 앙투안에게

니스, 1933

그래, 나의 토니오.

난 이곳에서 당신에게 보금자리를 만들어주려고 애쓰고 있어.* 내가 내 동생**이나

하인들한테는 불평을 쏟아낼 수 있으니 그나마 디행이지. 당신한텐 언제든 다정하게

대해줄게. 그것 외에 뭐가 더 필요해? 당신 앞에서 난 내 강아지하고도 마음대로 놀 수 없어.

종이 한 장만 더럽혀도 당신이 나한테 고함을 지르잖아.

그래도 난 당신을 사랑해. 만일 나한테 심술을 부리면, 다시는 당신하고 한마디도 안 할

거야.

당신의 바르톨리타

* 아에로포스타가 위기에 처하고 디디에 도라에게 소송이 걸렸을 때(앙투안 자신도 관련된 일이었다), 앙투안은 씁쓸하고 분한 마음으로 결국 1932년 아에로포스타를 떠났다. 부부는 몇 주간 『NRF』와 가까운 퐁루아얄호텔에 묵은 뒤, 파리(카스텔란 거리)와 니스(빌라 엘 미라도르)를 오가며 지냈다. 그러나 곧 재정 상황이 악화되어, 생활비를 벌기 위해 앙투안은 정기적으로 대형 언론사들과 함께 일하게 된다. 그는 유명 작가가 된 뒤에도 비행사 경력을 포기하지 않고 1933년에는 페르피냥과 생라파엘에서 라테코에르사의 시험비행사로 일했지만 형편은 나아지지 않았다. 1934년 7월 16일 앙투안과 콘수엘로는 빌라 엘 미라도르를 판다.

** 페미나상 수상 후, 생텍쥐페리 부부가 퐁루아얄호텔에서 지낼 때 콘수엘로의 여동생 아만다가 파리에 왔다. 콘수엘로와 아만다는 몇 주간 파리에서 지낸 뒤 다시 니스에 가서 몇 달을 머물렀다. 앙투안이 콘수엘로에게 생라파엘로 오라고 연락하자, 아만다는 엘살바도르로 돌아간다.

30

앙투안이 콘수엘로에게

파리, 1935년경*

자기가 뭘 하는지도 모르고서, 아니 어쩌면 알면서도 나를 너무도 힘들게 하는, 사랑하는 어린 아가씨. 그녀 때문에 난 눈물 흘리면서도, 전부 용서할 수 있어. 그녀가 걱정하고 괴로워하니까. 내가 그녀에게 느끼는 건 무한한 사랑과 무한한 연민뿐이니까. 내 사랑은 너무 커서 그녀를 원망할 줄도 몰라. 사람들이 나한테 전화를 걸어 말해줬어. 그녀가 자기가 어디 있는지 나에게 알려주지 말라고 했다고. 그녀와의 사랑 위에 내 삶을 지어 올렸는데, 나에게 어째서 이런 재앙이 닥친 걸까.

난 그녀의 날개 아래서, 한 마리 새의 온기와 한 마리 새의 언어, 넘치는 순수와 경이로운 전율에 포근하게 감싸여 글을 쓸 날을 간절히 꿈꾸었는데. 지금 이렇게 눈물에 젖어 있는 나에게, 그녀가 당장 나에게 말해주기만 하면 기뻐서 날아다닐 텐데! 그녀를 용서하고 보살피고 싶은 마음이 얼마나 커졌는데! 왜 나는 그녀를 모두 용서하면서도 이토록 마음이 무거울까? 왜 나는 내 모든 것을 주면서도 매번 내가 바치는 것을 그녀가 더이상 받아주지 않을까봐 두려움에 떠는 걸까? 내 피, 내 살, 내 심장, 전부 더이상 내 것이 아니기에 이제 주인이 없는데. 어째서 그것들이 나의 눈부신 아내의 것도 될 수 없는 걸까?

오 내 사랑, 지금 나에게 엄습해 나를 사로잡는 생각은 단 한 가지뿐이야. 당신에 대한

* 1933년 12월 21일 앙투안이 생라파엘에서 수상비행기 사고로 죽음의 위기를 넘긴 뒤 부부는 1934년 초에 파리로 돌아간다. 1934년 여름에는 카스텔란 거리를 떠나 파리 좌안의 샤날레유 거리 5번지로 거처를 옮겼다.

101

원망도 비난도 없어. 눈물조차 없어. 오직 당신의 불안을 달래는 일에 내 삶을 바치겠다는 깊고 무한한 욕망뿐이야. 당신을 괴롭히는 미지의 신을 길들이는 일에, 당신이 내 품속에서 마치 포근한 둥지에 깃들여 바람에 산들거리는 갈매기처럼 평화를 누리게 하는 일에 내 삶을 바치고 싶어. 당신을 행복하게 만드는 일에.

앙투안

31

콘수엘로가 앙투안에게

파리, 1935
자정

잘 자, 토니오.

당신이 시킨 대로 집에 들어왔어. 난 왜 어리석은 새가 나에게 남겨놓은 마지막 깃털들과
혼자 남아 있어야 하지? 난 너무 추워. 슬픔에 젖어 자려고 누웠어. 잠든 나에게 천사가
찾아올까?

C.

부탁이야. 내 잠을 깨우지 마.

32

앙투안이 콘수엘로에게

파리, 1935년경

참 이상하기도 하지, 당신이 보고 싶어지면 난 왜 이리도 슬플까? 바보 같은 기차가

고장나서 삼십 분 늦게 역에 도착하는 바람에 겨우 삼 분 차이로 당신을 볼 수 없었어.

난 저녁 먹으러 갈 생각도 못하고 여덟시 십오분부터 열시까지 당신 전화만 기다렸는데.

아가씨, 잠깐 연락이라도 해주면 좋잖아.

난 기다리다보면 왜 이렇게 신경이 곤두서는지 모르겠어, 이만 나가봐야 할 것 같아. 당신이

집에 들어왔는지 볼 겸 이따 전화할게.

그럼 이따 봐. 참, 나 러시아에 갈 일이 생겼어.* 당신 곁을 떠나는 건 너무 싫지만.

삶이란 참 이상해.

앙투안

* 앙투안은 1935년 5월 『파리-수아르』의 현지 취재기자 자격으로 러시아에 간다. 그뒤에는 모로코로 향했고, 1935년 11월과 12월에는 에어프랑스가 주최한 강연을 위해 지중해 지역을 돌았다. 그는 자신의 비행기인 '시문simoun'기로 이동했다. 여정중 일부는 콘수엘로도 동행했다.

"나의 토니오. 그대를 영원히 사랑하는 병아리. 콘수엘로. 1935"

Le retour à Paris de Saint-Exupéry

« L'Intransigeant » publiera prochainement le récit de la dramatique aventure du célèbre écrivain-pilote

Saint-Exupéry et sa femme à leur arrivée à la gare de Lyon, ce matin

1935년 12월 30일에서 31일로 넘어가는 밤에 앙투안은 이집트 사막에서 비행기 사고를 당했다.[*] 사흘간 연락이 끊겨 지인들이 애를 태웠고 전국적인 뉴스가 되었다. 1936년 1월 2일, 그의 구조 소식이 다시 한번 언론을 달구었다. 1936년 1월 23일자 『랭트랑지장』.[**]

[*] 생라파엘에서의 사고로 수상비행기 시험비행 계약 갱신에 실패한 앙투안은 자신의 시문기로 파리-사이공 기록 경신 대회에 도전했다. 비행 도중 기체 결함으로 비상착륙 했다가 카이로로 가는 도중 리비아사막에서 추락했다. 후에 베두인족들에게 구조된다.

[**] 1948년까지 발행된 우파 성향의 일간지.

33

콘수엘로가 앙투안에게

파리 보방광장, 1936년 6월 말~7월 초*

나의 토니오,

앞으로 우리의 보금자리가 될 이곳에서 저녁 연회를 열었어. 해변 의자와 흰 목재

탁자들로 멋진 저택 분위기를 내보았지.** 도라 씨,*** 갈리마르 부부,**** 베르트 부부,*****

---

* 다시 파리의 루테티아호텔에서 몇 주 동안 같이 지낸 부부는 1936년 6월 22일 보방광장 15번지의 아파트를 임대했다. 앵발리드의 돔 지붕 쪽이 보이는 방 열 칸짜리 복층아파트였다. 콘수엘로는 4월부터 아파트의 실내장식을 준비했다. 『장미의 회고록』에는 혼란스럽던 이 시기의 부부의 삶에 대해, 특히 버려졌다는 감정에 대해 회고한 내용이 나온다(우울증 때문에 베른의 병원에 입원하기도 했다). 그녀는 남편 곁에 있는 넬리 드 보귀에가 점점 더 거슬렸다. 이후 보방광장의 아파트에서 부부가 다시 함께 살아가면서 예술가와 작가 친구들이 자주 찾아오기도 했지만, 여전히 행복과는 거리가 멀었다. 게다가 또다른 비극적 사건이 일어났다. 1938년 2월 16일 장거리 시험비행으로 뉴욕에 가던 중 과테말라시티에서 비행기 사고가 났고, 심한 부상을 입은 앙투안은 몸이 회복될 때까지 아메리카대륙에, 즉 처음에는 과테말라, 이어서 넬리 드 보귀에가 있는 뉴욕에 머물러야 했다. 공교롭게도 가족을 만나러 아르메니아(엘살바도르)로 가던 중인 콘수엘로는 1938년 3월 4일 과테말라의 푸에르토산호세에 내려 남편에게 갔고, 몇 주 동안 그를 간호한 뒤 가족에게 돌아갔다. 앙투안은 1938년 5월 초에 파리로 돌아왔고, 콘수엘로는 6월 말에야 돌아왔다. 넬리가 1938년 4월 30일 파리에서 뉴욕의 리츠칼튼으로 보낸 전보가 남아 있다. "오늘 오전 돌아옴 아르덴주의 전화가 너무 비쌈 정말 혼자 돌아오는지. 넬리 보그."

** 기자인 앙리 장송은 보방광장의 이 집을 이렇게 묘사했다. "가구 하나, 안락의자 하나, 그랜드피아노, 정원 의자, 흰색 목재 탁자가 드문드문 놓여 있었다."

*** 디디에 도라.

**** 가스통과 잔 갈리마르 부부.

***** 1930년대 초반부터 생텍쥐페리 부부와 친분을 이어온 레옹과 쉬잔 베르트 부부를 말한다. 레옹 베르트

밀 형제*가 왔어. 난 물만 마셨어, 그대. 나는 당신을 기다려.

당신의 아내

콘수엘로

사랑하는 남편, 오늘은 보방광장에서 처음으로 맞는 밤이야. 난 행복하고, 또 슬퍼. 내가 잠이 들면 꿈속에서 당신이 유령처럼 나타나거든. 내가 당신을 다정하게 안아줄게.

〔뒷장〕
벽난로 냄비걸이 주변에 온갖 유령이 다 모여 있었어. 콘수엘로, 쉬잔〔베르트〕, 잔 〔갈리마르〕, 밀 형제, 〔레옹(줄로 그어 지웠음)〕 베르트, 디디에 〔도라〕, 가스통 〔갈리마르〕, 미코,** 그리고 막스 에른스트.*** 모두 당신을 생각하면서 기다려.

〔여백에 쓴 말〕
당신에게 키스를 보내요. 잔 〔갈리마르〕.

(1878~1955)는 소설가, 에세이 작가, 예술 비평가다. 평화주의자이자 무정부주의자로, 『병사 클라벨Clavel Soldat』(1919)을 썼다. 1931년부터 1933년까지 『르몽드』 편집장이었다. 『랭트랑지장』의 르네 들랑주가 앙투안을 그에게 소개했다.

• 1930년 장 프루보는 『파리-수아르』를 매입해 피에르 라자레프(1907~1972)와 함께 이끌었고, 에르베 밀 (1909~1993)이 편집장이었다. 에르베 밀은 『파리 언론계의 50년Cinquante ans de presse parisienne』(La Table ronde, 1992)에서 앙투안과의 관계를 회고한 바 있다.

•• 가스통 갈리마르의 동생 레몽 갈리마르의 아들인 미셸 갈리마르(1917~1960)를 부르던 애칭. 미셸은 이따금 큰아버지 가스통 갈리마르를 따라 생텍쥐페리 부부의 집에 방문했다.

••• 초현실주의 화가이자 조각가인 막스 에른스트(1891~1976). 앙드레 브르통과 절친한 사이였고, 생텍쥐페리 부부와도 친하게 지냈다.

〈토니오〉, 콘수엘로의 그림•

〈토니오〉, '미코'라고 불리던
미셸 갈리마르의 그림

• 109~113쪽에 실린 그림과 원고는 모두 가스통과 잔 갈리마르의 소유다. 갈리마르 부부의 집이나 생텍쥐페
  리 부부의 집에서 열린 저녁 연회 자리에서 쓰고 그린 것들이다. '토니오'와 콘수엘로, 미셸 갈리마르, 조제트
  클로티스가 함께했고, 가끔은 넬리 드 보귀에도 왔다. 모두 1935~1937년 작품.

〈미셸 갈리마르〉,
가스통 갈리마르의 그림

〈가스통 갈리마르〉,
미셸 갈리마르의 그림

Quand on a tout ...... miller...
Qaim on ten ... ce pluspront docn
Qaud on fuit u per ......

On abone aux rivage honheneux
on entend ce qu l'on ne vovait par entend...
on est hon heneux et bon se ment —

"괴로움에 겨울 때
제일 큰 종을 칠 때
잊지 못할가 두려워 도망칠 때

행복의 연안에 다가가고
들을 줄 모르던 소리가 들리고
너무 행복하고, 행복해서 죽어."

초현실주의 시의 언어적 유희. 생텍쥐페리 육필 원고

"승리를 코앞에 두고 숨이 차면 어떻게 하지
사랑에 맞서 당신을 지키려면 어떻게 하지
그냥 가만히 있으려면 어떻게 하지

나는 이성의 열매들을 사서 행복하게 떠나야지
유령들과 같이 자야지
바닷새의 노래를 배워야지."

초현실주의 시의 언어적 유희. 생텍쥐페리 육필 원고

Rrano, ou a decide me kemupoi mvm. la puet
ehre mu
Rrano ou ciela mm) melpreomnm
Rrano ou love se plans les pus ouden

ou heu m ullumus
ou auu—mau pomprn' —a harus ses panes ,
ou ~~........~~ ue rail pur pwidomm

"마침내 창문을 열고 살겠다고 결심했을 때
밤중에 절망에 휩싸여 소리칠 때
가장 쓰라린 상처를 씻어낼 때

환상을 달래서 재우고
돌들 사이를—왜 달리는지 모르는 채로—무작정 달리고
무엇이 될지 더는 알 수 없어."

초현실주의 시의 언어적 유희, 생텍쥐페리 육필 원고

34

앙투안이 콘수엘로에게

파리, 1937년경

콘수엘로,

당신을 걸고, 나를 걸고, 우리 엄마를 걸고 맹세할게. 이번처럼 납득하기 힘든 기다림은
전화 한 통이면 해결될 텐데, 이토록 이토록 불안에 휩싸인 채 무작정 기다리는 일은 나를
도저히 참을 수 없는 고통에 빠뜨려. 이런 기다림은 전쟁보다도 내 몸과 마음을 늙게 만들고,
내 안에 당신을 향한, 내가 절대 떨쳐낼 수 없는 원망이 어처구니없이 쌓여가게 만들어.
며칠이고 일도 손에 잡히지 않아.
그 기다림이 당신의 토니오를 죽여.

35

앙투안이 콘수엘로에게

파리, 1937년경

콘수엘로, 난 당신의 남편인 게 좋았어. 우리 둘이 마치 당신의 숲에 자라는 두 그루

나무처럼 함께 얽혀 있으면 너무도 편안하리라 생각했어. 그렇게 같은 바람을 맞으면, 같은

해와 달과 바닷새를 맞이하면 좋겠다고, 평생 그러고 싶다고 생각했어.

콘수엘로, 당신이 그렇게 한 시간이라도 멀어져 안 보이면 난 죽을 만큼 힘들어.

콘수엘로

앙투안

Consuelo, j'aimais être ton mari.
Je pensais cela si reposant d'être noués tous
deux comme deux arbres de tes forêts. D'être
remués par les mêmes grands vents. De
recevoir ensemble le soleil et la lune et les
oiseaux de nuit. Pour toute la vie.

Consuelo quand tu t'écartes ainsi une
heure je pense que je vais mourir.
    Consuelo
    Antonio

"콘수엘로, 난 당신의 남편인 게 좋았어."

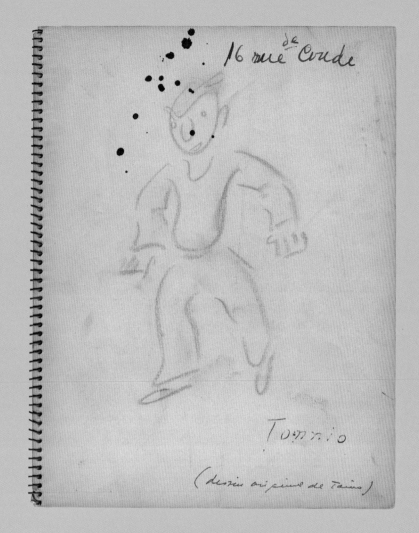

앙투안 드 생텍쥐페리의 그림, 1936~1938년
117쪽부터 122쪽까지의 그림은 콘수엘로와 앙투안이 함께 크로키를 그려놓은
스프링 노트*에 있던 것이다.

• 이 노트의 표지에 콘수엘로가 써놓은 글이 있다. "1949년 5월 18일 오전. (브르통의 갤러리에서 열린 내 전시회[첫 전시회] 폐막일). 나는 아픈 몸을 이끌고 침대에서 일어났다. 전시회 내내 아팠다. 묘한 날들이다…… 이제 좀 났다. 우연히 이 데생 노트를 찾았다. 수년 전 토니오와 보방광장 15번지의 아파트에 살 때 쓰던 노트다. 토니오가 이본[드 레스트랑주]과 넬리[드 보귀에]의 설득에 넘어가서 (내 생각은 묻지도 않고) 임대계약을 해지하기로 한 7월 12일에 그린 그림도 있다. 그림에 내가 '7월 12일(1938년)'이라고 써놓았다…… 얄궂은 운명. 그림은 우리가 아는 것보다 더 많은 것을 말해준다……"

콘수엘로 드 생텍쥐페리의 그림, 1936~1938년

콘수엘로 드 생텍쥐페리의 그림, 1936~1938년

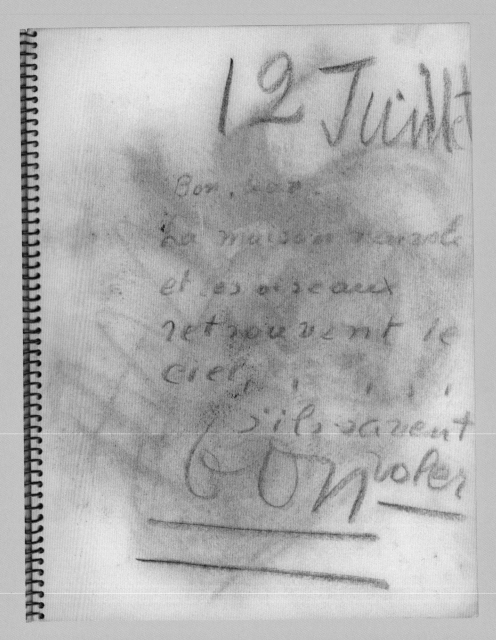

"7월 12일. 좋아, 됐어. 집이 날아오르고 새들이 하늘로 돌아간다……
날 줄 아는 새들이라면, 좋아."
콘수엘로 드 생텍쥐페리의 글, 1938년 7월 12일

앙투안 드 생텍쥐페리의 그림, 1936~1938년

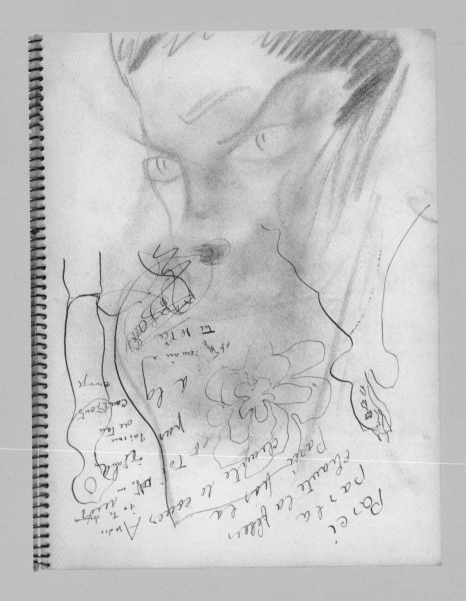

앙투안(얼굴)과 콘수엘로의 그림(두 인물과 꽃 한 송이)이 있고, 콘수엘로가 글을 써놓았다.
"여기저기서/꽃이 노래하네/여기저기서/마음이 노래하네/그리고 그대와 나/여기저기[서]/
앙드레* 당신이 왜 화났는지 말해줘⋯⋯ 내일 만나. [끝부분은 알아볼 수 없다]"

• 이 앙드레가 누구인지는 확실하게 밝히기 어렵다. 콘수엘로의 천식을 치료하던 의사가 1932년 소개해준 친구 앙드레 마세나일 수도 있고, 앙드레 브르통일 수도 있고, 앙드레 드랭일 수도 있다.

36

콘수엘로가 앙투안에게

파리*, 1939

나의 남자,

내가 사랑하는,

영원히 잃어버린 사람.

당신이 결혼반지를 다른 여자들에게, 다른 손가락들에 끼워주는 바람에 영원히 되찾을 수 없게 되었지.

우리는 같은 산에 사는데, 나는 오늘 저녁 그 산의 반대편에서 당신에게 편지를 써.

오늘밤엔 잠 속으로 떠나야겠어…… 난 메마른 땅을 적셔줄 비를 만드는 강물처럼 달려갈 거야. 강가에 쌓인 매끈한 조약돌들, 우리가 〔글씨를 알아볼 수 없다〕에서 슬픔에 젖어서 본 그 조약돌들도 적셔줄 거야. 만일 내일 전쟁이 끝나고 당신이 어느 소리에 섞인 내 목소리를 다시 듣게 된다면, 난 평화롭게 눈감을 거야. 〔뒷부분은 없어졌다〕

* 1938년 7월 12일 보방광장의 아파트를 나온 뒤로 앙투안과 콘수엘로는 별거를 시작했다. 그들은 루테티아 호텔의 두 층 떨어진 방에서 각자 지냈다. 이후 콘수엘로는 몇 차례 집을 구하려다 실패한 뒤 쉬잔 베르트의 도움을 받아 몽파르나스 묘지 근처 프루아드보 거리 37번지의 넓은 원룸으로 이사했고, 앙투안은 같은 해에 16구의 미셸앙주 거리 52번지에 작은 아파트를 구했다.

37

콘수엘로가 앙투안에게*

파리, 1939~1940년

그대,

난 남자처럼, 독신 남자처럼 살아. 리프에 가서 피피[샤우스터]**와 함께 슈쿠르트°°°를 먹었는데, 그 사람이 자기가 가수였다는 거야!? 전쟁으로 멍청이가, 완전히 멍청이가 된 거지! 난 원래의 리듬을 그대로 유지하고 있어. 그러니까 덜 위험해.

나에겐 전쟁에 나가 있는****멋진 남편이 있다고, 나를 사랑하는 남편이 있다고 계속 되뇌어! 드물게 자기 남자에게 사랑받는, 확실하고 진지하게 보호받는 여자라고.

정말일까? 정말 그럴까?

- 편지지 상단에 "브라스리 리프-생제르맹대로 151번지-파리 6구"라고 찍혀 있다.
- ** 누구인지 확인할 수 없다.
- °°° 알자스 지역 음식으로, 양배추를 식초에 절인 요리.
- **** 프랑스는 1939년 9월 3일 독일과의 전쟁을 시작했다. 대위로 군에 소집된 앙투안은 9월 7일 툴루즈-프랑카잘 비행기지로 갔다. 항공정찰비행단 33연대 2대대에 합류한 뒤 1939년 12월 3일 오르콩트(마른주)로 가 몇 차례 전투 임무를 완수했고, 1940년 5월 23일 시행한 오를리에서 아라스까지의 전투비행 임무를 수행한 공으로 무공훈장도 받았다. 앙투안은 당시의 경험을 바탕으로 『전시 조종사』를 썼다.

세시에 푀유레*에 가서 커다란 화덕에 순무를 곁들여 오리 두 마리를 구울 거야. 베르트 씨, 의사[니알레] 부부와 나, 그리고 나의 이상한 변호사 탕제** 씨를 위한 거야. [뒷부분은 없어졌다]

* 『인간의 대지』로 1939년 아카데미프랑세즈 소설대상을 수상하면서 여유를 찾은 앙투안은 콘수엘로가 머물 수 있도록 바렌자르시(에손)의 시골집 '푀유레'를 임대했다. 자신은 파리 근교 오퇴유에서 지내면서 즉흥적으로 푀유레를 찾아가기도 했다. 이때부터 콘수엘로는 푀유레에서 정기적으로 파리까지 가서 〈라디오-파리〉 방송에 출연했다. 앙투안이 바르베드주이 거리 24번지에 테라스가 있는 좋은 아파트를 구해준 뒤로 콘수엘로는 1940년 4월 1일부터는 파리에서 저녁을 보낼 수 있었다.

** 당시에는 변호사였으나 후에 뉴욕의 서점이자 출판사였던 브렌타노스에서 프랑스 문학팀 팀장을 맡게 되는 로베르 탕제를 말한다. 그는 브렌타노스에서 1943년 앙투안의 『어느 인질에게 보내는 편지Lettre à un otage』를 처음 출간했고, 1945년에는 자신이 서문을 쓴 콘수엘로의 『오페드Oppède』를 출간했다.

38

앙투안이 쉬잔 베르트에게*

오를레앙, 1940년 6월 20일 이전

쉬잔,

이곳에 오긴 했는데, 내일 아프리카로 떠날지 어떨지, 그건 아직 모르겠습니다.**

당신이 얼마나 불안해하고 있을지 진심으로 걱정됩니다.*** 언젠가 돌아가면 온 힘을 다해

당신들을 돕겠습니다.

우편 연락이 완전히 끊겨서(그 누구한테도 아무것도 못 받았습니다!) 콘수엘로가 너무

걱정됩니다. 내가 돌아가게 된다면, 쉬잔, 어디에서 그녀를 만날 수 있을까요?

혹시 콘수엘로를 보면, 내가 마음속 깊이 사랑한다고 전해주십시오.

그리고 그녀가 인내심을 가지고 현명하게 처신할 수 있도록 이끌어주십시오.****

---

* 편지지 상단에 "니스호텔/오를레앙"이라고 찍혀 있다.

** 1940년 6월 14일 독일군이 파리로 진격해 들어오자, 프랑스 공군은 북아프리카로 퇴각해 전투를 이어가기로 한다. 정찰비행단 33연대 2대대의 조종사들은 떠날 준비를 했고, 6월 20일 앙투안을 포함한 사십여 명의 조종사가 보르도에서 이륙해 페르피냥과 오랑을 거쳐 알제로 갔다.

*** 레옹 베르트는 유대인이었기 때문에 당시 파리를 떠나 쥐라 지역의 생타무르로 피신한 상태였다.

**** 쉬잔 베르트는 나중에 넬리 드 보귀에와의 일을 비난했고, 앙투안은 자신이 한 번도 콘수엘로를 배신한 적 없다고 설명해야 했다. "삼 년 전 새벽 두시경에 넬리가 찾아와서 마지막 작별인사를 했습니다. 나와의 관계를 영원히 끊겠다고 했죠. 내가 보낸 전보 때문이었어요. 끊임없이 되풀이되는 오해를 피하기 위해서, 만일 심각한 상황이 닥친다면 난 아내부터 챙길 거라고 했거든요. 다른 이유는 없고, 내 아내니까 그래야 한다고, 아내가 어떤 잘못을 했든 그럴 수밖에 없다고 했지요. 아내가 무언가 잘못하면 그건 곧 내 잘못이라고도 했고요.

레옹과 당신, 두 분 모두에게 포옹을 보냅니다.

토니오

정찰비행단 33연대 2대대

군사우체국 897

(아무래도 그 어떤 연락도 받지 못할 것 같습니다!)

내가 그 잘못을 고쳐주어야 하는 거라고요. (…) 그런 태도는 서서히 밝아오는 새벽빛 같은 게 전혀 아닙니다. 난 처음부터 그랬거든요. 이유는 알 수 없지만, 내 사랑과 내 존재를, 내 삶의 무엇이든 주게 되면 저절로 자책감이 뒤따릅니다. 내가 다정해질수록 더 아무것도 모르겠어요. 아마도 난 사랑을 전혀 모르는가봅니다."

39

앙투안이 쉬잔 베르트에게*

페르피냥, 1940년 6월 22일**

쉬잔,

드디어 때가 왔습니다, 새벽에 출격합니다!

제발 콘수엘로에게 포의 유치우편물로 가 있는 편지들을 꼭 찾아보라고 전해주십시오.

보르도 이전에도 그랬고, 여기서도 편지를 부칠 수 없었습니다. 내일도 못 부칠 거고요.

그래도 내가 한 척의 배처럼 그녀를 싣고 다닐 거라고, 그러니 조금도 걱정하지 말라고

전해주세요. 그녀가 나를 도울 수 있다는 것도 알아달라고 해주시고요!

내가 얼마나 자기와 이어져 있는지 그녀가 알 수 있다면 얼마나 좋을까요!

어차피 그녀는 매번 오해를 하니까, 그냥 내 마음 자체로 모든 것을 알아차리면 얼마나

좋을까요.

그녀가 자기 주소를 아게에 계속 남겨두면 얼마나 좋을까요. 가능하다면 그녀가 아게에 가서

사는 것도 좋고요.

모두에게 인사 전합니다. 오늘 저녁엔 슬프고 마음이 쓰라리군요. 엄청난 고독감이 밀려옵니다.

* 편지지 상단에 "그랑카페 팔마리움/페르피냥"이라고 찍혀 있다. 봉투에 적힌 수신 주소는 "쉬잔 베르트 부인, BNCI, 마레샬포슈대로 15번지/포"다. 앙투안이 쉬잔과 레옹 베르트에게 보낸 편지들은 프랑스 중부 이수됭의 메디아테크(기억보존센터)에 보관되어 있다.

** 페르피냥 소인이 찍힌 날짜.

앙투안이 콘수엘로에게

알제, 1940년 6월 23일[*]

〔전보〕

DDD = MADAME DE SAINT-EXUPÉRY

27 RUE DU BOUC PAU[**]

긴급 〔이렇게 쓴 종이가 붙어 있다〕

207 DDD ALGER 1701 33 23 1650 CLE =

소식 일절 안 옴 편지 써도 소용없음

한 번도 오지 않음 빨리 전보 칠 것

사랑이 매일 커져감 보름 후쯤 돌아감 생텍쥐페리.

---

[*] 앙투안이 알제에 퇴각해 있던 소속 비행대에 막 합류한 때였다. 7월 31일, 동원 해제된 그는 북아프리카를 떠나 연인 넬리와 함께 아게로 여동생을 만나러 간다.

[**] 독일군이 진격해오자, 앙투안은 6월 중순 콘수엘로를 피레네 지역의 도시 포로 보냈다. 포에서 콘수엘로는 옛 구혼자 앙드레 마세나를 비롯한 몇몇 지인을 만났다. 그녀는 지역 주민의 집에서 징발한 방 하나에서 병사 한 명, 늙은 부인 한 명과 같이 지냈다. 『장미의 회고록』에 따르면 부부는 포에서 두 차례 만났다(그중 한 번은 8월 22일). 9월에는 남서부 소도시 루르드에 함께 머물렀다.

콘수엘로가 앙투안에게

나바유앙고스*, 1940년 7월 12일

〔전보〕

5224 DD NAVAILLES ANGOS 380 35 12 1145

당신이 너무 걱정돼 언제 돌아오는 건지
돌아오면 다시는 떠나지 않겠다고 다시 말해줘
당신을 죽도록 사랑해. 콘수엘로 드 생텍쥐페리.

---

* 콘수엘로는 포 근처 나바유앙고스에 숙소를 구했고, 남편의 소식을 듣지 못한 채 그곳에 오랫동안 머물렀다.

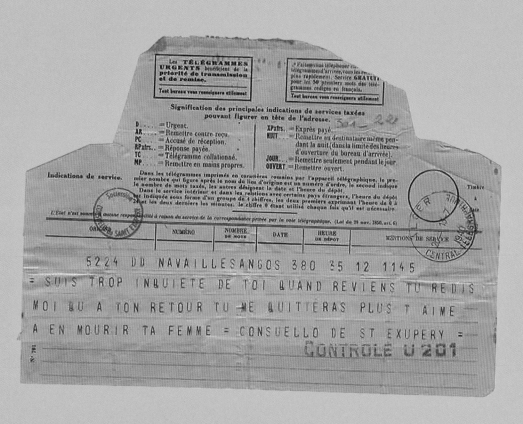

"당신을 죽도록 사랑해."

42

콘수엘로가 앙투안에게

포, 1940년 7월 14일

〔전보〕

= 4327 DD PAU 27402 36 14 1108 : CLE

전보 보내줘 그대 이게 꿈이 아닌지 너무 알고 싶어

우리 미래가 당신에게 키스를 보내

당신의 콘수엘로 드 생텍쥐페리 포 부크 거리 27번지.

43

앙투안이 콘수엘로에게

생타무르, 1940년 10월 14일[*]

〔전보〕

DDD = SAINTEXUPÉRY HOTEL CONTINENTAL PAU

DD STAMOUR JURA 2 40 14 1155

왜 편지를 안 보내는지 이해가 안 돼

직접 오거나 전보 보내주길 베르트[**]의 집에서 이틀 기다렸어

오늘 저녁 리옹 그랑호텔에 있을 테니 빨리 전보 보내줘

[*]   포에서 전보를 수령한 날짜.

[**]   레옹 베르트의 일기(1940년 10월 15일)에 이때의 이야기가 나온다. "생텍쥐페리는 나와 이틀 동안 같이 지냈다. 우정은 '다른 결실은 없는 그저 영혼들의 훈련이다'. 우정은 문학에 영감을 거의 주지 못했다. 수세기 동안 나온 책들보다는 몽테뉴의 말들에 우정이 더 많이 나온다. 어째서 사랑은 우정에 비할 수 없는 특권을 누릴까? 아마도 사랑은 거의 보편적이라서, 사랑의 무언가를 겪어보지 않은 사람은 거의 없기 때문일 것이다. (⋯) 사랑과 마찬가지로 우정도 추억으로 신전을 세운다. 어느 응접실, 강가의 어느 여인숙이 그것이다. 플뢰르빌과 손Saône, 여린 빛의 나무들, 닭고기, 튀김, 이것은 나에게 영원히 우정의 맛을 지닐 것이다. 누가 감히 우정에 관한 책을 쓸 수 있을까? 어쩌면 우정은 유일하게 남아 있는 새로운 주제다. (⋯) 토니오가 쓰고 있는 새 책의 몇 구절을 읽어주었다. 수정 덩어리 같다. 그런데 그는 불순물만 보려 한다. 불순물은 크리스털 안에 들어 있다."(레옹 베르트, 『증언. 전쟁 일기 1940~1944 Déposition, Journal de guerre 1940~1944』, Viviane Hamy, 1992)

133

내일 살레스* 집에서 만날 수 있을지

애정을 담아 생텍쥐페리**

• 미국 편집자의 초청을 받은 앙투안은 쥐라의 생타무르에 있던 레옹 베르트의 집에서 그에게 들은 조언대로 뉴욕에 가기로 한다. 앙투안은 비시 행정부로부터 알제를 거쳐 리스본에서 배를 탈 수 있는 허가서를 얻으려 애쓴다. 프로방스의 타라스콩에서 어릴 적 친구인 샤를 살레스의 집 '마스 드 파니스'에 며칠 머문 뒤 비시로 가서 출국 서류를 받고 파리로 돌아갔다. 출발 전에 다시 한번 비시에 들렀을 때 우연히 만난 폴에밀 빅토르, 그리고 친구 조제프 케셀에게 자신이 "한 달 동안" 뉴욕에 가 있을 거라고 알렸다. 비시에서 앙투안은 아에로포스타에서 일했던 로제 보케르도 만났다.

•• 10월 22일 앙투안이 마르세유에서 레옹 베르트에게 보낸 전보에도 같은 불안이 담겨 있다. "콘수엘로 걱정 전화 여전히 받지 않음 전화 부탁 타라스콩 29 무한히 감사."

44

앙투안이 콘수엘로에게

마르세유(?), 1940년 10월

사랑스러운 콘수엘로,

당신한테 아주 많이 감동했어. 당신한테 꼭 말하고 싶어. 무릎 꿇고 간청할게, 제발 계속해서 내가 희망을 품게 해줘. 내가 완전히, 완전히 당신을 믿을 수 있게 해줘. 오페드*에 혼자 갈 생각만 해도 끔찍해! (우리가 헤어지는 건 생각조차 할 수 없고.)

조금만 더 노력해줘!

언제나 보상이 있을 거야.

* 앙투안은 1940년 여름 조르주 브로도비치를 주축으로 파리 보자르 졸업생들이 공동체를 이루어 살고 있던, 아비뇽에서 가까운 뤼베롱 지방의 오페드에 다녀갔다.(프로방스 지방 산악지대에 위치한 이 마을은 지진 등으로 경작 환경이 나빠지면서 19세기 이후 주민들이 떠나 '유령 마을'로 여겨진다. 제2차세계대전 때 이곳에 모여 산 예술가들을 '오페드 그룹'이라고 부른다). 조르주 브로도비치의 형제이며 미국에 귀화해 『하퍼스 바자』의 미술국장이 된 사진작가 알렉세이 브로도비치가 그곳에 착유공장을 가지고 있었다. 앙투안이 오페드를 방문한 일에 대해 이브 레미가 남긴 증언이 있다. "생텍쥐페리가 이틀 동안 머물면서 우리에게 아직 쓰지 않은 『전시 조종사』 이야기를 들려주고 신기한 카드 마술로 놀래기까지 하면서 우리의 삶에 비현실적이고 시적인 측면을 더해주었다."(발레리안 시르쿨롱과 이브 레미의 대담: 사브리나 뒤블레드, 「마르세유의 에덴 바 혹은 독일 점령기에 프로방스로 피신한 예술가들의 힘겨운 삶」, 『역사로 본 프로방스La Provence historique』, 2010, p.474에서 재인용) 몇 달 뒤 콘수엘로도 베르나르 제르퓌스(1911~1996)의 초대로 오페드 그룹에 합류했다. 콘수엘로와 제르퓌스는 1939년 '로마 대상'을 받은 제르퓌스가 마르세유에서 건축 작업장을 이끌 때 알게 된 사이였다. 그들은 오페드에서 연인 사이로 발전했고, 콘수엘로가 뉴욕으로 떠난 뒤에도 편지를 주고받았다.

(난 너그러운 사람이야. 콘수엘로. 당신은 내가 사랑하는 어린 아가씨고.)

날 보러 와.

45

콘수엘로가 앙투안에게

1940년 12월 10일 화요일
빌라 에스테방, 빌리에르, 바스피레네

토니오,

길을 잃은 거야? 어디야?*

당신은 나 때문에⋯⋯ 길을 잃은 거야⋯⋯? 일부러 그런 거야⋯⋯? 카사블랑카에서
전보를 보내준 이후로 당신 소식을 하나도 못 받았어. 왜 그렇게 아무것도 안 보내는지
이해를 못하겠어. 난 너무 불행해⋯⋯ 버림받은 것 같고, 피란민 같아⋯⋯ 돈도 거의 다
떨어졌는데⋯⋯ 내 마음은 만신창이야⋯⋯ 이따금 당신 눈길이 나에게 약속하던 그 수많은
선의를 떠올려보면, 내가 미쳤거나 아니면 당신이 미쳤다는 생각이 들어. 너무 슬퍼서 내
삶이 우스울 정도야⋯⋯

왜 나한테 연락을 안 하지? 당신은 왜 늘 날 버려둬?

난 잃어버린 기억처럼 지워져가.

난 다시 조각을 시작했어⋯⋯ 스케치도 하고. 이게 첫 작품이야. 잘 그린 것 같진 않지만,
그래도 그림 속의 나를 보고 있는 동안은 당신을 잊게 돼⋯⋯

---

* 앙투안은 아게와 카브리스에 들러 (마지막으로) 가까운 친척들과 어머니에게 인사를 한 뒤, 잘 알고 지내던 르
네 샹브 장군의 북아프리카 시찰에 동행하기 위해 1940년 11월 5일 마르세유에서 배에 올랐다. 그는 다시 찾
은 카사블랑카에서 앙리 콩트를 만난 것을 비롯해 북아프리카에서 지인들을 만났다. 이후 11월 말 리스본으
로 갔고, 그곳에 잠시 머물다가 뉴욕행 배에 올랐다.

기요메가 죽었어……!* 아멘, 내 심술궂은 남편에겐 언제 죽음이 닥쳐올까?

빌리에르에서 크리스마스 보낼 거니까 이곳으로 전보 보내줘.

전화해도 돼. 빌리에르 바스피레네 3142.

---

* 앙리 기요메는 1940년 11월 27일 비행중 사르데냐바다에 추락했다. 레반트의 고등판무관으로 새로 임명된 장 시아프를 시리아까지 태우고 가던 중이었다. 앙투안은 1940년 12월 4일과 5일에 리스본의 기술고등연구소와 에콜 프랑세즈의 초청 강연을 하면서 절친한 친구였던 기요메에게 감동적인 조사를 바쳤다.

"난 잃어버린 기억처럼 지워져가."

콘수엘로와 앙투안, 뉴욕, 1943년 4월 1일

앙투안이 알제로 떠나기 전날 찍은 것으로,
알려진 사진 가운데 부부의 마지막 사진이다.
『라이프』의 앨버트 팬이 찍은 사진.

뉴욕

1940년 12월~1943년 4월

46

콘수엘로가 앙투안에게

포, 1940년 12월 31일*

토니오,

오늘 아침 나는 고통과 슬픔에 젖어 잠에서 깨어났어. 당신이 너무 멀리, 늘 멀리 있는

것 같아서. 가정도 없고, 남편도 없이! 언제까지 이래야 해? 더는 희망이 없어. 내 삶은

하루짜리 일간신문 같아. 내 하루를 채우는 일들…… 그게 정말 내 삶의 전부일까?

그러니까…… 당신한테 불평을 늘어놓으려고 이 편지를 쓰는 건 아니야. 나에게(내 안에)

남아 있는 좋은 것을 다 끌어모아 당신에게 키스를 보내려는 거야. 전부 다 당신에게, 내

남편에게, 미련 없이 줄게! 당신은 받을 자격이 있어. 충분히 받을 만해. 당신이 원하지

않는다 해도, 더는 원하지 않는다 해도, 다 줄게. 이제 당신은 부자야!!

무거울 거야, 아마 그럴 거야.

굉장히 흐린 날이야. 내 얼굴에 조금이라도 빛이 들도록 난 당신을 생각할 거야. 그러면

눈물이 나겠지.

---

* 앙투안이 르시보니호를 타고 뉴욕에 도착한 날짜. 다행히도 앙투안은 리스본에서 시작한 여정을 영화감독 장 르누아르와 그의 아내 디도와 함께했다. 장 르누아르가 1960년대에 회고한 바에 따르면, 그때 대서양 건너편 미국 땅에서 생텍쥐페리의 인기가 얼마나 대단한지 처음 알았다고 한다. "뉴욕 사람 전부가 그를 기다리고 있었다."『인간의 대지』(미국에서는 25만 부가 팔렸고, 1939년 내셔널 북 어워드 비소설 분야에서 가장 독창적인 작품 상을 수상했다)의 작가 앙투안은 기자회견에서 프랑스의 패배를 증언하면서, 미국이 인간적인 가치를 공유하는 우방 민주주의국가들을 도와야 한다고 주장했다.

당신의 아내

콘수엘로

새해 복 많이 받아, 나의 토니오.

난 지금 침대에서 편지를 쓰고 있어.

47

앙투안이 콘수엘로에게

뉴욕, 1941년 1월 25일*

〔전보〕

2183 NEW YORK 476 68 25 SHEURE CLE WESTERN

허가 나는 즉시 여기 꽁꽁 묶인 돈이 풀리면 쾨유레도 살 수 있어**

내가 일하니까 당신은 평생 걱정 안 해도 돼

쾨유레를 못 사면 비슷한 데라도 사줄게 돈만 풀리면

걱정할 것 없어 그리고 편지 보내줘

내일 니스로 50달러 가니까 프랑스 친구한테 프랑으로 바꿔서 써

사랑해 생텍쥐페리.

- 니스에서 받은 전보의 소인 날짜는 1941년 1월 26일이다.
- ** 쾨유레는 군대에 여러 번 징발되었다가 1941년 1월 13일 매각되었다. 앙투안이 장만한 가구까지 그대로 보관된 채. 그곳은 청소년 방학 캠프를 위한 공간이 되었다.

48

콘수엘로가 앙투안에게

마르세유*, 1941년 2월 1일

내 사랑,

일주일 전부터 마르세유에 와 있어. 포는 너무 추워서 견딜 수가 없었어!** 포에는 친절한 친구들이 많은데, 속상해. 낮에는 그래도 괜찮았어. 그나마 늘 그런 것도 아니지만. 난 안 드 리데케르커***의 성에서 그녀와 같이 조각을 했어. 그런데 성안이 몸이 꽁꽁 얼 정도로 추웠어. 영하 10도, 20까지 내려갔는걸. 벽난로 옆은 그나마 따뜻했지만. 언젠가부터

* 당시 프랑스에서 유일한 자유항이던 마르세유에는 몇 달 전부터 해외로 떠나려는 사람들이 몰려들었다. 비시 정권을 앞세운 나치의 압박에 위협당하던 유럽의 지식인들과 예술가들의 미국 이주를 돕기 위해 엘리너 루스벨트의 지원으로 설립된 긴급구조위원회에서 기자 배리언 프라이를 파견했다. 관료들을 거쳐야 하는 일(프랑스 출국허가서와 미국과 기항지들의 입국비자 발급)이 오래 걸리고 어려울 뿐 아니라 돈과 추천인이 필요했기 때문이다. 할일이 너무 많았고, 프라이는 마르세유 교외 지역 장롱바르대로의 '빌라 에르벨'에 미국 구조센터를 열었다. 그곳에서는 공식적인 일은 물론 불법적인 일들도 해야 했다. 앙드레 브르통과 그의 아내 자클린 랑바가 어린 딸 오브와 함께 그곳에서 출발을 기다리다가 1941년 3월 25일 서인도제도로 향하는 배에 올랐다. 또한 빅토르 세르주, 마르셀 뒤샹, 한스 벨머, 막스 에른스트, 아르튀르 아다모프, 마르크 샤갈. 자크 립시츠 등도 빌라 에르벨로 피신한 상태였다. 콘수엘로는 아마도 앙드레 브르통의 권유로 2월에 빌라 에르벨에 간 것으로 추정되나 얼마 후 성홍열에 걸려 입원하게 된다.
** 1941년 초, 남프랑스 지역에 기록적인 한파가 닥쳤다. 음식과 연료 전부 부족했다.
*** 벨기에 조각가 안 드 리데케르커 백작 부인(1886~1986). 남편인 폴은 1940년 5월에 어린 네 자녀를 데리고 벨기에 나뮈르를 떠나 포에 있는 가문의 영지 '카스테 드 라레'에 피란해 있었다. 안은 암스테르담에서 전시회를 마친 뒤 6월에 그곳으로 갔다. '카스테 드 라레'는 스페인 국경을 넘어가기 위한 중간 거점 역할을 했다. 특히 안이 나서서 필요한 사람들에게 위조 서류들을 구해주었다.

목소리도 잘 안 나오고, 어느 날 보니까 머리카락까지 빠지는 거야! 버터도 없고, 야채도 없고, 다 없어!!! 이따금 좋은 레스토랑에나 가야 먹을 수 있지! 그래서 난 지금 그리로 가는……

〔편지에 그림과 글이 덧붙어 있다〕

파푸가 없으면 이제 어디로 가지? 당신이 낮의 유령들을 잊고 잠들도록 누가 재워주지?

콘수엘로

1 Février 1940

Mon chéri :

Je suis à Marseille depuis une semaine.
Le froid à Pau était insupportable ! Et je suis
triste parce que il y a à Pau des amis très gentils.
La journée j'étais assez bien, au moins en partie
je travaillais avec Anna de Lidekerke la sculp-
ture, dans son château frigorifié, mais
pendant que j'ai été près de la cheminée j'avais
chaud, malgré le 10 et 20 au dessous 0
j'ai complètement perdu la voix, et me
suis aperçue un jour que mes cheveux
tombent ! Point de beurre pas de légumes
etc !!! Sauf dans les grands restaurants
quelques fois ! Alors je suis en chemin
pour

LA TERRE

MIERO

moi?

TA MAIN

LA ...CUEILLERAI

Bateau Dangereux
MER A FAIR NAUFRAGE

POEME D'ABEILLES

qui vous endors
pour oublier les
fantômes de la journée

LE MEXIQUE

?00000 —
où ALLEZ — quand
on n'a plus de Papou?

"파푸가 없으면 이제 어디로 가지?"

49

콘수엘로가 앙투안에게

마르세유, 1941년 2월 4일•

〔전보〕

나 폐렴에 걸려서 아파 라세데몬 거리 8번지 병원에 있는데

3천 프랑을 내야 한대 아니면 구호 병원••으로 보낼 거래

달러는 안 받고 갈리마르는 월 지불금을 못 준대

불행해 그래도 당신을 다시 만날 수 있다고 확신해

내가 빨리 낫도록 전보 보내줘. 콘수엘로.

• 뉴욕 주재 프랑스 대사관에 앙투안 앞으로 보낸 전보.

•• 1931년 12월 법령이 선포되기 전까지 오늘날의 종합병원을 뜻하는 'hôpital'은 치료를 위한 병원이라기보다는 구호단체가 운영하는 호스피스였다.

50

앙투안이 콘수엘로에게

뉴욕, 1941년 2월 5일*

〔전보〕

7121

NEW YORK 264 54 2101 VOIE TSF

에마뉘엘 외숙부에게 병원비 내달라고 전보 보냈어

사랑스러운 아가씨 제발 건강 조심하고 걱정되니까 빨리 연락해줘

불안하면 일을 할 수가 없어 다 그만두고 돌아가고 싶어져

주소 가르쳐줄게 센트럴파크 사우스 240번지

포조**에게 달러 달라고 해 곧 프랑이 생길 거야 사랑해 당신의 앙투안.

- "생텍쥐페리, 마르세유 라세데몬 거리 8번지"로 온 전보. 콘수엘로는 그곳에 있는 마르세유 노트르담드라 가르드병원에 입원중이었다.
- •• 엔리케 고메스 카리요의 친구였던 의사 샤를 앙드레 포조 디 보르고(1894~1974)는 그의 사후에도 콘수엘로와 가까이 지냈다.

51

콘수엘로가 앙투안에게

니스, 1941년 9월

토니오,

난 정말 멍청한 양 같아. 뉴욕으로 등기 편지를 보낼 수 있다는 걸 오늘에야 알았어.

허공으로 띄우는 편지를 쓰는 건 너무 슬퍼! 지금까지 보낸 편지에 난 한 번도 답장을 받지

못했잖아. 당신이 떠나면서* 나한테, 기도보다 오히려 더 큰 위로가 된다면서 자주 편지 써달라고

했잖아. 그래서 그렇게 했는데, 도대체 내 편지는 누구한테 간 거지? 누가 받아서 찢어버리기라도

한 걸까? 너무 기가 막혔지만, 이렇게 생각했어. 언젠가 무슨 답장이든 오겠지! 전보 보내느라

가진 돈도 다 썼어. 내가 보낸 것 중 절반이라도 받아본 거야? 난 이 병원 저 병원 옮겨다니면서

정말 어떡해야 할지 잘 모르겠더라고. 성홍열 때문에 자그마치 한 달(사십 일**) 동안 격리당했어.

당신한테선 아무런 연락이 없고…… 당신 엄마가 한 번 면회를 오셨어!*** 아는 얼굴을

- •   앙투안은 1940년 11월 포르투갈을 거쳐 미국으로 떠났다.
- ••   성홍열에 대한 이러한 격리 조치는 1941년 2월과 3월 동안 이어졌다. 이후 콘수엘로는 베르나르 제르퓌스의 초대로 오페드 마을로 갔고, 그곳에 모인 예술가들 틈에서 몇 달간 목가적인 공동체에 속해 지냈다. 그뒤 니스로 돌아갔고, 거기서는 쥘리 드 트랑블레의 집에 묵었을 것이다.
- ••• 마리 드 생텍쥐페리는 카브리스에 살고 있었다. 그녀는 1941년 7월 말에 니스에 가서 며느리를 만난 뒤 아들에게 콘수엘로의 건강상태가 걱정할 정도는 아니라고 전보를 보냈다. 이어 8월 18일에 보낸 편지에는 콘수엘로를 다시 만나고 오는데 "완쾌되었다"고 안심시켰다(마리엘렌 카르보넬, 마르틴 마르티네스 프룩투오소, 『콘수엘로 순신 산도발, 콘수엘로 드 생텍쥐페리, 검은 옷을 입은 신부』에서 재인용).

보니까 얼마나 반갑던지! 칸에는 감염병 환자를 격리할 병원이 없어서, 난 감염병에 대해 잘 아는 수녀님 한 분과 어느 병원의 차고에서 지내고 있어. 내가 입원 서류에 '콘수엘로 드 S'라고 서명했더니 그 수녀님이 자기 이름도 콘수엘로라고, 바르셀로나에서 태어났다고, 거기선 마리테레즈 수녀라고 불린다고 했어. 난 정말 수녀님께 많은 도움을 받았어!

그분이 날 낫게 해주셨고, 너무 많은 걸 주셨어. 성홍열과 천식, 그리고 명반 요법으로 몸이 약해졌지만, 그래도 이젠 괜찮아. 지금은 치통 때문에 죽을 지경이야. 퐁콜롱브 외숙들이 아는 치과의사한테 치료받는 중이야. 외숙들은 재미있지는 않지만 좋은 분들이야.

오늘 브르통에게 전보를 쳐서* 당신을 만나달라고 했어. 당신이 직접 워싱턴의 국무부에 찾아가서 인적 사항 서류에 서명해야 해. 그렇게 해서 내 비자를 받아줘. 여기에 더는 못 있겠어. 나 못 참겠어.

잠들었다가 당신 전화를 받고 깼어. 난 지금 뭐든 좀 잘 볼 수 있게 환한 빛이 필요하고, 신고 걸어다닐 수 있는 진짜 신발이 필요해. 나막신 신고는 잘 못 걷겠어. 맨발로 종종걸음 치는 것 같아. 꼭 중국의 고아가 된 것 같아!

당신한테 편지 쓰고 있자니 아주 신이 나네요, 나의 그대.

당신 없는 세상은 잿빛이고 더없이 단조로워. 음악은 세상 끝나는 날에나 울려퍼질 장송곡 같아. 난 당신 꿈 꾸는 거 싫어. 내가 너무 기뻐서 혹은 너무 슬퍼서 죽을까봐 겁나거든. 우리가 함께 박자에 맞춰 춤을 출 수 있다면…… 토니오 콘수엘로…… 콘수엘로 토니오, 미친듯이 춤추는 이 위험한 세상에서도 중심을 잡을 수 있다면, 세상의 심연 속에 빠지지

---

* 앙드레 브르통과 그의 가족들은 1941년 7월 뉴욕에 도착했다. 몇 달 뒤 그들은 그리니치빌리지의 웨스트 11번가 265번지에 정착하고, 뉴욕으로 이주한 많은 예술가, 지식인과 교류했다. 그중에는 클로드 레비스트로스, 페기 구겐하임과 연인 사이인 막스 에른스트도 있었다. 콘수엘로는 1930년대 초에 앙드레 브르통을 처음 만나고, 그는 콘수엘로에게 호감을 가졌다(앙드레 브르통의 꿈 이야기 「나는 콘수엘로와 결혼한다J'épouse Consuelo」를 볼 것). 콘수엘로도 『장미의 회고록』에 앙드레 브르통과의 관계에 대한 이야기를 남겼다.

않을 수 있다면 얼마나 좋을까. 그럴 수 있을 거야! 내 마음은 다 준비됐어.

영어를 조금씩 배우기 시작했어. 두고 봐. 나의 별 친구, 당신이 한마디도 하고 싶지 않을 때, 당신이 비행에 몰두해 있을 때, 당신 마음속에 빠져 있을 때, 타글레의 집* 테라스에서 나에게 말을 건네주던 다정한 별이 도와줄 거야. 그 별이 나에게 말했거든. 자기 빛은, 자기가 나에게 보내는 우정은 바로 당신의 마음이라고. 사랑해야 가질 수 있다고.

토니오, 그럴 수 있을까?

진정한 기적이지. 난 곧 오이풀이 될 거야. 세상이 아무리 잔인해도, 양들이 아무리 멍청해도, 아무리 어리석고 심술궂어도, 나는 예쁜 오이풀이 될 거야. 오이풀은 길을 잃었어. 죽었어. 그 예쁜 오이풀을 초록 풀밭으로 데려가서 꽃과 노래로 옷을 입혀줘. 더는 누구도 그 오이풀에 상처 주지 못하게. 오이풀은 파푸의 시가 될 거야, 파푸가 흘린 그 많은 피로 쓴 시! 나의 남편, 난 당신을 힘들게 하고 싶지 않아. 내일 나를 제물로 바쳐야 한다고 할지라도 말이야. 하지만 날 진심으로 대해줘. 내가 진실을 바라게 된 건 당신 때문이야. 제발 부탁할게, 말을 좀 가려서 해줘. 난 당신의 늙은 아내고, 앞으로도 당신 편이야. 이 땅에는 단 한 명의 토니오밖에 없어. 내게 토니오는 단 한 명뿐이라고. 다정한 키스를 보내며.

콘수엘로

[여백에 쓰였다]

내일도 편지 쓸게.

* 1930년에 부에노스아이레스에서 살았던 집이다. 「편지 3」 참고.

153

내가 할리우드로 띄운 전보는 르누아르*가 전해줬지? 당신이 디디에게 시카고로 갈 거라고 했다면서? 그래서 내가 앙드레에게 전보를 보냈어.** 내가 마르세유에서 성홍열 때문에 고생할 때 브르통이 많이 도와줬어. 당신이 브르통 부부를 만났는지 모르겠네.*** 앙드레는 늘 유쾌한 사람이야. 언제나 시인이고 언제나 친구지. 내가 혼자 마르세유에 있을 때 자클린이 참 잘해줬어. 당신이 몰라줘서 굉장히 서운할 거야. 내가 같이 있으면 분명 당신도 자클린에 대한 생각이 바뀔 텐데, 아쉬워.

* 앙투안은 1941년 8월부터 11월까지 할리우드에서 지냈는데, 처음에는 할리우드대로 8150번지에 있는 영화 감독 장 르누아르와 디도 르누아르 부부의 집에 묵었다. 입원 이후 몸을 회복하는 동안에는 방 두 개짜리 아파트를 구했다. 그뒤에는 파운틴 애비뉴에 사는 언론인 피에르 라자레프의 집에서 지냈다. 앙투안은 1940년 말 리스본에서 뉴욕까지 항해하는 도중에, 〈게임의 규칙〉의 감독으로 폭스사와 계약한 장 르누아르와 각별한 사이가 되었다. 캘리포니아에 머무는 동안 『전시 조종사』를 썼고, 장제라르 플뢰리의 증언에 따르면, 콘수엘로가 돌아오고 며칠 뒤 원고를 출판사에 넘겼다.

** 브르통 부부는 딸을 데리고 1941년 3월 24일 카피텐르메를호를 타고 마르티니크섬으로 향했다. 뉴욕에는 1941년 7월 말에 도착했다.

*** 앙투안은 앙드레 브르통을 꺼렸고, 그런 마음은 콘수엘로가 뉴욕에 온 뒤에도 수그러들지 않았다. 콘수엘로는 자신이 미국에 도착한다는 소식을 1942년 1월 4일 브르통에게 알렸다(브르통이 뱅자맹 페레에게 보낸 편지를 볼 것. 『서간집Correspondance』, p.105, Gallimard, 2017).

52

앙투안이 콘수엘로에게

샌타모니카(캘리포니아), 1941년 9월 28일[*]

〔전보〕

CLEN = RÉEXPEDIÉ DE MARSEILLE PCV 14,85

= NLT RP 8,52 = EXUPÉRY CHEZ POZZODIBORGO

40 BD V HUGO NICE

6214 SANTAMONICA CALIF 237 41 28!/9 SH

100달러 보낼게 더이상은 어려워

포르투갈 비자[**] 받으면 리스본으로 가고

도착하는 대로 방문비자 받아 돈은 아메리칸익스프레스로 부칠게

혹시 못 받으면 전보 보내줘 난 곧 뉴욕으로 가

사랑해 앙투안.

* 니스에서 수령한 전보의 소인 날짜는 1941년 9월 30일이다.

** 콘수엘로는 1941년 10월 16일 발행된 베네수엘라 여권을 받았다. 1941년 10월 20일 앙투안이 다시 캘리포니아에서 전보를 보내, 그녀의 미국 비자를 기다리는 중이라고 알린다(「자필 원고들과 역사적 기록 문서 *Autographes et documents historiques*」).

53

앙투안이 콘수엘로에게

뉴욕, 1941년 11월

〔전보〕

CLM NLT SAINT-EXUPÉRY CHEZ POZZODIBORGO 40 BD
VICTORHUGO NICE À MMES

준비는 모두 마쳤고 행정 결정만 기다리면 돼
확실해 하지만 재촉할 수는 없어
배 요금*은 동결이 풀려서 은행에 넣었어
제발 용기 내고 남편을 전적으로 믿어줘
생텍쥐페리.

• 　평균 350달러였고, 일등칸은 1,200달러였다.

54

콘수엘로가 앙투안에게

리스본, 1941년 12월 6일[*]

〔유선통신〕

HO DRL81/F EV

LISBOA 40 6 1616 WU

NLT SAINTEXUPÉRY

240 CENTRAL PARK SOUTH NEWYORK

도착했는데 발을 삐었어. 벌써 괜찮아졌어. 방금 전에 당신 목소리가 들린 것 같아.

내 전화는 48101번이야. 매혹적인 나의 말馬 무너지면 안 돼.

날 당신이 원하는 데 내려줘. 하지만 언제나 나의 마법의 기사가 되어줘.

당신의 절름발이 병아리. 콘수엘로

---

[*]　앙투안이 필요한 서류와 재정보증을 확보한 뒤, 콘수엘로는 기자 배리언 프라이가 연 구조센터의 도움을 받아 포르투갈을 거쳐 미국으로 떠날 수 있게 되었다. 11월 말에 비행기로 바르셀로나를 거쳐 리스본으로 갔고, 1941년 리스본에서 미국 여객선 SS익스캠비언호에 올랐다. 이 배는 12월 8일 미국이 참전하면서 병력 이동에 동원되었다. 따라서 콘수엘로가 탄 것이 리스본에서 유럽의 피란민들을 싣고 미국으로 가는 마지막 항해였다.

55

앙투안이 콘수엘로에게°

뉴욕, 1941년 12월 10일

〔전보〕

LR114/9 VIA WU NEWYORK 71 1/48 9/625P

MADAME SAINTEXUPÉRY HÔTEL TIVOLI LISBON

현재 상황 때문에 당신 출발 일정이 늦춰질까 걱정돼 브라질을 거쳐 올 수 있게 즉시 비자 받도록 해봐 나와 직접 연락이 안 되면 배편을 알아보고 전보 보내줘 당신한테 100달러 보냈어 전화 통화는 어려워 내가 영어를 못해서 그래〔맙소사〕기자들 멀리하고 절대 접촉하지 마 나를 사랑한다면 꼭 그래야 해 = ANTOINE SAINTEXUPÉRY 240 CENTRAL PARKSOUTH NEWYORKCITY.

°   원문은 영어로 되어 있고, 프랑스어 번역이 각주로 달려 있다.

56

콘수엘로가 앙투안에게

뉴욕, 1941년 12월 말*
새벽 네시

토니오,

어느 날, 아주 멀리서 온 당신 눈물을, 당신이 잠드는 나라, 당신이 고통받는 나라, 당신이 몸을 숨긴 나라에서 온 눈물을 보았기에, 나는 사랑을 알 수 있었어. 내가 당신을 사랑한다는 걸 깨달았지. 한 방울의 눈물 속에, 단 한순간 속에 담겨 있는 사랑의 모든 쓰라림 또한 알 수 있었고. 그래서 나는 당신과 부에노스아이레스에서 결혼하겠다는 생각을 곧 포기했어. 어린 소녀일 때 침대에 가기 위해 어두운 방을 가로질러가길 포기하듯이 말이야. 그 어둠을 지나면 친구가 있고, 장난감이 있고, 산책이 있고, 빛이 있는데.

지금 내가 이 얘기를 하는 건, 나의 남편, 이 암흑의 밤이 무서워서야. 당신 손 바로 옆에 있는 나의 침대, 나의 빛, 나의 평화에 가닿지 못할까봐 두려워(나는 어두운 방을 지나갈 수 없을까? 내 꽃들이, 내 음악이, 당신의 두 손이 바로 옆에 있는데, 나는 어두운 방을 지나가지 못하고

---

* 콘수엘로는 1941년 12월 23일 미국에서 앙투안을 다시 만났다. 『장미의 회고록』에서 그녀는 뉴욕의 제2항만, 호보컨에 도착한 날을 회고한다. 부부의 친구인 장제라르 플뢰리가 마중나왔고(「한 친구의 존재」, 『이카르』, 84호, 1978년 봄, pp.36~37), 콘수엘로는 기자들을 피해 남편을 만난 뒤 함께 센트럴파크 사우스 240번지의 아파트 아래 있는 '카페 아널드'로 갔다. 그곳에서 앙투안의 친구들이 콘수엘로를 환영하는 칵테일파티를 열었다. 이 편지는 아마도 콘수엘로가 56번가의 바르비종 플라자에서 썼을 것이다. 앙투안이 그곳에 콘수엘로를 위해 거실 딸린 방 두 개짜리 객실을 예약해두었다. "나는 이 낯선 도시에서 방 한가운데, 낯선 가구들 사이에 홀로 있었다."(『장미의 회고록』, p.251) 혹은 앙투안이 일 년 전부터 살고 있던 아파트와 같은 건물에 있던, 콘수엘로가 1942년 초에 들어가 살기 시작한 센트럴파크 사우스 240번지의 아파트일 수도 있다.

쓰러지고 말까?).

당신 눈앞에서, 뉴욕의 이 흰색 방들 앞에서, 나는 여전히 바닷물결에 흔들려.

주님이 우리를 도와주시길.

난 나를 자유롭게 만들어주는 몸짓을 취하고 싶어.

나의 남편, 당신에게 키스를 보내.

열심히 일해. 난 당신 책*이 좋아. 난 삶을 사랑해.

당신의

• 『전시 조종사』를 가리키는 듯하다.

57

앙투안이 콘수엘로에게

뉴욕, 1942

나의 아이,

난 오늘 세인트레지스호텔*에서 정보국 국장**과 함께 점심식사를 해. 어쩔 수 없이 한두

시간은 당신과 연락 못할 거야.

식사하고 바로 올게.

미안해.

당신의

앙투안

---

* 1904년 2월 이스트 55번가가 5번 대로와 교차하는 지점에 문을 연 유명 호텔.

** 아마도 영국 비밀정보국(MI6)의 수장이었던 스튜어트 멘지스일 것이다.

58

앙투안이 콘수엘로에게

뉴욕, 1942

나의 콘수엘로, 이렇게 말하면 마치 꿈속 인물에게 말하고 있는 기분이야. 나의 콘수엘로, 상황이 안 좋다는 느낌이 들어. 당신에게 이 글을 쓰는 건 '나중을 위해서'야. 나중에 다시 읽어보도록 해. 내가 그토록 말을 안 하고, 또 그토록 힘들었던 건 아마도 존재하지 않는 한 여자를 사랑했기 때문임을 알게 될 거야.

내게는 늘, 마치 따야 하는 열매 같은 것이, 가장 소중한 열매가 있었어. 하지만 내가 가진 것 중 아무리 소중한 것을 줘도 매번 거절당했지. 열매가 제일 많이 달린 무거운 가지는 지쳐버렸지만, 어쩌면 오랫동안, 잠들고 싶은 욕망이 이렇게 커지지만 않았다면, 여전히 내가 가진 가장 좋은 걸 내어줬을 거야. 이 말을 기억해. 나중에, 사막에서, 감미롭게 느껴질 거야.

내가 당신을 내 삶에 더 깊이 끌어들이지 않는 건 당신이 깃들인 한 인물, 그래, 꿈의 콘수엘로가 나를 이루 말할 수 없이 불편하게 하기 때문이야. 난 내 글들이 없어져서 혼비백산했는데, 당신은 그 일이 나에게 얼마나 큰 재앙이었는지 전혀 이해하지 못하지. 『인간의 대지』 사본 두 부가, 혹은 20달러가 없어진 걸 알았을 때 난 이렇게 생각했어. '어리석은 생쥐 같으니. 달라고 하면 내가 안 된다고 하겠어? 왜 혼자 와서 몰래 갉아먹냐고! 습관을 버리지 못하는 거야. 도와줘야겠군.' 그래서 난 당황하는 당신을 정말로 꼭 안아주려고 했어(물론 그전에 몇 마디 모진 말은 하게 될 테지, 당연하잖아!). 난 이렇게 말할 생각이었어. "당신은 어리석은 생쥐야. 별로 얻는 것도 없으면서 나를 아프게 해. 난 당신이 기분 좋을 것 같을 때 다가가는데, 당신은 금방 기분 나빠지잖아……"

하지만 난 벽에 부딪혀 부서지고 말았지. 깨지지 않는 껍질에. 내가 위로하고 도와주고

싶었던, 마음속으로 만나기로 한 아가씨는 어디에도 없었다고.

좋아. 내가 잘못 안 거라고? 그래, 그렇다 쳐.

하지만 단언컨대, 당신이 내 비서를 보러 온 날이면 늘 종이들이 제자리에 있지 않고

문고리는 '열림'으로 돌아가 있었어.* 난 매번 똑같은 생각을 했지(나의 콘수엘로, 내가 어떻게

착각할 수 있겠어?). 매번 생쥐가 내 종이를 갉아먹었다고 말이야. 그리고 또 이렇게 생각했지.

'이 어리석은 생쥐는 이렇게나 오래 쥐 노릇을 하고 있구나. 안 하려고 해도 자꾸만 하게 되고,

어쩔 수 없는 거야. 생쥐는 알고 싶은 거야. 알아내고 싶은 거야. 반쯤은 끔찍하지만, 반쯤은

애정의 한 형태일 수 있어. 나는 잠시 고함을 지르겠지만, 그러고 나면 이렇게 말할 거야.

어리석은 생쥐 같으니, 그래서 뭘 알아냈지? 별것 아닌 어느 어리석은 여자의 주소 하나

알아내겠다고 이런 짓을 한 거야? 별들이 있는 곳보다 더 멀리 날 던져버리면 어쩔될지

생각 안 해봤어? 그래 놓고 필요할 땐 늘 날 찾잖아! 처음엔 작은 구멍으로 의심을 품기

시작하지만, 곧 모든 일을 의심하게 되지. 내 우편물이, 내 전보가, 글을 써놓은 내 종이가

없어지지 않았는지, 조심스럽게 혼자 간직한 것들이 밖에 알려진 건 아닌지 걱정하게

된다고!** 기다리는 편지가 늦어질 때마다 의심하게 되고, 결국 당신 잘못이 아닌 모든 일에

---

*   부부는 콘수엘로가 뉴욕에 온 뒤에도 몇 달 동안 따로 살았다. 콘수엘로는 혼자 머물던 센트럴파크 사우스 240번지의 아파트에서 가까운 앙투안의 아파트에 그가 없을 때 들어가볼 수 있었다.

**   앙투안은 사적인 삶과 공적인 삶의 구별을 매우 중시했다. 드니 드 루주몽에게 보낸 편지에서, 루주몽이 콘수엘로와의 대화를 통해 알게 된 사실들로 부부생활에 간접적으로 개입한 것을 거세게 비난하기도 했다. "내가 내 사생활에 어느 정도의 깊이로든 자네를 들인 적이 있었나? 내 연인이 함께한 자리에서 자네와 저녁식사를 한 적이 있었나? (⋯) 내 사생활을 볼 수 있었던 건 로제 보케르뿐이지. 그게 재미있는 일인지 그에게 한번 물어봐. 내가 별거중에 정절을 의무로 삼지 않았다 해도 그건 다른 사람들과 상관없는 내 일이야. (⋯) 콘수엘로는 자네의 우정이나 속내 이야기를 들춰낸 적 없지만, 어차피 사람들이 날 책망하는 말에서 자네가 그녀와 어떤 대화를 나누었는지 다 알 수 있었지. 어떻게든 드러나게 되어 있다고. 읽을 줄 알면 다 알 수 있다네."

대해 당신을 원망하게 될 거야. 제발 내 가슴에 머리를 기대고, 내가 당신을 도와줄 수 있게 해줘. 허무맹랑한 거짓말 늘어놓지 말고. 내가 전부 틀렸을 리는 없잖아. 당신이 아니라고 우겨대기만 하니까, 나는 더이상 아무것도 믿을 수 없어. 당신은 바보 같은 생쥐야. 제발 내가 당신을 도울 수 있게 도와줘!

하지만 난 이번에도 벽에 부딪혔어.

콘수엘로, 콘수엘로, 삶의 진짜 문제들을 바라보지 않을래? 살 수 있게 도와주지 않을래? 진실을 외면하고서는, 콘수엘로, 절대 그럴 수 없어.

곧 만나.

A.

Petite Consuelo quand je vous parle ainsi
je me semble parler à un personnage de
rêve. Petite Consuelo je me sens assez
mal. Je vous écris ce petit mot "pour
plus tard". Vous le relirez. Vous saurez
que vous venez de retenir en tout de pêtre
on chérissait une petite fille qui peut être
n'existait pas.

Il y a eu — toujours eu en moi — comme
un fruit à cueillir, le plus précieux. Mai
le plus précieux de mes dons, on l'a
toujours refusé. Ma branche la plus
lourde est lasse. Mais, sans dout
longtemps, si tu ne me donnai pas
cette grande envie de dormir — j'aurai
offert encore le meilleur de moi même.
Vous garderez ce petit mot. Peut être
vous servira-t-il doux, plus tard, dans
le désert.

41

"마치 꿈속 인물에게 말하고 있는 기분이야."

59

앙투안이 콘수엘로에게

뉴욕, 1942

그것 봐, 콘수엘로, 당신은 내 문제를 하나도 이해하지 못한 것 같아.

난 기대를 품고 떨리는 마음으로 당신에게 오라고 한 건데. 이렇게 생각했지. '그녀가 완전히 달라졌다면 난 얼마나 행복할까. 그녀 없이 나 혼자 전쟁을 다 치른 셈이군. 아마도 그녀는 삶에서 무엇이 중요한지 깨달았겠지. 내가 언제고 변함없이 베푼 배려를 이젠 깨달았을 거야.' 하지만 당신의 모든 것이 날 너무도 가슴 아프게 하기에(아마도 사랑이 깊기 때문일 거야) 난 증거가 필요했어. 꼭 필요했지. 당신은 내가 당신을 단번에 온전히 받아들이지 않았다고 비난하지만, 나는 내가 스스로 죽어가는 게 아니라는 확신이 꼭 필요했어. 예전에 이미, 내키지 않는 마음에도 처음으로 당신을 그렇게 받아들였다가 불안과 피로와 슬픔으로 죽을 뻔했는데, 만약 이번에도 또 내 환상이 깨지면 내가 어떻게 살아남을 수 있겠어? 정말 너무도 불확실한데, 어떻게 내가 기꺼이 위험을 감수할 수 있겠냐고…… 상처가 아물긴 했지만, 그래도 마음속 깊은 곳은 이미 너덜너덜해졌는걸.

물론 그 끔찍한 서랍 이야기로 당신을 비난하려는 건 아니야. 나의 아름다운 아가씨 콘수엘로, 그러니까 날 이해하려고 노력해봐. 난 비난하는 게 아니고, 그냥 너무 아파서, 그래서 내 상처 얘기를 하는 거야. 당신이 오고부터 이상한 우연이 시작되었어. 너무도 이상한 우연들이었지. 아멜리가 있을 때 당신이 왔다 가면 매번 내 방 문고리가 열림으로 돌아가 있다거나 하는 아주 사소한 일들 말이야. 그 외에도 수많은 우연이 있었어. 하지만 난 탐정이 아니잖아. 함정을 파는 일 같은 건 절대 하고 싶지 않아. 물론 그러면 확실히 알게

166

되겠지만, 그건 너무 비열한 짓이잖아. 결국 내가 가진 건 필사적인 본능뿐이지. 하지만 콘수엘로, 당신은 알잖아. 정말로 비난하려는 게 아니야, 맹세해. 내 고통을 얘기하는 거야…… 나에겐 당신이 저지른 대단찮은 행동들보다 오히려 당신의 그 엄숙한 선서가 더 큰 고통을 안겨. 그토록 성실한 맹세들이 거짓이라면, 깊은 구덩이가 파일 수밖에 없잖아. 내가 어떻게 당신을 믿을 수 있겠어? 그래도 난 당신을 믿기로 하지. 안 그러면 혐오감에 빠져 죽고 말 테니까. 하지만 마음속에는 태산 같은 권태가 쌓여.

마들렌이 당신에게 어떤 사람인지는 중요하지 않아. 나에게 중요한 건 그 여자가 어떻게 나다*의 말을 다 외우고 있느냐는 거야. 난 그 편지를 분명 서랍 속에 넣어두었고, 당신은 절대 열어본 적 없다고 맹세하는데 말이야. 그 일로 내가 얼마나 끔찍한 순간을 겪었는지 당신은 전혀 이해하지 못해. 내 영혼이 갉아먹히고 애간장이 탄 건 바로 그날 저녁 내가 물었을 때 당신이 절대 아니라고 부인했기 때문이라는 것도 당신은 이해하지 못하지. 그래, 내가 그러는 건 당신이 어떤 잘못을 했기 때문이 아니야. 내 마음은 대지만큼 넓어서 다 용서할 수 있어. 하지만 당신은 놀랍도록 철저하게 거짓말을 했지. 이제 난 더는 당신을 믿을 수 없어. 내가 당신을 믿어서는 안 된다는, 믿을 만한 이유가 없다는 생각이 들면 난 엄청난 절망에 휩싸이지. 나에게 필요한 건, 그냥 말만 하는 게 아니야. 날 맞아주는, 가정을 잘 꾸리는, 기적처럼 나와 마음이 잘 맞는 사람이 필요해. 콘수엘로, 세상 모든 사람이 거짓말을 하지는 않잖아. 콘수엘로, 당신은 덫에 걸린 여우가 아니야, 사냥꾼에게 맞서 싸워야 하는 처지가 아니라고. 콘수엘로, 난 사냥꾼이 아니야. 내가 당신에게 사랑을 요구한

* 나데즈다(나다) 데 브라간사(1910~1946). 포르투갈 왕가의 후손으로 뉴욕에서 살았다. 앙투안은 『전시 조종사』 타이핑 원고와 함께 1942년 2월 나다에게 보낸 편지에, 콘수엘로가 돌아오는 것을 이렇게 표현한다. "나는 무척이나 무거운 짐을 짊어졌지. 그 짐을 벗어던지고 평화롭게 살 수도 없고 그 짐을 끌어안고 살아갈 수도 없어. 양심이란 참으로 이상한 거야! 절대로 남편과 아내로 살 수는 없어. 나로선 불가능한 일이지. 그러지 않으면, 이미 겪어봤듯이 너무도, 정말 너무도 뼈저리게 쓰려고."(『바람과 모래와 별』, p.801)

건 오로지 용서의 감미로움을 맛보기 위해서였어. 그리고 서로를 믿으며 새로운 삶을 살기 위해서였다고. 신이 다 지켜보고 계시지. 내가 당신에게 어떤 일을 솔직히 다 털어놓고 나면 정반대 일이 일어나지만, 나는 당신과 달리 당신이 고백한 일을 싸움에서 무기로 쓰면서 당신을 비난한 적 한 번도 없었잖아. 나의 가련한 콘수엘로, 그나마 그렇게 상대가 털어놓은 이야기를 존중하는 그 일조차 난 자주 해보지 못했어. 그야말로 분명한 경우가 아니면 당신은 절대 솔직히 말하지 않으니까. 이번에도 마찬가지고!

아마도 당신은 나에게 많은 걸 내어주고 있다고 생각할 테지. 하지만 내가 필요한 게 뭔지 알아? 내가 원하는 우유가 어떤 건지? 내가 어떤 터전을 잃어버리고 절망에 빠져 있는지, 내가 누리고 싶은 낙원이 어떤 건지? 내가 간절히, 마음이 찢기도록 아파하며 바라는 건 단 한 가지야. 바로 믿음. 침묵할 줄 아는 직감 말이야. 마음속에 당신에 대한 믿음이 있으면 이렇게 말할 수 있지. 그 어처구니없는 이본 [방데르] 얘기는 상관없어. 당신도 나에게 온전한 믿음을 가지면 문제될 게 뭐가 있겠어. "내가 안 그랬어—알았어, 난 당신 믿어. 당신의 말 한마디 한마디가 다 나에게는 신성해."

이게 바로 내가 그리는 행복이야. 그리고 가정에 대한 존중. 그런데 난 그 둘 중 어느 것도 누리지 못했지. 쓸모없는 사랑으로만 가득해.

아, 누가 날 도와줄까?

지금은 새벽 세시 반이야.

영원히 잠들 수 있으면 얼마나 좋을까. 적어도 이건 당신이 알아야 해. 겉보기에 어떻든 내게는 사랑이 가득하고, 당신이 한 번도 요구한 적 없지만 용서하려는 마음도 가득해. 그래서 마음이 아파.

당신은 기독교인이 맞아? 난 당신이 이해가 안 돼. 잘 이해하지 못하겠어. 그래서 마음이 찢어질 듯 아파.

시간이 너무 늦었네. 너무 아프고, 너무 추워.

이렇게 기다리는 밤이 날 죽음으로 몰고 간다는 걸 당신은 알잖아. 당신은 잘 알고 있어. 난 심지어 병원*에서도 전화했는데.

너무 추워, 너무 두려워.

안녕.

---

* 1941년 로스앤젤레스에서 앙투안이 입원한 일을 말한다.

60

앙투안이 콘수엘로에게

뉴욕, 1942년 4월

오, 콘수엘로! 난 정말로 끔찍한 밤을 보냈어. 당신은 정말 어리석은, 그야말로 정신 나간 여자야. 당신이 바로 내가 진정으로 사랑한 유일한 여자라는 걸 왜 모르는 거지?

아, 콘수엘로…… 난 너무 두려워, 당신이 정말 두려워. 당신은 나에게 너무도 많은 고통을 안겼어. 난 당신을 믿어야 했어. 당신은 나한테 거짓말을 하지 말았어야 했고, 내 등뒤에서 몰래 날 찌를 비수를 찾지도 말아야 했고. 어떻게 집안의 비밀을 밖에 끌고 나가 팔아버릴 수 있지? 그러지 말았어야 했어. 콘수엘로, 나의 다정한 사랑, 사랑하는 나의 그대. 난 당신 거짓말이 견딜 수 없이 무서웠어. 하느님은 아시지, 내 마음속에 당신이 영원히 머물 자리를 만들기 위해서 내가 정말로 당신을 기다렸다는 걸.

사랑하는 콘수엘로, 제발 온 힘을 다해서 간청할게. 난 나쁜 남자가 아니야. 난 정말로, 당신 때문에 정말 마음이 아파. 아마 나도 당신을 아프게 했겠지. 모질게 굴었으니까. 하지만 두려워서 그랬어. 당신의 아주 사소한 거짓말에도 이전에 내가 보냈던 그 끔찍한 밤들의 두려움이 되살아나거든. 마음이 조금만 흔들려도 그래. 당신이 내 앞에서 아무리 그럴듯한 반론을 펴도 이미 내 마음속에선 수많은 일들이 의혹을 불러일으켜. 열려 있는 서랍, 수척한 얼굴…… 아주 작은 징표가 수없이 많지. 뭐에 대한 징표냐고? 그건 나도 모르지. 내가 탐정은 아니잖아. 난 너무 무섭고, 궁지에 내몰린 기분이었어. 결국 나 스스로를 아프게 했지. 난 창유리에 달려들어 상처 입는 곤충처럼 찾아다녔어. 당신을 피하면서 동시에 당신을 찾아다녔다고. 콘수엘로, 당신은 다정하게 대해줄 줄 알잖아. 결국에는 당신을 위해 고이 간직한 내 마음을 제발 한 번만 불쌍히 여겨줘. 비참을 겪었고, 그 비참한 곤궁 속에 양식을 찾아다닌 내 마음을. 당신에게 다 줘버렸기에 더는 그 누구에게도 줄 게 없는 내 마음을. 콘수엘로, 온 힘을 다해 당신에게 외칠게. 돌아와. 내 운을 정말이지 시험해보고 싶어. 그러고도 안 되면, 죽어야 한다면, 죽어야겠지. 난 이 세상에서 오직 한 사람, 당신만을 사랑하니까. 난 잘 알고 있어. 나에게 사랑의 얼굴은 오직 당신뿐인 걸. 콘수엘로, 당신을 사랑하느라 내가 신기루의 노리개가 될 위험이 있다는 거 나도 잘 알아. 닿을 만하면 다시 멀어지는 당신을, 그래, 나를 한 번 환하게 밝혀준 빛 때문에, 한두 번 겸허했던 어조 때문에, 한두 번 다정했던 목소리 때문에 당신을 따라가다보면, 난 갈증으로 죽을 수도 있다는 걸 잘 알고 있어. 내가 언젠가 당신 안에서 찾아냈다고 믿는 걸 계속 누릴 수 있다는 보장은 어디에도 없지. 사랑하는 콘수엘로, 이젠 더 못 버티겠어. 내 목숨을 걸어볼래. 이제 내 목숨이 달려 있어. 당신은 뭘 걸 거지?

콘수엘로, 나의 작은 오리, 나에게 다 털어놔. 태산처럼 무겁게 나를 짓누르는 모든 것을 제발 벗어던지라고. 서랍을 열고, 편지를 읽어보고, 콘수엘로, 그런 건 미리 용서할게. 함정이 아니라는 거 당신도 알지? 내가 뭣 때문에 그런 핑계를 찾겠어? 콘수엘로, 난 당신이 한 일들을 사랑의 증거로 여길 거야. 마냥 미숙했을 뿐인, 한없이 어리석은 사랑의 증거로 받아들일게. 나의 용서를 마음껏 누려, 콘수엘로. 당신이 늘 옳다는 걸 나에게 증명하느라 결국 우리 둘 다 지쳐 쓰러지는 게 무슨 소용이지? 그냥 나의 용서를 누려. 당신이 아직 이용하지 않았을 뿐, 내 안엔 용서할 마음이 한가득이거든. 용서할 마음이 가득한데 당신이 받지 않아서 마치 아기가 빨아주지 않은 젖처럼 가슴이 아파. 콘수엘로, 제발 다 말해줘, 고해신부에게 털어놓고 아버지에게 털어놓듯이 다 말해. 나도 명예를 걸고 맹세할게. 무슨 일이 있어도 당신에게 그 어떤 거짓말도 하지 않겠다고. 하지만 그러려면 제대로 시작해야 해. 새로운 길을 열어야 하잖아. 과거에서 벗어나야지. 그래서 증거가 꼭 필요해. 콘수엘로, 고개를 내 어깨에 기대. 그리고 울어. 그 끔찍하도록 거북한 마음을 깨끗이 씻어내라고.

그래, 대단치 않은 그 일들을 당신이 한 게 맞다고 말해줘. 내가 당신한테 다 털어놓으라고 하는 건, 당신을 힘껏 안아주며 애써 용서하기 위해서라는 걸 알아야 해. 날 고통스럽게 하는 건 당신이 저지른 그 행동들이 아니야. 당신이 내가 온전히 믿을 수 없는 맹세를 하면, 너무도 엄숙하고 너무도 절대적인 그 맹세 때문에 온 세상이 알아볼 수 없을 정도로 이상해져. 내 편지들을 몰래 훔쳐봤다고 그 여자가 괴물은 아니야. 그저 질투가 났을 뿐이고, 서툴고, 잠시 정신이 나갔을 뿐이지. 하지만 신성한 것을 숱하게 걸고 엄숙하게 맹세하는 여자는 괴물이야. 그런 여자의 말은 하나도 믿을 수 없어. 그걸 어떻게 믿냐고! 당신과 나 사이에는 삼중의 성벽이 가로막고 있어. 우리의 내밀한 사랑은 그 어디쯤에 있을까?
콘수엘로, 이번 휴가는 당신과 같이 떠날 거야. 당신을 데려갈게. 힘껏 당신을 사랑해줄게. 방셀리위스*의 시골 별장에 가자. 콘수엘로, 나의 4월의 개구리, 당신이 같이 가주면 난 무척 행복할 거야.

*

내 사랑이 나의 불안한 마음에서 피어올랐다고 생각하지는 마. 난 그저 죽기 살기로 내 운을 한번 더 시험해보고 싶어. 전에 내가 병원**에서 당신한테 쓴 편지도 같이 보낼게. 당신을 믿을 수 없어서, 완전히 믿을 수 없어서 부치지 못한 십만 통의 편지 중 하나야.
콘수엘로, 이렇게 당신에게 신뢰를 바치고 나면, 나는 앞으로 그 어떤 일이 일어나도 절대 내 신뢰를 부인하지 못할 거야.

- • 앙투안은 1941년 초 뉴욕에 와서 곧 뉴욕의 프랑스 학교 철학 교사 레옹 방셀리위스(1900~1972)를 알게 되었다. 두 사람의 관계는 우정으로 발전했고, 특히 드골주의와는 다른 방식으로 참전해야 한다는 입장을 공유했다.
- •• 아마도 1941년 앙투안이 플로리다에서 입원했을 때일 것이다.

도와줘, 그대.

앙투안

*

[병원에서 쓴 편지가 동봉되어 있다]

콘수엘로, 오늘 저녁엔 당신한테 사랑 편지를 쓸 거야. 내가 받은 숱한 상처, 당신에게 듣지
못한 숱한 말, 닫혀 있는 당신 영혼의 창유리에 부딪혀 사그라진 숱한 호소, 때로 그 모든
것에도 불구하고, 난 제 길을 찾지 못한 내 사랑을 더는 억누르지 못하거든.
당신 안에는 내가 사랑하는 누군가가, 마치 4월의 자주개자리처럼 신선한 기쁨을 주는
누군가가 있지. 당신 안에는 나에게 새벽과도 같았던 순간들이 있어. 아무것도 아닌 것에
내지르는 작은 외침, 아무것도 아닌 것에서 오는 작은 즐거움이 있고, 바로 그 순간의
환한 빛이 나로 하여금, 아마도, 내 삶을 희생하게 만드는 걸 거야. 25수°짜리 사진기,
'강낭콩'°°이 되어 전한 감사의 몸짓, "나도 겸허해질게"라고 말하게 만드는 겸허한 몸짓도
있지. 그러면 나는 경이로움으로 가득차고, 당신을 빛으로 감싸게 돼. 마치 세상이 다시
시작되는 것 같아. 그리고 난 이렇게 말해. "눈이 다 녹았어. 빙하가 녹아서 백조들이 노니는
호수가 되었어…… 난 알았던 거야, 결국 내 생각이 옳다는 걸 알고 있었던 거야……"

°   프랑스 구체제의 화폐 단위. 1수는 5상팀(1상팀은 0.01프랑)이었다.
°°   「편지 94」 참고.

61

앙투안이 콘수엘로에게

뉴욕, 1942

나의 콘수엘로,

당신은 내 마음이 왜 불편한지, 내가 왜 저항하는지, 내 마음이 왜 이토록 끔찍스럽게
조여드는지 전혀 모르겠지? 당신이 나에게 내 능력 이상을 요구하고 있다는 것도 모르지?
콘수엘로, 난 당신을 온전히 믿고 싶어. 그것만이 날 구해줄 수 있으니까. 하지만 당신이
털어놓지 않은 것들이 감당할 수 없이 무거운 짐으로 남아 있어. 만일 당신이 남김없이 다
말해주었다면, 콘수엘로, 우리는 아주 오래전에 다시 하나가 되었을 거야. 우리 삶이 이렇게
엉망진창이 된 건 결국 당신이 원한 일이야. 싸울 때 당신은 나를 믿고 또 진실을 말해
나에게 평화를 주기보다는 전부 '내 탓으로 돌리기'를 선택했지. 그러니까 모든 게 당신이
원한 일이라고. 그렇게 해서 나아진 게 있어? 당신은 날 원망하며 하소연하잖아. 당신은 날
행복하게 해주는 것보다, 그리고 당신 자신이 행복해지는 것보다 그게 더 좋은 거지. 자기
잘못을 고백하면서 행복한 것보다, 온갖 불평을 큰 소리로 늘어놓으며 불행한 게 더 좋은 거
아니냐고. 당신의 그런 태도 때문에 난 병이 났어, 콘수엘로.
당신은 나한테 무조건 믿으라고 하지. 여자들(예를 들면 나디아 불랑제*)의 주소를 써놓은
종이가 서랍에서 사라진 게 성령이 하신 일이라고, 당신이 내 서랍 속 편지에 쓰인 문장들을
심령술로 들어서 알게 되었고 나다한테 그대로 말해준 거라고 말이야. 내가 어처구니없는
멍청이도 아니고, 그걸 어떻게 믿겠어? 당신이 그런 식으로 더없이 성스러운 맹세를 해대면

난 더이상 할말이 없어져. 아니라는 증거를 내가 어떻게 찾을 수 있겠어? 당신은 또 울어서 내 입을 막아버리지. 그러면 드디어 당신이 싸움에서 '이기는' 거고.

난 믿으려 애써도 도저히 믿을 수 없는 행동들 때문에 어쩔 수 없이 절망에 빠져. 난 내 직관을 완전히 무시할 정도로 어리석은 인간은 아니야. 게다가 당신이 하는 거짓말이 어쩌나 잔인한지 나는 충격을 받지. 신이 다 알고 계실 텐데, 콘수엘로, 난 진심으로 당신을 용서할 기회를 기다렸다고!

당신은 권리를 요구하고 내가 틀렸다는 증거를 내밀면서 결혼생활을 바로잡고 다시 정복하려 해. 미친 짓이야. 행복은 그런 식의 집달리 서류 위에 쌓는 게 아니야.

이 밤에 내가 화가 나는 건, 나를 '부당하게' 기다리게 만든 모범적인 콘수엘로가 내 앞에서 펼쳐 보인 우스꽝스러운 연극 때문이야.

언제나 행복은 당신 손에 쥐어져 있었는데. 당신은 그 행복을 나에 대한 믿음이나 순수한 진실 위에 지어 올릴 생각을 해본 적이 없었지. 당신은 내가 숨쉴 수 있는 유일한 분위기를 바랄 수 있게 해준 적이 단 한 번도 없어. 당신은 내가 당신에게 줄 수 있기를 꿈꿔온 그 행복을 단 한 번도 원하지 않았다고. 당신의 관심은 오로지 나와의 싸움에서 이길 때 얻을 수 있는 결실같이 '쟁취'해야 하는 행복뿐이었어. 내가 필요로 하는 소박한 분위기, 소박한 존중, 순수함, 이런 것 대신 당신은 비참한 마음을, 완전한 결별을 선택한 거야.

당신은 바보야, 바보, 바보, 바보, 너무 어리석은 바보! 내가 당신을 얼마나 사랑하는데!

- 나디아 불랑제(1887~1979)는 피아니스트이자 퐁텐블로 미국 음악원의 교수로, 1940년 11월 6일 미국으로 망명한 뒤 케임브리지의 론지 음악학교에서 강의하고 있었다. 앙투안은 뉴욕에서 그녀를 다시 만나 기뻐하며 『전시 조종사』와 『어린 왕자』의 자필 서명 타이핑 원고를 주었고, 현재 그 원고들은 그녀의 이름이 적힌 『전시 조종사』 영어판 초판본과 함께 프랑스 국립박물관에 소장되어 있다. 1942년 11월 28일, 나디아 불랑제는 작곡가 이고르 스트라빈스키에게 보낸 편지에 앙투안이 미국에 있어서 힘이 된다고, "너무 든든하고, 너무 좋다"고 썼다.

*

내 마음을 제대로 표현하지 못했어. 당신에게 이해받기가 너무 힘들어! 당신이 상냥하게 굴 때 당신의 지난 행동들 따윈 우리 사이에 남아 있지도 않아. 내게는 당신을 용서해줄 마음이 가득하니까. 지금 당신과 나 사이에 있는 건, 당신이 한 번도 청한 적이 없어 내 마음에 고스란히 남아 있는 용서뿐이야.

내가 온 힘을 다해 믿고 있는 걸 제발 당신도 한 번만 잘 생각해봐.

"달라지기만 한다면, 자신이 부인하는, 다시는 하고 싶지 않은, 자기 자신에게서 떨쳐버리고 싶은 그 행동들을 어렵지 않게 털어놓을 수 있다. 그것은 이미 다른 사람의 일이 되기 때문이다. 직접 가서 고백하고, 자기 잘못을 외치고, 용서를 구할 수 있다. 그렇게 자기 모습 그대로 사랑받을 수 있다. 우리가 사랑하는 사람이 우리를 가짜 모습으로 받아들이는 것은 참기 힘든 일이다. 속임수로 존중받는 것을 어떻게 감내하겠는가. 지난 일, 지난 속임수는 이제 아무렇지도 않게 고백해버리자. 토해내버리자! 우리 둘 다 그것들을 증오하는 거다. 그러면 마치 눈이 녹아내리듯이 감미로워진다.

고백하지 않고 버티는 건, 결국 사랑을 가짜 계약 위에 세우는 셈이다. 자기가 했다고 고백하지 않으면 그 행동을 언제든 다시 할 수 있기 때문이다. 당신이 내 서랍을 뒤졌고 모든 문서를 읽었다고 고백하지 않는 건, 앞으로도 필요하다면 같은 일을 또 할 수 있다는 뜻이고, 다시 또 안 그랬다고 우기고, 그러면 나는 또다시 믿어야 하는 상황이 되풀이될 수 있다는 뜻이야.

반대로, 당신이 달라졌다면 추궁하지 않아도 당신이 직접 나에게 와서 흐느끼며 말할 테지. '난 지금까지와는 다른 콘수엘로이고, 이제는 날 믿어도 돼. 그 증거로 내가 예전에 한

176

일들을 다 고백할게. 입을 다무는 것으로 다시 시작할 수 있는 힘을 묵혀두진 않을 거야.

나는 있는 그대로, 나 자신으로 사랑받고 싶어. 더는 당신에게 작은 것도 숨기지 않을래.

당신이 실제의 내가 아닌 나를 사랑하는 건 견딜 수 없어. 설령 그게 미화된 모습이라도

싫어. 난 도움이 필요해. 당신이 날 지지해주고 내 편이 되어 나의 결점들과 같이 싸워줘. 난

당신이 너그러운 사람이라는 걸 알아. 날 용서하고 날 낫게 해줘. 다, 전부 다 말할게. 당신이

거북해하고, 긴장하고, 절망하는 모습을 더는 못 보겠어. 당신이 누군가 곁에 있다고, 당신의

사람이 옆에 있다고 느끼면 좋겠어. 당신의 사랑을 약탈하기 위해 수많은 간계를 부리는

사람 말고. 난 그 어떤 속임수도 쓰지 않아. 난 당신 거야. 난 사랑을 약탈하고 싶지 않아.

당신의 마음이 가는 대로 나에게 준 사랑 속에, 내 모습 그대로 그 사랑 속에 젖어 있고 싶어.

난 당신을 위해 창문을 다 열어놓았어. 마음껏 내 집에 찾아와줘.'"

당신이 이렇게 말하지 않는다면, 콘수엘로, 나의 콘수엘로, 당신은 절대로 내가 당신을 통해

행복을 바랄 수 있다고, 당신이 자존심보다 행복을 선택했다고 말할 수 없어.

당신의 교묘한 술책은, 콘수엘로, 너무도 파괴적이고 어리석어.

난 죽음으로 성큼성큼 다가가는 기분이야. 당신이 바라는 게 그거야? 당신이 여기 와 있고

아직 이혼하지 않은 게 당신의 그런 교묘한 술책 덕분이라고 생각해?° 그 모든 환멸에도

내가 깊고 무한한 애정을 버리지 않았기 때문이라는 생각은 안 들어? 당신의 술책 때문에,

콘수엘로, 다른 건 몰라도 당신은 정말 못 믿겠어.

콘수엘로, 당신에게 무릎 꿇고 빌게. 술책은 그만 버려. 한 번만 새로운 콘수엘로가 되어줘.

숱한 날들 중 어느 축복받은 날 나에게 그걸 증명해줘. 당신의 상냥함만으로는 충분하지

°　콘수엘로는 파리에서 이혼을 결심했고 앙투안도 동의했지만, 앙투안이 과테말라에서 추락 사고를 당하면서
　계속 관계가 이어졌다. 앙투안은 미국에 가서도 친구들의 반대에도 불구하고, 오페드에 있던 콘수엘로를 위
　해 비자를 받아 그녀를 미국으로 오게 했다.

않아. 부에노스아이레스에서는 상냥했었지. 하지만 칠 년 동안 난 많이 힘들었어.* 지금 당신이 다시 상냥한 게, 불행했던 지난 칠 년 동안 겪은 것과 같은 함정이 아니라고 어떻게 확신하겠어? 내 마음이 떨리는 건 당신의 상냥함에 감동받았기 때문일 테지. 하지만 난 다른 증거가 필요해. 나에겐 중요한 증거야. 당신이 정말 달라졌는지 알고 싶어!

앙투안

178

62

앙투안이 콘수엘로에게

뉴욕, 1942

콘수엘로,

그렇게 속 좁게 굴지 마. 내 목소리가 듣기 불쾌해지고 내가 결국 화를 낸다는 거 나도 알아.
난 당신이 이해해주지 않으면 늘 화가 나. 처음엔 아주 부드럽게 말하지. 이렇게 말이야. "내
사랑 콘수엘로", 이건 좋은 방법도 좋은 방향도 아니야. 그럴 때 난 마치 학생에게 말하듯
다정하게, 필요하면 제자를 가르치기 위해서 며칠 밤이라도 새울 수 있는 마음으로 말해.
하지만 나의 제자는 내가 한 말을 곧바로 인신공격으로 바꾸어버리지. 곧바로 콘수엘로
당신을 내가 공격한 것처럼 되어버려. 마치 미켈란젤로가 되살아나서 자기에 대한 비판을
두고 공격하는 것처럼 말이야. 언어는 앞으로 태어날 작품에 적용되면 죽은 작품에 적용된
것과 같은 의미를 가질 수 없어. 완성된 건 죽은 작품이지. 그러니까 당신은 존재한 적 없는
모욕에 맞서 저항하고, 내가 공격한 적 없는 존엄성을 내세우면서 나에게 상처를 주려 하는
거야. 난 용기를 잃고, 슬프고 불행해져.
내가 말하고 싶은 핵심은 이거야. 당신이 발전하고자 한다면 주의를 흩뜨리지 말아야 해.
당신을 옭아매려 하는 문장(혹은 그림)을 고치고, 깊이 파고들고, 필요하다면 혐오스러울
정도로 스스로를 소진시켜야 해. 앙드레 브르통의 아내*라면 캔버스에 얼룩 여섯 개를
그려놓고 그 여섯 개의 얼룩으로 자기 생각을 '표현'했다면서 손대면 안 되는 신성한 거라고
주장하겠지. 이백 년 동안 그래 봤자 헛일이야. 결국 이백 년 동안 아무것도 안 한 셈이

되는 거지. 당신이 그런 식으로 아무리 많은 글을 쓰고 또 써도 아무 소용 없어. 그건 세대를 거듭할 때마다 인간들이 문명을 새로 만들어나가는 것과 같지. 그런 식으로는 미켈란젤로는 물론 막스 에른스트도 태어날 수 없어.

당신이 추상화를 그리든 말든 난 상관없어. 물론 내가 보기엔, 정말이지 끔찍하게 위험한 시작이고, 잘못된 길이지만. 아이를 위대한 초현실주의 시인으로 만들고 싶다면 우선 동사 변화부터 가르쳐야지. 프랑스어를 틀리면 야단쳐서 제대로 알게 하고. 무엇이든 마찬가지야. 아이가 처음부터 초현실주의적 충동으로 시작하는 걸 그냥 두고 본다면, 그 아이는 바-보-부-비-바 떠들기만 하고 다른 건 절대 말하지 못하게 되겠지.

그런데 내가 당신을 나무라는 데는 그보다 더 중요한 이유가 있어. 당신이 설령 추상화를 그린다 해도 노력해서 완성해내야 해. 그래야만 발전할 수 있어. 중국 화가는 개울이 어떤 경사로 흐르는지 정확히 그리기 위해서, 자기 찻잔에 새라고 그려놓은 세 개의 점을 제 위치에 정확히 찍기 위해서 오 년 동안 고치고 다듬는다잖아. 그러다보면 언젠가는 오 분 만에 대충 그려도 제법 괜찮은 찻잔 하나를 완성할 수 있는 기술을 갖게 되겠지. 하지만 그렇게 만든 찻잔은 그에게 중요하지 않아. 예술가에게 작품은 들인 시간만큼 지속되니까. 그렇다고 천재天才가 주어지길 기대하면서 십만 번 찻잔을 그린다고 실력이 발전하지는 않아.

'한 시간에 그림 하나' 그려내는 방식을 보면 화가 나. 난 평생을 바친 그림만 사랑할 수 있어. 진실은 한 우물을 오랫동안 팔 때 얻을 수 있지, 오 분에 하나씩, 십만 개의 작은 웅덩이를 파는 건 아무 소용이 없다고. 그렇게 물을 얻은 사람은 아무도 없어.

- 앙드레 브르통의 아내 화가 자클린 랑바는 페기 구겐하임이 1942년 10월과 1943년 1월 뉴욕에 있는 자신의 갤러리 '아트오브디스센추리'에서 연 단체 전시회에 작품을 냈다. 1942년 브르통과 헤어지고 화가 데이비드 헤어와 재혼했다.

63

앙투안이 콘수엘로에게

뉴욕, 1942년 4월 말

나의 콘수엘로,

너무 혼란스러워. 난 정말 당신을 돕고 싶고, 당신이 날 도와주면 좋겠어. 곧 캐나다에 며칠 다녀올 거야.* 이제 그만 돌아와. 이십 분 정도는 내가 마구 화를 낼 테지만, 속상해할 필요 없어. 오래가지 않을 테니까……

우리 같이 좋은 거 보러 가자. 당신이 좋아할 거야, 아마 나도 그럴 거고. 콘수엘로, 내가 얼마나 당신의 도움이 필요한지 알아줬으면……

• 　앙투안의 책을 출간한 캐나다 출판사에서 작가를 초청했다. 이때 앙투안은 출발 전 캐나다 연방정부의 확인은 받았지만, 결국 미국 비자가 만료된 탓에 1942년 4월 말부터 6월까지 육 주간 몬트리올에 머물게 된다. 그런데 1935년의 사고 이후 자주 재발하던 담낭염이 다시 그를 괴롭히기 시작했고, 결국 콘수엘로가 캐나다로 갔다. 콘수엘로는 그곳에서 남편이 디자이너 뤼시앵 르롱의 전처인 배우 나탈리야 팔레이와 연인 사이임을 알게 된다. 1942년 5월 15일 뉴욕에서 나탈리야가 앙투안에게 보낸 전보를 콘수엘로가 잘못 수령한 것이다. "앙투안, 내 사랑……"(「나탈리야 팔레이에게 쓴 일곱 통의 편지」, 『마농, 무희 그리고 다른 미출간 글들Manon, danseuse et autres textes inédits』, Gallimard, 2007). 또한 뉴욕에서 가까이 지내던 또다른 연인으로 젊은 기자 실비아 해밀턴이 앙투안이 아내와 함께 있는 줄 모르고 그를 만나러 몬트리올에 왔다. 실비아는 뉴욕에 돌아와서 앙투안에게 편지를 보냈고, 절망과 흥분에 사로잡힌 그 아름다운 편지가 말해주듯, 앙투안은 아내 앞에서 실비아를 차갑게 대했다(알랭 비르콩들레, 『앙투안 드 생텍쥐페리, 한 삶의 이야기Antoine de Saint-Exupéry. Histoire d'une vie』, 마르틴 마르티네스 프룩투오소의 머리말, Flammarion, 2012, pp.118~119).

당신의

앙투안

64

앙투안이 콘수엘로에게

퀘벡, 1942년 5~6월

콘수엘로

도대체 어디 간 거야!

미용실에도 없고, 브리즈부아 선생*이 우리를 찾아왔는데.

처음엔 기다려달라고 부탁했지만 더는 잡아둘 수 없었어. 예의가 아니잖아……

당신 없이 돌아다니는 거 난 정말로 내키지 않아. 그러고 싶지 않고, 내 잘못도 아니잖아.

내가 뭘 어떡하겠어?

한 시간 뒤에 전화할게.

A.

•   아마도 몬트리올에 살던 의사 막심 브리즈부아일 것이다.

183

65

콘수엘로가 앙투안에게

뉴욕, 1942년 여름

토니오,

당신이 분명 아주 상냥한 목소리로 오늘밤 열시에 만나자고 했잖아. 이해가 안 돼……
새벽 한시가 다 돼가는데…… 난 여전히 기다리고 있고. 왜 나한테 이렇게 거짓말을
하지? 당신은 기다리기 싫어하면서 왜 나는 이렇게 힘들게 기다리게 만드냐고! 따로 사는
것만으로도 난 이미 많이 지쳤고 많이 불행한데, 우리의 행복, 당신만 아는 그 행복을
한없이 기다려야 하는 이 삶이 어쩌면 날 죽이고 있어…… 사실은 아무것도 없는 거지……
(그 행복이 들어 있는) 당신의 마음 안에 사실은 아무것도 없을지도…… 나는 그 마음속에
들어가볼 수 없으니까 말이야…… 토니오, 왜 이렇게 나한테 못되게 굴어! 나한테 시체나
다름없는 희망 나부랭이를 던져주며 장난치지 마! 이런 식이면 난 당신을 존중할 수 없어.
내 생각에 당신은 잘난 전문가들과 신나게 노느라 정신이 나갔어…… 변호사, 판사……
기자 들 말이야…… 더는 기다리고 싶지 않아…… 더는 못 기다리겠다고…… 미칠 것
같아. 아! 어쩌면 좋아…… 매 순간이 암흑이야. 당신은 오지 않고, 전화도 안 해……
주님…… 절 지켜주세요…… 당신은 암흑의 타락 천사인 거야? 난 이미 당신이 그토록
아름다운 이유들과 그토록 상냥한 말들과 함께 밀어넣은 심연에 빠져 있는데…… 토니오,
내가 미쳐가고 있어…… 푹 자려고 수면제를 먹어. 오늘밤은 내 잠을 방해하지 마……
잠이라도 좀 잘 수 있게…… 난 기진맥진이야! 나의 남편, 내가 당신을 용서하듯 신께서도

184

당신을 용서하시길.

콘수엘로

당신은 내가 열시부터 기다리는 건 생각지도 않는 거야. 오 분만 있다 갈 생각이었는데……
나도 내일 시골에 갈 수 있을지 궁금했어. 당신이 혼자 가면 나도 같이 가 있으려 했지.

66

콘수엘로가 앙투안에게

1942년 7월 20일

〔전보〕

NBH137 55 L＝GREATBARRINGTON* MASS 20 1200P

SAINT-EXUPÉRY ＝

240 CENTRAL PARK SOUTH ＝

1942 JUL 20 PM 1 30

나 내일 도착해 지난번보다 다정하게 날 맞아줘

당신에게 애정을 가져다줄게 당신도 시골**에 데려가고 싶어

당신에게 새로운 잎들이 돋아나도록

당신의 콘수엘로

---

*   매사추세츠의 소도시 배링턴은 뉴욕 북쪽, 콘수엘로와 친한 비리Viry 부부의 사유지에서 멀지 않은 곳이다. 콘수엘로는 1942년 7월 초, 미국 변호사들을 통해 처음으로 이혼 절차를 밟기 시작했다. 앙투안은 반대했고, 변호사들이 지켜보는 앞에서 격정적으로 콘수엘로에게 키스를 했다.

**   콘수엘로는 앙투안에게 맨해튼 북동쪽의 사운드 연안에 여름 동안 같이 가 있자고 제안한다. 두 사람은 코네티컷의 웨스트포트에 머물다가 9월과 10월에는 넓은 공원과 바다가 내려다보이는 롱아일랜드 노스포트의 아름다운 별장인 베빈 하우스에서 지냈다. 고요하고 마음을 편안하게 해주는 바로 이곳을 배경으로 『어린 왕자』가 태어났다.

67

앙투안이 콘수엘로에게

뉴욕*, 1942년 12월 말

콘수엘로, 난 너무 불행해.

정작 당신이 크리스마스** 밤에 그렇게 고약하게 굴었으면서, 어떻게 매번 당신이 먼저 그날 이야기를 들먹일 수 있지? 난 당신을 용서하려 했어. 그런데 왜 늘 당신은 그게 내 잘못이었다고 증명하려 애쓰는 거지? 내가 아니라 당신 잘못이었어, 콘수엘로. 난 당신을 용서했고.

내 생각에 오늘 당신이 저녁 만찬에 가고 음악회에 간 건 나에게 죄를 지은 거야. 모호한 위협이 담긴 당신의 말이 나에게 많은 걸 말해주었지. 콘수엘로, 난 단 한 번도 당신을 떠나겠다고 위협해본 적 없어. 물론 나에게도 결점은 있지만, 내 곁에 있기에 당신이 더없이

* 노스포트에서 돌아온 생텍쥐페리 부부는 50번가와 51번가를 잇는 골목길의 비크먼광장 35번지로 이사했다. 몇 주 뒤 드니 드 루주몽도 같은 거리로 이사를 왔다. "넓은 펜트하우스 복층아파트를 찾았다. (…) 내 집의 아찔한 테라스에서 막스 에른스트의 집이 가까이 내려다보인다. 그의 아틀리에는 박차 형태로 강 쪽으로 튀어나와 있다. 그리고 거의 붙어 있다시피 한 생텍쥐페리 부부의 집도 보인다. 좁은 오층으로, 그레타 가르보가 살 때 들여놓은 가구들이 있다(뉴욕에서 더 멋진 가구를 찾을 수 없을 정도다. 황갈색 카펫. 광택 없는 커다란 철제 테 거울들. 베네치아 녹청 같은 짙은 녹색의 오래된 서가가 있다. 그리고 밖이 보이는 커다란 창유리 앞으로 마치 카펫 위를 지나듯 배들이 미끄러져 지나간다)."(『한 시대의 일기Journal d'une époque』, Gallimard, 1963, p.525)
** 항공 엔지니어인 로베르 보남이 회고한 바에 따르면, 이날의 파티는 세인트패트릭성당의 미사 후 비크먼광장의 생텍쥐페리 부부의 집에서 열렸고, 다른 두 부부가 참석했다. 로베르 보남에 따르면 앙투안과 콘수엘로가 연회에 같이 참석한 것은 드문 일이었다. "앙투안은 늘 혼자 왔다."(「이류 준비」, 『이카르』, 84호, 1978년 봄, p.107)

187

안전하게 살아갈 수 있잖아. 내가 말했지. "나는 바위처럼 절대 닳지 않는 사람이야. 평생 피난처가 되어줄게. 그러니까 당신은 평화롭게 잠들어도 돼."

하지만 싸울 때마다, 그것도 당신 잘못으로 싸울 때마다, 당신은 내가 싸움을 못하게 하지. 내가 사랑하는 당신이 왜 이렇게 나를 고통스럽게 만드는 거지?

내가 집에 오면 다정하게 안아주고, "잘 다녀와"라는 상냥한 인사로 내가 환한 마음으로 일할 수 있게 해주지는 못할망정.〔뒷부분은 없어졌다〕

68

앙투안이 콘수엘로에게

뉴욕, 1943년 겨울

다툼에는 늘 우리가 생각하는 것보다 깊은 이유가 있지…… 내가 이렇게 절망하는 건, 일을 할 수 없기 때문이야. 그러면 내가 감당할 수 없는 지출이 무서워지지. 구렁텅이로 끌려가는 기분이랄까…… 당신이 너무 원망스러워. 크리스마스 때처럼 그렇게 다투고 나면 난 힘이 빠져서 몇 주씩 일이 제대로 손에 잡히지 않아…… 심리적 충격을 받거나, 밤에 잠 못 이루고 근심에 시달리거나, 불안에 떨며 기다리거나, 그러고 나면 며칠이고 매 순간이 영원 같고 아무것도 못하겠어…… 하루 상냥하게 대해준다고 내 일이 잘되지는 않아. 어차피 하루도 안 돼서 일을 다시 시작할 수도 없고. 날 도와주려면 내게 오랜 상흔을 남기는 커다란 충격을 안기지 말아야 해.

69

앙투안이 콘수엘로에게

뉴욕, 1943년 겨울

나의 유일한 문제는 바로…… 일이야. 당신이 나에게 고요한 분위기를 만들어주면 난 평화롭고, 일할 수 있어. 그럼 행복하겠지. 하지만 크리스마스 때처럼 그런 요란스러운 문제로 한 달 동안 허우적거리면, 다시 균형을 찾는 게 이리도 힘들면, 그게 정말 내 잘못이겠어?…… 난 평온한 분위기 속에 있어야 해. 그러니까 당신이 집을……

70

앙투안이 콘수엘로에게

뉴욕, 1943년 겨울

당신을 기쁘게 해주고 싶어서 음악회에 데려가려 했어.* 당신과 잘 지내고 싶었어.

당신이 다가와서 소매를 잡아당길 때 가슴이 철렁했어. 난 너무 여리고 너무 예민하잖아.

아마도 친절한 손짓이었을 텐데, 그 순간 나도 모르게 깊이를 가늠할 수 없는 엄청난 절망에

빠지고 말았지.

난 좀 혼자 있고 싶었어. 십 분 동안 혼자 있으면서 당신을 모두 용서했고. 자크 마리탱**을

- 『장미의 회고록』에도 음악회 일화가 한 차례 나온다. 1942년 3월 시청에서 열린 음악회의 막간 휴식시간에 앙투안이 사라져버렸고, 콘수엘로는 신분증도 없이 혼자 집으로 돌아가야 했다. 다행히 막 공연을 마치고 나온 연주자 중 앙투안과 아는 사이였던 누군가(아마도 르네 르루아)가 그녀를 챙겨주었다. "나는 그날 좋은 음악을 들을 수 있어서 행복했지만, 처음으로 아내와 동행한 내 남편 앙투안에게 사람들이 보낸 미소와 암시 때문에 그가 끔찍이도 신경이 곤두섰음을 느낄 수 있었다." 하지만 이 일화가 이 편지에서 말하는 음악회와 관련 있는 것 같지는 않다. 전쟁 이야기가 나오는 것으로 보아 이 편지는 한참 뒤에 쓴 것이다.

- 가톨릭 철학자 자크 마리탱(1882~1973)의 사상은 기독교 민주주의의 기원이 되었다. 그는 1940년 1월부터 미국에 머물고 있었다. 앙투안이 라디오를 통해 프랑스인들에게 전한 호소문이 1942년 11월 29일자 『뉴욕 타임스』에 번역되어 실린 뒤(「세상 모든 곳의 프랑스인들에게 보내는 공개서한An Open Letter to Frenchmen Everywhere」) 벌어진 논쟁에서, 마리탱은 앙투안이 1942년 연합국의 북아프리카 상륙을 기해서 발표한 호소문에서 미국의 참전을 환영하면서 모든 프랑스인이 정치적인 의견 차이를 극복하고 나치에 맞선 전쟁을 이어가자고 주장한 것을 비판했다. 원래 앙투안은 자크 마리탱을 좋아했는데, 그가 1942년 12월 19일자 『승리를 위하여Pour la victoire』(앙투안에 대한 반론보도청구권에 따라 발간되었다)에서 반박하자 큰 충격을 받았다. 자크 마리탱은 앙투안이 비시에 대해 지나치게 관대하다고 비난했다. 단결이라는 명목하에 비시가 저지른 휴전이라는 원죄와 반유대인 범죄를 너무 일찍 지워버렸고, 1940년 6월 드골이 세운 망명정부와 레지스탕스의 영예를 과소평가했으며, 단순히 미국과의 문제만은 아닌 프랑스인들끼리의 정치적 화해가 필요하다는 사실을 인

191

다시 만났어. 백발의 성자 같은 사람이지. 난 그의 팔을 붙들었어. 물론 아무것도 말하진

않았지. 하지만 그의 평화를 들이마셨어. 마음이 고요해질 때까지. 그런 뒤에 집에 돌아왔고.

그런데 당신이 집에 없었지. 가슴이 끔찍이도 메어왔어. 당신이 나 때문에 힘들어하는 건

정말 못 견디게 싫은데, 오늘밤에는 내가 잘못했어. 당신이 가버리자마자 나도 알 수 있었어.

나를 숨막히게 만드는 사소한 몸짓은 별로 중요하지 않아. 하지만 그것들이 내 마음속에서

과거를 송두리째 불러오는걸. 난 너무도 고통스러웠어. 이제는 더 못 버티겠어. 어떻게

거기서 마주쳤는지 모르겠지만, 아무튼 내가 다시 만난 어린 시절의 여자친구와 얘기하고

있을 때 당신이 와서 내 팔에 손을 얹었지. 그 순간, 난 당신이 마드리드에서 테이블을

뒤엎었을 때 같은 느낌에 휩싸였어.

콘수엘로, 콘수엘로, 난 징밀 그런 과거를 잊고 싶어. 하지만 그때, 난 정말로 죽음의

문턱까지 갔었어. 아마도 내 안의 무언가가 영원히 파괴되었을 거야. 당신도 알다시피, 난

더이상 그 어떤 것에도 집착하지 않아. 난 당신을 고통스럽게 하는 게 너무 힘들고, 과거가

아주 희미하게만 떠올라도 숨이 턱 막혀.

그런 뒤로는 당신이 없으면 견디기 힘들 만큼 불안해지지.

나의 불안을 좀 달래주려고 당신이 애써줄 순 없을까? 당신이 어떻게 해야 내 불안이

달래질지 그건 나도 잘 모르겠어. 큰 희망은 없어. 아마도 당신이 자기 자신을 거의 온전히

잊어야겠지. 몇 달이고 노력해야 할 거야. 내가 당신을 위해서 한 엄청난 희생을 이제는

당신이 나를 위해 해줄 수 있어야 해. 싸우고 소리치고 서로 상처 입히는 많고 많은 밤, 정말

숱한 밤을 참고 버텨야 해. 힘든 일이지. 콘수엘로, 당신에겐 벅찬 일일지도 몰라.

아마도 내가 잘못 생각한 것 같아. 당신이 내 불안을 이용하지 않기만을 바랄게. 난 당신한테

정하지 않는다는 것이었다. 이러한 마리탱의 주장은 프랑스 국민이 (다시 말해 프랑스의 진정한 실체가) 사라질지
모른다는 강박관념을 지닌, 그리고 조국이 처한 실제 위험과는 동떨어진 뉴욕에서 프랑스의 지식인들이 서로
대립하며 벌이는 논쟁을 혐오한 앙투안의 생각과는 반대되는 것이었다.

화내고 흥분하고 나면 후회하게 되고, 그럴 때면 너무 약해져. 당신이 잠들지 못하고 지새우는 밤이 난 너무 두려워.

당신이 본능적으로 집에 일찍 들어오면 좋겠어. 당신은 나가면 늘 너무 늦게 돌아와. 당신이 일찍 돌아오면 너무나 고마울 텐데.

*

나 자신을 좀더 잘 이해하려고 노력해볼 거야. 내가 평화로우려면 우선 당신이 평화로워야 해. 혹시라도 내가 옳지 않다면 견딜 수 없을 거야. 난 당신에게 감미로움의 근원이자 샘이 되고 싶어. 당신에게 무한정 주고 싶어. 그래야 내 마음의 짐이 줄어들지! 당신이 며칠이고 밤을 새우며 날 어떻게 도와줄까 고민하진 않았겠지. 난, 그래, 숨이 막히면 십 분 정도 거칠게 행동하지. 하지만 그런 뒤엔 콘수엘로를 어떻게 도울 수 있을까 나 자신에게 묻고 또 물어.

아직 난 내가 당신에게 주고 싶은 도움과 내가 너무도 필요로 하는 것을 조화시키지 못했어. 당신의 말과 행동이 정확히 나의 어디를 공격해서 상처를 내는지 그것조차 잘 모르겠는걸. 혹시 당신은 안다면 말해주지 않을래?

난 지금 도저히 말로 다 할 수 없을 정도로 마음이 쓰려. 오늘밤만큼은 당신을 기쁘게 해주고 싶었으니까. 그런데 그야말로 엉망진창이 되어버렸지. 내 잘못이 아니야(만일 정말 내 잘못이라면, 그건 당신이 다가와서 한 손짓을 내가 잘못 이해했기 때문이야).

전쟁에 나가는 게 최선의 방법이라는 생각이 들어. 더는 다른 방법이 없어. 평화를 누릴 수 있으리라는 희망은 이미 다 사라졌으니까. 당신에 의한 평화든 당신에게 맞선 평화든 모든 희망이 사라졌다고. 내가 당신한테 소홀하다고 생각해? 난 거의 당신 생각밖에 안 하는데. 당신이 보기엔 이상하기도 하겠지. 하지만 난 당신에게 농장 하나를 마련해줄 생각이야.

어떻게 하면 안전한 울타리로 당신을 보호할 수 있을까 생각중이고. 당신을, 오로지

당신만을 생각한다고. 그런데 당신은 내가 도저히 이해할 수 없는 방식으로 나에게 상처를

입히잖아.

내가 당신을 도울 수 있도록 당신이 날 좀 도와주면 좋겠어. 지난 이틀은 정말

끔찍했고(당신이 정말 부당한 짓을 했어) 난 아직도 정신을 차리기가 힘들어. 내가 그리도

마음이 찢어질 듯 아팠던 건 아마도 당신이 평화를 누릴 수 있도록 내가 치러야 했던 희생

때문일 거야. 어쩌면 내가 그저 병이 난 것일 수도 있고(밤마다 열이 나. 진짜로 열이 나, 콘수엘로.

하지만 당신은 아무런 도움도 주지 않지).

콘수엘로, 내가 더는 이런 끔찍한 절망을 느끼지 않게 해줘. 난 아직도 기대해. 당신이 밤에

집에 들어오지 않아서 내가 더 큰 절망에 빠지지 않기를. 당신이 집에 들어와서 당신 얘기를

많이 해주면 얼마나 좋겠어. 나의 부당함과 당신의 불행에 대해서도. 그리고 당신 건강에

대해서도. 내가 할말이 없을 정도로 다 말해주면 좋겠어.

제발 부탁이야. 오늘밤만큼은 조금은 엄마처럼 다정하게 날 대해줘. 내가 당신에게 수없이

주었을 상냥함을 오늘은 제발 당신이 나에게 조금만 돌려줘.

오늘밤엔, 당신의 슬픔이 어떻든, 모두 잊고 조용히 내 이마에 손을 얹어줘. 정말로 당신이

날 구해줘야 해.

내가 그렇게 자주 당신을 구해줬는데, 그런데도 나한테 그 보상을 받을 권리가 있는지조차

확신이 없다니. 내겐 꼭 필요한데, 당신이 그걸 줄 수 있을지 그것도 잘 모르겠어.

나의 콘수엘로, 나 진심이야. 생라파엘의 수상비행기를, 리비아와 과테말라를, 그리고

전쟁을 떠올려줘.* 위험한 상황이라는 느낌이 지금보다 강렬했던 적은 없었어. 이 예감이

---

*   앙투안은 자신이 목숨을 잃을 뻔했던 네 번의 일화 혹은 시기에 대해 말하고 있다. 라테코에르사에서 시험비
    행사로 일하던 1933년 12월 21일 수상비행기 '라테293'기를 몰다가 조종 실수로 생라파엘만灣에 추락해 익
    사할 뻔했던 경험. 1935년 12월 30일 파리-사이공 간 속도 기록 갱신 비행에 참가해 '코드롱-시문'기를 조

194

어디서 오는지는 모르겠지만. 하지만 현실이 이렇잖아. 당신은 왜 내가 한 한순간의 부당한 행동을 공격하는 데 혈안이 돼서 스스로를 희생하려 하지? 더 깊이 생각하고 더 너그러워져야 하지 않을까? 그리고 이젠 당신이 스스로를 조금 잊어야 하지 않을까?

날 이토록 고통스럽게 기다리게 만드는 건 당신의 권리고, 당신에겐 그럴 만한 온갖 구실이 있지. 설령 그렇다 해도, 날 구하기 위해 당신의 권리를 내려놓을 수도 있어야 하지 않을까? 어쩌면 지나친 요구일지도 모르겠네. 당신에게 조금은, 아주 조금은, 날 돌보는 간호사가 되어달라는 말이니까.

심지어 당신은 당신의 어떤 모습, 어떤 행동이 나에게 상처를 입히는지도 잘 알아서, 나에게 너무 심한 상처를 입혀. 어떤 태도와 어떤 미소가 나에게 평화를 주는지도 알지.

물론, 콘수엘로, 기적을 행하는 게 어려운 일이라는 거 나도 알아.

그래도 날 위해 기적을 행해줘.

당신을 지켜주는, 어쨌든 선량한, 살아오면서 때로는 당신을 도울 수 있었던 파푸를 아직 생각한다면, 콘수엘로, 제발 날 믿어줘.

나의 호소에 귀기울여줘.

앙투안

종하다가 리비아사막의 이집트 지역 모래언덕에 추락했던 것, 1938년 2월 16일 아메리카대륙을 북남으로 종단하는 비행을 시도하던 중 과테말라시티에서 이륙하다가 끔찍한 사고가 난 것, 그리고 1939년 12월 3일부터 1940년 6월 22일까지 항공정찰비행단 33연대 2대대의 군사작전에 참여해 프랑스 북부에서 위험한 정찰비행을 여러 차례 해냈던 것을 가리킨다.

71

앙투안이 콘수엘로에게

뉴욕, 1943년 겨울

콘수엘로, 사랑하는 콘수엘로,

어서 돌아와.

콘수엘로, 사랑하는 콘수엘로, 어서 돌아와. 새벽 두시잖아. 난 정말로 할말이 많아. 견디기

힘들어지려고 해.

당신을 원망하진 않을 거야. 하지만 정말이지 더이상 고통받기 싫어.

당신의 앙투안

72

앙투안이 콘수엘로에게

뉴욕, 1943년 겨울

콘수엘로, 나의 아이, 당신과 함께하는 결혼생활이 얼마나 힘겨운지 당신한테 다정하게

설명해주고 싶어.

난 매카이 부인*을 만나고 나서 기사 하나 보여줄 게 있어서 레이널 부부**에게 갔어.

그곳에서 당신한테 칵테일파티에 가자고 전화를 했고(여섯시쯤이었지). 그런데 멍청한 비서가

약국에 갔는지, 아무도 전화를 안 받았어.

일곱시에 다시 전화했고, 당신이 전화했었다는 걸 알게 됐어. 그사이 돌아온 멍청한 비서

말로는 당신이 막 나간다고 했다더군. 나에겐 아무런 전갈도 남기지 않고 말이야. 난

비서에게 지금 들어간다고 말했어. 아내한테 전화가 오거든 내가 십 분 뒤 도착한다고

전해달라고 했고(당신을 불안하게 만들고 싶지 않았으니까). 그리고 내가 갈 때까지 자리를 비우지

말라고도 했지(당신이 다시 전화했는데 또 아무도 안 받으면 안 되니까).

난 일곱시 십분에 돌아왔어. 우린 저녁 약속에 가야 했고.

일곱시 십분에 아무도 안 오고,

일곱시 삼십분에도 아무도 안 오고,

- 헬렌 매카이(1876~1961). 미국인이지만 거의 평생을 프랑스에서 살았으며, 『내가 사랑하는 프랑스*La France que j'aime*』라는 책을 썼다. 앙투안이 이 책의 서문을 썼다.

- 앙투안의 작품들을 출간한 뉴욕의 출판사를 커티스 히치콕과 함께 운영한 유진 레이널과 그의 아내 엘리자베스를 말한다.

여덟시 정각에도 아무도 안 오고,

여덟시 십오분에도 아무도 안 오고,

여덟시 삼십분에도 아무도 안 오고.

정말 끔찍한 일이야. 특히 무관심은 너무나 끔찍해.

그건 날 죽이는 거야, 콘수엘로.

내 사랑 콘수엘로, 그런 건 날 죽인다고.

왜 그러는 거야? 도대체 왜?

레이널 부부가 나한테 저녁식사 자리에 꼭 참석해달라고 했어. 워싱턴에서 물리학자인 친척이 온다면서. 네가 아주 좋아하는 사람인데, 그날 밤 다시 워싱턴으로 돌아가야 한다고 했어.
그런데 난 거절했지. 그 사람 기차 시간 때문에 일곱시 삼십분부터 여덟시 삼십분까지 예약한 자리였는데, 정작 나는 일곱시 삼십분부터 여덟시 삼십분까지 혼자서 당신을 기다렸잖아!
콘수엘로, 왜 또 나를 학대하기 시작하는 거야?
난 집에 혼자 돌아와서 전화기 앞에 붙어앉아 전전긍긍 불안에 떨면서 바보같이 시간을 죽이고 있어.
도대체 왜?
자살하지 않으려면 다시 당신 곁을 떠나야 하는 걸까?
난 정말, 정말, 정말 좋은 마음으로 대하는데.
제발 좀 알아줘!
콘수엘로, 난 지금 최선을 다해 나 자신을 다스리고 있어. 정말로 내 신경이 더는 버틸 수 없는 한계에 이르렀어.
사랑하는 콘수엘로, 지금 당신이 나를 고통스럽게 하고 있다는 사실을,
당신이 날 아프게 한다는 사실을 모르는 거야?

지금 나는 화가 난 게 아니라 슬퍼하면서 말하고 있다는 거 모르겠어?

난 당신을 찾으려 애썼는데 결국 연락이 되지 않은 건 내 잘못이 아니잖아. 당신이 그 자리에 없었기 때문이지! 하지만 저녁식사 전에 당신은 날 찾을 수 있었어! 난 여기 있었으니까! 난 일곱시부터 아홉시까지 당신을 기다렸다고. 최소한 나한테 전화라도 해줬어야지.

콘수엘로 당신은 왜 날 이렇게 불안하게 만들어? 불안한 거 더는 못 참겠어.

당신이 지금 집에 들어온다 해도 내 마음은 끔찍하게 쓰라릴 거야.

콘수엘로 도대체 왜 그래

난 이해를 못하겠어

난 너무 슬퍼

콘수엘로!

내 사랑 콘수엘로, 제발 이해해줘.

난 당신을 사랑해.

불안한 거 못 참겠어.

오늘밤 내 기분은 1939년에 너무나 죽고 싶어서 도망칠 수밖에 없었던 그때와 같아.*

난 넬리를 사랑한 적 없어.** 단지 그녀가 내 삶을 구해주는 걸 받아들였을 뿐이지.

* 앙투안은 1938년 말과 1939년 초 사이에 오퇴유의 미셸앙주 거리 52번지에 집을 구했고, 그곳에서 1940년 까지 살았다. 그때 이후로 부부는 계속 따로 살았다.

** 앙투안이 엘렌 (넬리) 드 보귀에(결혼 전 성은 조네즈)를 처음 만난 것은 1929년 이십대 초반에 앙투안과 약혼 했다가 파혼한 시인이자 소설가 루이즈 드 빌모랭, 그리고 이본 드 레스트랑주와 가까이 지낼 때였다. 넬리 는 아버지로부터 프랑스 동쪽 지역의 도자기 회사를 물려받아 직접 경영했다. 1930년대에 파리를 비롯해 여 러 곳에서. 특히 1938년부터 1941년 사이에는 뉴욕에서 앙투안과 만났고, 두 사람의 관계는 1943년 알제에

난 어쩔 수 없이 이렇게 생각해. 난 콘수엘로에게 나를 죽일 수 있는 힘을 쥐버렸다고. 잔혹하게 날 마멸시키는 이 고통을 피할 수 있는 방법은 전쟁뿐이라고. 콘수엘로, 난 전쟁에 나가서 죽고 싶어. 다른 방법이 없잖아. 난 불안을 참을 수 없고, 당신은 날 불안하지 않게 해줄 마음이 전혀 없는데. 그리고 난 당신을 사랑하는데.

전에도 이랬지. 난 몇 시간이고 불안에 휩싸여 이렇게 죽을 것만 같은 고통을 겪었어. 지금 그 일을 다시 이야기하는 것만으로도 아파.

당신이 돌아오면 그땐 내가 뭘 기대할 수 있을까? 비난이나 받지 않을까? 하지만 콘수엘로, 사랑 때문에 고통받았는데, 또 비난받는 건 너무 끔찍하잖아! 난 이미 우리 약속보다 한 시간 일찍 와 있었는데! 약속 시간 두 시간 전에는 당신을 찾으려 했고, 어떻게든 당신과 연락하려고 애썼는데! 세 시간 전에는 그 칵테일파티에서 만나자고 당부하려고 당신한테 전화도 했고!

난 너무 오래전부터 당신을 사랑해왔기 때문에 이제 와서 사랑을 버리지는 못할 것 같아. 하지만 내 목숨을 버리는 일은, 당장이라도, 기쁘게 해낼 수 있어.

콘수엘로, 난 끝도 없이 불행해. 내게는 오직 당신만이 평화를 줄 수 있는데, 당신은 나에게 평화를 줄 생각이 없으니까.

난 소처럼 일해. 당신을 위해 몸이 닳도록 일한다고. 가장 중요한 것, 가장 중요한 빵, 가장 중요한 피, 난 그 최소한의 것을 당신에게 달라고, 그래야 내가 계속 노력할 수 있다고 애원하는데, 당신은 도무지 주지를 않아.

왜 당신은 날 미치게 만들어? 콘수엘로 콘수엘로 콘수엘로, 난 당신을 믿었고, 당신에게 희망을 품었어. 내 삶을 당신한테 걸었다고. 하지만 소용없었지.

서까지 이어졌다. 넬리 드 보귀에는 1949년 '피에르 슈브리에'라는 가명으로 앙투안에 관한 책을 썼고, 그의 사후에 글을 출판하는 일도 맡았다(『성채』『수첩Carnets』). 또한 자신이 앙투안과 주고받은 편지 일부를 포함해 앙투안의 『전시의 글들Ecrits de guerre』(플레이아드 전집 2권)도 출간했다.

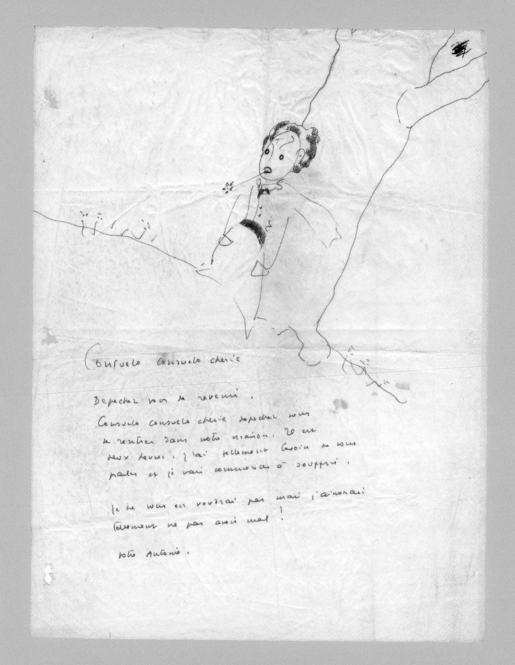

"어서 돌아와."

앙투안이 콘수엘로에게

뉴욕, 1943년 겨울

당신에게 분노를 느끼고 싶지 않아.

당신을 의심하고 싶지 않아.

당신이 내가 얼마나 괴로워할지 알면서도 행동하기 전에 나한테 말할 생각조차 안 하는

거라고 믿고 싶지 않아.

내가 당신 친구들한테, 전화로 "나 오늘 안 들어가"라고 말하면 다인 그런 남자가 되어

구겨진 자존심 때문에 괴로워하고 싶지 않아. 그것도 하인을 시켜서 거는 전화나 받는

사람이 되고 싶지 않다고. 그런 추한 고통은 너무 싫어. 내가 받아들일 수 있는 고통은

오로지 내 사랑 속에서 겪는 고통뿐이야.

난 오로지 당신을 위한 고통만 받아들일 수 있어. 난 당신이 불안 때문에 행복하지 못하다는

사실이 괴로워. 당신이 나에게 얼마나 소중한 빛인지 제대로 말하지 못해서 괴롭고. 그래서

자책하지.

마치 약혼녀처럼 당신의 팔짱을 꼭 끼고서 한가로이 삶의 경이로운 순간들을 거닐고 싶은데,

그러지 못해서 괴로워.

당신에게 매일 밤 보석을 사주고 싶은데, 그만큼 부자가 아니어서 괴로워.

내가 일하고 책을 읽고 꿈을 꾸는 동안 당신이 내 곁에서 내 온기로 보호받는다는 느낌을

받았으면 좋겠는데, 오히려 고독을 느낀다는 생각에 괴로워.

나는 내 고독 때문에, 그 고독이 아무리 고통스럽다 한들, 절대 괴로워하고 싶지 않아. 난

오로지 당신의 고독으로 인한 괴로움만 받아들일 수 있어.

난 당신을 사랑하니까.

앙투안

74

앙투안이 콘수엘로에게

뉴욕, 1943년 겨울

나의 소중한 콘수엘로,

'꽃은 언제나 어린 왕자 탓을 했다.* 그래서 어린 왕자는 떠났다!'

이게 바로 네가 불평하는 이유야.

당신이 나에게 전화를 걸어 "여보, 당신 목소리를 들어서 너무 좋아. 그렇게 일하다니, 당신은
정말 멋진 사람이야……" 이렇게 말해줬다면. 그러면 너무도 평화로웠을 텐데. 나가면서
당신한테 말했지. 서둘러 돌아오겠다고. 그런데 당신도 나만큼이나 저녁 자리 생각을 안 한 거야.
당신이 나한테 전화할 때, 나도 당신에게 전화하고 있었어. 당신도 나처럼 집에 없었다고.
나디아 불랑제**가 벨을 눌렀을 때(그녀는『어린 왕자』로 음악을 만들려 해), 난 도저히〔두번째
장은 없어졌다〕

* "어린 왕자는 진심에서 우러난 사랑에도 불구하고 이내 꽃을 의심하게 되었다. 그는 꽃이 아무렇지도 않게 한
  말을 너무 심각하게 받아들인 탓에 몹시 불행해졌다."(『어린 왕자』, 8장) 몇 달 전에 집필을 시작한 동화에 대해
  처음으로 언급한 편지다. 『어린 왕자』는 미국 출판사 측에서 1942년 크리스마스에 맞춰 출간하자고 제안한
  책이었다. 하지만 책은 이듬해 4월 초에 나왔다. 레이널앤드히치콕출판사에서 영어본과 프랑스어본으로, 무
  선제본 판과 재킷이 있는 양장본으로 모두 출간했다.
** 앙투안은『어린 왕자』의 타이핑 원고 한 부를 나디아 불랑제에게 맡겼다. 앙투안이 직접 그린 그림과 함께 자
  필로 이렇게 쓰여 있다. "나디아 불랑제 부인에게 전달할 것. 그녀가 전화할 예정임."

Petite consuelo chérie

— La fleur avait pour tort de toujours
mettre le petit prince dans son tort. C'est
pour ca que le pauvre est parti !

C'est pour ca, moi, que je grogne !

Si tu m'avais téléphoné " mon
petit mari ji suis bien contente de
vous entendre, c'est très gentil de
travailler .. » C'amait été très gentil,

Quand je suis sorti je vous ai dit
que je sortais, vous n'avez pas plus
que moi pensé au dinner.

Quand vous m'avez téléphoné ji vous
téléphonais aussi, vous n'étiez pas
plus que moi à la maison.

Quand nadia Boulanger a sonné
(elle veut faire mettre le petit
prince en musique) ji ne pouvais

2 225,

"꽃은 언제나 어린 왕자 탓을 했다."

75

앙투안이 콘수엘로에게

뉴욕, 1942 혹은 1943

나의 어린 아가씨, 굳이 말하지 않아도 내가 당신 마음을 알 수 있다는 걸 보여줬잖아. 난
그랬다고 생각했어. 당신의 평화가 나에게 중요하다는 것까지 보여줬고. 콘수엘로, 난 항상
당신을 도왔어. 당신을 도와야 할 때 난 단 한 번도 나 자신을 생각해본 적이 없었다고.
오늘 아침 내가 이 모든 것을 말했을 때, 정말로 이번만큼은 당신이 최소한 오 분만이라도
당신 자신을 잊을 수 있으리라고 믿었어. 그리고 아마도…… 고맙다고 말할 줄 알았어.
아니, 정확히 말하자면, 고마워하면서 내가 원하는 얼굴을, 삶을 조금이나마 가볍게
만들어주는 얼굴을 보여줄 줄 알았어.
그런데 이번에도 당신은 당신 자신만, 오로지 당신 자신만 생각했지. 오히려 내 희생을
이용해서 당신 처지를 하소연했어.
당신은 나에게 기가 막힌 사막이야.

A.

앙투안이 콘수엘로에게

뉴욕, 1943년 겨울

콘수엘로 당신은 나의 아내야, 나의 여름이고 나의 자유야.

콘수엘로 당신은 나의 집이야.

콘수엘로 당신은 순수해야 해. 그래야만 내가 당신에게 매달릴 수 있고, 당신을 구한다고 확신할 수 있어.

콘수엘로, 난 당신이 자랑스러워야만 해. 그러니까 당신은 내가 당신을 자랑스러워할 수 있도록 해야 해.

콘수엘로 당신은 나를 도와야 해. 당신의 다정한 사랑으로 날 도와야 한다고. 삶이 말로 다 할 수 없을 만큼 무겁고 어려우니까. 올바른 정신과 마음이 세상에서 가장 소중해. 그리고 영혼과 마음을 치유할 정원이 필요하지. 콘수엘로 당신이 나의 정원이 되어야 해.

콘수엘로 나의 아내, 난 절대 변하지 않을 거야, 절대로. 하지만 평화를 조금만 맛보게 해줘. 내가 너무 고통스러울 땐 내가 아내로 선택한 여인이 날 구해줘야 해.

콘수엘로 당신이 어디 있는지 왜 나한테 말해주지 않았어? 당신이 길을 잃고, 넓은, 드넓은 땅에서 헤매는 게 느껴져. 난 두려워, 너무 두려워.

콘수엘로 내 사랑, 콘수엘로 나의 어린 아가씨, 콘수엘로……

앙투안

Consuelo vous êtes ma femme, mon été et ma liberté.

Consuelo vous êtes ma maison.

Consuelo vous avez été pour moi qui j'aie eu raison de
tellement tenir à vous, d'être tellement certain de vous
sauver.

Consuelo je dois être fier de vous, vous devez me faire fier
de vous.

Consuelo vous devez m'aider et me secourir de votre
tendresse paraque la vie est prodigieusement lourde et
difficile et que la droiture d'esprit et de cœur coûte
plus cher que tout au monde — et qu'il faut un
jardin pour s'y guérir l'esprit et le cœur. Vous devez
être mon jardin, Consuelo.

Consuelo ma femme je ne changerai jamais jamais, mais
donnez-moi à boire un peu de paix. Celle que j'ai
choisie pour femme doit me sauver lorsque j'ai
trop de peine.

Consuelo pourquoi ne m'avez vous pas dit où vous êtes ?
Je vous sens perdue sur la terre qui est tellement,
tellement vaste et j'ai tellement, tellement peur.

Consuelo ma tendresse, consuelo ma petite fille,
Consuelo..

            Antoine

"콘수엘로 당신은 나의 아내야, 나의 여름이고 나의 자유야."

77

앙투안이 콘수엘로에게

뉴욕, 1943년 겨울

나의 콘수엘로,

당신의 노력, 당신의 순박함, 당신의 친절을 보면서 내가 얼마나 큰 감동을 받았는지
들려주고 싶어.

지난번에 내가 너무 슬프고 너무 지쳤던 날, 그날 처음으로 당신에게 조금 기댈 수 있겠다고
느꼈거든.

고마워 콘수엘로, 나의 어린 아내. 계속 노력해줘. 너무 이상한 사람들은 만나지 말고.

콘수엘로, 나의 어린 아가씨, 지금까지 당신은 언제든 나에게 기댈 수 있었지. 앞으로도
영원히 그럴 거야.

당신의 남편,

앙투안

여섯시야(들어와보니 당신은 이미 나갔더군). 난 의사 만나러 가. 일곱시쯤 돌아올게.

A.

78

앙투안이 콘수엘로에게[*]

1943년 겨울, 어느 일요일

(…) 당신이 내 일을 망치는 것도 아니야. 내 꿈은 다시 오페드의 예전 집에서 사는 거야.
벌써부터 난 당신이 달라진 데 대한 보상을 해주고 싶어. 벌써부터 당신과 함께 여기저기
다니고 싶어. 당신만 괜찮으면 월요일엔 필라델피아에 같이 가. 방셀리워스의 집에서 저녁
먹자. 그 이튿날(화요일)에는 워싱턴에 가고. 저녁에 거기서 볼일이 있거든. 그리고 밤에
집으로 돌아오자.

콘수엘로, 난 당신을 진실한 나라로 데려가고 싶어. 당신도 나도 이 거짓 화려함을 위해
태어난 사람들이 아니잖아. 내가 다시 당신을 도울 수 있게 해줘. 당신도 나를 위해 할일이
많을 거야. 난 이전에 당신과 관련해 내가 해야 할 일들을 용감하게 해냈잖아. 사랑하는 나의
아내, 고마워.

앙투안

• 연필로 쓴 두 장짜리 편지다(앞의 한 장은 없어졌다).

79

앙투안이 콘수엘로에게

뉴욕, 1943년 겨울

당신이 없어서 아쉬워. 저녁에 보남*과 같이 식사하러 갈 건데, 당신도 다른 일 없으면 와.
공학 기술에 대한 얘기를 듣는 것보다 더 재밌는 일이 있으면 할 수 없고……

---

*   항공 엔지니어 로베르 보남은 1938년 에어프랑스 트랑스아틀랑티크의 기술팀을 이끌 때 앙투안과 처음 만났
고, 첫 북대서양 횡단 상업 비행을 준비하는 일을 함께했다. 둘은 1941년 앙투안이 캘리포니아에서 돌아왔을
때 뉴욕에서 다시 만났다. 보남은 1942년 5월부터 뉴욕 라과디아공항을 기점으로 한 아메리칸 엑스포트 에
어라인즈의 항공노선개발국을 이끌었다. 롱아일랜드에 살며, 앙투안과 함께 친구인 장 메르시에, 미국 공군
의 기술책임자인 폰 카르만 교수와 자주 만났다.

앙투안이 콘수엘로에게

뉴욕, 1943년 겨울

콘수엘로

내 사랑, 제대로 된 저녁 연회로 바뀌었어. 당연히 당신을 기다렸지(그래서 내가 당신한테 다른

약속 잡으면 안 된다고 말한 거였어). 당신 친구들까지 데려갈 수는 없어. 프랑스인들만 반기니까.

하지만 (당신이 나와 함께 갈 수 없다면) 당신이 따로 갈 수밖에 없는 이유를 잘 설명해볼게. 기타

핑계를 대야겠지. 어쩌면 통할 거야. 그러면 다 데리고 오도록 해.

난 드레이크호텔*의 르콩트 뒤 누이**의 방에 있어. 들어오는 대로 전화해. 바로 갈게.

WI 20600

* 파크 애비뉴 440번지. 56번로에 있었다.

** 전쟁 전에 콩피에뉴종합병원, 뉴욕 록펠러 연구소, 파스퇴르 연구소에서 일한 수학자, 생물리학자, 철학자인 피에르 르콩트 뒤 누이(1883~1947)를 말한다. 과학 이론과 과학철학에 관한 책들을 주로 갈리마르에서 출간했다(『시간과 삶Le Temps et la vie』, 1936). 그는 1943년 1월 16에 미국에 왔으며, 앙투안과는 이미 아는 사이였다. 뒤 누이의 『과학 앞의 인간L'Homme devant la science』(Flammarion, 1939)을 읽고 감명받은 앙투안이 1940년 5월 10일 그를 점심식사에 초대한 것을 계기로 두 사람은 가깝게 지냈다. 뉴욕에서 다시 만난 두 사람은 앙투안이 뉴욕을 떠나기 전까지 석 달 동안 꽤 자주 만났다. 뒤 누이의 아내 마리 르콩트 뒤 누이는 앙투안에 대해 이렇게 증언했다. "우리는 이미 앙투안을 알고 좋아하고 있었다. 그는 때로 전혀 뜻밖의 시간에 찾아와 『성채』의 한 장章을 큰 소리로 읽어주기도 했다."(장 위게, 『르콩트 뒤 누이의 광채Rayonnement de Lecomte du Noüy』, La Colombe, 1948, p.46에서 재인용)

CONSUELO

07 24

Mon chéri — ça c'est
transformé en vrai dîner. Vous
êtes naturellement attendue. (C'est
parce que j' croyais ce que je venais
tant à ce que vous vous fassiez
libre.) Il est impossible
d'emmener nos gens car on ne
veut que des français. Mais,
(s'il vous est impossible de venir avec

moi) je plaiderai la cause de
votre arrivée. Je plaiderai pour la
guitare. Peut être ça ira. Alors
vous me rejoindrez tous.

Je suis alors beauté du Nouvel
hôtel Drake. Appelez-moi
dès que vous rentrez et
je reviens.

WI 2 0600

WI 2·0600

"들어오는 대로 전화해. 바로 갈게."

81

앙투안이 콘수엘로에게

뉴욕, 1943년 겨울

콘수엘로, 아마도 아직 시간이 있을 거야. 날 불쌍히 여겨줘.

내 사랑이 증오스러워, 콘수엘로. 바로 그 사랑 때문에 평화를 누릴 수 없으니까. 당신은 늘 사람들한테서 멀리 떨어져 있어. 왜 그래, 콘수엘로? 왜 나를 모욕해놓고는 집에 들어오지도 않아서 날 한번 더 괴롭히지? 콘수엘로, 거정돼서 죽을 것 같아. 왜 당신은 남편을 걱정시키지 않는 사랑받는 아내가, 단 한 번도, 될 수 없는 거지? 난 당신을 사랑하느라 이토록 비싼 대가를 치르고 있는데.

당신이 날 아프게 한다는 걸 설마 모르는 건 아니지? 아프냐고, 콘수엘로? 아파. 제발 내가 아프다고 외치는 소리를 들어줘. 내 마음속엔 오로지 사랑뿐이야.

A.

82

앙투안이 콘수엘로에게

뉴욕, 1943년 겨울

빨리 전화해.

콘수엘로, 당신, 왜 내가 돌아오면 당신은 집에 없지? 난 이 얘기를 화내지 않고 당신한테
해주고 싶어. 분명 외출할 때는 나한테 와서 키스해주겠다고 약속했으면서, 왜 집에 들르지
않았지? 저녁마다 난 어쩔 줄을 모르겠어! 나의 어린 아가씨, 왜 당신은 이런 사소한 일들에
주의를 기울여 내 두려움을 달래주지 않지? 너무너무 힘들어서 결국 결심했어. 아마도
이 결심이 날 구해줄 거야. 어쩌면 날 끝장내겠지. 제발 내가 믿을 수 있게 해줘! 제발 내

215

결심이 날 구해줄 거라고 믿을 수 있게 해줘!*

앙투안

---

* 1984년 경매된 콘수엘로 컬렉션 중에는 이렇게 약속대로 만나지 못했을 때 앙투안이 불안해하는 모습을 보여주는 편지들이 있다. "내가 화난 건 아니라고 당신이 이해하게 만들고 싶은데, 도무지 부드러운 말이 생각 안 나. 하지만 어떻게 해야 당신을 믿을 수 있을지 모르겠어. 난 꼭 당신을 믿어야 하는데. 나는 너무 외롭고, 너무 절망스럽고, 마음이 너무 쓰라려." "난 당신에게 전화를 걸어. 아무도 안 받지. 당신이 오는 걸 더는 놓치고 싶지 않아서 당신이 돌아오길 애타게 기다려. 그런데 아무도 안 와. 그러다가 당신을 보러 올라가고 당신이 말없이 갔다는 걸 알게 돼! 난 당신 때문에 약속에도 못 갔는데……! 정말이지 너무 슬퍼." "절망스러워. 당신을 데려가고 싶었는데, 당신한테도 말했잖아. 오늘밤엔 나랑 같이 가. 그런데 여덟시에 아무도 없어…… 콘수엘로, 난 무수히 많은 일들 때문에 많이 슬퍼……" 혹은 "콘수엘로, 당신과 식사하려고 기다렸는데 소용 없었네. 당신의 영원한 남편이."

216

83

앙투안이 콘수엘로에게

뉴욕, 1943년 초

레옹 베르트 이야기를 (어제 그리고 오늘) 거의 서른 쪽을 썼어.*

나한테 상냥하게 대해줘서 고마워.

탕제한테 전화해서 막 착수한 이 작업이 끝나기 전까지는(일단 시작하면 어쨌든 끝나게 되어 있지)

내가 자지도 먹지도 않을 거라고, 거의 책 한 권에 버금가는 중요한 글 백 쪽을 줄 거라고

말해줘.

그러면 탕제가 마음 푹 놓을 거야.

우정과 문명에 관한 거라고도 전해줘.

A.

---

* 앙투안은 레옹 베르트가 전쟁 때 피신해야 했던 일을 회고한 『33일33 Jours』의 서문(「레옹 베르트에게 보내는 편지」)을 썼다. 브렌타노스출판사의 프랑스 문학 담당인 로베르 탕제와 자크 시프랭이 출간하기로 되어 있었고, 베르트의 원고는 몇 달 전에 미국에 도착한 상태였다. 하지만 프랑스에 남아 있는 베르트에게 가해질 핍박을 걱정한 앙투안의 조언으로 이 책은 결국 출간되지 못했다. 베르트가 쓴 일기의 내용도 문제였지만, 서문을 쓴 앙투안이 북아프리카 지역의 군사작전에 합류하러 떠나려는 때였기 때문이다. 심지어 앙투안은 마지막에 자신의 글을 좀더 일반적인 내용으로 바꾸기까지 했다. 베르트의 이름을 직접 거명하지 않으면서 프랑스에서의 그의 입장을 지지한 것이다. 첫 두 개 장은 「친구에게 보내는 편지」라는 제목으로 1943년 3월 몬트리올에서 『아메리크 프랑세즈』에 실렸다. 제목의 '친구'는 바로 앙투안이 『어린 왕자』를 헌정한 레옹 베르트였다.

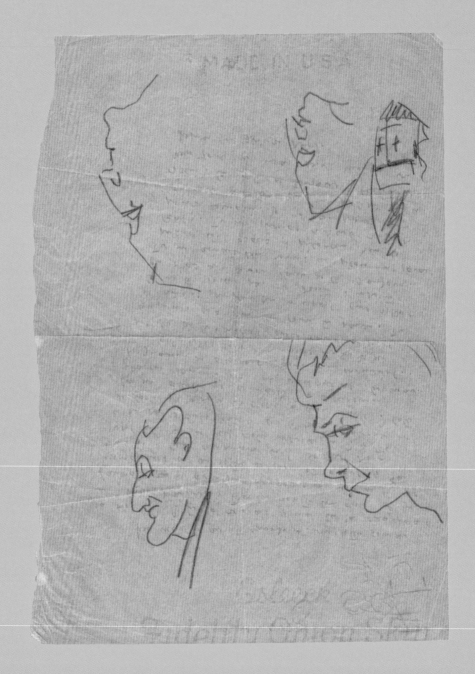

〈로베르 탕제〉(왼쪽 아래), 앙투안 드 생텍쥐페리의 그림

뉴욕, 1942~1943년

84

콘수엘로가 앙투안에게

뉴욕, 1943년 겨울

잠은 잘 잤어?

안녕, 나의 남편.

드디어 교정쇄*가 나왔어.

난 베라와 함께 점심 먹을 거야.

• 『어느 인질에게 보내는 편지』일 수도 있고 『어린 왕자』일 수도 있다.

85

앙투안이 콘수엘로에게

뉴욕, 1943년 3월

나의 콘수엘로,

왜 나한테 당신 여행 가방을 끌어달라고 부탁하지 않았지? 정말 당혹스러웠어!

나의 콘수엘로, 날 위해서 조금만 기도해줘. 난 아주 중요한 결정을 해야만 해.

당신 집에 가도 당신을 만날 수가 없었어. 한 시간이나 기다렸는데! 나의 어린 아가씨, 내가

당신에게 모든 걸 줄 수 있도록 도와줘.

아마도 난 워싱턴에 가봐야 할 것 같아. 제발 날 원망하지 말아줘. 밤에도 해야 할 일이

있다는 건 나에게도 무척 힘든 일이니까.*

당신의

앙투안

* 영-미 연합군이 1942년 11월 8일 북아프리카에 상륙한 이후, 프랑스군은 아이젠하워 장군이 지휘하는 연합군의 일원이 되었다. 앙투안은 자신도 여전히 비행사로 참여할 수 있으리라 생각해, 워싱턴에 있는 프랑스 군사 대표단에 공식적으로 입대를 신청했다. 사실 그는 나이가 많은데다 건강상태가 좋지 않았고, 드골에 대해 부정적인 입장을 공개적으로 표명한 것도 걸림돌이었다. 하지만 통역을 맡았던 루이스 갈랑티에르의 도움으로 미국 당국자들과 접촉할 수 있었다. 또한 프랑스 쪽에서도 워싱턴 군사작전의 책임자인 앙투안 베투아르 장군의 지지를 얻어냈다. 2월 중순, 앙투안의 입대 절차가 진행되었다.

만일 워싱턴에 안 가게 되면, 당신과 함께 열시에 집에 들어가고 싶어.

당신이 어디 있는지 모르니까, 여덟시에 전화할게. 당신 일정이 어떻게 되는지 쪽지에 적어서 우리집 문 아래로 밀어넣어줘.

추신: 당신에게 다 주고 나면, 다시 뺏어오는 일은 없을 거야. 그러니까 내가 당신을 두려워하지 않도록 도와줘.

86

앙투안이 콘수엘로에게

뉴욕, 1943년 3월 27일

나의 소중한 콘수엘로,

마리탱은 어쩔 수 없지. 내일 저녁식사 후에 나랑 워싱턴에 같이 가. 콘수엘로, 진심을 다해 당신을 사랑해.

오늘 저녁은 라자레프* 집에서 보냈어. 돌아올 땐 마음이 울적했지. 세상은 비틀거리고 있어. 해야 할 일이 너무 많지. 더구나 사람들에게 알려야만 하는 자명한 진실이라는 게 없으니 불행하고 괴로워질 일만 남았어. 나는 진실을 너무도 소중히 여기는데, 스스로에 대한 진실마저도 확신을 갖지 못한 채 고통을 겪어야 한다니. 난 온 힘을 다해 내 나라를 사랑했어. 이제 조국을 위해 어떤 식으로 일할 수 있을지 잘 모르겠어. 사랑하는 콘수엘로, 대서양을 건너다** 배가 침몰하면, 난 입술에 쓰디쓴 맛을 느끼면서 물속에 가라앉을 거야. 오늘 보니까 지로*** 쪽 사람들은 너무 멍청해. 콘수엘로, 그대, 내 사랑, 나에겐 온통

- * 『파리-수아르』의 편집장을 지낸 피에르 라자레프(1907~1972). 앙투안이 잠시 신문사 일을 할 때 알게 됐다. 피에르 라자레프는 1940년 8월 24일 아내 엘렌, 의붓딸 미셸과 함께 뉴욕에 정착했다. 라자레프와 앙투안의 우정은 각별했고, 앙투안이 1941년 장 르누아르를 만나러 캘리포니아에 갈 때도 함께 갔다. 두 사람은 앙투안이 북아프리카로 떠날 때까지 거의 매일, 대부분은 센트럴파크 사우스 240번지 일층의 카페 아널드에서 만났다.
- ** 앙투안은 1943년 4월 2일 UGF7 해상 병력 수송 작전의 일환으로 뉴욕을 떠나 알제로 향한다.
- *** 당시 미국은 프랑수아 다를랑이 레지스탕스에 암살된 후 알제에서 프랑스 민간인들과 군대의 총책임자였던

절망뿐이야.

난 나 자신을 위해선 그 어떤 것도 요구하지도 바라지도 않아, 콘수엘로. 나의 소중한 콘수엘로, 난 야망도 없고 돈이나 그 비슷한 어떤 것도 필요 없어. 그저 쓸모 있는 사람이 되고 싶을 뿐이야. 그런데 지금 난 세상에서 가장 쓸모없는 죽음을 맞을 위험에 처해 있지.

당신의 남편,

앙투안

앙리 지로 장군에게 주축국에 맞선 전투 수행의 전권을 부여한 상태였다. 앙투안은 드골뿐 아니라 앙리 지로 도 지지하지 않았다. 그는 독일의 굴레 아래 놓여 있던 프랑스인을 한 명의 인물, 하나의 무리, 혹은 하나의 정당이 대표해서는 안 된다고 생각했다.

87

앙투안이 콘수엘로에게*

뉴욕, 1943년 3월 말

한시 오분 한시 십분 한시 이십분 한시 삼십분 한시 사십분 한시 오십분 두시 두시 오분

두시 십분 두시 십오분……

난 너무 너무 너무 슬퍼.

콘수엘로 내가 당신보다

밤에 집에 늦게 들어간 적이

단 한 번도 없어

난 아마도 영원히 떠날 거야.

• 1984년 경매된 콘수엘로 컬렉션 중에는 심야 시간의 좌절을 토로한 쪽지 다섯 장이 있다. "두시. 심장발작이 왔었어. 고마워 콘수엘로, 고마워/두시 삼십분. 콘수엘로 당신은 나를 이토록 이토록 불안하게 만들 권리가 없어. 당신 혼자 극장에 간 거 아는데 두시 삼십분에도 안 돌아오다니! 너무 두려워…… 당신이 다치거나 차에 치였을 것만 같아. 나는 마치 우리 속에 갇힌 짐승처럼 제자리를 맴돌아. 이러다 어떻게 될지 모르겠어. 당신은 다른 것도 아니고 하필 내 애정을 무기 삼아 나에게 상처를 입혀. 정말 나빠……! 아무리 생각해도 난 이해가 안 돼. 당신은 내가 얼마나 괴로운지 알면서 시간 약속을 하고도 날 안심시키지 못하지…… 연락 한 번 안 하는 당신을 난 절대 절대 이해 못하겠어…… 세시 십분. 내가 얼마나 심한 불안으로 고통을 겪는지 당신은 상상도 못할 거야…… 절대 절대 절대 당신은 날 이렇게 둬선 안 돼……! 무한히 지치고 절망에 빠진 나를 버려두고 당신은 아예 신경도 쓰지 않지. 내가 당신 어깨에 기대도 좋다는 걸 보여주질 않지…… 그래도 내가 당신을 믿는다면 아마도 얼음과 눈이 가득한 미래가 날 기다리고 있겠지. 아. 난 당신을 기다리며 이렇게 며칠씩 밤을 지새우고 있는데……! 내 마음속에는 당신이 사랑했던 소년이 그대로 있는데. 그런데 당신 마음속에는 집을 비워두는 콘수엘로밖에 없지."

1ʰ 5   1ʰ10   1ʰ20   1ʰ30   1ʰ40   1ʰ50   2ʰ   2ʰ5   2ʰ10   2ʰ15 ....

Je suis tellement tellement tellement triste

0300

JAMAIS
CONSUELO

JE NE SUIS
RENTRÉ LA NUIT
APRÈS VOUS

et je pars peut-être
pour toujours

1ª

"난 아마도 영원히 떠날 거야."

앙투안이 콘수엘로에게

뉴욕, 1943년 3월 말

내 사랑 콘수엘로, 아마 내 편지를 읽었을 거야. 그렇다면 나의 크나큰 열정을 알겠지.

그런데 그 열정이 새벽 두시쯤에는 극심한 번민으로 바뀌었어. 지금 — 두시 반이야 — 난 온 힘을 다해 이 번민이 원망으로 바뀌지 않도록 애쓰고 있어. 너무 힘들지만 그래도 당신을 탓하고 싶지는 않아. 그러고 싶지 않아.

사랑하는 콘수엘로, 내가 뼈저린 슬픔을 느끼기 전에 어서 돌아와. 뉴욕의 이 밤이 증오스러워. 내가 사랑하는 어린 아가씨, 당신은 내가 라자레프의 집에 있다는 걸 알고 있었잖아. 하지만 난 당신이 어디에 있는지 알 수 없었어.

난 당신 없이 살 수 없어. 콘수엘로 나의 위안, 나는 너무 슬프고, 너무 외롭고, 마음이 너무 쓰라려. 난 너무너무 당신이 필요해.

도와줘. 어차피 난 곧 아주 순순히 죽을 거니까, 그러면 당신은 얼마든지 밤늦게 들어와도 되잖아. 불안해하면서 당신을 기다릴 사람이 더는 없을 테니까.

왜 나하고 같이 저녁 먹으러 안 왔어? 내 사랑 그대.

앙투안이 콘수엘로에게

뉴욕, 1943년 3월 29일

장군님*이 어제 당신 앞에서 말했잖아. 난 훈련 기지에 갈 필요 없다고, 곧장 아프리카로 가게 될 거라고.

소집일이 모레인 수요일로 정해졌어. 그런데 난 온종일 고통스러웠지. 북아프리카로 가야 하는데 구멍 안 난 셔츠가 하나도 없어. 양말도, 신발도, 아무것도 없어. 돈 몇 푼이라도 구해야겠다는 생각을 하고 있었는데, 바로 그때 당신이 새 드레스들을 사 들고 왔지. 난 옷값을 알고 싶었어, 그뿐이야. 난 정말 많이 실망했어.

내 생각에 당신은 내가 없어야 더 행복할 것 같아. 그리고 나는 죽어서야 마침내 평화를 얻게 될 거야. 내가 원하고 바라는 건 오로지 평화뿐이야. 당신을 비난하진 않을게. 지금 내 처지로는 그 어떤 것도 중요하지 않아. 당신 때문에 난 스스로에 대해 품었던 얼마 안 되는 믿음까지 잃었어.

앙투안

---

* 제임스 둘리틀 장군 혹은 앙투안 베투아르 장군일 것이다. 둘리틀 장군은 앙투안이 미군 당국에 입대를 신청할 때 지지해주었고, 베투아르 장군 역시 앙리 지로 장군을 대신해 그를 도와주었다.

90

앙투안이 콘수엘로에게*

뉴욕, 1943년 3월 29일 혹은 30일

콘수엘로, 난 마흔두 살이야. 사고도 많이 겪었지. 이제 난 낙하산으로 뛰어내릴 수도 없어. 사흘 중 이틀은 간이 제대로 기능을 못하고, 이틀에 한 번꼴로 멀미가 나. 과테말라에서 골절상**을 입은 뒤로 한쪽 귀가 밤낮으로 윙윙거리고. 생계에 대한 근심도 이루 말할 수가 없지. 난 며칠씩 빔올 새워가며 일해야 하는데, 이런 번민까지 겹치면 정말로 제대로 해내기 어려워. 산을 옮기는 것보다 더 힘들어진다고. 난 너무 지쳤어!

그래도 난 떠나. 떠나지 않고 남아 있어도 문제될 게 없지만, 전역해도 되는 이유가 열 가지는 있지만, 그리고 내 몫의 전쟁을 이미, 그것도 호되게 치러냈지만, 그래도 난 떠날 거야. 아마 이 나이에 전쟁터로 떠나는 사람은 나뿐일 거야. 그래도 난 떠나. 서류 작업도 아니고 전투비행을 하러 간다고. 그쪽으로 지원했어. 난 전쟁을 하러 떠나. 나는 굶주리고 있는 사람들에게서 멀리 떨어져 있을 수 없어. 내가 아는 한, 양심에 거리낌 없이 평화로울 수 있는 방법은 하나뿐이야. 최대한 고통받는 것. 가능한 한 많은 고통을 찾아 나서는 수밖에 없어. 지금 나는 2킬로그램짜리 상자를 드는 것도 힘에 부치고, 침대에서 일어나는 것도,

---

* 이 자필 편지의 원본은 봉투와 함께 드니 드 루주몽의 보존 문서(뇌샤텔. 대학공공도서관) 속에 들어 있고, 봉투에는 앙투안이 주소 삼아 쓴 구절이 있다. "술 한 잔을 앞에 둔 드니 드 루주몽 씨. 뉴욕시티, 20세기(시공간 개념은 우리가 주소를 완성하기를 요구하지. 혹시 이 편지가 이백 년 뒤에 전달된다면, 길 이름을 잘못 적은 것 못지않게 심각한 일이겠군)."

** 1938년 2월 16일 과테말라시티에서 일어난 이륙중 사고와 관련된 말이다.

바닥에 떨어진 손수건을 주워 드는 것도 힘든 상태지만, 고맙게도 그 기회만큼은 주어질 거라고 생각해.

나에겐 꿈이 하나 있었어. 나의 아내. 내 어깨에 손을 얹고 이렇게 말해주는 여인. "당신 피곤해 보여. 내가 당신을 어떻게 도울 수 있을까?" 집에서 나를 기다려주고 이렇게 묻는 여인. "일 잘했어? 흡족해? 슬퍼?" 근심과 불안과 희망을 나눌 수 있는 여인.

내가 지난 보름 동안 왜 그 서문* 때문에 고생했는지 알아? 어떤 단락이 잘 안 써져서 그랬는지? 왜 그렇게 안 써졌는지? 그사이 어떤 다양한 변화가 있었는지? 가련한 보케르**가 당신보다 천 배는 더 잘 알지……

만일 내가 칵테일파티가 있는 걸 당신한테 얘기 안 하면, 보나 마나 난리가 날 테지! 하지만 당신은 내가 뭘 신경쓰고 있는지, 어디가 아프진 않은지, 내가 무슨 노력을 하고 있는지, 내 일이 어떻게 되어가는지, 내 꿈이 뭔지, 내가 뭘 두려워하는지, 절대 나한테 묻지 않아. 나는 며칠씩 꼬박 밤을 지새우며 양심의 싸움을 벌이느라 혼자 엉망진창이 되어버리기도 해. 그래도 당신은 전혀 모르지. 그래 놓고 내가 남자들만 오는 줄 알고 간 저녁식사 자리에 수다스러운 여자 둘이 나타나기라도 하면, 당신은 석 달 동안 두고두고 그 얘길 꺼내잖아. 난 늘 곁에 있어주는 여인을 꿈꾸었어. 집에서 기다려줄 줄 아는 여인. 저녁에 불빛을 찾듯 찾게 되는 여인. 큼직한 비옷을 벗겨주고, 미리 준비해놓은 따뜻한 불가에 앉혀주는 여인. "봐, 난 집에 있었어. 당신을 위해서 내가……" 얼마간의 근심을 덜어주는 여인. 주변의 소문을 잠재우는 여인. 피난처 같은 여인.

당신은 그런 여자는 이 세상에 없다고 생각하지? 지금까지 내가 본 여자들은 하나같이 그런 헌신의 욕구를 지니고 있었어. 모든 여자가 놀라우리만치 늘 곁에 있어주는 아름다운 자질을

* 『33일』의 서문으로 쓴 「레옹 베르트에게 보내는 편지」를 말한다. 이 글은 『어느 인질에게 보내는 편지』로 출간된다.

** 엔지니어이자 아에로포스타의 홍보 책임자였던 로제 보케르를 말한다.

229

지녔다고.

사랑 때문이라고? 오 콘수엘로, 난 이미 시작했었어, 당신도 기억하잖아. 얼마나 많은 근심
끝에 시작했는데. 난 생각했어. 내가 시작하게 된다면, 제일 처음 닥칠 싸움, 처음 혼자
기다리는 밤이 날 죽일 거라고. 역시나 그랬지. 크리스마스 밤에, 그날 우리는 여섯 시간
동안 계단에서 소리를 질러댔잖아. 난 다시 시작할 수 없었어. 하지만 너무도 돌아오고
싶었어. 그런데 당신이 이렇게 밤에 사라지면, 이전에 당신이 장난치듯 없어지던 때가
되살아나서 도저히 참을 수가 없어.

이제 닷새 혹은 엿새 후면(어쩌면 나흘 후) 떠나야 하는데, 난 당신의 무엇을 가지고 가지?
당신은 온갖 변명, 소문, 세속적인 평판 따위를 내세우며 내가 틀렸다고 말하겠지. 집은
여진히 비어 있고…… 당신은 계속 사랑한다고 말하면서, 정작 내가 일을 해서 당신이
물질적 안정을 누릴 수 있게 해줄 행동은 아무것도 하지 않지. 심지어 제시간에 집에
들어오지도 않고.

나는 죽기 위해 떠나는 게 아니야. 나는 고통받기 위해, 그리고 나의 동포들과 고통을
나누기 위해 떠나는 거야. 살면서 꽤 많은 걸 한 것 같은데, 작은 가방 하나뿐이네. 집에서는
숨쉬기가 너무 힘들어. 차라리 죽으면 행복할 것 같아. 죽음을 당하고 싶진 않아. 하지만
그렇게 잠든다면 기꺼이 받아들일 거야.

앙투안

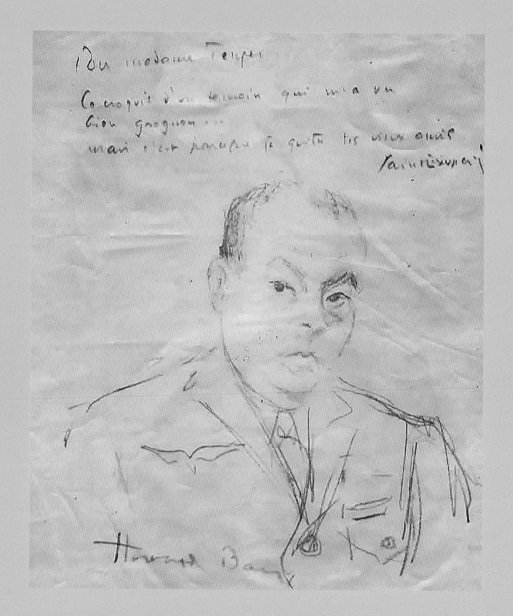

"탕제 부인께. 투덜대는 내 모습을 본 사람이 그려준 크로키입니다……
오랜 친구들을 떠나야 해서 그랬죠. 생텍쥐페리"

〈생텍쥐페리 초상화〉
뉴욕, 1943년 4월 1일

앙투안 사후에 콘수엘로가 그린 그의 초상화

북아프리카, 사르데냐

1943년 4월~1944년 7월

91

앙투안이 콘수엘로에게

알제, 1943년 4월 20일쯤 쓰기 시작한 편지

사랑하는 콘수엘로,

깃털 달린 나의 생쥐, 나의 오이풀, 조금 바보 같은 나의 아내, 나의 그대, 어떻게 지냈어? 당신이 보고 싶어. 난 정말로, 맑은 샘물이 그립듯 마음속 깊이 당신이 그리워. 사실 당신은 함께하기 무척이나 힘들고, 참 거칠고 불공평한 사람이야. 그래도 그 이면에는 고요하게 빛나는 작은 불빛이 있지. 너무도 상냥한 애정이, 아내의 모습이 말이야. 사랑하는 콘수엘로, 당신은 내 생이 다하도록, 내 가슴이 마지막 숨을 내쉬는 순간까지 나의 아내야. 나머지는 다 용서할게. 당신이 나쁘고 요란하고 튀는 면들을 조금씩, 아주 서서히 버려나가는 중이니까. 그렇게 진정한 당신의 모습, 너무도 다정하고 나를 도와주려 애쓰는 아내의 모습을 되찾으려 애쓰는 중이니까.

난 도움이 절실해. 이곳 분위기는 조금 무거워. 난 굉장히 멀리, 세상 끝에 와 있는 기분이야. 슬퍼. 부재가 느껴지고. 그 누구도 채울 수 없는 부재지. 이제 모험을 향한 욕구는 다 사라졌어. 내겐 평화가 필요해. 마치 늙은 나무가 된 것 같아, 누군가 고향땅에 데려가 심어주길 기다리는 나무 말이야. 내 내면은 참 복잡했고(그건 당신 탓이야, 내 사랑), 이제는 집이 필요해. 진짜 동반자가 필요해. 한마디로, 노스포트*에서처럼 당신이 필요해. 내가

---

* 생텍쥐페리 부부는 1942년 여름과 가을의 한동안 롱아일랜드 노스포트의 베빈 하우스에서 지냈다. 무엇보다

조용히 글쓰는 동안, 고목 같은 평온함으로 내가 몰두할 수 있게 지켜준 당신이 필요해. 내가 하는 일은 고요가 필요하잖아.

나의 오이풀, 난 무사히 건너왔어.* 바닷속 해초로 변하지 않았지. 횡단은 평화롭다시피 했어. 여행을 함께한 동료들도 좋았고. 우리는 초콜릿을 먹고, 담배를 피우고, 잡다한 놀이를 하고(체스는 내가 모두 다 이겼지. 아주 뿌듯했어), 위스키를 구해서 몰래 마셨어(술 판매가 금지된 배였거든). 밤이면 바닷속에서 무언가 폭발하는 듯한 둔탁한 소리가 들리긴 했지. 이튿날 아침이 되면 호위함들이 무사한지 확인하고 세어보느라 갑판을 한 바퀴 돌아봐야 했어. 다행히 한 척도 없어지지 않았지. 소풍 나간 기숙학교 여학생들이 한 명도 사라지지 않은 거야. 그러니 전쟁은 멀게만 느껴지고, 우리는 일상의 소소한 놀이를 이어갔지.

지금은 알제를 지나는 중인데, 여기 와서는 공습을 이미 두 차례 겪었어. 하지만 완전히 대규모 공습은 아니었어. 사망자가 열다섯 명이었거든. 자동차 사고 사망자 수보다 적잖아. 심지어 사람들은 마치 극장에서 영화를 보듯 폭격을 구경하더군. 게다가 그 대단찮은 폭격이 늘 같은 시각(해질녘)에 일어나서 사람들이 약속 시간을 정하는 기준으로 삼을 정도야. "저녁 먹으러 올래요? 그럼…… 오늘 저녁에 폭격 지나고 와요." 이렇게 말이야. 그래 놓고 (지독히도 물자가 부족한 모양인) 독일군이 똥을 세 번 떨어트리고 나면 만나는 거지.

앙투안은 그곳에서 『어린 왕자』를 쓰고 책에 들어갈 삽화도 그렸다. 루주몽의 일기에 그때 이야기가 나온다. "난 오두막을 원했는데 여긴 베르사유궁이네! 토니오가 첫날 저녁에 베빈 하우스에 들어서며 퉁명스럽게 외쳤다. 그런데 지금은 그가 베빈 하우스 밖으로 나가려 하지 않는다. 토니오는 아이들 동화를 한 편 쓰기 시작했고, 그림도 수채화로 손수 그린다. 고귀한 혈통의 새처럼 눈이 둥글고 기계공처럼 손놀림이 정확한 대머리 거인이 아이들 것 같은 작은 붓을 이리저리 놀리고, 색칠이 선 밖으로 '튀어나가지' 않게 하려고 애쓴다. (…) 저녁에는 방대한 책(『성채』) 일부를 우리에게 읽어준다. 내가 보기에는 생텍쥐페리가 여태 쓴 책 중에 가장 아름답다. 밤이 늦어지면 나는 피곤해서 방에 들어간다 (…) 하지만 그는 다시 내 방에 와서 담배를 피우면서 지치지도 않고 계속 치열하게 이야기를 이어간다."(드니 드 루주몽, 『한 시대의 일기』, p.521)

* 앙투안은 1943년 4월 2일 스털링캐슬호에 승선했다. 약 오만 명의 병력을 수송하는 UGF7 작전에 징발된 영국의 대형 상선이었다. 앙투안이 탄 배는 1943년 4월 12일 지브롤터에, 이어 4월 13일 오랑에 도착했다.

그대, 난 이전에 있던 정찰비행단 33연대 2대대에 다시 합류해.* 직접 전쟁터에 나가게 해달라고 요청했거든. 그래서 33연대 2대대 조종사로 배치받았어. 이젠 정말인 거지. 진짜 전쟁을 하는 거야. 그런 모험을 해내기엔 나이가 좀 많은 게 사실이지만, 아무리 힘들어도 동포들과 함께하고 싶어. 이 문제에 대해 내 생각이 어떤지 당신도 잘 알잖아. 프랑스 땅에선 사람들이 너무도 불행한데, 그 땅을 떠나 있다는 사실을 용서받을 수 있는 유일한 길은 바로 아무리 힘든 일이라도 해내고 어떤 위험이라도 감수하는 거지. 몸으로 프랑스와 이어져 있어야 한다고. 멍청한 앙드레 브르통**처럼 선언문에 서명이나 하는 건 너무 쉬운 일이지. 나의 작은 병아리, 내가 만일 죽음을 맞는다면, 뉴욕에서 고함만 쳐대는 그 무리 중에서

• 이 편지를 쓸 때 앙투안은 자신이 연합군의 지휘를 받게 된 이전 소속 부대에 재배치되리라고 확신한 것 같다. 하지만 이는 5월 초 알제에서 만난 지로 장군이 아이젠하워 장군에게 특별 요청을 한 뒤에야 확정되었다. 앙투안은 모로코에서 처음에는 선전 활동과 관련된 임무를 맡았다가 이후에 라구아트(알제리)에 있던 정찰비행단 33연대 2대대로 갔고, 이어 1943년 6월 2일 모로코 국경 지역인 우지다의 미군 기지로 가서 록히드 P-38 라이트닝기의 조종 훈련을 받았다.

•• 똑같이 프랑스를 떠나 미국에 가 있던 앙투안과 앙드레 브르통의 관계가 어땠는지에 대해서는 브르통에게 보낸 편지 세 통을 통해 알 수 있다. 두 통(그중 한 통은 1942년 10월 15일에 썼다)은 브르통이 받아보았고, 한 통은 부친 적 없는 이른바 선언문-편지다. 그 편지들을 보면, 두 사람의 사상이나 기질의 차이에도 불구하고 앙투안은 동포이며 콘수엘로와 친한 사이인 브르통과 잘 지내려 한 것 같다. 하지만 브르통 입장에서는 1942년 봄에 점심식사를 함께하고 나서 큰 소리로 책을 낭독한 시간이 고역이었던 것 같다. 다시 같은 자리에 초대받았을 때 브르통은 거절했고, 다시 보게 되면 차라리 프랑스의 상황을 둘러싼 앙투안의 '정치적' 입장을 들어보고 싶다는 뜻을 내비쳤다. 앙투안은 자신의 반나치 활동에 대한 이의를 잘 감추지 못한 채 브르통이 심문하는 듯한 투로 보낸 답장에 충격을 받았고, 결국 자신의 입장을 분명히 밝히며 응수하는 편지를 썼다(이 편지를 브르통에게 보낸 것 같지는 않다). 1942년 10월에도 앙투안은 브르통을 노스포트로 초대했지만, 1942년 6월 처음 발간된 초현실주의 잡지로, 브르통의 「세번째 선언의 서론 혹은 거부」가 실린 『VVV』가 『전시 조종사』에 나타난 도덕주의와 '어리석음'에 대해 비판한 글을 게재하면서 두 사람의 관계는 악화될 수밖에 없었다. 드니 드루주몽은 앙투안의 『전시의 글들』을 출간한 루이 에브라르에게 쓴 1981년 9월 1일자 편지에서 이렇게 말한다. "생텍쥐페리가 초현실주의자들에게 보낸 공개서한에 대해 누가 얘기하는 것을 난 들어본 적이 없습니다. 그의 입으로 직접 말하는 것을 들은 적도 없고, 콘수엘로를 통해 듣지도, 하물며 브르통한테서도 듣지 못했습니다. 그 시절에 그 사람들을 거의 매일 만났지만, 각자 나한테 나머지 두 사람에 대해 말하곤 했습니다."

오직 나만이 그곳을 떠나왔다는 사실을 기뻐해줘.* 그리고 내가 다른 자리(선전 활동 담당 혹은 다른 일)들을 다 거부하고 아주 단순한, 적의 총알을 맞을 수도 있는 일을 선택했다는 사실도 기뻐해줘. 성스럽고, 평화롭고, 우울할 틈이 없는 일이거든. 내 마음의 건강을 위해 필요한 일이야. 그런데 알제가 뉴욕보다 날 더 숨막히게 만드네. 모두 한없이 친절하고, 날 초대해주고, 불러서 이런저런 질문을 던지는데, 난 말하는 게 지겹거든. 토론, 소모임, 사령부, 정치적 만찬, 강연, 인터뷰, 이런 건 별로야. 매번 피를 쏟아내는 느낌이야. 뭔가 생각이 있는 사람이라면 제대로 전쟁을 치르면서 증명해 보여야 하는 거라고. 아무렴, 그래야지. 나는 떠드느라 침을 튀기는 것보다 차라리 피를 쏟는 게 나아. 내가 할 수 있는 건 오로지 직접 몸으로 겪어내는 것뿐이야.

우리 비행대는 사막 어딘가,** 아주 멀리 떨어진 곳에 주둔하고 있어. 전쟁과 모래. (어쩌면 이곳에서 어린 왕자를 만날 수 있을까?) 야릇하게도 난 늘 사막에 와 있을 운명인가봐. 절대 바다에 빠져 죽을 운명이 아니야(그러니 잠수함들이 우리 배에는 다가올 엄두도 못 낸 거지⋯⋯). 길들여지지 않는 작은 토끼 같은 내 아내, 만일 나에게 불행한 일이 생겨도 너무 슬퍼하지는 마. 왜인지는 잘 모르겠는데, 아무튼 난 조금 지쳤어. 뉴욕, 분열, 다툼, 비방, 이런저런 이야기들, 그리고 앙드레 브르통. 이 모든 것이 날 헤어날 수 없는 환멸에 빠뜨린 것 같아. 아마도 그래서인 것 같아. 인간들이 날 지치게 만들지. 인간이 그래선 안 되는 건데 말이야. 계산이 틀렸잖아. 내가 맛있는 오리구이를 대접하겠다는데, 그걸 함정으로 여기다니.***
머리에 든 것만 많고, 논리적으로 따지는 거나 좋아하고, 편협한 이념을 지지하는 자들의

- "당신 눈에는 선언문에 서명한 사람들이 유난히 용기 있고 대담해 보일 겁니다. (⋯) 나로서는 가장 전통적인 지엽적 순응주의를 따르는 게 어떤 점에서 용기가 될 수 있는지 잘 모르겠습니다. 오히려 내 쪽이 용기죠. 그런 식으로 손쉬운 청중을 확보하는 웅변술에 나는 별 관심이 없습니다. (⋯) 그래서 난 우선 싸웠습니다."(앙드레 브르통에게 보내는 편지 초고. 1942. 플레이아드 전집 2권. p.52)
- ** 알제에서 약 330킬로미터 떨어진 곳. 사하라사막 북쪽, 아틀라스산맥 아래 위치한 라구아트.
- *** 1942년 앙드레 브르통이 앙투안의 점심식사 초대를 거절한 일을 말한다.

함정이지. 멍청한 인간 같으니. 그자뿐 아니라 다들 조금씩 그래. 그런 건 내 조국이 아니야. 짜증이 나. 내가 기꺼이 적의 총알을 무릅쓰는 건 아게의 평화를 지키고, 라자레프와 함께하는 저녁식사를 지키고, 당신의 오리를 지키고(사실 당신은 오리를 잘 못 굽지. 껍질이 바삭거리질 않잖아), '훌륭한 자질들'을 지키고 싶기 때문인데. 내가 사랑하는 것들의 훌륭한 자질. 충성스러움. 단순함. 루주몽*(그는 훌륭한 인간이지)과 하는 체스 시합, 의리, 다정한 분위기에서 글을 쓰는 일 같은 것 말이야. 인간적인 모든 것 바깥으로 유배된 인간들이 모여 거짓말만 해대는 진실 게임은 싫어. 정원을 부수고 없애는 철거회사들이나 할 법한 일 말고 편안히 쉴 수 있는 진짜 정원을 만드는 일이어야 해. 난 편안히 머물 수 있는 정원이 절실해. 물론 이곳에는 정원이 없어. 그리고 사람들이 말을 너무 많이 해. 관념의 사막에서 숨쉬는 것 같아. 두근거리는 삶이 아니라 수학 공식이 되어버린 거야. 찬성. 반대. 나는 정원들에, 정원들의 에덴동산에 찬성이야. 알쏭달쏭한 문구로 가득찬 공증인 서류 같은 말은 너무 짜증스러워. 난 아티초크와 딸기나무와 오이풀이 좋아. 정치인의 방정식에서 a, b, c 어쩌고 하는 것들은 이제 나에게 아무 의미가 없어. 샘이 거의 없는 이곳에서, 난 지금 당장 물을 마실 수 있는 샘이 필요해. 사실 나는 죽음을 맞더라도 상관없어. 잃을 게 거의 없으니까. 아마도 난 돌아갈 거야, 나의 오이풀. 그러니까 당신이 어리석은 일을 너무 많이 하지 않았으면 좋겠어. 나중에 내가 난처할 만한 일은 아무것도 하지 마. 나의 어린 아가씨,

● 철학자 드니 드 루주몽은 1940년 9월 말 뉴욕에 갔다. 그는 글을 쓰고, 강연을 다녔다. 제2차세계대전 동안 뉴욕에서 프랑스, 벨기에를 중심으로 설립한 연구 기관으로, 미국으로 망명한 유럽 지식인들, 즉 자크 마리탱, 알렉상드르 쿠아레, 조르주 귀르비치, 알프레드 메트로, 클로드 레비스트로스 등이 참여한 '고등 연구를 위한 자유 학교'에서도 강연했다. 이어 미국 전시정보국(OWI)의 프랑스 지국을 이끌던 피에르 라자레프의 제안으로 원고 작성 일을 맡는다. 그가 쓴 글들은 프랑스에서 들을 수 있도록 주로 앙드레 브르통이 읽어서 단파방송으로 송출되었다. 루주몽은 『한 시대의 일기』에서 전시정보국에서 일하던 때에 밤늦게까지 이어진 일을 마친 뒤의 이야기를 남겼다. "아무 문제 없이 일이 끝나면 나는 새벽 두시에 생텍스의 집에 올라가서 체스를 두고, 그가 전해주는 프랑스의 불행을 들었다⋯⋯"(p.516) 루주몽은 또한 1942년 8월 웨스트포트에서 "낮이든 밤이든 수영한 뒤에 회랑에 앉아서 두던 체스"(p.519) 이야기도 했다.

당신은 어른 친구인 내가 도와주지 않으면 어쩔 줄 몰라하는, 까다로운 어린 아가씨잖아.
진심으로 부탁할게, 브르통 부부와 그쪽 사람들은 만나지 마. 비참한 광기의 말 뒤에는 자살
외에는 다른 길이 없을 거야. 차라리 제라늄이나 토끼를 키우는 법을 배워. 쉽진 않겠지.
관계를 맺는 거니까. 그래도 이로운 일이야. 제라늄은 아주 예쁘고, 토끼는 친구들과
함께 먹을 수 있으니까. 세상을 다시 세우는 일은 배우지 마. 너무 쉬운 일이거든. 단순한
친구들만 주위에 둬. 인간으로서의 직관을 지니고 자기 자신의 일부를 내어주는 사람들,
머리로만이 아니라 실제로 정원을 가꾸는 사람들 말이야. 내가 돌아갔는데 사막이 되어
있으면 안 돼. 내가 얼굴 붉힐 일 없게 해줘. 날 도와줘. 안 그러면 안 돌아갈 거야. 난 충분히
상처받았어. 자갈밭은 더는 싫어. 이제는 풀 위에서 자고 싶어. 날 모래 위에서 재우지 마.
헬렌 매카이 같은 훌륭한 사람들을 만나. 루주몽도 괜찮고, 르루아*, 귀르비치**도 있지.
무엇보다 친절한 여자들을 만나. 작은 생쥐 같은 나의 아내, 당신은 친절한 여자들을 많이
알잖아. 쓰레기는 토해내는 법을 배워. 자클린 브르통 말이야. 소냐***도 당신하고 안 맞아.

- 프랑스의 플루트 연주자로 1918년 파리 콩세르바투아르에서 최고상을 탄 르네 르루아(1899~1985). 1940년 미국으로 이주한 뒤 생텍쥐페리 부부와 가까이 지냈다. 1942년부터 1943년까지 뉴욕 시청에서 공연을 할 때 부부가 직접 가서 보기도 했다.

- 뉴욕의 사회학 연구소 소장 조르주 귀르비치(1894~1965). 록펠러 재단의 지원으로 운영되었으며, 미국인 연구자 외에도 클로드 레비스트로스, 알프레드 메트로. 폴 리베처럼 프랑스에서 이주해온 연구자가 많았다. 사회학 연구소는 드골이 이끄는 망명정부 '자유프랑스'와 연계되어 1942년 세워진 뒤 일반 대중을 상대로 무료 강의를 하던 '고등 연구를 위한 자유 학교'의 부속 연구소였다. 당시 이 학교는 망명지에서 운영된 프랑스 대학 교육기관 중 가장 유명한 곳으로 꼽혔다. 러시아인으로 프랑스에 귀화한 사회학자 귀르비치는 당시 비시 정부하에서 유대인이라는 이유로 파면당한 상태였는데, 자크 마리탱이 힘겹게 애쓴 덕분에 미국에 갈 수 있었다.

- 화가 소냐 세쿨라(1918~1963)일 것이다. 1942년 미국에서 그녀는 망명한 유럽 초현실주의자들(브르통. 뒤샹. 마타. 에른스트 등)을 알게 된다. '뉴욕 아트 스튜던츠 리그'에서 콘수엘로도 들은 적이 있는 모리스 캔터의 수업을 듣기도 했다. 1943년 1월 페기 구겐하임의 '아트 오브 디스 센추리 갤러리'에서 열린 '31명의 여성' 전시회에도 참여했다. 극도의 불안 증세로 여러 차례 입원하고 자살 시도를 했다.

당신한테 해로워. 당신을 망치지 마. 당신은 당신 모습 그대로 아주 멋진 사람이 될 수 있어. 콘수엘로, 나의 콘수엘로, 당신을 아주 많이 사랑해. 당신을 사랑할 수 있도록 날 도와줘.

당신의 앙투안
생텍쥐페리 대위

〔줄로 그어 지워진 말이 있다: 33연대 2대대, 알제리 알제 공군 비행단에 전달 요망〕

편지가 도중에 분실될까봐 걱정돼. 전쟁중에 어떤 주소를 써야 할지 아직 모르겠어(난 사흘 뒤에 부대에 합류해). 그러니까 일단 이 주소로 보내줘.

펠리시에 박사* 댁
당페르로슈로 거리 17번지
알제(북아프리카)

---

* 앙투안의 친구인 조르주 펠리시에 박사(1887~1957).

92

앙투안이 콘수엘로에게

알제, 1943년 4월 말

나의 소중한 그대,

이곳에 도착한 이튿날부터 이 편지*를 쓰고 있어. 당신한테 보낼 기회를 기다렸지. 오늘 드디어 이곳을 떠나는 친구 하나를 찾았어.

나의 그대, 나도 오늘 저녁에 떠나서 동료들과 합류할 거야.** 그곳에 가면 좀 나아지겠지, 나의 오이풀. 하지만 지금은 너무 슬퍼. 그 어느 때보다 슬퍼. 인간들과 인생과 나 자신에 대한 의혹이 가득해.

내가 편지에서 당신한테 알제 폭격 이야기를 한 건, 내가 이곳에 오고 나서 첫 이틀 동안 미군 고사포들이 하늘에서 멋진 광경을 선사했기 때문이야. 이따금 독일군 비행기가 떨어뜨린 폭탄 때문에 살짝 전운이 감돌기도 했지만 말이야. 그때만 해도 난 매일 그럴 줄 알았어. 그렇게 잠들어 있던 양심이 깨어나고, 여러 인종이 뒤섞인 이곳 사람들이 조금은 생기를 띠게 될 줄 알았지. 하지만 처음에 그러고는 다였어. 그대로 끝이야. 사람들은 서로 칵테일파티에 초대하고(짜증스러운 파티들이지), 모여서 사소한 일들을 두고 떠들어. 나의 소중한 아가씨, 난 정말 숨이 막혀 죽을 것 같아.

* 4월 20일경에 쓰기 시작해 아마도 5월 말에 다 썼을 것이다.
** 앙투안은 라구아트로 가서 정찰비행단 33연대 2대대에 합류할 준비를 하는 중이었고, 이미 알제에서 약 30킬로미터 떨어진 부파리크에서 시문기로 비행을 한 뒤였다.

비행을 다시 시작했는데, 전혀 낯설지 않았어. 오히려 자전거 타는 것보다 지겹더군. 사실 난 자전거를 타면서 한 번도 즐거웠던 적이 없어. 나의 오이풀, 난 목말라 죽겠는데 마실 게 아무데도 없어. 나의 진실은 어디에 있을까?

첫 전투 임무를 애타게 기다리는 중이야.* 그때가 오면 나 자신이 쓸모 있는 인간이라는 느낌을 받을 수 있을 테지.

지금까지 내게 즐거움이라고는 당신이 조금은 내 생각을 하고 있다는 것을 보여준 전보**를 받았을 때 말고는 없었어.

나의 아가씨, 어린 아가씨, 당신은 세상 그 누구보다 날 많이 도와줄 수 있어. 더없이 소중한 것을 품에 안듯이 당신을 내 심장에 대고 꼭 안아줄게.

당신의 남편,

앙투안

• 앙투안은 7월 21일에야 튀니지로부터 실전 배치 명령을 받았고, 전쟁에서 총 열 차례의 항공촬영 정찰 임무를 수행했다.

•• 이 전보는 찾지 못했다.

243

93

콘수엘로가 앙투안에게

뉴욕, 1943년 4월 24일
부활절 일요일 오후 두시*

나의 남편, 나의 토니오, 나의 그대,

당신이 보고 싶어. 당신이 없으면 난 아주 작아져. 지금 텅 빈 육층 집**에 나 혼자 있어.

강아지만 뼈다귀를 입에 물고 계단을 뛰어다니면서 나한테 놀아달라고 졸라대네.

당신 서재의 책상은 떠나간 당신 얘기를 나에게 많이도 들려줘. 책상은 여전히 당신이

어질러놓은 그대로야. 내가 전혀 손대지 못했거든. 아직 집안 정리를 할 기운이 없어!

당신의 책들, 당신의 흔적들을 정리하려면 얼마나 걸릴까? 가슴이 답답해. 당신 알아?

그래도 이젠 몇 시간 정도는 일어나 있을 수 있어.*** 하지만 아직은 침대에 누워 있어야

- 1943년 4월 24일은 사실 부활절 전날인 토요일이다.

- 콘수엘로는 비크먼광장 35번지에 살고 있었다.

- 앙투안이 북아프리카로 떠나기 며칠 전에 콘수엘로는 거리에서 폭행을 당했다. 앙투안이 실비아 해밀턴에게 그 소식을 전한 편지가 있다. "누군가 콘수엘로의 핸드백을 훔치려고 머리를 가격했어. 가보니까 콘수엘로가 많이 아파. 그래서 지금 꼬박 이틀 동안 아내의 침대 옆에 붙어 있어/아마도 많이 심각해지는 않은 것 같아. 그래도 불안해 죽겠어. 잠도 못 자고 먹지도 못하겠어. 주체할 수 없을 만큼 가슴이 아파. (……) 그래, 실비아. 만일 아내가 그때 죽었다면 나도 살 수 없었을 거라는 사실을 깨달았어. 그녀를 향한 내 애정이 얼마나 깊은지 깨달은 거지. 실비아, 우리는 자기 자신을 잘 몰라. 일상의 작은 바스락거림, 소소한 다툼, 표면적인 서운함. 이런 것들 때문에 자기 내면의 강렬한 감정을 읽지 못하지. 그런데 오늘 아침, 옆방에서 결점 많은 여인인 내 아내가 어둠 속에 여린 숨결을 내쉬며 고통과 싸우는 동안 이렇게 내 방에서 당신한테 편지를 쓰면서, 나는 마치 배의 운명을 책임진 선장처럼 아내에 대한 책임감을 느꼈어. 내 마음대로 어찌할 수 없는 거야. 내 목숨보다 더 강한 느낌이야. 매 순간 내가 부지런히 지켜내야만 태양을 향해 가는 이 힘겨운 여정을 성공적으

244

편해. 난 당신이 돌아오는 날을 기다려. 당신이 언제고 방문을 열고 이 방으로 들어올 거라고. 그렇게 생각하며 약을 먹고 잠을 청해. 그래도 봄이 되니 조금 기운이 나. 어제는 루쇼*가 식당에 데려가줘서 같이 저녁을 먹었어. 그가 당신에 대한 경탄과 애정을 쏟아냈어. 당신이라는 사람 자체를 좋아하는 것 같아. 당신의 다음 책이 너무도 좋은, 너무도 아름다운 것들을 담고 있으리라고 기대하더라. 나도 내가 인생을 걸고, 정말 평생을 걸고 당신을 사랑한 얘기를 들려줬어. 수많은 격동의 시간을 보내느라, 또 수없이 많은 시간을 떨어져 있느라 얼마나 힘들었는지도! 그랬더니 루쇼가 이렇게 말했어. "다 끝난 뒤 죽음을 맞게 되면 하느님이 물으시겠군. 나의 아이야, 너는 천국과 지옥을 다 겪었구나. 토니오와 함께 살았으니. 이제 내가 무엇을 주었으면 좋겠느냐, 나의 아이야? 그러면 다정한 목소리로 이렇게 대답하도록 해. 토니오를 주세요. 이루어질지어다, 아멘!" 나의 남편, 몸 잘 챙겨. 문에 머리 부딪혀서 다치지 말고. 그리고 나에게 편지를 써줘. 편지와 함께 내일의 빛을 돌려줘. 당신의 침묵이, 당신의 부재가 하루하루 더 무겁게 나를 짓눌러. 난 정녕 무거운 짐에 눌려 있어. 하지만 제대로, 우아하게 버틸 거야. 당신이 도와줘. 내가 당신 품안에서 두려움 없이, 당신 사랑에 대한 두려움도 없이, 그렇게 안전하게 지낼 수 있을 그날에 대해 말해줘.

키스를 보낼게. 당신이 이 편지를 받아볼 수 있기를. 제발 당신이 이 편지를 읽게 해달라고 내가 하느님한테 기도하니까.

당신의 아내,

콘수엘로

로 마칠 수 있을 것 같다는 생각이 들었어. 충실하겠다는, 내일도 그러겠다는 결심 없이는 해내지 못할 것 같아."(『바람과 모래와 별』, p.982)

• 앙드레 루쇼는 생텍쥐페리 부부의 친구이며, 뉴욕에서 '피네 제화'를 운영했다.

앙드레 루쇼

94

앙투안이 콘수엘로에게

알제, 1943년 4월 말

나의 소중한 아내, 다시 당신 곁에 와서 앉았어. 이번에 떠나는 라로지에르*를 막

만났는데, 그에게 캐나다에서 당신한테 전화 걸어달라고 부탁했어. 나의 소중한 아내, 내가

노스포트에서 얼마나 행복했는지** 말해주고 싶어. 난 지금에야 그걸 깨달았지. 아마도

그곳이 내 인생 마지막 낙원이었을 거야. 나의 소중한 아내, 당신이 그때 날 위해 커다란

장작불을 지펴주었고, 나는 쓰라림, 후회, 그리움 없이 온 마음으로 그 불길을 들이마셨지.

내 집에서 커다란 장작불이 타올랐잖아. 나의 소중한 아내, 난 슬프고 슬프고 또 슬퍼. 정말

쓸쓸해. 난 완전히 혼자야. 나는 혼자 혼자 혼자인 느낌이야. 이렇게 오롯이 혼자인 외로움은

정말 처음이야.

당신은 아마 이 나라의 인간 사막을 상상도 못할 거야. 사람들을 만나도 조금도 즐겁지

않아. 우연히 대기실에 같이 앉게 되고, 우연히 역에서 마주치듯 만나는 기분이야. 생기

없는 만남이지. 이기심과 남을 헐뜯는 쑥덕공론, 그리고 이해타산만 만연해. 나에게 간절히

필요한 건 문명이고, 종교고, 사랑인데 말이야. 소중한 그대, 당신이 날 도와줄 수 있을 거야.

---

*   1942년 4월 18일까지 내무부 장관이었던 피에르 퓌쇠의 비서실장을 지낸 장프레데리크 카를레 드 라로지에르(1902~1986)일 것이다. 퓌쇠는 지로 장군을 지원하기 위해 1943년 5월 8일 북아프리카에 갔지만, 체포되어 알제로 이송되었다. 1942년부터 1944년 사이 라로지에르의 행적에 대해서는 알려진 바가 없다. 1944년 10월에는 미 육군 제3사단 참모부의 연락장교로 일했다. 1948년 샤토브리앙 인질 처형 사건에 연루되어 체포영장이 발부되었다.

**   1942년 여름과 초가을에 베빈 하우스에서 보낸 시간을 말한다.

247

사흘 뒤면 전투에 나가. 평온한 마음으로 임할 수 있을지 모르겠어. 나의 전우들은 어떨까? 아마도 썩어버린 알제리 때문에 이미 다들 마음이 썩어 문드러지지 않았을까? 나의 심술쟁이 아내, 당신이 화를 낼 때조차 난 당신 안에서 나를 살아 있게 하는 걸 찾아낼 수 있어. 하지만 쓰레기통 같은 이곳 북아프리카에서는 살아 있다는 느낌이 안 들어. 지금 전쟁을 하고 있는 사람들은 어떨까? 나의 병아리, 어쩌면 그들은 당도한 죽음을 보고야 존엄성을 되찾을지도 몰라. 난 영혼이 마비되어버린 느낌이야. 나의 희생에 대한 보답을 받지 못했잖아(앙드레 브르통 같은 멍청한 인간들이 내가 모든 걸 바쳤다는 것을 이해하지 못하니까). 다 바쳤는데 하나도 돌려받지 못한 거야. 총알 구멍이 난 비행기를 몰고 전선에 들어가야 비로소 나 자신을 되찾을 수 있을 것 같아.

주변에 보이는 모든 게 늙어버려서일까, 전에 없이 너무 늙어버린 기분이야. 어쩌면 조금 병이 들기도 한 것 같아. (그래서 용기가 사라진 걸까?) 빛을 찾겠다는 희망을 버리지 못한 나는 이제 어떤 마음의 길로 서툴게 들어서야 하는 걸까? 그대, 지금껏 난 순수한 것만을 찾아다녔어. 물론 자주 틀리기도 했지. 그대, 나의 그대, 이제는 틀리고 싶지 않아.

난 여기 알제를 증오해. 아마도 내가 싸우게 될 사막의 전쟁터는 전혀 다르겠지. 어쨌든 다른 선택은 불가능했으니까. 지금도 나의 본능이 옳았기를 바라고 있어. 하지만 이곳에는 참아내기 힘든 너절한 인간들이 우글대. 절망적인 곳이지. 초라하기 이를 데 없는 감정들을 사고파는 벼룩시장이랄까. 지난 사흘 동안은 폭격도 아예 없었어. 그나마 폭격이라도 있어야 이곳 사람들이 아주 작은 존엄성 부스러기라도 지니게 될 텐데 말이야. 그래 봐야 겉으로만 그렇게 보일 뿐이지만! 오늘 저녁에 난 너무 지쳤어. 모든 게 추잡해 보여. 난 목말라, 콘수엘로, 목말라서 죽을 것 같아. 내 갈증을 풀어줄 만한 걸 어디서도 찾을 수가 없어. 물론 당신도 걱정돼. 가슴을 헤집는 고약한 불안 때문에 힘들어. 나는 당신이 알고 있는 것보다 훨씬 더 당신을 사랑했어. 지금도 당신이 아는 것보다 훨씬 더 당신을 사랑해. 그런데 그동안 내가 사용한 언어는 당신의 마음까지 가닿지 못했지. 아마도 당신은 날 사랑하지만,

내 사랑을 잘 생각해본 적은 없기 때문일 거야. 내가 당신에게 한껏 기대어 다정한 애정을 쏟아낼 때, 오로지 정말로 당신에게만 마음을 쏟을 때, 그럴 때도 난 당신에게서 기쁨의 미소를 끌어내지 못했지. 당신은 단 한 번도 당신의 기쁨을 나에게 선물로 주지 않았어. 나는 그 어느 것도 비추지 못하는 등불 같았지. 난 내 빛으로 무엇을 비추고 있는지 한 번도 보지 못했다고. 내가 도망친 건 바로 이 세상에서 내 빛을 조금이라도 나에게 되돌려줄 무언가를 찾고 싶다는 욕구 때문이었어. 당신 이마에 손을 얹어도 나는 당신을 위해 그늘을 드리우는 나무가 되지 못했으니까. 딱 한 번 그런 적이 있었지. 몬트리올에서, 어느 날 아침에 말이야.* 당신이 나한테 황당한 말을 했는데, 기억나? "강낭콩……"이라고. "그게 무슨 말이지?" 내가 물었더니 당신이 대답했어. "난 당신과 함께 있어. 난 행복해……" 난 더는 아무 말도 안 했어. 당황했거든. 나에겐, 뭐랄까, 놀라운 기적이었어. 내가 그토록 정성 들여 가꾸고 지켜온 꽃이 이제 나에게 빛을 조금 비춰주려 하는구나 싶었지. 그리고 그런 일이 또 일어나길 기다렸어. 정말로 기대했지. 바라고, 또 바랐어. 하지만 난 다시 갈증으로 죽어갔어. 아! 나의 콘수엘로, 당신에게는 그렇게 간단히 나를 고마움에 취하게 만들 수 있는 힘이 있었는데! 그 작은 말 한마디에 나는 고마움에 겨워했는데! 나의 어린 아가씨, 이따금 나한테 "난 정말 행복해……"라고 말해주는 건 너무도 간단한 일 아닐까? 난 당신한테 전부 다 주었는데! 절대로, 그래, 절대 절대 빛을 주지 않는 그 작은 행성 때문에 태양이 얼마나 절망했는지! 내가 배에 총알을 맞고 어디선가 죽음을 맞는 순간이 온다면, 나의 잠이 시작되는 그 순간을 마법으로 채워줄 수 있는 건, 대단한 게 아니야. 오로지 그 단어, "강낭콩……"으로 충분해. 내 숨이 끊어지는 순간까지 그 단어가 나를 자장가처럼 달래줄 거야.

아니, 내가 틀렸어. 당신이 언젠가 나에게 보여주었던 다른 기쁨도 다시 누리고 싶어.

•   1942년 봄의 일이다.

우리가 헤어져 지낼 때, 루테티아호텔에서 몇 미터 떨어진 곳에서였지. 내가 26수짜리 코닥 카메라를 선물했을 때 말이야. 아, 나의 콘수엘로, 나의 귀엽고 바보 같고 인색한 여인, 그날 난 당신을 품에 꼭 안고 다시 한번 당신만을 나의 운명으로 삼을 뻔했어. 그때 이따금 우리가 같이 저녁을 먹을 때 "난 너무 행복해……"라고 말해주지 그랬어. 난 당신이 느끼는 행복의 유혹에 굴복하지 않을 수 없었을 텐데.

오 내 사랑, 난 환하게 불 밝힌 창문이 간절히 필요했어.

그리고 지금, 난 환하게 불 밝힌 창문이 간절히 필요해.

빛을 발하는 반딧불이는 암컷들이고, 수컷들은 날아다닌다는 거 당신도 알아? 멀리 날아갔던 수컷들이 바로 그 작은 불빛을 보고 전나무로 돌아온대. 당신이 "난 행복해……"라고 말해주면 아마 나도 돌아갈 수 있을 텐데.

콘수엘로 콘수엘로 콘수엘로

앙투안

95

앙투안이 콘수엘로에게

알제, 1943년 5월

나의 병아리, 당신한테 저녁 인사를 하러 다시 왔어. 나의 병아리, 난 여전히 공허하고 허망한 대화들을 하고 오는 길이야. 사랑하는 병아리, 난 여전히 남을 증오하는 그 사람들의 집에 들락거려. 나의 병아리, 이제 난 인간을 거의 믿지 않아. 사랑하는 병아리, 이제 더는 못 버티겠어, 정말 더는 못 버티겠어. 깃털이 삐죽삐죽한 나의 병아리, 나에게 샘이 되고 정원이 되어줘. 사랑하는 병아리, 난 지금 뭐라도 사랑할 수 있어야 해. 안 그러면 나 자신이 가볍고 또 가볍게, 어느 밤에 나도 모르게 하늘로 날아오를 것처럼 가볍게 느껴져⋯⋯ 작은 병아리, 내가 내릴 곳 없는 비행기가 되지 않게 해줘. 어떻게든 돌아가겠다는 마음을 잃지 않게 해줘. 나는 지상에서 하늘을 바라보면서 밤하늘에서 날 기다릴 것들을 보았어. 불을 뿜으며 하늘로 올라가는 포탄들(날아오는 비행기들을 모두 격추하지) 말이야. 십만 마리 벌들이 하늘로 날아오르는 실로 놀라운 광경이지. 세상 그 어떤 불꽃놀이보다 장관이고. 작은 병아리, 나의 병아리, 나는 곧 그 놀라운 광경의 반대편 하늘에 있게 될 거야. 하늘에 있는 나를 향해서도 십만 마리의 벌떼가 올라올 거라고. 내가 꼭 돌아가고 싶게 해줘.

나의 작은 병아리, 난 정말로 용기를 다 잃었어. 그러면 안 되는데, 정말 안 되는데. 고요한 집, 고요한 나무들 아래서 당신이 날 위해 토끼 세 마리를 길러줘. 작은 병아리, 난 이제 인간들이 어디 있는지도 잘 모르겠어. 이곳에 있는 건 인간이 아니야. 정치가, 수다쟁이, 편 갈라 싸우는 패거리뿐이지. 작은 병아리, 난 인간들을 못 믿겠어. 그러니까 당신이 토끼들에 대해, 그 주둥이의 검은 얼룩과 나무들의 냄새에 대해 말해줘. 나의 병아리, 난 내 집에 자라는 나무들의 냄새를 사랑하고 싶어. 그러지 않으면 돌아갈 곳이 없어져. 나의 병아리, 나를 위해 내가 걸려들고 싶을 만한 덫을 놓아줘. 덫 안에 토끼 세 마리, 나무들, 그리고 콘수엘로를 넣어주고. 나를 낫게 하는 법을 아는 콘수엘로, 얌전히 아름다운 흰 천을 꿰매는 콘수엘로를 넣어줘. 그리고 물컵에 담긴 꽃 한 송이도. 덫 속에 담배와 밀크커피도, 버터 바른 빵도 같이 넣어줘. 오, 나의 병아리, 내가 싫어하는 건 아무것도 넣지 말고. 난 지금 너무 약해졌거든. 포탄 때문이 아니야. 이 행성에서 더이상 나 자신이 누구인지 알 수 없게 되었기 때문이야. 그러니 당신이 작은 등불을 켜서 창문을 환하게 밝혀놓지 않으면 난 두려워. 전쟁이 벌어지는 밤에 집으로 돌아가는 길을 찾지 못할까봐.

당신도 알지, 지금 내 앞에 프랑스가 있어. 두 시간 반만 비행하면 닿을 거리에 말이야! 난 프랑스인들의 불행을 함께 나누지 못한다는 게 너무 죄스러워. 나의 뿌리에서 이렇게까지 잘려나와 있다는 게 나를 너무 방황하게 해. 그러니까 난 무조건 빚을 갚아야 해. 최소한 그들과 전쟁을 함께 치러내야 한다고. 그래서 온몸으로 전쟁에 뛰어들어야 해. 당신은 날 잘 알지. 전투 임무를 직접 수행하지 않고서는 난 마음의 평화를 얻을 수 없어. 지난 며칠 동안 땅에서 바라본 아름다운 별들의 강에 뛰어들어 마음을 정화해야 해. 굉음이 요란하지만, 비행기 안에 있을 땐 차라리 그편이 나아. 아무 소리도 안 들리거든. 거기선 오로지 별들만 보여.

사랑하는 나의 병아리, 당신을 지키는 이를 당신도 조금 지켜줘.

앙투안

콘수엘로가 앙투안에게

뉴욕, 1943년 5월 10일*

〔전보〕

(…) ORD 159/ P VIA WL NEW YORK 33 10 VEAST

많이 나았어** 하지만 아직 약한 상태야 당신이 없어서
하늘이 당신을 영원히 지켜주길 당신 소식 기다리면서 키스를 보내
콘수엘로 드 생텍쥐페리

---

* 알제의 전신국에서 수령한 날짜는 1943년 5월 12일이다.

** 거리에서 폭행당한 사건에 대한 언급이다.

앙투안이 콘수엘로에게

우지다(모로코), 1943년 6월 15일경[*]

나의 사랑 나의 아내 나의 콘수엘로,

당신이 보고 싶어서 너무 힘들어! 너무 슬퍼! 난 지금 판자로 지은 방 세 칸짜리 허름한 막사에 묵고 있어![**] 글은 전혀 쓸 수 없지. 지난 삼 주 동안 도시는 물론이고 집 한 채도 구경 못했어. 보이는 건 모래뿐인데, 그나마도 진짜 사막과는 전혀 다른 자갈투성이 사막이었지. 가난하고 우울한 교외 지역 같았어.

사랑하는 그대, 내가 지금 어디 있는지는 알려줄 수 없어. 나는 시속 700킬로미터의 일인승 전투기로 하늘을 날아! 이런 비행기를 몰기에 나이가 많은 건 사실이지만, 최대한 버텨볼 생각이야. 난 뚝심이 있고 용감하니까(겁이 난 적도 있는데, 그 얘기는 안 할래).

알다시피, 지금 우리는 전쟁중이야. 우리가 모는 비행기는 아주아주 멀리까지 가지. 요격무기 대신 촬영 장비를 달고서 말이야. 오! 나의 소중한 병아리, 당신 남편은 말하자면 밀수업자인 셈이야. 내 생각엔 최고령 밀수업자야(이런 종류의 비행기를 모는 조종사 중에 내 바로 아래 조종사도 나보다 예닐곱 살이나 어려……). 아! 그대, 뉴욕에서 날 욕하던 사람들, 앙드레

- 이 편지가 앙투안이 뉴욕을 떠난 뒤 콘수엘로가 처음으로 받은 편지인 것 같다. 앙투안이 제일 처음 보낸 편지는 콘수엘로에게는 두번째로 받은 편지였다.
- 정찰비행단 33연대 2대대에 합류해 비행 허가를 받은 앙투안은 높은 고도에서의 사진 촬영을 위해 개조된 록히드 P-38 라이트닝기의 조종 훈련차 1943년 6월 4일 모로코의 우지다로 갔다.

브르통의 비난*, 그 모든 진흙탕이 이따금 생각나. 그래도 난 내 모든 걸 바쳤다고 생각해.

남은 게 아무것도 없으니까! 난 가난해진 기분이야, 아주 많이, 죽도록 가난해졌지. 하지만

죽기 전에 당신을, 나의 콘수엘로를, 나의 오이풀을 다시 보고 싶어. 그러니까 돌아갈게.

내 편지가 당신한테까지 갈 수 있을지 모르겠어. 아무것도 알 수가 없어. 나의 축복받은 작은

불빛, 당신이 어떻게 지내는지 난 전혀 몰라. 오! 콘수엘로, 제발 슬기롭게 처신하길. 내가

돌아갈 때는 환하게 꽃피어 있어야 해. 그리고 밀수업자같이 살아가는 당신 남편을 위해

조금만 기도해줘. 많은 일이, 조금은 씁쓸한 일이 수없이 일어나고 있어. 당신한테 말해줄 수

없는 많은 일들이.

내 군사우편용 주소를 알려줄게.

생텍쥐페리 대위

포토그룹 3

APO 520

US ARMY 〔취소선이 그어져 있다〕

c/o 뉴욕시티 뉴욕 우체국장

그런데 사랑하는 나의 작디작은 병아리, 펠리시에의 집으로 보내도 돼, 나한테 전해줄 거야.

• 앙투안 자신이 1941년 1월 비시 정부의 국가 평의회 일원으로 임명된 사실을 언론(『뉴욕 타임스』, 1941년 1월
30일자. 6면)을 통해 알게 된 뒤 즉시 거부하고 부인 기사(『뉴욕 타임스』, 1941년 1월 31일자. 6면)를 낸 일과 관계된
다. 앙드레 브르통은 신문에 실린 글을 앙투안이 직접 쓰지 않았다고 주장했다. 정작 그는 자리를 받아들이려
했는데 자신도 모르게 사실을 부인하는 입장문이 발표되었다는 것이다. 1942년 브르통이 다시 공격해오자,
앙투안은 브르통의 주장을 전부 부인하면서 자신이 쓴 편지 초안을 공개했다. "내가 보기에 사립 탐정 때문에
길을 잃은 당신이 오류를 피해 갈 수 있기를 바랍니다. 당신이 그 헛소리를 공표할 경우 즉시 명예훼손으로
고소하겠습니다."(플레이아드 전집 2권. p.61)

조르주 펠리시에 박사 댁

당페르로슈로 거리 17번지

알제

콘수엘로, 고마워, 나의 동반자로 남기 위해 그토록 노력해줘서 진심으로 고마워. 지금 나는 전쟁중이고 이 거대한 행성에서 완전히 길을 잃었지만, 당신 집의 불빛은 나에게 유일한 위안이고 유일한 별이야. 나의 작은 병아리, 그 빛을 순결하게 지켜줘.

콘수엘로, 내 아내가 되어줘서 진심으로 고마워. 만일 부상을 당해도 나에겐 보살펴줄 사람이 있는 거잖아. 만일 죽음을 맞게 된다면 다음 세상에서 기다릴 사람이 있는 거고. 내가 무사히 돌아간다면 찾아갈 사람이 있는 거지. 콘수엘로, 이제 갈등과 다툼은 없을 거야. 난 오로지 당신을 향해 긴 감사의 송가를 부를 뿐이야.

삼 주 전에 알제를 지나면서 지드를 다시 만났어.* 그에게 넬리와의 관계는 끝났다고, 난 당신을 사랑한다고 말했지. 그리고 당신이 보내온 편지를 보여주었어.** 그가 이렇게 말하더군. "놀랍도록 감동적이네." (내가 가진 단 한 장의 당신 편지였어.) "넬리와 이본***이 아니라 자네 말이 옳았어……" 지금 내가 가장 후회하는 게 뭔지 알아, 콘수엘로?『어린 왕자』를 당신한테 헌정하지 않은 거야.

- 　앙드레 지드,『일기』(알제, 1943년 5월 27일). "생텍쥐페리를〔그의 친구 외르공의 집에서〕다시 만나서 무척 기뻤다."
- ・・　1943년 4월 24일의 편지로 추정된다.
- ・・・　앙투안은 파리에서 학교 다닐 때부터 이모뻘인 이본 드 레스트랑주와 가까이 지냈다. 이본은 앙드레 지드를 비롯한『NRF』사람들과 가까웠고, 프랑스 영화감독 마르크 알레그레와의 사이에서 얻은 자식도 있었다.

256

『어린 왕자』의 반응이 좋았는지 말해줘.『콜리어스』가 나왔는지도. 브렌타노스 소식도. **
사람들 반응은 어때? 난 아무것도 몰라. 그 어떤 것도, 아무것도, 정말 아무것도 몰라. ***

오래전에, 우리가 헤어졌을 때 꾼 꿈 얘기를 해줄게. 들판에서 나는 당신 곁에 있었어. 땅은 죽어 있었지. 나무들도 죽었고. 냄새와 맛이 모두 사라졌어.

그런데 갑자기, 겉으로는 아무것도 바뀌지 않았는데, 모든 게 달라졌지. 땅이 생기를 되찾고 나무들도 되살아난 거야. 모든 게 어쩌나 강한 냄새와 맛을 품었는지 몰라. 나에겐 너무 강했어. 나도 곧바로 생명력을 되찾았지.

그리고 왜 그런 일이 일어났는지 이유를 알 것 같았어. 난 이렇게 말했지. "콘수엘로가 다시 살아났다! 콘수엘로가 돌아왔다고!" 당신은 땅의 소금이었어, 콘수엘로. 당신이 돌아온 것만으로 내 사랑이 깨어난 거야. 그리고 콘수엘로, 그때 난 내가 당신을 영원히 사랑한다는 걸 깨달았어.

사랑하는 콘수엘로, 나의 보호자가 되어줘. 당신의 사랑으로 외투처럼 나를 감싸줘.

당신의 남편,

앙투안

* 루이스 갈랑티에르의 번역으로 「어느 인질에게 보내는 편지」를 『콜리어스』에 싣기로 했다. 제목은 '어느 친구에게 보내는 편지'로 바뀌었다.
** 『어느 인질에게 보내는 편지』는 브렌타노스에서 1943년 6월 초에 출간되었다.
*** 6월 8일 앙투안이 편집자 커티스 히치콕에게 쓴 편지가 있다(편지에는 앙투안이 여전히 드골주의에 반대하는 입장임이 드러나 있다). "『어린 왕자』 소식을 통 못 듣고 있습니다(출간이 됐는지 안 됐는지도 모르겠군요!). 전혀 소식을 모르니 편지로 알려주십시오!"(플레이아드 전집 2권, pp.984~987) 히치콕은 8월 3일 답장을 하면서 언론에 실린 『어린 왕자』 서평 몇 편을 같이 보냈고, 이미 3만 7천 부(영어본 3만 부, 프랑스어본 7천 부)가 팔렸다는 소식을 전했다.

rien. Je ne sais rien de toi ma petite lumière Consue. On te suela
ne pas gaga, ne pas toute fleurie pour mon retour. Et prie
un tout petit peu pour votre mari contrebandier. Il y a beaucoup
il y a tant de choses un peu amères. Tant de choses que je
ne puis dire.

Je vais vous donner quand même mon adresse
militaire: CAPITAINE DE SAINT-EXUPÉRY

3 RD PHOTOGROUP

A.P.O 520

~~U.S. ARMY~~ → c/o Postmaster New York City New York

mais, tout petit poussin chéri, écrivez aussi chez Pelissier
qui fera suivre.

Chez le Docteur Georges Pelissier

17 rue Denfert Rochereau

Alger

Consuelo merci merci du fond de mon cœur d'avoir
tellement fait d'efforts pour demeurer ma compagne.
Aujourd'hui que je suis en guerre et tout à fait
perdu sur cette immense planète, je n'ai qu'une
consolation et qu'une étoile qui est la lumière de votre
maison. Petit poussin gardez la pure.

Consuelo merci du fond de cœur d'être ma femme.
Si je suis blessé j'aurai qui me soignera. Si je
suis tué j'aurai qui attendre dans l'éternité. Si je
reviens j'aurai vers qui revenir. Consuelo toute
nos disputes, tous nos litiges sont morts. Je ne
suis plus qu'un grand cantique de reconnaissance.
Il y a trois semaines, passant par Alger, j'ai
revu Gide. Je lui ai dit que c'était fini avec
Nelly, que je t'aimais. Je lui ai fait lire
ta lettre. Il m'a dit "c'est extraordinairement
émouvant (c'est la seule lettre que j'ai eue de toi)
c'est vous qui avez eu raison contre Nelly et
contre Yvonne..." Si tu savais ce que je
regrette le plus, Consuelo? C'est de ne pas vous

avoir dédié le petit prince.

Chérie dîtes moi si on l'a aimé? Chérie dîtes moi si
Collins a paru. Et Brentano's. Et ce qu'on en a dit. Je ne
sais rien, rien, rien du rien.

Chérie je veux vous raconter un rêve très ancien que j'ai
fait à l'époque de notre séparation. J'étais mis à nu dans
une plaine. Et la terre était morte. Et les arbres étaient
morts. Et rien n'avait d'odeur ni de goût.

Et brusquement, bien que rien n'ait changé en
apparence, tout a changé. La terre est redevenue vivante,
les arbres sont redevenus vivants. Tout a pris tellement
d'odeur et de goût que c'était trop fort, presque trop fort
pour moi. La vie m'était rendue trop vite.

Et je savais pourquoi. Et je disais "Consuelo est
ressuscitée. Consuelo est là! Tu étais le sel de la terre,
Consuelo. Et tu avais réveillé mon amour pour toute
chose rien qu'à revenir. Consuelo j'ai alors compris
que je vous aimais pour l'éternité."

Consuelo chérie soyez ma protection. Faîtes moi un
manteau de votre amour.

                    Votre mari
                         Antoine.

"지금 내가 가장 후회하는 게 뭔지 알아, 콘수엘로? 『어린 왕자』를 당신한테 헌정하지 않은 거야."

98

콘수엘로가 앙투안에게*

워싱턴, 1943년 6월

나의 사랑스러운 남편, 나의 모래시계, 당신은 나의 생명이야. 나는 살아 숨쉬고, 당신이 좋아하는 것으로 가득 채운 작은 바구니를 들고 당신을 향해 걸어가. 당신에게 거울이 되어줄, 당신이 괜찮은 사람이라는 걸 스스로 알게 해줄 마법의 달도 가져갈게. 그러니까 당신은 앞으로 다가올 석양을 믿어도 돼. 다가올 시간들은 당신의 마음을 다치게 하지 않을 거야. 만일 내가 당신 곁에 있다면, 난 서둘러 떠나려 하지 않고 커피 그라인더로 음악을 연주할 거야. 어때, 좋지?

다행히 퐁통 다메쿠르**하고 잘 아는 사람이 당신에게 이 편지를 전해줄 수 있대. 아내들을 보살피는 천사들이 내가 당신에게 사랑의 기도를 되풀이해도 좋다고 허락한다면 말이야. 그대, 부탁이야, 별들과 모래와 얘기를 많이 나눠봐. 모두 토니오의 절친한 친구들이잖아. 당신은 혼자가 아니야. 얼마나 많은 귀부인 별들이 당신 머리에 남아 있는 머리카락을 어루만지려고 춤을 추는데. 난 확신해. 당신이 돌아올 때쯤이면 그 사랑의 손길로 당신 머리숱이 풍성해져 있을 거야. '사막의 어린 공주' 이야기도 쓰게 될 거고. 이미 당신 오른손 손금이 품고 있는 이야기잖아. 당신 손으로 그 이야기를 나에게 바쳐줘. 내가 '그이가 나에게

---

* 편지지 상단에 "더 메이플라워. 워싱턴 DC"라고 찍혀 있다.
** 알베르 드 퐁통 다메쿠르(1900~1978) 자작은 미국에 있는 프랑스 공군 훈련소의 지휘관이었다. 그는 아내 제르트뤼드와 함께 1941년 5월 26일 미국에 정착했다.

260

『어린 왕자』를 주었더라면*, 그이가 날 워싱턴에 데려갔더라면······' 이런 생각을 안 하게 말이야. 다른 남편들은 아내를 데려가지 못하는 곳으로 날 데려가줘.

당신이 처음 쓴 편지를 받은 후로 난 이미 더없이 다정한 애정을 느끼며 지내고 있어. 지금은 멕시코 입국허가서를 받으려고 워싱턴에 와 있어. 귀르비치** 부부가 가능하면 8월에 삼 주 동안 멕시코에 갈 거라고 해서.

당신을 품에 안고 단 일 초도 떠나지 않을게. 이곳의 아름다운 여름 나무들이 당신에게 경의가 담긴 인사를 보내.

십오 분 안에 이 편지를 다 써야 해. 내가 쓴 다른 편지들은 받았지?

나의 모든 키스를 보내며.

일 년 동안 지낼 작고 예쁜 아파트를 빌렸어. 비크먼광장 2번지.*** 뉴욕시티.

- 　여기서 『어린 왕자』를 '주었다'라는 말은 '헌정했다'는 뜻이다.
- **　「편지 91」 참고.
- ***　비크먼광장 2번지에서는 허드슨강이 보인다. 1943년 7월 28일자 『뉴욕 타임스』에 "생텍쥐페리 백작[오류다] 이 침실 여섯 개와 욕실 세 개가 있는 아파트를 임대했다"라는 기사가 실렸다.

99

앙투안이 콘수엘로에게

우지다(모로코), 1943년 6월 15일경[*]

콘수엘로 나의 사랑하는 아이, 콘수엘로 나의 노래하는 샘, 콘수엘로 나의 정원 그리고 나의 초원, 나는 감당할 수 없을 만큼 슬퍼. 내 가슴에 너무도, 너무도 많은 사랑이 밀려왔어. 나의 오이풀, 당신과 자그마치 삼 년을 헤어져 있었지. 나에겐 마치 유배 생활 같았어. 내가 당신을 사랑한다는 걸, 이 세상에서 당신만을 사랑한다는 걸 난 알고 있었어. 오 나의 어린 아가씨, 나는 당신과 같은 진흙으로 빚어졌고, 집을 옮길 줄도 몰라. 콘수엘로 콘수엘로, 난 당신 없는 집을, 당신 없는 노년을, 당신 없는 겨울날 저녁을 상상할 수 없었어. 콘수엘로 당신이 그토록 힘껏 나를 붙잡고, 고집불통인 조그만 게처럼 나에게 매달려 있어준 거, 내 가슴 내 심장 내 골수 깊이 고마워. 오 콘수엘로, 당신이 없었으면 난 절대 오래 살지 못했을 기야. 당신을 잃었다면 난 죽었겠지. 콘수엘로 당신은 떨어지지 않으려 하는 것으로 날 구원했어.

물론 나의 살구, 당신은 날 너무 아프게도 했어. 너무 자주, 너무 심하게. 하지만 다 잊었어. 내가 당신을 아프게 한 건 더는 기억도 안 나. 내가 울게 한 콘수엘로, 외로운 밤을 보내게 한 콘수엘로, 기다리게 한 콘수엘로. 콘수엘로, 당신은 이 세상에서 내가 사랑하는 단 한 사람이야. 내가 당신을 사랑했다는 걸 알아줘서 고마워.

콘수엘로, 당신이 백발이 되어서도 내 옆에 있어야만 난 죽을 수 있어. 나의 영원의

* 콘수엘로가 받은 앙투안의 세번째 편지. 「편지 110」 참고.

콘수엘로. 우리는 남편과 아내니까, 신이 나에게 주신 콘수엘로. 나와 한몸인 콘수엘로. 내가 잠들었을 때도 없으면 안 되는 콘수엘로. 콘수엘로, 난 당신의 잠을 이끄는 선장이었지. 나이가 들고 보니, 낮이라는 신의 선물을 향해 우리가 함께 건너온 밤들보다 더 아름다운 모험은 없었어. 나의 눈물, 나의 기다림, 우리가 함께 눈뜬 순간들에서 태어난 아이, 마치 높은 파도의 고랑에 들어앉은 것처럼 당신 곁에 누워 보낸 밤들에서 태어난 아이. 그 높은 물고랑, 늘 한결같던 그곳에 누워서 나는 너무도 심오한 진리를 발견했어. 지금 난 혼자 잠들면서 살려달라고 외쳐.

나는 늙었고, 고아에, 사랑해줄 누이도 아이도 없어. 난 세상에 존재하는 모든 방식으로 당신을 그리워하고 있어. 당신 때문에 두렵고, 나 때문에도 두려워. 숱한 별, 밤, 바다, 혁명, 전쟁, 망각이 두려워. 난 어서 죽고 싶어, 당신이 어디 있는지 모르는 것보다 어서 죽는 게 나아. 뛰어다니기에는, 저녁마다 기다리기에는 난 너무 늙었어, 당신이 늦게 들어오는 날 창밖 거리의 모든 소리에 귀를 기울이기에는 난 너무 늙었어. 그리고 당신을 잃고 지내기에는, 설령 단 한 시간뿐이라 해도 우리가 사는 이 거지 같은 행성의 수백만 수천만 사람들 틈에서 당신을 찾지 못한 채로 불행에 휩싸여 기다리고 있기에는 난 너무 늙었어. 나에게는 지금 당장, 모든 게 확실한, 영원히 변하지 않을 낙원이 필요해. 당신 목소리의 억양이 더는 바뀌지 않고, 바뀔 거라고 위협도 하지 않는 낙원이 필요하다고. 그곳에선 당신이 지금보다 느긋하고, 좀더 생기 넘치고, 좀더 어리숙하면 좋겠어. 황금빛 수확물 같은 나의 콘수엘로, 난 간절히 당신 곁에 눌러 있고 싶고, 돌아가고 싶어. 비가 내리는, 수없이 많은 사람이, 남자들과 여자들이 우글대는 밖은 이제 지겨워. 난 당신과 한몸이 되어 쉬고 싶어.

나는 판자로 지은 기지의 허름한 막사에서 지내고 있어. 세 명이 한 방에서 자. 나만의 공간이 없어. 단 한 시간도 혼자 쉴 곳이 없지. 뜨거운 한낮에는 모래가 마치 육중한 탑이 된 듯 기둥을 만들며 회오리치고, 태양이 작열해서 눈이 아파. 비행도 이젠 내 나이에는 벅찬 일이라서 끝나고 돌아오면 기진맥진이야. 지친 상태로 집단 탈출하는 거대한 무리를 뒤쫓아 걷다보면 오래된 상처들이 그 어느 때보다도 더 아파와. 나의 오이풀, 당신은 다 알지, 당신이 아니면 누가 조금이라도 날 불쌍히 여겨줄까? 오 나의 어린 아가씨, 이제 당신 곁으로 가고 싶어! 당신은 날 알아보고, 당신 어깨에 지고 있던 물항아리를 내려 나의 갈증을 풀어주겠지. 콘수엘로, 난 당신이 너무 목말라.

여기선 오아시스 같은 식사시간마저 없어. 각자 식기를 들고 커다란 미군 수프 통 앞을 줄 서서 지나가지. 미군 취사병이 그 커다란 냄비에 국자를 담그고, 우리에게 고기와 잼과 야채를 나눠줘. 전부 한 번에 먹는 거야. 식탁에 제대로 앉는 휴식도, 같이 나누는 잡담도, 포도주와 빵과 커피의 의식도 없이, 그냥 아무데나 양반다리를 하고 앉아서 마치 풀을 뜯는 짐승들처럼 먹어. 난 흰개미떼 중 한 마리고 곤충떼 중 한 마리야. 들을 얘기도 할 얘기도 없어. 난 당신 안에 있는 나의 나라가 그리워서 병이 났어.

사흘 전에는 죽을 뻔했어. 비행하다가 아주 드문 일을 겪었거든. 비행 경험이 많지만, 한 번도 닥친 적 없는 일이었어(어떤 일인지 더 말해줄 수는 없어). 그대로 비행기가 곤두박질치면 내 무덤이 될 땅을 바라보았지. 막상 두렵지도 고통스럽지도 않았어. 그냥 이렇게 생각했어. '내가 약속한 곳에 제일 먼저 가는구나. 얌전히 가서, 영원 속에서, 영원히 당신을 기다려야겠다.'

콘수엘로, 난 더는 의심도 걱정도 없어. 마치 십만 년을 산 듯한 기분이야. 내겐 평화가 필요해. 당신이 필요해. 나와 함께 백발이 될 콘수엘로, 세월이 눈처럼 내려앉아 우리 위에 쌓이길. 우리 머리카락이 같이 하얗게 세어가길. 그거 알아? 당신은 나에게 함께 잠드는 법을 가르쳐주었어. 이젠 늙는 법도 가르쳐줘야 해. 함께 늙는 것도 아주 멋진 일일 거야.

콘수엘로 콘수엘로, 난 나지막하게 외쳐. 위로받고 싶어. 조언을 듣고 싶어. 당신이 내 손을 잡아주면 좋겠어. 콘수엘로, 당신 앞에서 난 더없이 불행한 어린아이야.

앙투안

편지를 알제로 보내줘. 내 주소가 워낙 자주 바뀌니까 그게 더 빠를 것 같아!

조르주 펠리시에 박사 댁

당페르로슈로 거리 17번지

알제, 북아프리카

100

콘수엘로가 앙투안에게*

워싱턴, 1943년 6월

내 마법의 꽃게,

천분의 일의 확률을 걸고 내 편지를 보내볼게. 한 시간 뒤에 난 뉴욕으로 출발하고, 이 편지를 퐁퐁**에게 보내주기로 했어. 그가 다시 친구에게 전해주면, 그 사람이 아마도 부쳐줄 수 있을 거라고 하고! 당신에게 편지를 쓸 때마다 이번만은 전해질 수 있으리라 믿어. 당신이 (늘 그렇듯이) 듣지 않아도, 난 당신과 계속 얘기해. 오! 참으로 예민한 부인이시로군요! 그대, 난 당신이라는 모래 속을 작은 개울처럼 흘러서 당신이 몸을 적시게 해주고 싶어. 나에게 중요한 건 오직 당신뿐이야. 난 온전한, 자신만만한, 꽃피어난 당신을 알고 싶어. 그거 알아, 파푸? 루쇼(앙드레)가 이렇게 말했어. "농담 아니고, 정말로 그가 쓰고 있는 『카이드Caïd』***는 지금껏 내가 읽은 그 어떤 글보다 아름다워. 진정 내일을 위한 양식이 될 거야!" 그러면서 친구들 모두에게 당신 얘기를 했어. 나에겐 이렇게 말했고. "그는 돌아올 거야, 당신에게 돌아온다고. 다른 콘수엘로를 어디서 그렇게 빨리 키우겠어? 이미 잘라내서 심고, 고생도 시켰는데. 이제 수확을 해야지."

- 　편지지 상단에 "더 메이플라워. 워싱턴 DC"라고 찍혀 있다.
- *　「편지 98」 참고.
- ***　이미 몇 년 전부터 앙투안이 친구들에게 읽어주던 『성채』의 첫 제목.

워싱턴은 끔찍이도 더워. 여름에 해수욕하러 갈 수 있을지 모르겠어. 아마도 비크먼광장 2번지 내 욕조 안에 들어가 있겠지. 안니발*을 데리고 살던 집**을 나올 땐 너무 슬펐어. 거기다 비까지 내렸고, 택시를 타야 했지! 루주몽과 페긴 구겐하임(막스 에른스트의 의붓딸)***이 배웅해줬어. 처음엔 나바로호텔****로 갔는데, 아무리 센트럴파크 사우스에 있다고 해도 비크먼광장의 집에 비하면 방 두 개짜리 아파트형 호텔은 감옥이나 다름없었어. 당신은 비크먼광장의 집을 별로 좋아하지 않았지. 그전에 머물던 노스포트하고 비교하면.***** 어쨌든 난 병아리처럼 돌아다니면서 찾고 또 찾아서 드디어 강가의 아파트 하나를 구했어. 방 하나는 당신 방으로 만들어서 당신 옷과 구두를 넣어둘게. 가구가 딸린 아파트는 아니지만 그래도 십구층이라서 아주 환해. 그리고 부엌이 거실보다 커. 지금 나의 유일한 슬픔은 이 집에서 처음 하는 음식을 당신을 위해 만들 수 없다는 거야. 베르테스 씨****** 집에 가서 오리고기 잘 굽는 법을 배웠거든. 참, 여름에 나도 노스포트에 같이 가게 해달라고도 했어. 아마 그럴 수 있을 것 같고, 비용도 많이 들지는 않을 거야. 멕시코에도

- "뉴욕에서 어느 날 저녁 토니오가 길쭉한 검은 상자 하나를 옆구리에 끼고 쭈뼛쭈뼛 들어왔다. 그러더니 상자에서 몸을 발발 떠는 아주 어린 강아지를 꺼냈다. 복서종이었고, 토니오는 '안니발'이라는 이름을 붙여주었다. 나는 해변에 데려가 목줄을 매고 걷는 법을 가르쳤다."(드니 드 루주몽, 『한 시대의 일기』, 웨스트포트, 1942년 8월 15일)
- ** 비크먼광장 35번지.
- *** 콘수엘로가 여기서 말하는 이는 갤러리를 운영하고 예술가들을 후원하던 페기 구겐하임(1898~1979)의 딸 페긴 구겐하임(1925~1967)이다. 페긴 구겐하임은 생텍쥐페리 부부가 살던 비크먼광장 35번지에 살았다. 프랑스, 영국, 스위스에서 몇 년 동안 머물면서 초현실주의 예술가들의 친구이자 후원자 역할을 했던 페기 구겐하임은 1941년 7월 연인인 막스 에른스트와 함께 미국으로 돌아가, 1942년 뉴욕에서 결혼식을 올렸다. 페긴은 페기 구겐하임이 작가 로랑스 바유와의 첫 결혼에서 낳은 딸로, 스위스에서 태어났다. 페긴은 1946년 화가 장 엘리옹과 결혼한다. 막스 에른스트와 페기 구겐하임은 1943년부터 별거를 시작해 1946년에 이혼한다.
- **** 센트럴파크 사우스 112번지에 있던 호텔.
- ***** 부부는 1942년 가을에 노스포트의 베빈 하우스를 떠나 맨해튼으로 돌아갔다.
- ****** 화가, 삽화가, 조각가인 마르셀 베르테스(1885~1961). 양차 대전 사이에 미국 패션계와 교류하기 시작했고, 이후 미국으로 망명했다.

갈 계획인데(8월 한 달 동안), 서류(미합중국 입국허가서)가 완전히 준비되지 않으면 절대 안 떠날 거야. 그리고 참, 〔드모네가〕 요즘 몹시 슬퍼해. 의사 선생이 다른 아름다운 아가씨들과 돌아다니느라 정신이 없거든! 혹시 당신이 오면 언제든 들어갈 수 있게 비크먼광장 2번지 열쇠 하나 남겨둘게. 멕시코에서 내가 머물 곳의 주소는 '엘 콘술라도 델 살바도르'야. 혹시라도 기적이 일어나서 당신이 날 부른다면, 기차도 타고 비행기도 타고 날아갈게. 하지만 나의 병아리, 당신은 입대해서 모래땅으로 갔지. 무언가 해야만 했다는 거, 적극적인 몸짓이 필요했다는 거 나도 알아! 당신이 떠난 뒤에 난 며칠 동안 열이 나고 헛소리까지 했어. 우리가 이별을 앞둔 그 시간에 낯선 사람들이 잔뜩 와 있어서 무척 힘들기도 했고! 만일 내가 멋진 전사가 되어 멀리 떠나야 하는 순간인데, 당신이 내 친구들이 가득 모인 자리에서 나에게 작별인사를 해야 했다면 어땠을 것 같아? 이제 와서 이 얘기를 하는 건, 마지막 순간의 슬픔을 용서하기 위해서야. 지금은 나도 상태가 훨씬 좋아졌어.

햇빛이 도움이 되고, 당신 편지도 도움이 돼. 나의 훌륭한 남편, 광활한 하늘에 당신을 보살피는 기적의 별 하나가 있다는 걸 잊지 마! 그 별은 바로 내 마음이야! 당신에게 너무도 할말이 많은데, 이제 곧 여섯시네. 기차가 떠나고, 이 편지는 풍통에게 갈 거야. 우리들 가운데 정말로 이 편지를 전해줄 사람이 있다면 말이야.

그대, 글을 써. 글을 쓰기가 어려우면 스케치라도 하고 그림도 그려. 아주 긴 편지를 써서 당신 친구들 편에 보내줘.

당신이 보내준 첫 편지, 정말 고마워. 나는 그 편지를 거의 꼭꼭 씹어 삼켰고, 그 편지와 함께 춤도 춰. 뿌듯하고 부자가 된 기분이야. 내 머리가 하늘에 닿을 만큼 굽이 높은 구두를 신기라도 한 듯 도도해져. 당신에게 키스를 보내며, 다시 한번 고마워.

당신의

콘수엘로

101

콘수엘로가 앙투안에게[*]

워싱턴, 1943년 6월

알려줄 게 있어서 짧은 편지를 써. 사람들이 『어린 왕자』를 많이, 아주 많이 좋아해.
브렌타노스에선 아직 출간 전이고, 『콜리어스』는 나왔어. 친구들과 독자들이 입을 모아
말하는데, 아주 큰 감동을 받았대.^{**}

당신의 대작 소설은 어떻게 됐어?

시작할 거지?

나의 토니오, 글을 조금 써봐, 나의 파푸, 도움이 될 거야. 사막의 자갈들 색이 조금은 덜
칙칙해질 거야.

할 수 있지?

내가 병사가 되어 당신 막사에 같이 머물면서 당신을 위해 음식을 만들어주면 어떨까? 날
받아주기만 한다면 갈 거야. 그런데 그대, 북아프리카 사람들 틈에 날 혼자 버려두면 안 돼!
난 깊은 실망은 감내할 수 있지만, 소소한 실망들이 쌓이면 정말 죽을 것 같아.

이제 기차를 타야 해. 워싱턴에선 꼬박 하루를 머물렀어. 친구를 천 명은 다시 만난
기분이야. 이제 노스포트^{***}로 돌아가지만, 매주 비크먼광장 2번지에 우편물을 가지러

- 편지지 상단에 "더 메이플라워. 워싱턴 DC"라고 찍혀 있다.
- 「편지 97」 참고.
- 콘수엘로가 1943년 7월에 머물렀던 롱아일랜드의 베빈 하우스를 말한다.

269

갈 거야. 그러니까 계속 그곳으로 편지를 보내도 돼. 무엇보다 간에 무리가 가지 않도록 조심하고, 머리와 다리도 조심해. 문제가 안 생기게 해야지. 너무 세게 긁지 말고. 장미수로 잘 관리해. 당신이 돌아오면 내가 우리 강아지 안니발과 함께 당신 온몸에 키스를 해줄게. 나의 그대, 당신이 이 편지를 받지 못할까봐 너무 걱정돼.

당신의 어린 콘수엘로

Cable Mayflower   Telephone District 3000

The Mayflower
CONNECTICUT AVE. AND DE SALES ST.
Washington, D.C.

une petite lettre pour te dire
q' on aime beaucoup, beaucoup
Le Petit Prince : Que Brentano
n'a pas encore paru, mais
il me disse cette semaine.
Collins oui — Tous les avis
et le public très touché.
Et ton grand Roman, ?
Va tu le commencer ?

Mon Tonio si tu écris un
peu mon Papou cela t'aidera
et les cailloux deviendront

"사람들이 『어린 왕자』를 많이, 아주 많이 좋아해."

102

콘수엘로가 앙투안에게

1943년 6월

〔편지의 일부로, 쪽수 번호 5가 적혀 있다〕

당신의 첫 편지, 당신이 『어린 왕자』를 나에게 헌정하지 않은 것을 얼마나 후회하는지
모른다고 너무도 다정하게 말해준 그 편지가 고독에 잠겨 있는 나에게 큰 위로를 주었어.
내가 당신의 빛줄기 속에서 보호받을 수 있게 하려는 말이잖아. 난 그 말이 진심이라고 믿고,
감격해서 막 눈물이 나. 당신 마음에서 쫓겨났을까봐 얼마나 두려웠는데……
이 편지는 아마 항공우편으로 갈 거야. 그대, 당신을 내 품에 힘껏 안아줄게. 이제 더는
절대로 날 버려두지 마. 당신과 함께 달려나가지 못해서 너무 괴로워. 난 오로지 당신만을
이해하고, 오로지 당신만을 사랑해.

콘수엘로

103

콘수엘로가 앙투안에게

1943년 6월

토니오,

당신 편지 두 통을 받았어. 난 당신에게 천 통을 썼는데……

이젠 보낼 엄두가 안 나. 당신은 내 편지를 못 받는 거야?

내 사랑, 당신 어디 있어?

내 마음속에, 그래, 영원히……

당신의 아내

콘수엘로

콘수엘로가 앙투안에게

1943년 6월

파푸,

이 편지가 당신한테 가닿진 않겠지만, 그래도 보낼 거야. 이 편지는 내 온 힘을 다해, 내 온 마음을 담아 내지르는 외침 같은 거니까. 내 말을 꼭 들어줘야 해. 지난번에 보내준 편지 두 통 정말 고마워!

내가 잘못 읽었을까봐 너무 두려워! 나의 그대, 하지만 설령 내가 잘못 읽었더라도 상관없어. 당신이 나한테 말했잖아. 앞으로는 절대 날 떠나지 않을 거고, 우리는 농장을 하나 갖게 될 거고, 당신은 책을 쓸 거라고! 나의 토니오, 내 말 듣고 있어? 내 사랑, 살아 있어줘서 고마워. 전능하신 하느님께 감사를!

방금 당신에게 편지 열장을 썼어. 그런데 당신이 받아보질 못하니까, 어디로 보내야 할지 모르겠어. 어쩌지? 이 편지는 오랑으로 부칠래. 이번엔 우체국에 문제가 없기를. 아마도 이번 편지는 당신에게 갈 거야. 우선 내가 편지를 끝맺을 수 있다면, 당신에게 할말을 다 할 수만 있다면 말이야.

영원히 이어질 일인데
내 삶은 너무 보잘것없고
너무 짧아 ─

더는 시간을

허비하지 않을래

아름다운 것, 좋은 것을 당신한테 줄게.

다시는 당신을 아프게 하지 않을게, 사랑하는 그대.

* 그대, "내가 잘못 읽었을까봐"라고 한 내 말은 '만일 내가 아니라면?'이라는 뜻이야.

정말이지 내 꿈이 나를 어루만져주는 것 같아. 온전히 이전의 나로 돌아간 기분이 들어.

하느님이 나에게 주시려고 하는 그 모든 것에 감사해. 우선 당신의 건강, 그리고 당신의

목숨. 내 것보다 먼저야.

당신의 아내

콘수엘로

105

콘수엘로가 앙투안에게

뉴욕, 1943년 6월

소중한 토니오,

어떻게 해야 내 편지들을 모두 당신에게 전할 수 있을지 모르겠어! 당신이 좀 조언을 해줘.
지금은 매번 편지를 뉴욕 중앙 우체국으로 보내고 있는데, 당신이 제대로 받아보는 건지
도무지 알 길이 없어. 하지만 그대(투명 깃털을 가진 병아리), 알아줘. 내가 늘 당신과 긴 사랑의
대화를 하고 있다는 걸!
오늘은 루쇼의 친구[상노랭]와 점심을 먹었어. 그 사람은 새로 출간된 당신의 짧은 책*이 참
좋대. 당신도 책 받았어? 당신 소식을 좀 들려줘. 난 정말 당신 소식을 하나도 몰라. 이렇게
오래 기다리다니! 당신이 없으니 난 길을 잃은 느낌이야. 돌아와, 나의 남편, 당신에게
편안한 깃털 침대와 깃털 달린 아내를 줄게.
당신의

콘수엘로

• 『어느 인질에게 보내는 편지』를 말한다.

106

콘수엘로가 앙투안에게

뉴욕, 1943년 6월

나의 아이, 나의 사랑,

뉴욕은 이미 더운 여름이고, 이런 더위는 내 몸에 안 좋아. 천식이 재발해서, 저녁마다

기침을 가라앉히려고 내 마법의 가루에 불을 붙여. 당신이 내 편지를 받아보는지, 내 소식이

당신에게 가닿는지는 알 길이 없고. 지금까지 당신 편지를 단 한 통밖에 못 받았는데, 그 한

통의 편지만으로도 난 전쟁 내내 살아갈 거야. 세상에, 심지어 베케르나 엘레니[원문 오류]*

같은 이들에게도 색채와 선의와 품격을 주는 당신, 당신 없이 살아가는 게 얼마나 힘든지!

당신은 나에게 가장 중요한 음자리표고, 다들 당신을 따르지. 당신이 만일 삐뚜로 걸어가면

모두 당신을 따라 잘못 걷게 될 거야.

편지를 막 쓰기 시작했을 때 전화가 왔어. 당신에게 편지를 전해줄 청년을 찾았다고. 그래서

난 이 바보 같은 편지를 전해주러 르루아**와 함께 달려갈 거야. 내가 당신 곁에 있고 내

희망이 당신 안에 있다는 걸 당신에게 말해주려고.

내일도 계속 당신에게 편지를 쓸 거야.

당신의 콘수엘로, 참 다정하고 부드러운, 참 분별없는 아내 콘수엘로. 난 루쇼를 보러 병원에

• 　앙투안의 미국인 대리인이던 맥시밀리언 베커와 넬리 (엘렌) 드 보귀에를 가리키는 것 같다.

•• 　르네 르루아. 「편지 91」 참고.

왔어(⋯). 하르트만 박사가 담당 의사야. 루쇼가 어쩌나 사랑과 존경을 가득 담아 당신에 대해 얘기하는지, 그에게 키스를 퍼붓고 감사의 말을 쏟아낼 뻔했다니까. 루쇼의 아들이 지로 장군과 함께 떠난대. 손녀 셋을 데리고 노스포트로 날 보러 올 거라고도 했고. 7월 한 달 동안 그곳 집을 쓸 수 있어. 그나마 내가 당신의 흔적을 되찾을 수 있는 유일한 곳이지. 날 잊지 마. 비크먼광장 2번지에 작은 아파트를 구했어. 늘 사라져버리는 나의 꽃게, 내일의 빛깔, 그대에게 키스를 보낼게.

콘수엘로

107

콘수엘로가 앙투안에게*

위싱턴, 1943년 7월

토니오,

안경이 없어서 편지 쓰기가 힘들어. 그래도 고맙게도 페나르 부인**이 지로 장군***의
부관에게 이 편지를 전해주겠다고 했으니까, 아마도 당신이 받아볼 수 있을 것 같아.
나의 보물, 황금빛 계절 가을의 아름다운 깃털. 나로부터 가장 먼 곳에서, 해변을 어루만지며
물러갔다가 그 자리로 되돌아오는 바다처럼 살랑이는 아름다운 깃털. 나의 토니오, 나에게
돌아와. 내 마음속 어린 공주가 당신을 기다리고 있어. 오직 당신만이 그 공주에게 성대한
만찬을 열어주고, 절대 내려올 일 없는 왕좌에 앉혀줄 수 있어. 그동안 공주는 너무 많은 협박을
받았거든…… 계속 밀려나서…… 별들에게로 쫓겨났어, 오로지 망각만이 달래주는 곳으로.
지금껏 내가 받은 당신 편지는 다 해서 두 통뿐이야. 하지만 그 두 통이 너무 다정하고, 그
안엔 씨앗이 한가득이라 나는 머지않아 인적이 닿지 않는 원시림이 될 거야.

- 　편지지 상단에 "더 메이플라워. 위싱턴 DC"라고 찍혀 있다.
- •　알제리의 프랑스 해군 사령관이자 알제의 다를랑 제독의 오른팔이던 해군 중장 레몽 페나르(1887~1957)의 아
  내. 페나르는 다를랑 제독이 미국의 참전을 준비하는 일로 당시 알제에 있던 미국 외교관 로버트 머피와 연락중
  이라는 사실을 알고 있었다. 다를랑 제독이 암살된 뒤. 지로 장군은 페나르를 위싱턴의 프랑스 해군 대표부 대장
  으로 임명했다. 그곳에서 미 해군과 루스벨트 대통령의 도움으로 삼백여 척의 선박을 무장하고 개조했다.
- •••　당시 지로 장군은 드골 장군과 함께 알제에서 '조국 해방을 위한 프랑스 위원회'를 이끌고 있었다. 그는
  1943년 7월 7일부터 미국을 공식 방문해서 루스벨트 대통령을 비롯한 미군의 주요 책임자들을 만났다.

그대, 사라진 종들을 되찾게 해주는 위대한 마법사, 나에게 말해줘. 당신이 돌아오면 우리집의 종들을 울려서 집안에 음악이 울려퍼지게 해줄 거지?

당신은 내가 마련해줬으면 하는 거 없어? 짧은 바지들, 그러니까 반바지는 더 필요 없어? 당신 레인코트는? 내가 모로코에 가 있으면 어떨 것 같아? 사실 날씨가 겁나긴 해. 난 천식도 있으니까, 아주 많이 겁이 나. 하지만 당신을 볼 수 있다면 그 어떤 것도 두렵지 않아. 당신이 더 멀리 떠날까봐 무서워. 자리가 정해지면, 알제에 배치받게 되면, 전화해줄 수 있지? 조금 전 내가 한 말은 꿈같다는 거 알아. 바보 같은 소리지. 하지만 난 전쟁에 대해서 아무것도 몰라. 이것저것 얘기를 들어도 잘 모르겠어.

내일은 칵테일파티에 초대받았어. 그곳에서 지로 장군과 이야기할 수 있을지도 몰라. 그런데 용기가 안 나. 정말 난 쓸모없는 인간인가봐. 내 입으로 할 수 있는 건 그저 떠드는 것뿐이잖아. 만찬에 갈 때면 난 늘 두려워. 당신이 있을 땐 만찬에 가는 것도 좋은데. 그런 곳에 가면 생각할 것도 말할 것도 많으니까. 얻는 것도 많고.

만일 내가 낮이나 밤이나 쓸모 있는 존재가 될 수 있다면, 난 열매가 되고, 나무가 되고, 아름다운 여인이 되고 싶어. 지로 장군한테 물어보고 싶어 죽겠어. "나의 토니오를 보셨나요?" 토니오에게 저를 만났다고 전해주세요. 감사합니다. 신의 가호가 있기를."

지금은 새로 트리오를 결성한 포스터, 르루아, 슐츠**가 머리디언 파크에서 연주회를 열어서 워싱턴에 와 있어. 너무 좋았어. 쇼팽의 피아노 소나타 B단조의 선율이 흐르는 동안 내 곁에 없는 당신을 생각하며 울었지. 너무도 슬퍼하던, 너무도 깊이 생각에 잠겨 있던 당신 모습이 떠올랐어! 그대, 이 순간은 곧 지나갈 거고, 당신은 당신의 집으로, 내 집으로, 우리집으로 돌아올 거야. 그때는 내가 당신을 위해 차와 밥을 준비하고, 겨울이면 장작불을 피워줄게.

- 알제에 도착한 앙투안은 며칠 뒤 지로 장군을 찾아갔다.
- •• 미국의 피아니스트 시드니 포스터(1917~1977), 프랑스의 플루트 연주자 르네 르루아, 헝가리의 바이올리니스트 야노스 슐츠(1903~1993).

세상에, 눈이 두 개 더 있어서 갈아끼울 수 있으면 좋겠어. 그러면 당신에게 편지를 더 잘

쓸 수 있을 텐데! 눈이 잘 안 보여. 이 편지를 빨리 끝내야 하는데. 르네 르루아는 친절과

선함의 제왕 같아! 그는 롤리호텔*에 묵으면서, 나에게 사탕과 리본이 담긴 작은 꾸러미들을

보내주곤 해. 당신이 어느 오래된 잡지에 실으려고 찍은 사진을 안고 있는 인형도 있었어!

그대, 몇 마디만 더 쓸게(그동안 쓴 편지들은 당신한테 가지 못한 것 같으니까……). 너무 속상해.

펠리시에 박사 댁으로 전보도 보냈는데. 알고 있어?

난 노스포트로 돌아왔어. 온갖 어려움이 많았는데 우리 넷이서 같이 어린 왕자의 집**을 세로

얻었어. 루쇼(앙드레), 루주몽, 릴리언 오를로프,*** 레이디 피츠 허버트와 나 말이야. 그리고

당신이 떠나던 날 비크먼광장 35번지 집에서 당신을 위해 기도해주고 축복해준 내 스페인인

간호사 안토니에타도 있어. 좀 정신 나간 것 같긴 한데, 나한텐 아주 잘해줘(그때 다친 내

머리에 아직 후유증이 있거든!****). 언제까지나 날 돌봐줄 거야.

우린 노스포트의 집에서 아주 행복하게 지내. 어린 왕자, 당신의 분위기 때문이지. 요즘

도시에서는 여자들 빼고는 모두가 일을 해. 우린 주중에는 집에서 청소하고 요리를 해.

베르테스*****도 우리집 맞은편으로 왔어. 나의 그대, 그대, 그대. 매 순간 내 마음과 내 삶을

다시 당신에게 줄게.

콘수엘로

* 워싱턴의 NW 거리 12번지와 펜실베이니아대로가 만나는 곳에 있다.

** 베빈 하우스를 말한다.

*** 릴리언 오를로프(1898~1957). 1932년부터 1944년까지 뉴욕의 '아트 스튜던츠 리그'를 다녔고, 모리스 캔터
의 수업을 들었다. 원시 인디언 미술과 콜럼버스의 발견 이전의 예술에서 영감을 얻어 활동하는 '인디언 스페
이스 페인터스'의 일원이었다.

**** 「편지 93」참고.

***** 「편지 100」참고.

"1943년 6월, 베빈 하우스에서 다리에 햇빛 쬐기.
나 참 예쁘지 않아? 정원에서 자라던 밀 기억나? 커다란 나무도?"
(사진 뒷면에 쓰여 있는 콘수엘로의 메모)
콘수엘로 드 생텍쥐페리, 1943년 여름, 노스포트

108

콘수엘로가 앙투안에게

노스포트, 롱아일랜드, 1943년 7월 25일

나의 깃털 달린 게,

별일 없이 여름을 보내고 있고, 어느새 7월 말이야. 여자들은 더위로 고생하고 있고.

안니발은 바닷물에서 바보같이 헤엄을 치면서 엄청 우스꽝스럽게 놀아. 우리는 향유고래, 4 내지 8미터 길이의 커다란 물고기가 가까이 와서 무서워 죽겠는데 말이야. 노스포트의 해변에는 사람이 거의 없잖아. 나의 그대, 당신이 헤엄치는 모습이 너무 보고 싶어, 내가 쫓아갈 순 없더라도!

난 당신 꿈을 꿔. 오늘은 일요일이고, 점심때 아주 맛있는 생선을 먹었어. 마치 내가 수정으로 만든 옷장 안에 갇혀 있고, 삶은, 그래, 삶 전체가 나의 바깥에 있는 것 같아. 언제나 운명이 선택한 곳, 당신이 있는 그곳에 말이야.

빵과 우유가 필요해서 사러 왔어. 방셀리위스°도 조만간 떠날 것 같아. 지금 난 당신에게 편지를 쓰느라 노스포트의 약국에서 뭉개는 중이야.

머릿속이 텅 빈 것 같아. 나에겐 깃털이 없어서, 걸어갈 때도, 헤엄칠 때도, 그림을 그릴 때도, 글을 읽을 때도 많이 노력해야 해. 당신에게 줄 날을 기다리며 힘을 모으는 중이야. 오로지 그러느라 살고 있어. 다른 건 아무것도 없어.

• 「편지 112」 참고.

당신의 새는 당신이 멀리 있을 땐 날지 못해서 걸어다녀.

토니오, 난 당신을 굳게 믿어. 그대 내 사랑, 난 당신을, 내가 사랑하고 또 나를 사랑해주는 내 남편을 믿는다고 말해주고 싶어. 생명을 앗아갈 수 있는 것이라면 그 어떤 사소한 것도 그냥 지나치지 마.

당신의 아내

콘수엘로

오늘 아침, 어느 집 앞에 한동안 서 있었어. 그 집 현관이 너무 마음에 들었거든. 이렇게 생각했어. 토니오의 작업실을 저렇게 만들어줘야지. 깨끗한 흰색 목재를 써서, 하늘과 새들과 당신이 모두 있는 곳으로 만들 거야.

109

콘수엘로가 앙투안에게

뉴욕, 1943년 7월 28일[*]

〔전보〕

120 NEW YORK 153/30 70 28 SH VEAST

사랑하는 그대 당신 편지들을 '피프스 애비뉴 뱅크 44번가'로 보내줘

천식 치료차 여름 동안 애리조나에 가 있을 거거든. 은행에서 편지를 받아서 나에게 전해줄

거야

당신 편지는 나에게 가장 소중한 보물이야 이미 받은 편지들은 나에게 살아갈 용기를 줘

내 사랑을 다해 당신을 꼭 안아줄게 편지 보내줘서 한없이 고마워

콘수엘로 생텍쥐페리 생텍쥐페리 백작 부인.

---

[*]　알제 전신국 수령 소인 날짜는 1943년 7월 30일이다.

110
콘수엘로가 앙투안에게

노스포트, 롱아일랜드, 1943년 7월 31일

내 사랑,

7월 말 토요일이고, 난 베빈 하우스에 있어. 이곳은 참 아름다워, 당신이 없는데도 너무

아름다워. 내 모든 순간과 내 모든 희망과 내 모든 욕망과 내 모든 불안인 남편, 영원히 날

따라올, 내 모든 것인 남편.

그대, 당신 편지가 오지 않아서 난 많이 괴로워. 내가 다시 받았던 편지도 주소가 비크먼광장

35번지로 되어 있네. 그동안 내가 보낸 편지를 전혀 받지 못했단 뜻이잖아. 오 주님, 그분이

당신 꿈속에서 내 편지를 읽어주시면 얼마나 좋을까.

그런데 세번째로 받은 당신 편지*가 내 마음 아주 가까이에서 속삭여주는 듯해서, 꿈인지

생시인지 알 수 없을 정도야. 당신은 내가 사랑하는 남자고, 내가 애타게 기다리고,

기도하고, 사모한 남자야. 내가 당신을 너무도 사랑하느라, 여전히 사랑하느라 얼마나

고통스러운지 알게 되면 아마 당신은 좀 슬퍼질걸? 하지만 이제 난 알아. 내일 우리는

한몸이 되고, 단 하나의 수평선이 되고, 단 하나의 행성이 될 거야. 당신이 그렇게 말했잖아.

이제 더는 그 누구도 우리의 씨앗을 와서 갈라놓지 못하리라는 것을 알아. 아! 나도 병사가

되어 당신이 처한 위험을 함께하고, 당신에게 따뜻한 우유를 챙겨주고, 커다란 유리컵에

* 「편지 99」를 말한다.

차를 담아 가져다주고 싶어. (난 아침마다 큰 유리컵에 커피를 마셔.)

그대, 난 작은 개미가 되어 당신 손바닥 안에 머물고 싶어. 이제 당신과 헤어질 일은 절대 없을 거라고 느끼고 싶어. 그동안 포에서, 마르세유에서, 그리고 오페드에서 내가 당신 없이 얼마나 방황했는지 알지? 하지만 다 지난 일이야. 앞으로 당신은 나에게 성실하고 착한 사람일 테니까! 그동안 당신으로 인해 수없이 많은 아픔을 겪었지만, 그래도 나를 향한 당신의 선한 마음 덕에 살 수 있었고, 맑은 하늘이 펼쳐진 새벽에 다시 태어날 수 있었어. 자주 당혹감과 슬픔에 몸을 떨곤 했지만, 늘 당신을, 내 마음과 의식의 유일한 척도인 당신을 생각했어. 심지어 우리가 이혼했을 때*까지도. 덕분에 혼자 사는 여자가 겪어야 하는 어두운 밤을 통과하면서도 난 길을 찾아낼 수 있었는걸! 그 시기에 나에게 우정을 베풀어줘서 고마워. 난 당신 덕분에 자라난 한 그루 나무였어. 남자라는 땅에서 커간 거야. 당신은 내 남편이고, 진정한 남자야. 조금은 제정신이 아니고, 아니 완전히 미쳤지만, 당신은 도시의 옷을 벗으면 언제나 다른 존재가 돼. 그렇게 하늘까지 올라가지. 다른 사람이 아니라 내가 하는 말이야. 그래, 당신의 아내 말이야. 너도나도 날 부서트려서 다시 만들고 싶어했고, 더 잘 사는 법을 가르쳐주겠다며 아주 사소한 결점이라도 없는지 살피곤 했잖아. 다들 그렇게 박제로 만들고 싶어한 여자, 비현실적이고 마법 같은, 요정이지만 그저 여자일 뿐인 여자. 바로 당신의 아내 말이야.

아, 단어들, 억양들, 형태들을 찾아내야 해. 우리가 다시 같이 말하게 되면, 똑같은 언어가, 우리 음악과 우리 삶과 우리 사랑과 똑같은 음률이 필요해.

나의 남편, 나의 위대한 토니오, 현명하고 정직해야 해. 한 번만 그래봐. 당신은 날 영원히 사랑하고, 난 늘 그랬듯이 당신을 사랑하는 거야! 내 고독을, 뉴욕에서, 뉴욕이라는 게

---

* '헤어져 지낼 때'라는 뜻으로 쓴 듯하다. 앙투안과 콘수엘로는 서로 이혼하기로 합의한 적도 있지만, 실제로 감행하지는 않았다.

통발 속에서 매일매일 겪은 어려움을 당신은 알지 못해. 뉴욕에 있는 당신 친구들은 나한테 이런 말만 해. "앙투안은 당신하고 사진 찍기 정말 싫어했어요!* 그냥 이혼해서 그를 좀 내버려두면 좋잖아요! 그래도 우린 계속 당신 둘과 친구로 지낼 거라고요." 그래서 난 우리가 마지막으로 찍은 사진을 볼 때마다 나 자신에게 되물어. 우리가 헤어져 있는 동안 내가 살아갈 수 있게 해주는 그 작은 추억을, 당신은 정말로 내가 조르는 바람에 어쩔 수 없이 받아들인 걸까? 이런 사소한 것들은 더이상 말하고 싶지 않아. 당신이 와서 날 품에 안고 가서, 다들 더는 떠들지 못하게 해줘. 앞으로 나타날지도 모르는 실비아**들의 침실에서 내 사랑을 놓고 비웃지 못하게 해달라고! 그래, 아! 당신도 잘 알지! 굳이 내가 말하지 않아도 될 정도로 잘 알잖아. 그래도 난 비난하지 않아. 당신은 그렇게 길 잃고 헤매는, 신이 필요한 사람들에게 희망을 주겠지! 내 사랑, 알겠지만, 그래도 난 더이상 혼자가 아닐 거야. 지난번 편지에 당신이 이렇게 말했으니까.*** 나의 아내, 당신이 날

- 앙투안이 알제로 떠나기 전 부부가 마지막으로 찍은 사진을 말한다(「편지 45」의 사진). 이날의 일화가 드니 드 루주몽의 『일기』에도 나온다. "1943년 4월 1일. 오늘 아침 콘수엘로가 전화를 해서 토니오가 점심때 올 거라고, 나도 와서 그가 떠나기 전 인사를 하라고 했다. 나는 오전에 전시정보국에 갔다가 라자레프, 보케르와 함께 비크먼 광장으로 갔다. 녹색 벨벳이 깔린 이층 서재로 들어섰을 때, 생텍쥐페리는 커다란 모자와 황금색 견장이 달린 공군 대위 조종사 제복 차림으로 이스트강 쪽으로 난 커다란 유리창 앞쪽에 앉아 『라이프』의 사진기자들을 위해 포즈를 취하고 있었다. 들어서자마자 내 입에서 이런 말이 나왔다. '굉장하군요! 벌써 사진 속 당신과 닮은 것 같아요!' 생텍 쥐페리가 나를 쳐다보는 눈이 그다지 온화하지 않았다. 옆에서 피에르 라자레프가 말했다. '이런, 토니오! 드니가 아 주 재미있는 말을 하는군!' 사실은 전혀 재미있는 말이 아니었다. 오히려 비극적인 말이었다. 나는 느낄 수 있 었다. 그는 내 말이 사실임을 알고 있었다."(『전시의 글들』, p.249. 이후에 저자가 몇 곳을 수정해 『이카르』에 다시 실었다.)
- 앙투안과 실비아 해밀턴의 관계를 암시한다. 앙투안은 1942년 뉴욕에서 번역가 루이스 갈랑티에르를 통해 실비아를 만났다. 그녀는 앙투안이 미국 생활을 시작한 첫해에 절친한 친구가 되어주었지만, 거의 매일 만나 면서도 독일어밖에 사용할 수 없었다. 헤어지는 날 아침에 앙투안은 그녀에게 사진기와 『어린 왕자』 원고를 주었고, 그 원고는 현재 맨해튼의 모건 라이브러리 앤드 뮤지엄에 소장되어 있다. 『어린 왕자 원고. 복사 및 전사』, 알방 스리지에와 델핀 라크루아 편(Gallimard, 2013).
- "물론 나의 살구, 당신은 날 너무 아프게도 했어. 너무 자주, 너무 심하게. 하지만 다 잊었어. 내가 당신을 아 프게 한 건 더는 기억도 안 나."(「편지 99」 참고.)

아프게 한 건 다 잊었어. 내가 당신을 아프게 한 건 더는 기억도 안 나!

당신은 날 새로 창조했어. 난 당신 덕분에 인간 존재 안에 신성한 것들이 있다는 문장을 사는 내내 굳게 믿을 수 있었어. 인간에겐 신성함이 있다고 말이야. 아직도 울어야 할 일이 남았다면, 난 이렇게 생각할 거야. 나는 인간 안에 있는 신성함을 끌어내고 찾아내는 법을 알지 못하는 거다. 그러니까 사람들을 미워하느라 일상의 사소한 일들로 뒤죽박죽된 혼란 속에서 길 잃고 헤매지 말고, 그 신성한 것을 찾아야 한다. 언제든 바른길로 가야 한다. 지름길로는 목적지에 이를 수 없으니까. 그리고 우리가 어디 있는지 알 수 없게 되니까. 나의 남편, 돌아와서 믿음과 사랑의 책을 써서 세상을 비추고 목마른 사람들에게 마실 물을 줘. 빛과 하늘과 사랑으로 두드려대는 당신 시의 힘 말고도, 나는 당신이 사람들에게 베풀어주는 힘을 믿어. 당신은 위로를 줘. 기다리게 하지. 당신은 인간이 인간으로 설 수 있도록 인내심을 불어넣어.

그대, 내 말이 허풍으로 들려? 당신이 꼭 알았으면 해서 그래. 당신에게는 빛이 있어. 당신은 그 빛을 어디서 얻었지? 그 빛을 어떻게 돌려줘? 자기 행성을 떠난 어린 왕자들이 노래하게 만드는, 그 왕자들을 소생시키는 달빛은 어디로 스며들지?

난 당신 곁에 있어. 당신한테 너무 가까이 있어서, 지금 이곳에 내 몸으로 있는 것도 힘들어. 먹는 것도 해수욕하는 것도 힘들고, 난 아주 멀리까지 헤엄치곤 해. 당신에게 더 가까이 가고 싶어서. 매번 도중에 놓인 바위에서 쉬었다가 육지로 되돌아와서 당신을 기다려. 내가 미친 걸까? 당신이 와서 날 낫게 해주겠지, 날 다시 살아나게 해주겠지. 아, 언젠가는 전쟁이 끝날 테고, 당신이 어찌될까 더는 두려워하지 않아도 되는 날이 오겠지. 신께서 당신을 도와주시길, 조금은 날 위해 당신을 지켜주시길.

당신의 아내,

콘수엘로

289

당신 편지를 우리 은행으로 부쳐줘. 은행에서 나한테 전달해줄 거야.

피프스 애비뉴 뱅크. 5번가. 44번로. NYC.

*

그대, 당신에게 편지 한 장 더 쓸래.

시간이 흐르는 게, 날이 가는 게, 밤이 오는 게 두려워. 당신에게, 그리고 당신 없는 나에게 다가올 시간이 두려워. 오! 나의 위대한 토니오, 지금쯤 그는 누구에게 자기 음악과 지식을 노래하고 있을까? 내 귀엔 안 들려, 잘 안 들려. 어쩌면 나에게 말하고 있을지도 모르는데! 예전에 난 이런 믿음을 가진 적이 있었고, 이제 곧 신이 나에게 다시 믿음을 주실 거야. 난 그럴 자격이 있는 사람이 되고 싶어.

당신에게 쓸 예쁜 편지지를 사러 노스포트에 갔었어. 사랑하는 사람들의 편지를 쓰는 종이는 아마도 핑크색일 거야. 사랑에 빠진 사람들이 같이 누리는 색이니까. 마술을 쓸 때도 사랑에 빠진 사람들은 부드러운 핑크색 물건들을 사용하잖아. 당신에게 가려면 나도 규범을 따르고 사랑의 법칙들을 아주 사소한 것까지 지켜야 해. 그래야 당신이 나의 애정과 나의 헌신을 읽을 수 있지. 당신이 이 핑크색 줄을 보면서 한순간이나마 기쁨을 맛볼 수 있게 해주려는 내 마음도 읽을 수 있고. 내가 만일 꿀벌이었다면, 나는 편지를 그 작은 (…)

아! 방셀리위스가 이 편지를 어서 당신에게 전해주었으면! 나의 소중한 사랑, 오늘은 이만 밤 인사를 해야겠네. 부엌에 가서 저녁 준비를 해야 하거든. 릴리언 오를로프°, 폴린 톰킨스, 조르조 데 산틸라나°°가 올 거야. 소냐의 어머니도 오실지 모르고.°°° 쌀하고 마늘을 곁들인 양 넓적다리 구이를 만들려고 해. 나의 하나뿐인 아이를 쓰다듬는 기분으로 당신을 애무해줄게.

° 「편지 107」 참고.

°° 이탈리아의 과학사가이자 철학자인 조르조 디아즈 데 산틸라나(1902~1974)는 1936년 미국에 정착한 뒤 1941년 MIT의 교수가 되었다. 1943년부터 1945년까지는 미군 종군기자로 일했다.

°°° 소냐 세쿨라(「편지 91」 참고). 그녀의 어머니 베르타 위그냉(1896~1980)은 헝가리인 우표 수집가 벨라 세쿨라와 결혼했다. 1936년 9월 가족이 모두 미국으로 이주해 파크 애비뉴 399번지에 정착했다.

111

콘수엘로가 앙투안에게*

노스포트, 롱아일랜드, 1943년 8월

비크먼광장 2번지, 뉴욕시티

그대, 내 주소 바뀐 거 확인해줘.

나의 토니오, 나의 그대,

난 지금 베빈 하우스에서 당신이 쓰던 작은 거실에 있어. 『어린 왕자』는 자기가 태어난 테이블에 그대로 있어. 난 안니발, 그리고 나의 늙은 간호사 안토니에타하고만 있어. 당신이 떠나던 날 나와 함께 울어준 안토니에타를 내보내지 못했어. 매달 돈을 아끼려면 내보내야겠다고 생각하지만, 여전히 함께 있어. 아무래도 은행에 돈이 남아 있는 날은 결코 오지 않을 것 같아. 당신에게 이런 말 하기 떳떳하지는 않지만. 원래 난 이 땅의 것들에 별 애착이 없어. 이 땅 자체에도! 당신이 없으면 난 한 걸음도 떼지 못할 거야. 내 사랑, 언제 돌아와? 편지 쓰기 힘들어. 한 문장 쓰고 나면 눈물 때문에 안경을 벗어야 해. 하지만 여기, 작년에 당신이 글을 쓰던 책상에 앉으면 당신이 내 곁에 더 가까이 와 있는 것 같아. 집안은 예전 그대로야. 벽난로 위에는 빨간색 공들이 달린 작은 나무가 있고, 거실에는 커다란

• 이 편지는 콘수엘로가 수정하고 보완한 상태로 『일요일의 편지Lettres du dimanche』에 수록되었다. 『일요일의 편지』는 전쟁 막바지에, 그리고 앙투안의 실종 이후에 콘수엘로가 일요일마다 남편을 생각하며 편지 형태로 써놓은 글을 모은 책으로, 콘수엘로가 사망한 뒤에 출간되었다.

지구의가 있어. 안니발은 더 자랐고, 말도 더 잘 들어. 지금은 자고 있어. 난 최대한 마음을 달래려고 애써. 우리 둘을 위한 기도도 자주 하고. 그대, 당신 친구인 별들에게 우리를 지켜달라고, 우리를 다시 이어달라고 청해봐.

당신은 나에게 한 가지 좋은 걸 가르쳐줬어. 나 스스로에게 더 굳세어야 한다는, 나 자신을 더 엄하게 대해야 한다는 거 말이야. 난 때로 미쳐버릴 것 같아. 왜 그런지 알아? 당신이 늘 위험에 처해 있다는 사실을 아니까. 때로 기차 안에서 난 약혼자를 막 전장으로 떠나보낸 젊은 여자처럼 흐느껴. 루주몽이 최선을 다해 날 도와주고 있어. 늘 그랬듯이 쉬는 날에는 찾아와주고.* 이곳 집세에 보태라고 100달러를 주기도 했어. 하지만 이곳엔 전화도 없고, 택시비도 너무 비싸. 사람들을 초대해도 다들 집이 너무 멀다고 생각하는 것 같아. 사실 첫 한 달은 그래서 좋았어. 루쇼는 다른 집을 알아보는 게 어떻겠냐고, 좀 젊은 분위기에서 사는 게 좋을 것 같다고 해. 다들 내가 조용하면 불안한가봐. 그런 조용한 분위기만이 날 당신에게 데려다줄 수 있다는 걸 모르는 거지.

난 당신에게 편지를 많이 쓰는데, 다 써서 봉투에 넣고 나면 그대로 찢어버릴 때가 많아. 어떻게 써도 결국 내가 당신에게 주고 싶은 것을 다 말할 순 없잖아. 당신도 이미 알지? 그러니까 괜히 듣기 지겨운 얘기는 하지 않을게.

나의 토니오, 난 당신이 슬픈 게 싫어. 당신이 꽃에 날아와 앉지 못하는 나비처럼 외로운 거 싫어. 내 사랑, 당신이 나에게 당신 마음과 당신 몸을 보살필 수 있는 힘을 줬으니까, 내가 말할게. 내 향기를, 내 영혼을 모두 가져가. 산들바람이 당신 얼굴을 시원하게 하고 당신의 두 손, 내가 너무도 사랑하는 그 손을 애무해줄 거야!

---

* 드니 드 루주몽은 1942년 당시 전시정보국에서 일했고, 그전에 생텍쥐페리 부부가 여름을 보내던 웨스트포트와 노스포트에도 왔었다. "베빈 하우스. 뉴욕에서 두 시간 거리에 있는 새 별장. 생텍스 부부와 함께. 매주 그곳에 가서 서른여섯 시간 동안 쉬고 온다. 콘수엘로가 찾아낸 집인데, 그녀가 발명한 집 같다."(『한 시대의 일기』, p.521)

그대, 만일 내가 먼저 떠나게 되면 영원 속에서 얌전히 당신을 기다릴게. 하지만 하느님은 선하시니, 우리 둘 다 보고 계실 거야. 우리집에, 토니오와 콘수엘로의 집에 평화와 사랑을 허락해달라고 내가 기도했거든. 아무리 초라할지라도, 우리집, 한 그루 나무 아래 내 남편과 내 강아지와 함께하는 곳. 난 저녁마다 당신의 이름을 외치고 지나가는 사람들한테도 매일 상냥하게 대해줄 거야. 당신은 별들에서 정의와 빛의 시를 끌어내지. 불안과 걱정에 허우적대는 사람들을 위해서. 난 당신을 위해 새고기를 굽고 달콤한 과일들을 챙길게. 그리고 당신이 잠자는 동안에도 나와 떨어지지 않도록 내 두 손도 줄게. 어서 돌아와, 내 사랑.

당신이 내 편지를 받아보는지 모르겠어. 난 아직 당신 편지를 세 통밖에 못 받았어. 내가 아프리카로 가는 건 어때? 내가 당신과 더 가까이 있으면 어떨 것 같아? 물론 나 혼자 있으려고 가는 건 아니고! 난 너무 약해. 더구나 머리를 다친 뒤로는 현기증이 나서 고개를 돌리기도 힘들어. 새로운 사람들에게 적응하기도 힘들고. 난 너무너무 두려워 ― 당신이 없어질까봐!

당신이 써주는 편지가 좋아. 나 자신의 가장 아름다운 것 속으로, 하느님이 맛보라고 허락하신 가장 신성한 것 속으로 들어가게 해주니까. 고마워. 난 당신을 믿어.

돌아와, 나의 전사戰士 남편, 나에게 돌아와. 삶으로, 친구들에게로 돌아와서 멋진 책을 써서 우리가 이 행성에서 맞이하게 될 수많은 기념일에 나에게 선물로 줘.

당신 편지에서 난 우리가 처음 누렸던 환희의 향기, 처음 품었던 애정의 향기를 발견했어. 무엇보다 당신이 결혼 초기에 나에게 주려 했던 완벽한 사랑을 찾았고. 고마워, 나의 남편. 어서 와서 나에게 그 사랑을 줘. 하늘이 도와주면 나도 그 사랑을 지켜내는 법을 배울 거야. 돌아와, 그대.

(루쇼가 『콜리어스』하고 브렌타노스 건으로 당신에게 편지를 쓴다고 했어.)

(사람들이 『어린 왕자』를 무척 좋아해.)

이만 인사할게. 몸이 좀 안 좋아. 편지를 받아갈 사람들은 매번 급하기도 하고. 그렇다고
당신에게 내가 혼자 밤을 지새울 때 써놓은 편지들을 보내긴 싫어. 나의 유일한 노래, 당신을
위한 나의 유일한 사랑 노래를 불러줄게. 당신이 돌아올 때까지 진한 키스를 보낼게.
당신의 아내,

콘수엘로

〈베빈 하우스, 노스포트〉,
콘수엘로 드 생텍쥐페리의 그림

112

콘수엘로가 앙투안에게

뉴욕, 1943년 8월 10일

나의 토니오,

오늘까지 내가 받은 당신 편지는 세 통이 전부야. 그것들은 내가 약해지거나 슬플 때 혹은 내일을 기약할 수 없을 때 나의 유일한 보물이되, 나의 유일한 갑옷이지. 그럴 때 내가 가진 재산인 그 편지들을 다시 읽어. 한 구절 한 구절, 한 장 한 장 읽어나가. 그러면 우리 앞날에 대한 믿음으로 흐른 달콤한 눈물이 당신을 향해 흘러가. 당신은 참 감당하기 힘든 남자라는 거 알아, 내 사랑. 하지만 이제 더는 나에게 큰 아픔을 주지 않을 거야…… 난 나이들었으니까, 당신도 그렇고. 그리고 날 사랑한다고 말했으니까…… 이 땅에서 나에게 다른 건 하나도 안 중요해. 오로지 선하신 하느님께서 내게 한 가지만 허락해달라고 빌고 있어. 나의 노년이 당신 마음이 쏟아내는 무한한 애정으로 가득한 시간이길…… 그거 알아? 당신은 진짜 천사가 되어가고 있어. 그러니까 나한테 심술부리면 안 돼…… 진실해야 해, 당신 자신의 모습이어야 해…… 실비아 같은 여자들, 그리고 이름 부르고 싶지 않은 다른 여자들…… 그 여자들과 더는 가까이하지 마…… 당신이 직접 한 말, 당신의 편지가 중요해. 사람들은 이렇게 말하거든. 아! 아! 그가 언제 돌아올까요? 어디 가서 살 거래요? 누구와……? 그가 그러는데…… 난 아무것도 알고 싶지 않아…… 거리에서 사람들이 따라와서 내 마음에 비수를 꽂아…… "드 보귀에 부인이 곧 알제로 가는 거 알고 계신가요?" 필요한 수속을 토니오가 해주었다던데…… 드 보귀에 부인이 그에게 할말이 있어서 간다는데! 그럼…… 당신도 갈 거예요……? 토니오한테 전화 못 받았나요……?"
난 순전히 헐뜯기 위해서 지어낸 말이라고 믿을래…… 내 믿음이 틀렸다는 증거가 나올
때까지 난 그냥 당신을 믿을 거야. 당신을 기다릴 거야. 난 당신의 아내고, 깨어서도 당신을
기다리고 영원히 잠들어서도 당신을 기다릴 거야. 왜 그런지 알아? 나는 당신을 사랑하고,
우리가 함께한 꿈의 세계를 사랑하니까. 난 어린 왕자의 세계를 사랑하고, 그 세계 속을
거닐어…… 거기선 아무도 날 건들지 못하지…… 비록 가시는 네 개뿐이지만, 당신이 그
가시를 보아주고, 세어봐주고, 기억해주니까…… 어제저녁, 식사를 마치고 보들레르와
아폴리네르를 읽고 난 뒤에 나보다 프랑스어를 잘하는 한 젊은 미군 중위한테 『어린 왕자』
몇 장章을 큰 소리로 읽어봐달라고 했는데, 그 사람의 아내가 듣다가 울음을 터뜨렸어.
달래기 힘들 정도로 울었어…… 그러면서 책을 끝까지 다 읽어보고 싶다고 했어……
당신에 대해, 당신의 삶에 대해 놀랄 만큼 극찬을 했고. 자기는 어릴 때 무용을 했는데,
이사도라 덩컨의 총애를 받았다고 했어. 서른다섯이란 나이 때문에 벌써 스타 무용수의
길은 막혔고, 그래서 지금은 별자리를 읽고 눈과 손금을 읽는다면서…… 내 아파트 가까이
살고 있어서 아침이면 찾아와서 나와 함께 테라스에서 일광욕을 해. 가련하게도 그녀의
남편은 중위고, 그녀도 곧 전쟁에 남편을 빼앗기게 될 거야…… 자기 남편이 모로코에서
당신을 만날 수 있을 것 같다고 했어…… 그 중위가 당신한테 우리가 함께 보낸 저녁에 대해
들려줄 거야…… 그 얘기 속에 당신의 추억과 말과 날개가 얼마나 자주 등장했는지도……
나의 아이, 부탁할게, 날개를 다치지 마…… 날 더 먼 고장으로 데려가야 하잖아. 날개 달린
나비들이 머무는 곳에서 나에게 문을 열어줄 수 있는 사람은 당신뿐이야. 다른 나비들은
날개 없는 한 여인이 자기들의 거처로 걸어들어오는 줄도 모르고 잠들어 있을걸. 내가 쓴
수많은 편지들은 어디로 가는 걸까……? 당신이 자주 비행하는 모래 가득한 하늘로 구름을

• 넬리 드 보귀에는 1943년 8월 7일 알제에 가서 11월까지 머물다가 런던으로 떠났다.

잔뜩 날려보내듯이, 차라리 바람에 날려보내야 하는 걸까? 얼마 전에 뉴욕에 온 기 드 생크루아 중위가 삼 주 전에 당신을 직접 만났다고 했어…… 그러니까 당신은 잘 지내나봐? 그런데 지금 어디 있는 거야? 당신 소식 좀 전해줘…… 내 수다가 당신을 얼마나 즐겁게 해줄지 생각해봐…… 여름이 끝나면 내가 카사블랑카나 알제에, 혹은 당신이 있는 곳 어디라도 가 있으면 어떨까? 가서 당신을 위한 집을 만들어주고 싶어…… 당신은 아마도 이곳으로 돌아오겠지, 책을 내야 하니까…… 아마도 우리는 이곳 시골로 오거나, 과테말라 혹은 멕시코에 가서 글을 쓰게 되겠지.

비크먼광장 2번지에 아주 예쁜 아파트를 구했다는 얘기는 이미 했지? 하지만 내게 부치는 당신 편지는 계속 은행으로 보내줘. 8월은 너무 덥기도 하고, 고도가 조금 높은 곳이 내 건강에 도움이 되니까, 아마 뉴멕시코나 애리조나나 어디라도 가게 될 것 같거든…… 내 아파트를 석 달이나 여섯 달 동안 다른 사람에게 다시 세를 놓을 방법을 찾는 중이야. 해결되는 대로 떠나야지. 이 얘기를 이미 다른 편지들에도 상세히 썼는데, 당신이 받아봤는지 알 길이 없네. 당신이 보낸 편지들은 여전히 주소가 비크먼광장 35번지로 되어 있으니…… 난 비크먼광장 2번지에 살아…… 그대, 수없이 많은 키스와 생각을 보내줄게. 혹시라도 나쁜 비행기들이 당신을 노리는 순간이 오면 그 속으로 몸을 피해……

〔손으로 쓴 구절이 더해져 있다〕 난 지금 어느 일요일엔가 당신이 준 예쁜 타자기로 편지를 쓰고 있어. 자신의 영혼에게 말하느라 감정이 격해지는 이런 순간에는 타자기로 쓰면 훨씬 낫거든.

오늘 저녁엔 방셀리위스가 마르그리트와 함께 저녁 먹으러 올 거야. 난 오늘 그 사람을 바라볼 거야. 그가 곧 당신을 바라볼 테니까. 이 편지와 함께 작은 여행 가방 하나를 선물로 보낼게. 잘 써야 해, 내 사랑. 내가 그 안에 들어 있다고 생각해. 당신의 아내,

콘수엘로

콘수엘로가 앙투안에게

뉴욕, 1943년 8월

그대,

당신한테 글을 쓰기 시작하면 곧 두려워져. 어떻게 해야 내 편지가 당신에게 가닿을 수

있을까? 방셀리위스한테도 열 통 넘게 줬는데.

하느님이 내 편지를 내 모든 기도와 키스와 함께 당신에게 전해주시길.

오이풀

지난밤 부엌에서

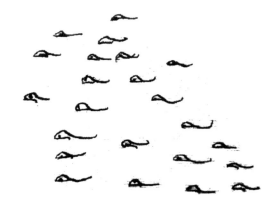

설거지를 하면서

내가 얼마나 당신을 사랑하는지

얘들한테 말해줬어!

114

앙투안이 콘수엘로에게

알제, 1943년 8월

콘수엘로, 나의 소중한 어린아이, 나는 전쟁 임무를 수행하느라 라이트닝 전투기를
몰고 프랑스 상공을 비행했어. 다들 조종사 '나이'를 두고 왜 그렇게 말도 안 되게
이러쿵저러쿵하는지 모르겠어.* 이제 와서 내가 나이가 너무 많아서 전투기를 조종할 수
없다고 하네. 그래서 비행 허가를 얻으려고 미국에 한번 가볼까 생각도 하는 중이야. 그러면
당신도 볼 수 있고, 당신을 안아줄 수도 있고, '내 집에' '내 가정에' '내 아내 곁에' 며칠 머물
수 있겠지. 콘수엘로, 사랑하는 내 아내. 콘수엘로, 내가 이토록 충실하게 당신을 사랑하니까
당신은 그에 걸맞게 얌전히 말 잘 듣는 아내가 되어줘야 해!
내가 이 세상에서 마음으로 이해하는 사람은 오직 당신뿐일 거야.
당신은 '영원히!' 평화로울 거라는 사실을 알아야 해.
터무니없는 두려움을 만들어내는 바보 같은 콘수엘로!
걱정하지 마. 난 영원히 당신의 남편이야. (잉크가 더 안 나와.)

* 소령으로 진급한 앙투안은 1943년 7월 1일 튀니스 근처의 라마르사로 갔고, 7월 21일 프랑스 남부 지역(아를, 아비뇽, 라시오타, 툴롱, 이에르) 상공을 비행하는 첫 임무에 성공한다. 하지만 라이트닝 P-38기를 몰고 떠난 두번째 임무에서 모터가 고장나고 착륙 실수까지 저지르는 바람에 비행을 금지당하고, 결국 괴로운 마음으로 알제로 돌아갈 수밖에 없었다. 알제에서는 의사인 친구 조르주 펠리시에의 집에 머물렀고, 이어 카사블랑카에 있는 친구 앙리 콩트의 집으로 갔다.

앙드레 루쇼가 앙투안에게

뉴햄프셔, 1943년 8월 21일

친애하는 생텍쥐페리에게,

오 주 전에 자네에게서 첫 편지를 받았네. 날짜는 적혀 있지 않고, 자네가 곧 원대

복귀한다고 쓰여 있었지. 말인즉슨, 이미 오래전에 쓴 편지라는 거지. 『어느 인질에게

보내는 편지』 교정지에 고쳐야 할 내용도 적혀 있더군.* 그런데 내가 편지를 받았을 땐 이미

책이 출간되고도 이틀 뒤였다네.

어쩌면 이미 몇 권이 자네한테 전달되었을지도 모르겠군. 탕제가 하도 일이 굼뜨고

뒤죽박죽이라서, 더 빠른 다른 길로 자네한테 책들을 보내보라고 내가 막 닦달했지.

그리고 자네 편지보다 석 달 앞서 라로지에르 씨의 친절한 연락을 받았네.** 그가 자네 말을

받아 적은 혹은 다시 옮겨 쓴 메모를 몬트리올에서 보내주었지. 내가 그의 편에 전할 답장에

자네의 당연한 근심을 덜어줄 만한 말들을 썼다네. 『어느 인질에게 보내는 편지』의 첫 쇄를

앞두고 내가 몇 시간 동안 살펴봤는데, 읽어보니 예상보다 오류가 많더군.

나 다음에 시프랭***도 오류를 세 개 더 찾았고. 내가 라로지에르 씨 편에 보낸 편지는

* 「편지 83」 참고.
** 「편지 94」 참고. 여기서 말하는 연락은 5월 초의 일일 것이다.
*** 자크 시프랭(1892~1950)은 바쿠(아제르바이잔) 출신 유대인으로, 1925년 세워진 플레이아드출판사 창립자이자 1931년부터 발간한 '플레이아드 총서' 창간자다. 1941년 8월 아내와 아들을 데리고 미국으로 이주한 뒤

자네에게 잘 전달된 건지 알 수가 없는데, 설령 전달되었어도 내가 부탁한 대로 수정 사항을 전보로 보내기엔 이미 늦었지. 예를 들어, 난 이런 문장이 걸려서 고치자고 썼네.

"나는 분노도 아이러니의 감정도 느끼지 않다……"

어쩌면 자네가 내 연락을 제때 받고서도 자네 눈에는 별로 거슬리지 않아서 답장을 안 했을지도 모른다는 생각도 하고 있네.

어쨌든 드디어 출간된 이 짧은 글이 난 무척 마음에 든다네. 활자도 페이지 레이아웃도 표지도 다 마음에 들어.

표지에 관해서도 말해보자고.

자네가 떠나고 정말 며칠 안 되었을 때였는데, 시프랭이 좋은 표지가 생각났다고 했지. 그런데 '엄두'가 안 난다면서 나한테 설명을 했네. 내가 디자인 견본을 봐야만 제대로 알 것 같다고 하니까 곧 디자인 견본을 보여주더군. 첫눈에 내 마음에 든 디자인이었고, 결국 시프랭도 그대로 결정했다네.

오늘이 뉴햄프셔에 있는 오랜 프랑스 친구의 집에서 보내는 휴가의 마지막날이라네. 뉴햄프셔는 무척 아름다운 곳이지. 마치 내 고향 리무쟁을 만든 신이 이곳에 와서 하나 더 만들어놓은 것처럼 느껴질 정도라네. 언덕들이 그리는 선, 송어가 사는 작은 하천들, 굵은 화강암 자갈 사이를 흐르는 맑은 물, 모두 똑같아. 농장들을 이어주는 길도 내 고향에서처럼, 그 땅에 사는 사람들이 여전히 그렇듯이, 각기 다른 개성을 뽐내지.

내일 저녁에 뉴욕으로 돌아가네. 이곳만큼 좋지는 않겠지만, 그래도 지금쯤이면 좀 덜 더울

미국에서도 출판 활동을 이어간 그는 로베르 탕제와 함께 '브렌타노스 북스' 시리즈를 만들었고, 쿠르트 볼프 등과 함께 판테온북스를 공동 설립했다. 앙드레 루쇼와 친분이 깊어서 『어느 인질에게 보내는 편지』 출간에도 관여했다. 시프랭은 1942년 8월 1일 앙드레 지드에게 편지를 썼다. "우리는 사람을 거의 만나지 못합니다. (쥘리앵) 그린은 한두 번 보았지요 (…). 이따금 생텍쥐페리도 보았는데, 흥미롭고 아주 매력적인 사람이더군요." 앙드레 지드 & 자크 시프랭, 『서간집Correspondance 1922-1950』(Gallimard, 2005, p.194)

테지. 자네 아내가 멕시코에 갔는지는 잘 모르겠군. 한 달 전에 봤을 때는 그럴 결심인 것 같았거든. 이따금 자네 아내를 만나고 있는데, 만일 상상을 멈추게 해주는 약이 있으면 어디서 구할 수 있는지 좀 알아보고 싶은 마음이야. 콘수엘로에게 권해주고 싶거든. 그녀는 상상을 따라가느라, 그것도 놀랍도록 다채로운 상상을 따라가느라 기운을 다 쓰는 것 같네. 자네의 편지도 콘수엘로를 뒤흔들어놓지. 흔들리는 정도가 이성적인 선을 넘고, 아마도 자네가 바라는 바조차 넘어설 걸세.

세즈넥*이 이곳에 와서 이틀 머물렀네. 참 좋은 사람이지. 나와 함께 자네 얘기를 아주 많이 했고, 자네가 한 말이나 자네가 찾아왔던 일을 얘기할 때면 그의 눈에 환희가 어리더군. 자네는 지금 어디 있는 건가? 이 글이 자네에게 전해질까? 사실 중요하진 않지. 하지만 『어느 인질에게 보내는 편지』의 출간 과정에서 결정한 일들이 자네 마음에 드는지 알고 싶군. 많지는 않지만 말일세.

그리고 자네가 지금 그 멋진 『카이드』를 쓸 시간이 있는지, 구상할 시간이 많은지 궁금하기도 하네.

나의 우정이 한결같고, 또 내가 자네에게 늘 경탄한다는 걸 알아주게.

앙드레 루쇼

• 사학자이자 신화 전문가인 장 세즈넥(1905~1983). 『살아남은 고대의 신들La Survivance des dieux antiques』 (1940)을 썼으며, 전쟁 기간 동안 하버드대학교에서 로망어문학 교수를 지냈다.

116

앙투안이 콘수엘로에게

알제, 1943년 9월 13일

〔웨스턴 유니언 전보〕

NBJ234 CABLE VIA FI CH ALGER 70 11 2030

NLT MRS CONSUELO DE SAINT-EXUPÉRY

2 BEEKMAN PLACE NEW YORK

1943 SEP 13 MP 6 14

콘수엘로 내 사랑 당신 편지와 황홀한 선물들에 정말 감동했어

당신을 다시 만나 우리집에서 멋진 책을 쓰면서 조용히 당신 곁에서 죽음을 맞고 싶은 마음이

간절해

여기선 아무도 중요하지 않고 앞으로도 그럴 거야

아무 걱정 마 난 영원히 당신 남편이고 내 모든 마음을 바쳐서

당신을 도울 거야. 앙투안 드 생텍쥐페리

117

콘수엘로가 앙투안에게

레녹스, 매사추세츠, 1943년 9월 17일

나의 토니오,

나의 아이,

나의 사랑,

나의 그대,

나의 남편,

당신 편지가 더는 안 오네. 난 미쳐가고 있어. 밤낮으로 생각해. 이젠 혼잣말도 하는걸.
머릿속이 흐릿해. 오, 주님, 제가 왜 이러는 걸까요? 난 누더기 같은 인간이 되느니 차라리
죽고 싶어. 왜 당신한테서 연락이 없는 걸까? 당신이 보내준 편지들에 입을 맞추고 그토록
애지중지했는데, 이젠 그 아름다운 편지들도 이해가 안 가! 요즘은 그 편지들이 마치
내가 사랑하는 것이, 내가 원하는 것이 잠들어 있는 작은 무덤들처럼 보여. 토니오, 그대,
나를 고통에 빠트리지 마. 당신은 위대한 날들, 영원 속에 무한히 이어질 나날에도 내
남편이잖아! 내가 잠 못 이루는 어두운 시간들의 남편, 내 눈물과 웃음, 나의 번민, 이미
지나간 것과 앞으로 다가올 것들의 남편이잖아. 나의 남편, 나의 그대, 나만의 파푸, 아!
나는 당신에게 편지를 쓸 때만, '나만의 파푸'라고 말할 때만 괜찮아지는걸! 왜 일주일에 한
번이라도 나를 위해 편지를 써주지 않지? 그대, 제발 부탁이야. 당신이 돌아올 때 내가 살아
있기를 바란다면 꼭 써줘. 당신이 정말로 영원 속에 무한히 이어질 나날에도 내 남편이라면

꼭 써줘. 내 사랑, 나의 모든 눈물과 웃음, 나의 모든 색, 잠 못 이룬 나의 밤들, 어둡고 밝은 내 시간들, 내가 지금까지 겪었고 또 앞으로 갖게 될 모든 것들의 남편! 그대, 어서, 날 도와줘, 난 도움이 필요해! 지금 새벽 세시야. 9월이 끝나가. 지난밤 내내 발코니에 나가 있었어. 별들과 나무에게 말을 하면서, 나 혼자 말했어. 난 지금 델리 드 비리*의 시골집에 와 있어(델리의 딸들**과 피에르 들라뤼 부인도 왔고). 그런데 지난밤에 숲속의 어느 집에 불이 났어. 밤새도록 엄청난 시뻘건 불길에 호수가 환하게 빛났지. 불……! 그 불을 보고 있으니까 전쟁 생각이 났어. 당신이 생각났고. 그리고 난 누군가 생각해줄 사람이 없는 불쌍한 사람들 생각도 했어. 그렇게 밤새도록 타는 불을 쳐다보면서, 아무런 연락이 없는 당신 때문에 마음이 더 괴로웠어. 내 몸속에 남은 모든 생명이 저기 저 숲속 집처럼 아마도 당신을 위해, 당신을 생각하며, 아무 쓸모 없이 혼자 타겠구나 생각했지. 당신은 여전히 나에게서 멀리, 내 삶에서 멀리 있잖아. 토니오, 당신 편지엔 너무도 진실되고 너무도 슬기로운 것들이 담겨 있었어. 토니오, 난 달리 어쩔 수가 없나봐. 토니오, 난 불타고 있어! 당신이 글을 쓰고 나서 머리가 무거울 때 내가 우유를 가져다주고 애정과 온기를 전해주던 노스포트에서처럼, 나의 파푸, 당신을 재워주고 싶어. 토니오, 난 당신을 기다려. 불안으로 병들지 않으려고 정말 기를 쓰고 있어. 전쟁은 너무 잔인해! 내가 아프리카로 가는 게 어떻겠냐고 물어본 거 기억하지? 그런데 여기 있어야 나한테 보조금이 나오잖아. 아프리카에 가면 어디 있게 될지 알 수도 없고. 난 천식 때문에 힘든 일을 할 수 없고 계속 일할 수도 없어. 그대, 내가 어떻게 해야 할지 말해줘. 난 이곳 뉴욕에서 우리가 살던 거리인 비크먼광장 2번지에 작은 아파트를 구해놓고 당신이 오길 기다리고 있어! 제발 나에게 정기적으로 편지를 보내줘. 제발 연락

---

* 델핀 드 비리. 막스 드 포라 공작 부부의 딸로, 포라에서 태어났다. 아테네 주재 미국 대사였던 메러디스 리드의 손녀이며, 매사추세츠 레녹스의 별장 '시프턴 코트'의 주인이었던 에밀리 스펜서의 종손녀였다. 델핀 드 비리는 전쟁중 군무원으로 일하기 전 몇 년 동안 에밀리 스펜서의 별장에서 지냈다.

** 욍베르 드 비리와 델핀의 딸들인 페르네트(1918), 주민(1919), 로즐린(1920)을 말한다.

307

좀 해줘. 수많은 사람들이 미국에 돌아와선 당신을 봤다고, 당신이 모루아하고 지드하고*,
또 이런저런 사람들하고 식사를 했다고 말해. 그러면서 나한텐 연락을 안 하다니! 그대, 날
잊으면 안 돼. 그대, 날 꽉 안아줘. 힘내서 계속 전쟁을 하고 글을 쓰고, 계속 살아가야지!
난 조금 나아진 것 같아. 당신에게 말한다는 생각만으로도 마음이 좀 편안해져.

안니발을 데려왔어. 이곳에 두고 갈 생각이야. 델리의 정원사가 돌봐주기로 했거든.
안니발은 이제 늠름하고 아주 잘생긴 개가 되었는데, 뉴욕의 아파트에선 너무 불행한 것
같아. 그래서 델리의 정원사에게 당신이 돌아와서 원하면 돌려준다는 조건으로 데리고
있게 했어! 우리 강아지를 남한테 주는 건 좀 슬픈 일이지만, 집이 없으니 하는 수 없잖아?
하느님, 빨리 남편이 돌아오게 해주세요. 그리고 우리를 보호해줄 작은 집을 주세요.

그대, 내가 힘껏 안아줄게. 그리고 다시 한번 말할게. 어서 당신 소식을 전해줘. 내가 더는
다른 여자들 때문에 걱정하지 않아도 된다고 말해줘. 내 인생의 남편, 언젠가 우리가 다시
만나는 행복을 누리길. 사는 게 참 힘들었으니 함께 죽는 행복이나마 누리길. 그대, 사랑해.
당신의 아내.

콘수엘로

---

*   미국에서 생텍쥐페리 부부와 친하게 지낸 작가 앙드레 모루아(그도 베빈 하우스의 손님 중 하나였고, 심지어 『어린 왕자』 그림의 모델이 되어주기도 했다!)는 워싱턴의 베투아르 장군을 통해 알제에 주둔한 프랑스군의 연락장교로 임명되었다. 이탈리아와 코르시카를 거쳐 1944년 뉴욕으로 돌아가기 전인 1943년, 그는 알제에서 마지막으로 앙투안을 만났다. 앙드레 지드의 경우에는 1943년 5월 27일 알제의 친구 자크 외르공 부부의 집에 머물렀고, 도중에 몇 차례 여행을 떠나기긴 했지만 1945년 5월까지 그 집에 머물렀다.

1943년 9월 17일

그대,

오늘 당신의 전보를 받았어. 고마워. 당신이 건강하게 살아 있도록 지켜준 하늘에 감사해.

당신의 아내.

콘수엘로

118

콘수엘로가 앙투안에게

레녹스, 매사추세츠, 1943년 9월

그대,

난 아직 비리 부부 집에 있어. 이 집 딸들과 아주 친한 친구가 되었거든. 그중 하나는
결혼했어. 남편이 전쟁에 나가 있어서 나처럼 전쟁이 끝날 날만 기다리고 있지!
매일 아침 안니발이 일찍부터 날 깨워. 어렸을 때 내가 준 장난감과 비슷한 고무 장난감을
하나 찾아내고는 좋아서 어쩔 줄 몰라하더라. 내가 정원에 데리고 나가서 〔놀아줘.〕
그러다보면 한없이 눈물이 나…… 안니발을 두고 떠날 생각을 하면 슬퍼! 그래, 정말로
아끼는 것들을 포기하게 되는 일이 많잖아, 운명을 따라가다보면? 세상의 질서, 혹은 타인들이
만들어놓은 법칙들을 따라가다보면 말이야. 안니발이 나무토막도 하나 찾아왔는데, 한 그루
나무나 다름없어. 이젠 고무 장난감은 버려두고 나무토막을 가지고 노네. 9월의 나뭇잎은
아름다운 초록이야. 호수는 맑고. 곧 가서 헤엄쳐야지. 뉴욕으로 돌아가야 하니까, 마지막으로
한번 더! 고요하고 아름다운 소나무 향기도 한번 더 들이마시고! 난 이 소나무들이 전쟁을 겪지
않길 바라. 불이 나지 않고, 언덕 맞은편의 집처럼 불타지 않고, 그냥 평화롭게 늙어갔으면
좋겠어(내 마음을 평온하게 해주고 용기를 준 소나무들이거든). 이곳엔 시끄러운 소리라고는 전혀
들리지 않아. 종소리도 안 들리고 사람들 발소리도 안 들려. 넓은 정원이 아름답지. 언제나
아름답고 고요했으면! 우리의 안니발을 지켜주었으면! 나에게 잘해준 이 나무들한테 언젠가
당신 팔짱을 끼고 다시 와서 인사할 거야(안니발도 데려갈 겸)…… 사실 안니발을 데리고 이곳에

왔을 땐 정말 모든 게 막막하기만 했어. 델리가 안니발을 무척 예뻐해줘서, 그 덕분에 내가 이곳에서 조금 쉴 수 있었어! 그동안 최선을 다해서 안니발을 키웠는데, 이제 도시에선 강아지 줄 고기도 못 사! 여기서 지내면 잘 먹게 될 거야. 이제 안니발과는 끝이네! 델리는 당신을 많이 좋아하니까 안니발을 잘 돌봐줄 거야! 델리의 딸들도 나한테 무척 상냥하게 잘 대해줘!

파푸, 난 현명한 남편을, 다시는 날 떠나지 않을! 이제는 나를 걱정시키지 않을! 절대 더는 걱정시키지 않을 남편을 가질 자격이 있다고 생각해! 나는 남은 날들을 위해 아주 중요한 결심을 했어. 더 많이 배우고, 더 건강해지고, 더 쓸모 있고 더 좋은 사람이 되어서, 당신을 돕고 당신 마음에 드는 여자가 될 거야. 혹은 언제까지나 점점 더 아름다워지고, 더 나아지고, 나 자신과 화해해가면서, 다시 시작할 거야! 언젠가 당신이 나더러 내가 나 자신에 대해 너무 절망했다고 말했잖아. 자기 자신과 헤어지는 것이야말로 세상 그 어떤 일보다 최악이라는 걸 당신도 알지!

사랑하는 남편, 난 당신에게 이렇게 길게 편지를 써! 당신한테 말하면 기분이 좋아. 내 말, 내 편지가 단순한 건 당신이 이해해줘야 해.

나의 겨울 계획을 알려줄게. 우선 악착같이 당신 편지를 기다릴 거야. 전에 말했듯이, 편지를 은행으로 보내줘. 피프스 애비뉴 뱅크(50번가 44번로). 당신도 알다시피, 우체부들이 편지를 문 아래 던져놓고 가잖아. 그러면 아무나 편지를 가져갈 수 있거든. 만일 그런 일이 일어나면 난 너무 속상할 것 같아…… 당신의 편지를 잃어버리다니!

당신과 나 사이에 새로운 삶이 시작될 수 있다고 믿으면서 난 다시 태어나. 그러니까 토니오, 내 희망을 일구는 일에 무관심해선 안 돼! 새로 오는 소식이 없으니, 당신이 전에 보내준 편지들을 계속 다시 읽고 있어. 그 편지들이 마치 내 모든 보물이 묻혀 잠든 무덤처럼 느껴져. 당신이 다시 N······ N······ N······ N······•의 새로운 장난에 걸려들지 모른다는

• 넬리 드 보귀에일 것이다.

두려움에 사로잡히면 난 죽음을 앞둔 것처럼 소스라치게 돼. 우린 단 한 번밖에 살지 못해. 하찮은 파리들과는 달라.

당신이 약속했잖아. 전쟁의 위험을 다 이겨내고 돌아오겠다고. 난 신께 기도해. 그리고 당신이 말하길, 앞으로 다른 여자들이란 위험은 다시는 없을 거라고 했잖아. 정말로 다시는 나에게 위험이 없을 거라고 당신이 확신했으면 좋겠어. 당신은 날 다시 만나게 될 거야. 우리 미래를 위한 희망과 입맞춤과 꽃들과 파랑새들을 내가 갖게 해주면, 당신은 아름다운 나를 만나게 될 거고, 나에게 만족할 거야. 그러니 날 도와줘. 당신 마음에 들고 싶어. 난 당신의 부재에서 서서히 치유되고 있어. 과테말라에 엄마를 보러 갈 생각이야. 하지만 재입국허가서를 아직 못 얻었어. 그래서 뉴욕을 벗어나지 못하고 있어. 난 당신의 편지를 기다려. 내가 과테말라와 산살바도르에 가는 걸 당신도 분명 좋아할 거라 믿어. 난 당신이 돌아올 때 얼빠진 여자가 되어 있고 싶지 않아. 신께서 날 지켜주시길.

당신의 아내

콘수엘로

과테말라로 가게 된다면 길어봤자 두세 달 머물 거야(재입국허가서가 있어도 기한이 정해져 있잖아). 그래도 당신이 전보나 편지를 보낼 수도 있으니까 뉴욕의 아파트, 비크먼광장 2번지의 아파트는 그대로 두고 갈 거야. 새로 찍은 사진 있으면 보내줘, 그대.

119

콘수엘로와 델핀 드 비리가 앙투안에게˙

레녹스, 매사추세츠, 1943년 9월 말

토니오,

우리 안니발이 살게 될 델리의 아름다운 집을 보여줄게. 내가 그 집 딸들과 아름다운
나무들의 매력 덕분에 조금 쉴 수 있었던 곳이기도 하고. 온 마음을 다해 키스를 보낼게.

콘수엘로

안니발은 사랑받을 거예요. 곧 새 주인이 데려갈 거라, 기다리면서 진심으로 작별인사를
하고 있어요.

D.

˙　우편엽서. "시프턴 코트 레녹스. 에드워즈 스펜서 부인의 집"이라고 찍혀 있다.

Shipton Court Lenox, Residence of Mrs. Edwards Spencer

델핀 드 비리의 별장
레녹스, 매사추세츠

콘수엘로가 앙투안에게

뉴욕, 1943년 10월 1일

내 사랑,

오늘 우리의 좋은 친구 루쇼한테 연락이 왔어. 내 편지를 당신한테 보낼 방법이 생겼다고.
그리고 하늘도 맑아졌어. 내 심장이 웃으면서 탁자 위를 나비처럼 날아다니네(등받이 없는
의자 위로도. 내가 당신한테 크리스마스 선물로 준 의자 말이야. 세상에, 곧 있으면 일 년이라니!).
그대, 내가 하는 말들이 내일을 위해 당신 발자국과 함께 노래하면 좋겠어. 난 내 고독,
당신이 없는 공허를 슬퍼하지 않을 거야! 그래, 사랑하는 나의 토니오, 당신의 부재가,
당신의 존재가 날 가득 채우고 있어. 당신의 노래들도 있고, 당신의 어린 왕자들로도
가득차 있지. 잘 그리진 못했지만 가장 멋진(내 눈에는 그래) 그 어린 왕자들은 내가 속마음을
털어놓을 수 있는 친구야. 내 잠자리를 지켜주고, 폭우가 몰아치고 전쟁 때문에 잠들지
못하는 밤에는 날 재워줘. 마치 황실 근위대처럼 버티고 서서 우리의 평화를, 우리의 집을,
우리의 꿈과 우리의 사랑을 너무도 충실히 지켜줘⋯⋯
(어린 왕자) 하나를 델리 드 비리에게 줬어. 내가 커다란 사진 속 당신 어깨에 그 어린 왕자를
붙였어. 델리의 거실에서 반짝이는 은테 액자에 든 어린 왕자의 목도리는 승리를 향해
멋지게 날아가는 것처럼 보여⋯⋯ 사실 델리의 집에 처음 갔을 때 그렇게 은으로 둘러싸인
당신의 모습, 뭐랄까, 감옥처럼 그 테 안에 갇힌 당신의 모습을 보면서 혼란스러웠어⋯⋯
두려웠어. 말하자면⋯⋯ 아니야, 그건 당신을 향한 많은, 더없이 많은 사랑이었어⋯⋯ 난

델리한테 진심으로 고마워. 당신을 향한 델리의 마음은 애정일까 아니면 열정일까? 아마 사랑일 거야! 난 사람들이 당신을, 내 남편을 사랑하는 게 좋아. 하지만 당신을 빼앗아가는 건 안 돼! 당신 입으로도 더는 우리의 새장 밖으로 날아가지 않겠다고 약속했잖아! 그러니까 사람들이 아무리 당신의 깃털을 다정하게 어루만져도 난 행복하고 평온할 수 있어!

당신한테 할말이 너무 많아, 나의 그대. 심각한 일들도 있고(하지만 사랑 얘기보다 심각한 게 또 뭐가 있겠어?). 그래도 토니오, 내 말 잘 들어봐. 나를 보러, 당신 책*을 쓰러 얼른 와야 해. 다른 건 아무것도 중요하지 않아. 내 말을 믿어. 날 위해서가 아니라, 삶을 위해서야. 당신이 어서 그 훌륭한 책을 써서 세상에 내어놓는다면, 당신은 자신의 삶을 이 세상에 선물로 주는 거야. 어서 와, 날아와. 당신은 늘 당신의 임무를 해냈어. 계속해야 해. 허튼 생각 하면 안 돼, 남편. 난 당신이 그 책을 끝내야 한다고 굳게 믿어. 책이 당신에게 가장 중요한 전투야. 글을 써, 절대 피하지 말고. 가능하면 지금 있는 곳에서, 안전하게 있다면(나는 신경쓰지 마) 꼭 쓰도록 해. 책을 써. 당신이 책을 쓰고 있다고, 당신이 해야 할 일을 하고 있다고 말해줘!

당신 편지를 한 통도 못 받았어. 어떻게 된 걸까? 전보는 받았어, 그대. 하지만 당신의 아름다운 필체로 내게 이야기해줘. 난 당신을 위해, 오로지 당신을 위해 최선을 다하고 있어. 나에게 마실 물을, 당신의 애정을, 당신의 추억을, 당신의 변하지 않는 마음을 줘(당신 가까이 있는 다른 여자들 때문에 난 너무 겁이 나).

당신의 어린 콘수엘로

• 『성채』를 말한다.

121

앙투안이 콘수엘로에게

1943년 10월 초[*]

나의 콘수엘로,

한 친구가 정확히 오 분 뒤에 미국으로 출발한다는 소식을 들었어. 그러니까 오 분 안에 이 편지를 써야 해. 사랑하는 콘수엘로, 내가 당신을 사랑한다는 걸 알아줘.

난 낮이나 밤이나 당신 때문에 너무 걱정돼. 부탁할게, 당신 스스로를 잘 지키고, 몸을 잘 돌보고 조심하도록 해. 몇 주씩 당신 소식이 없으면 난 정말 견디기 힘들어. 콘수엘로, 제발 부탁이야, 날 도와줘. 사랑하는 나의 아가씨, 날 도와주려면 침착하고, 얌전하고 행복하게 지내야 해. 그리고 나에게 편지를 써줘.

요즘처럼 끔찍하게 쓰라린 날들엔 행복하기 어렵겠지만 뉴욕의 비어 있는 집, 우리가 마음속에 함께 지어 영원히 간직하고 있는 우리집을 생각하면 행복해질 거야.

콘수엘로 나의 아이, 난 언제 당신을 볼 수 있을까? 당신을 내 품안에 안전하게 지켜주지 못한다면 모든 의무를 저버린 거나 마찬가지야. 당신에게 닥치는 단 한 가지 불행만이라도 막을 수 있다면 모든 불행이 나에게 닥쳐와도 괜찮아. 당신은 연약하고, 조금은 제정신이 아니니까…… 오 콘수엘로, 제발 부탁이야, 내가 당신 걱정을 하지 않게 해줘. 정말

---

* 앙투안이 알제에서 실비아 해밀턴에게 써서 1943년 10월 19일 미국으로 부친 편지의 한 대목이 「자필 원고들과 역사적 기록 문서」에 인용되어 있다. "오늘 저녁에 미국으로 떠나는 친구를 기적적으로 만났어. 십 분 안에 편지를 써야 해. 그가 무슨 일이 있어도 내 애정을 당신에게 전해줄 거야. (…) 실비아, 여긴 인간 사막이야."

부탁할게.

나의 어린 아가씨, 나한텐 절망을 피할 수 없는 수많은 이유가 있어. 내 나라 사람들이 하나같이 서로를 미워하는 걸 도무지 받아들이지 못하겠어. 당신은 날 알잖아. 난 동포들이 걸린 그 이해할 수 없는 병 때문에 낮이나 밤이나 마음이 괴로워. 말로 표현할 수 없이 불편한 마음으로 살아가지. 이젠 내 나라가 어디인지조차 알 수 없으니, 절대 치유될 수 없는 '향수병'에 시달리는 셈이야. 차라리 라이트닝기를 몰고 프랑스 상공을 날 때 죽었어야 했다는 생각을 해. 그랬으면 아주 간단할 텐데. 난 지금 비행을 못하고 있어.* 내 나이의 조종사는 안 된대. 나는 이제 유용한 일은 아무것도 할 수 없어. 콘수엘로, 콘수엘로, 마음이 너무 괴로워.

나의 오이풀, 나의 바보 같은 양, 나의 콘수엘로……

앙투안

---

* 1943년 8월 1일 비행중에 사고를 겪은 뒤로 앙투안은 비행 허가를 받지 못했다.

콘수엘로가 앙투안에게

뉴욕, 1943년 10월

나의 토니오,

당신은 어디 있어? 나의 카나리아는 걸어오고 있는 거야? 왜 당신의 집인 콘수엘로에게 돌아오지 않아?

지난번 전보 이후에 아무것도 못 받았어. 당신 편지가 오지 않으면, 난 사라지고 싶어져. 그냥 다 끝내고 싶어……

당신은 왜 다시 침묵에 잠겼지? 우리 둘 다 땅속에 묻혀버릴 이런 침묵에 말이야.

당신한테 다른 여자가 생겼다고 생각하진 않아. 아무리 멀리 떨어져 있어도, 그동안 당신이 잘못을 저지르고 열정을 불살랐어도, 난 당신 말을 믿어. 당신은 언제나 나의 기사였어.

고마워, 나의 남편. 앞으로 살아갈 날들에 당신을 위해 감미로움을 한가득 준비해둘게. 더는 나를 버려두지 마. 너무 슬퍼.

당신을 향한 사랑으로 나를 잘 지키고는 있지만, 끝없는 기다림 때문에 가끔 눈물에 젖어.

토니오, 나의 아이, 돌아와서 곳곳에 어린 왕자를 그려줘.

당신의 아내,

콘수엘로

콘수엘로가 앙투안에게

웨스트포트, 롱쇼어 클럽, 1943년 10월 말

토니오,

10월이 끝나가, 나의 그대. 숲이 울긋불긋하고, 난 온통 노란색으로 물든 아름다운
나뭇가지들을 꺾었어. 아메리카에서만 볼 수 있는 단풍잎들도 땄고.

여긴 롱쇼어 클럽이야. 어딘지 알지? 우리가 두 해 여름* 동안 머물렀던 캄포 비치의 집에서
멀지 않아.

해가 나면 가을이라도 따스해. 난 집을 나서서 해변까지 걸어가서 당신을 생각하며 앉아
있어. 우리 둘을 생각하고, 전쟁을 생각해. 바다의 물결이 슬퍼, 간조 때는 특히 더. 어제는
커다란 게 두 마리(투구게)를 찾았어. '리물루스'라고도 하고 '리물'이라고도 하는데, 당신도
본 적 있지? 남편 투구게가 아내 투구게를 껴안고 있었어. 그 틈에 내가 막대기로 그 게들을
잡았고. 모랫바닥에서 건져올려서 작은 나룻배에 옮겨놨어. 가둬두려고, 말려서 뉴욕으로
가져갈 수 있게. 배에 넣어놓으니까 얼마나 아름답던지. 도망가지 못하게 뒤집어놓았어.
그런데 자그마한 암컷 투구게가 덩치 큰 남편 투구게보다 요령이 더 좋아서 먼저 다시
몸을 뒤집었어. 난 그 암컷이 그러고 나서 배 밖으로 도망칠 줄 알았는데, 아니었어. 남편을

• 콘수엘로가 여기서 말하는 것은 특히 1942년의 여름이다. 롱아일랜드의 북쪽 해안인 노스포트로 가기 전에
부부는 며칠 동안 반대편 해안인 롱아일랜드 사운드, 웨스트포트(코네티컷)의 캄포 비치에 머물렀다. 드니 드
루주몽도 왔다.

도우러 달려가는 거야. 그런데 뒤집혀 있어서 화가 잔뜩 난 남편 게가 아내 게를 할퀴었어. 너무 착한 아내였는데. 어쨌든 남편 게는 아내 게에게 기대서 다시 몸을 제대로 뒤집는 데 성공했고, 그런 뒤에야 아내 게가 도망치기 시작했어…… 내가 작은 배를 모래 위로 기울이면서 게들에게 말했어. 나의 친구 게들아, 그만 가보렴. 그리고 다른 게들에게도 모두 말해주렴. 난 다정하고 착한 연인들을 언제나 돕는다고. 내가 해준 일을 잊지 마. 그리고 만일 나의 토니오나 내가 살다가 엉망으로 넘어지면, 너희들이 와서 도와줘야 해. 게들이 내 말을 알아들은 것 같았어!

그런 뒤에 이 작은 통나무집으로 돌아와서 당신에게 편지를 쓰는 거야. 클럽은 식사가 너무 비싸서 그냥 여기서 지내거든. 친구들도 초대할 수 있고. 지난 주말엔 루쇼와 시프랭이 왔었어. 벽난로용 땔감도 많이 가져다줬고. 루쇼는 당신을 형제처럼 사랑해! 더없이 고마운 사람이야. 난 루쇼하고 당신 얘기도 자주 해. 그는 내가 우울해하는 것 같으면 너무 상냥하고 너무 슬기롭게 기운을 북돋아줘. 당신 책 『어느 인질에게 보내는 편지』가 나왔을 때는 산책하다가 이렇게 외치기까지 했어. "놀라워! 정말 놀라운 작가야! 대단해!" 시프랭한테는 이렇게 말하는 것도 들었어. "두고 봐, 시프랭, 백 년 혹은 이백 년 뒤에 생텍스의 책은 가장 훌륭한 고전으로 꼽힐 테니까." 그러면서 누구 얘길 했는데, 그 이름은 벌써 잊어버렸네. 음식을 준비하고, 식탁을 차리고, 빵을 굽느라 뭘 들어도 금방 잊어버려. 이해해줄 거지, 나의 남편? 루쇼의 말이, 이백 년 뒤에는 생텍스의 문장 하나를 두고 거리에서 싸움이 벌어질 거라고도 했어.

그런 말을 들으면 나도 숨이 쉬어져. 난 사람들이 그렇게 도와준 덕에 살 수 있고, 당신을 기다릴 수 있어. 늙어 해골처럼 걸어가며 맞이할 우리의 끝도 기다릴 수 있고……! 당신에겐 빛을 비춰줄 수 있는 능력이 있어. 그러니 그 빛을 세상에, 불쌍한 사람들에게 흘려보내줘.

편지를 더 쓰고 있어. 뜻밖의 행운이 찾아와서. 곧 떠나서 이 편지와 작은 선물이 가득 담긴 작은 여행 가방을 당신에게 보내줄 수 있는 사람이 나타났거든.

선물 중에 태엽을 한 번 감으면 여덟 시간 가는 내 스위스제 손목시계도 있어. 여행 가방은 상하지 않게 조심해서 쓰고 잃어버리지 마.

당신이 부탁한 책들, 그리고 당신이 조금은 흥미를 느낄 두꺼운 책도 한 권 넣었어.

그대, 난 삶의 아름다움을 사랑하듯 당신을 사랑해. 나 자신보다 당신을 더 사랑해. 당신이 없으면 난 아무것도 필요 없어.

날 위해, 우리를 위해, 당신 자신을 잘 챙겨야 해.

우린 마테를링크 부부*처럼 행복하게 늙어갈 수 있을 거야.

그럼 이만 줄일게, 내 사랑, 안녕. 나의 남편, 내 다정한 남편, 당신에게 내 온 영혼을 담은 편지를 보낼 수 있어서 얼마나 기쁜지 몰라. 미칠 듯이 기뻐. 당신의 아내,

콘수엘로

---

* 벨기에 작가 모리스 마테를링크(1862~1949)와 그의 아내는 콘수엘로와 전부터 잘 알고 지내는 사이였다. 마테를링크 부부는 1940년 7월 뉴욕으로 이주했고, 생텍쥐페리 부부가 살던 센트럴파크 사우스 240번지의 이십삼층에 살았다. 마테를링크는 콘수엘로의 전남편 고메스 카리요와 친한 사이였고, 니스에서도 1930년에 거대한 오르라몽드 저택(이전의 카스텔라마르 저택)을 매입하기 전까지 보메트대로 66번지의 '빌라 데 자베유'(이전의 '빌라 이브라힘'으로, 1911년 매입했다)에서 카리요와 이웃해 살았다. 마테를링크의 두번째 아내 셀리제트(본명은 르네 다옹)는 영화배우로 콘수엘로와 각별하게 지냈다.

124

콘수엘로가 앙투안에게

웨스트포트, 1943년 10월 말

토니오,

어제 온종일 당신에게 편지를 썼어. 그래 봐야 당신은 내 편지를 받아보지 못할 테지만.
그대, 당신이 없어서 난 너무 아파! 힘껏 용기를 내서, 힘들다는 말은 안 하고 싶었는데,
사랑하는 그대, 난 너무 아파. 당신이 올 때면 난 자그마한 뼈(여성형을 쓸 수 있나 모르겠네)가
되어 있을 거야. 어쨌든(당신은 알아?), 한참 동안 당신한테 우리 얘기를 하고 나서 잠자리에
누우면, 문득 당신이 멀리 있다는 게, 너무 멀리, 지구 반대편에 있다는 게 실감나. 시간이
멈추지 않는다는 것도. 겨울이 코앞에 닥쳤네! 웨스트포트의 나무에 매달린 마지막
잎새들이 버텨주길 아무리 간절히 원한들 소용없는 일이지. 10월의 차가운 밤들이 모든 걸
앗아가니까, 내 희망까지도. 주여, 저에게 용기와 평온한 마음과 인내심을 주소서! 어쩌면
난 평생 이렇게 나무들 곁에 앉아서 잎새들이 다시 돋아나고, 떨어지고, 또다시 돋아나는 걸
바라봐야 하는 걸까…… 당신의 눈이 감기면, 내 사랑, 난 절망으로 쓰러질 거야. 당신에게
이런 얘기 하는 거 용서해. 당신이 너무 보고 싶어! 내가 마음을 가라앉히고 달래려고
어떻게 하는지 알아? 당신 목소리가 담긴 속기용 축음기 녹음테이프를 몇 개 찾아냈어.
독자들에게 보내는 편지와 책 일부를 녹음해놓은 건데, 그걸로 당신 목소리를 들어.* 받아쓸

• 앙투안이 밤에 이 속기용 축음기에 녹음해놓으면, 이튿날 비서인 부쉬 양이 타이핑해 원고를 만들었다.

내용을 불러주는데, 당신이 말을 너무 잘해. 당신이 꼭 그 테이프 안에 갇혀 있는 것만 같아…… 안 그래도 '정신 나간' 부쉬 양이 가끔 찾아와서 나한테 물어. "생텍쥐페리 씨는 언제 오시나요? 돌아오시면 제가 다른 일을 안 하고 있다고 전해주세요! 곧바로 일 시작할 수 있다고요." 난 그녀의 말을 들어주고 수프를 대접해. 내 특기잖아. 재료를 더해가면서 계속 끓이는 수프. 먹고 나면 이튿날 허브와 고기와 야채를 더 넣고 다시 끓여. 계속 먹을 수 있고 아주 맛있어. 가끔은 불에 얹어놓은 채로 까맣게 잊고. 그러면 수프가 걸쭉해지고 아예 뻑뻑해지기도 하는데, 그래도 그냥 먹어. 빵을 깨물듯이 먹는 거야. 당신도 내 수프 먹고 싶지? 오늘은 아주 맛있게 됐어. 어제는 집밖에 안 나가고, 전쟁터로 떠난 내 남자에게 편지를 썼기 때문이지.

밖에 안 나가니까 좋아. 사실 남편 없이 어딜 가야 할지도 모르겠어, 만날 사람도 없고. 그래서 난 남편 생각만 하고, 다른 건 하나도 할 줄 몰라. 어느 날 사람들이 내게 겁을 줄까봐 두려워…… 나한테 소리를 질러댈까봐, 사람들 때문에 뛰어가야 할까봐, 조용히 남편 생각을 할 수 없을까봐 두려워. 정말이야, 파푸. 난 머릿속에서 당신을 내 옆에 바짝 붙여놔. 아마도 그러면 안 되겠지만! 너무 오래 기다리느라 내가 좀 바보가 되어버렸거든! 하지만 당신이 보낸 편지를 받으면 그야말로 축제야. 루쇼에게 전화를 하지. 그는 늘 자기 제화점에 있어. 그 사람도 나만큼이나 기뻐하는 것 같아. 그럴 때 난 앞으로 다시 닥칠 우울한 날들을 위해 행복을 비축해. 그가 나에게 이렇게 말해. 당신은 참 바보야. 당신 남자는 무사히 잘 돌아올 거야. 그는 당신을 사랑해. 난 알지. 금발 여자들 때문에 속상해할 거 없어. 그도 다 아니까. 당신이 자기를 죽을 때까지 사랑한다는 거 안다고!* 백발에 안경을 쓴 루쇼가 날 위로해주는 소리가 듣기 좋아. 그는 참 정직한 사람이야, 선량하고. 요즈음 정직한 사람 찾아보기가 얼마나 힘든데! 난 몇 시간이고 그에게 당신 얘기, 우리 사랑 얘기를 해. 내가 얼마나 당신을 사랑하는지도! 그는 우리 사랑에 대해서도 아주 너그러워. 루쇼 같은 친구가 있다는 게 참 좋아. 그리고 혹시라도 당신한테 편지를 전해줄 수 있는 인편이 생기면

쏜살같이 달려와서 나에게 편지를 달라고 해······ 요즈음은 이런 말도 해. 곧 끝날 거야! 두고 봐! 난 그의 말을 믿어, 조금은······ 아마도 크리스마스쯤에는 끝나지 않을까? 하지만 다른 사람들은 아니라고, 겨울이 지나야 한다고 해. 그러면 난 너무 막막해져!

드디어 허가서를 얻었어, 내 사랑, 미국으로 다시 들어올 수 있는 재입국허가서가 나왔다는 얘기 내가 이미 했지? 아주 힘들게 얻었어. 4월부터 수속을 밟기 시작했거든. 그래서, 그대, 나의 남편, 당신 생각은 어떠신가요? 내가 그 허가서를 써도 될까요? 내 생각엔, 당신이 돌아오는 일정이 다시 늦춰진다면 모를까, 안 될 것 같은데. 그런데 난 뉴욕에 남아 있는 게 죽도록 힘들어. 스페인어로 말하고 싶고, 식구들도 보고 싶어. 불쌍한 우리 엄마는 이제 너무 늙으셨어! 당신이 떠난 뒤로 일주일에 한 번씩 나한테 편지를 보내서 위로와 조언을 건네주셔······ 엄마가 날 제대로 챙겨주시는 건 처음이야. 내 남편이 전쟁에 나가 있기 때문이겠지. 대령이었던 당신의 남편도 생각나실 테고······** 가슴이 뭉클해져! 엄마는 편지로 당신에 대해, 전쟁에 대해, 당신의 비행에 대해 시시콜콜 물으셔. 엄마에게는 다른 비행기들은 존재하지 않는 거야······ 그리고 나에게 이렇게 말씀하셔. 저녁마다 내가 그를 위해 그리고 너희 둘의 행복을 위해 기도한단다. 그럴 때면 당신 엄마 생각도 나! 그대, 돌아와. 당신이 돌아오지 않으면 난 빗속에 버려진 보잘것없는 비누처럼 녹아내릴 거야. 사방에 마구 쏟아지는 빗줄기처럼, 나의 토니오의 모든 작은 조각들에 입을 맞추며 당신을

* 루쇼는 콘수엘로에게 쓴 1945년 9월 4일자 편지에서 여전히 생텍쥐페리 부부에 대한 애정을 드러내며 그들의 기억을 지켜주기로 한다. "앙투안은 마치 시골 농부가 '내 땅'이라고 말하듯이 '내 아내'라고 말했지. 장난치는 투가 아니었어. 당신이 흑인 강도 때문에 거의 죽을 뻔하고 병상에서 헛소리를 할 때, 그는 아내를 잃을지도 모른다는 생각에 질겁했는걸. 나에게 부탁한 마지막 전갈도 자기가 당신을 사랑한다고 말해달라는 거였고. 지금 파리 사람들, 그 천박한 인간들이 당신이 그에게 아무것도 아니었다고 떠들어대지만, 나 역시 당신만큼이나 신경 안 써. (···) 당신은 앙투안과 함께 그 불타오르는 걱정의 삶을 살았고, 그 누구도 당신에게서 그 시간을 앗아갈 수 없어."

** 엘살바도르 산타아나에서 태어난 콘수엘로의 아버지 펠릭스 순신은 예비역 대령이었고, 아르메니아에서 커피 농장을 운영했다. 남편과 사별한 어머니 에르실리아 순신은 과테말라 출신이었다.

325

안아줄게! 사랑합니다.

당신의

콘수엘로

125

앙투안이 콘수엘로에게

카사블랑카*, 1943년 가을

사랑하는 그대, 드디어 당신에게 편지를 보낼 기회가 왔어(지금 난 인편으로 오는 편지밖에 못

받거든. 내가 무작정 보내는 편지도 아마 당신한테 안 가겠지).

아주 간단해, 콘수엘로. 난 더이상 당신 없이 살 수 없어. 난 당신이 필요해.

당신은 나의 위안이고, 나의 감미로운 의무야. 난 당신을 꼭 보호하고 싶고, 도와주고 싶고,

우리집의 당신 곁에서 글을 쓰고 싶어. 오이풀, 이건 나에게 아주 많은 뜻을 가진 이름이야.

우리집 풀밭에 숨어 있는 아주 싱싱하고 향기로운 풀의 이름이잖아. 오래전에 내가

훌륭하게도, 쉽게 흥분하고 과장이 심한 콘수엘로, 뒤죽박죽인 가짜 콘수엘로의 모습 뒤에

감춰진 진정한 콘수엘로의 모습을 닮은 오이풀을 발견했지. 오 내 사랑, 우리가 잃어버린 그

시간이 날 얼마나 무겁게 짓누르는지, 나의 아내, 처음부터 날 행복하게 해주지 그랬어……

하지만 그런 건 이제 다 사라졌고, 매일매일, 날이 갈수록 더 많이, 난 당신을 제대로

사랑하는 법을 배우고 있어. 당신도 날 평화롭고 이해심 많은 사람, 행복한 사람으로 만드는

법을 배워야 해. 콘수엘로, 내가 우리의 집을 마련할 수 있게 도와줘. 그러느라 내가 희생을

하고 있잖아. 당신도 그렇게 해줘. 넬리가 알제에 왔을 땐 난 튀니스에서 휴가를 받아 알제에

온 거였고** 그녀는 펠리시에의 집에 묵었어. 괜히 사람들이 당신과 내가 헤어진 줄 알고 또

- 비행이 금지된 뒤 앙투안은 카사블랑카에 있는 친구 앙리 콩트의 집에 칩거했다. 「편지 24」 참고.
- ** 앙투안은 튀니스-라마르사에서 처음 두 번의 비행 임무를 마친 뒤 돌아왔다. 7월 21일 비행은 성공했으나 8월 1일에는 실패했다. 8월 12일, 그는 미군 고위급 장교들의 결정에 따라 비행 제한 명령을 받고 알제로 돌아갔다.

당신에 대해 이러쿵저러쿵 떠들어댈까봐 난 카사블랑카에서 휴가를 보냈어. 오이풀, 오이풀, 당신도 나처럼 행동하길 바라. 왜 순결한 집을 만들어야 하는지 꼭 깨닫길. 내가 당신을 사랑하듯 당신이 날 사랑할 줄 알게 되길. 난 충만한 행복 속에 집으로 돌아갈게.

지금 난 행복하지 못해, 나의 다정한 어린 아가씨. 처음엔 항공촬영 비행대 3대대에서 미국인들과 함께 비행했어. 그랬는데 지금은 내가 너무 늙었다고 뭐라 하네. 프랑스 상공을 비행하는 어려운 임무들을 해냈는데, 환멸스럽게도 이젠 좀 쓸모없는 존재가 된 것 같아. 북아프리카의 이 끔찍한 정치 환경은 견디기 정말 힘들어. 모두가 서로를 증오해. 난 어디선가 비행기를 다시 몰아보려고 애쓰고 있어. 우리가 많이 고생했을 때, 내가 무척이나 힘들었던 디디에 도라 시절이 떠오를 만큼 불안에 떨며 힘들게 지내. 차라리 죽는 게 나을 것 같기도 해. 내가 다시 비행을 하게 된다 해도, 콘수엘로, 난 돌아갈 거야. 당신 없이 내가 어떻게 살겠어? 난 당신이 일구어낸 잎들의 뿌리야. 당신은 또 나의 평화의 뿌리고, 당신이 있어야 내가 어디로 돌아갈지 알지. 절대 아프지 않게 조심해. 콘수엘로, 난 지금 온 힘을 다해서 외치고 있는 거야. 스스로를 잘 돌봐야 해. 당신 자신을 잘 보호하고 잘 지켜내. 날 두렵게 하지 마. 내가 늘 얼마나 두려워하는지 당신도 알겠지.

N〔넬리〕는 일정 때문에 런던으로 갔고, 난 이제 알제로 돌아가. 어쨌든 당신은 이제 당신과 나밖에 없다는 걸 알고, 또 느끼게 될 거야. 혹시라도 당신이 우리 사이에 가로놓인 이 끔찍한 심연 때문에 오랫동안 소식을 전하지 않는 거라면, 나의 애수 콘수엘로, 이 땅에 오직 당신과 나밖에 없다는 걸 알아줘. 당신은 매 순간 내 안에 있고, 이 땅에서 내가 향하고자 하는 유일한 곳이야. 난 좋은 책들을 써야 하는데, 오직 당신 곁에서만 할 수 있어. 당신에게도 나무 그늘이 필요한데, 오로지 내 곁에서만 그 그늘을 찾을 수 있을 거야. 우리가 리프에서 만난 적 있는 오팡* 기억하지? 그 사람 말이, 앙투안 없는 콘수엘로도, 콘수엘로 없는

• 파리 술집 '리프'의 단골로, 왕당파 일간지 『락시옹 프랑세즈』의 기자 루이프랑수아 오팡(1902~1975)을 말한다.

앙투안도 생각할 수 없다더군.

인간들이 자기 뿌리를 잃고 떼 지어 몰려다니는 이런 시대, 명상은 사라지고 날카롭고 요란스러운 논쟁만 남은 시대, 모든 게 깨져버린 시대, 이럴 때, 내 사랑과 내 의무와 내 마음속 나라의 콘수엘로, 난 그 어느 때보다 당신한테 매달리게 돼. 당신은 모를 테지만 난 당신이 있어 살아갈 수 있어. 당신에게 간청할게. 내 삶을 지켜주길, 의무를 다해주길, 우리의 얼마 안 되는 재산을 잘 관리해주길, 내 속기용 축음기를 잘 닦아주고, 친구들도 잘 골라서 사귀어야 해. 오 콘수엘로, 당신이 반드르르한 온화한 집안에서 뜨개질을 하고 또 하는, 내가 춥지 않도록 애정을 비축해두는 여인이면 좋겠어.

당신의 강한 인내심이 나를 구해주었을 거야. 『어린 왕자』는 베빈 하우스에서 당신의 뜨거운 불길 속에서 태어났지. 지금 내가 가진 확신은 당신의 다정한 노력에서 태어난 거야. 사랑하고 사랑하는 콘수엘로, 내 명예를 걸고 맹세할게. 당신은 언제나 전부 보답받을 거야. 이제 두 달 뒤면 아마도 난 이곳을 떠나 당신을 보러 갈 거야.

콘수엘로, 전부 당신의 것이니, 평화 속에서 확신을 갖고 다스려. 콘수엘로, 콘수엘로. 당신을 사랑해.

앙투안

당신이 보내준 선물 너무 좋았어. 세심하게 골라줘서 고마워. 특히 안경은 여기선 구할 수가 없는데, 정말 필요했어. 나의 어린 아가씨, 꼭 필요한 게 더 있어.

『어린 왕자』 프랑스어판 다섯 권

『어느 인질에게 보내는 편지』(브렌타노스) 다섯 권

『어느 인질에게 보내는 편지』(콜리어스) 다섯 권

전부 아직 한 권도 못 받았어!*

앙투안

고마워, 내 사랑.

---

* 정말로 이 책들이 금지된 것이 앙투안이 드골주의를 거부한 탓인지는 알 수 없다. "미국에서 모든 책이 왔는
데, 내 책만 빠졌어. 북아프리카에서 금지된 거야."(넬리 드 보귀에게 보낸 편지. 『전시의 글들』. p.368)

oublier si je vous supplie de nous garder ancienne, de
nous imposer des devoirs, de bien gérer nos faibles
biens, de bien nettoyer mon gramophone, de bien choisir
nos amis, ô Consuelo, j'ai une petite fileuse de
laine qui travaille et travaille, dans la douceur d'une
maison bien lustrée, et la provision de tendresse qui
m'empêchera d'avoir froid.

Vous avez été patiente en doute, par votre
patience, vous m'avez sauvé. Le Petit Prince est
né de votre grand feu de Bevin's House. Ma certitude
présente est née de nos tendres efforts. Consuelo chérie
chérie tout de vrai, je vous le jure sur mon honneur,
ma toujours reconquise.

Et maintenant peut-être, d'ici deux mois, vais-je
faire un voyage et vous revoir.

Soyez certaine de régner en maître, Consuelo, sur
tout ce qui est à vous. Consuelo, Consuelo. Je vous
aime
    Antoine

Les cadeaux m'ont fait tellement plaisir. Et
surtout le choix attentif des cadeaux. Et ces
lunettes — qui sont introuvables ici — et dont
j'avais si grand besoin. Ma petite fille le
voudrais tellement aussi.
    5 Petit Prince en français
    5 Lettre à un otage   (Brentano's)
    5   "   "   "   (Collins)
    5
Je n'ai jamais, jamais, jamais rien eu !
    Antoine
Merci mon amour.

"『어린 왕자』는 베빈 하우스에서 당신의 뜨거운 불길 속에서 태어났지."

126

앙투안이 콘수엘로에게

알제, 1943년 11월

아, 콘수엘로 내 사랑, 이제 더는 못 버티겠어. 이 편지는 당신 혼자서만 간직해. 루쇼 말고는

아무한테도 얘기하지 말고. 이 나라를 비판한 게 알려지면 내 입장이 엄청나게 곤란해질 거야.

오 콘수엘로, 이 나라에선 모든 게 너무 슬퍼. 사람들의 마음이 다 황폐해졌어.

모두가 서로를 미워하고, 다들 미쳤어. 프랑스인들은 오로지 서로를 미워할 생각뿐이야,

바로 옆에서 프랑스가 저물어가고 있는데도. 구역질이 나. 콘수엘로, 난 죽어도 더 못하겠어.

콘수엘로, 콘수엘로, 제발 나를 도와줘.

이곳에선 마음이 너무 추워. 나의 어린 시인 아가씨, 당신의 노래가 필요해. 당신의 장작불이

필요해. 내가 선택한 건 당신이니까, 그리고 그 무엇도 날 당신과 갈라놓을 수 없으니까.

우리의 성스러운 결혼 서약이 세상 그 무엇보다 강력하니까. 난 영원히 나의 나룻배 안에

머물러야 해. 오 콘수엘로, 당신이 슬기롭고 부드럽게 노를 저어서 당신의 남편을 노년으로

데려가줘야 해.

당신은 내가 얼마나 바보 같은지 잘 알지. 겨울옷 하나 준비해 오지 않았어. 그래서 추워서

떨고 있어. 게다가 바보같이 등화관제로 어두울 때 발을 헛디뎌서 뒤로 자빠지는 바람에

등이 층계에 부딪혀서 척추를 다쳤어.* 걸을 때 허리가 아프고, 밖에 나가면 추워. 그리고

---

* 이 사고는 1943년 11월 5일 알제에 있는 의사 조르주 펠리시에의 집에서 일어났다. 이 사고로 앙투안은 통증
이 심해서 몸을 제대로 쓰지 못했다. 그가 펠리시에, 앙리 르콩트와 이 일에 대해 이야기한 편지들이 『전시의
글들』(pp.321~348)에 수록되어 있다.

당신 생각을 하면 가슴이 아파. 프랑스에 있는 내가 사랑하는 모든 것을 떠올리면 가슴이
아파.

너무 추워서, 보다시피 글씨를 제대로 쓸 수가 없어.

여름이 오길 바라듯 당신을 바라.

당신이 필요해.

*

도무지 사그라들지 않는 이 사랑이 참으로 신비스러워. 이제 난 당신에게 기대를 걸어.
당신한테 기대도 좋다는 걸 이제는 알아. 당신이 쓴 편지를 읽고 또 읽지. 바로 그 편지들이
나의 유일한 즐거움이야. 유일한 즐거움. 이런 암흑의 시절에는 정말 유일한 즐거움이지.
당신을 사랑해, 콘수엘로.

*

이제 난 의미 있는 일은 아무것도 안 해. 내 나이 마흔셋이야. 미군은 내가 라이트닝기를
몰기엔 너무 늙었다고 생각해. 난 이미 빠르게 하늘을 나는 전투기를 조종하며 프랑스
땅을 보았는데, 더이상은 볼 수 없게 되었어. 내 마음엔 오로지 전쟁뿐인데, 인정머리없고
어리석기 이를 데 없는 나이 제한 규칙 때문에 아무것도 못하고 있어. 전쟁에 낄 자리 없는
실업자인 셈이지. 그런 채로 이유도 모르는 상태로 이 썩어빠진 나라에 몸을 담고 있어.
일단 미국에 다녀오겠다고 신청해놨어. 아무리 흰 수염이 길게 자란 늙은이라도 비행할
권리를 얻어보려고. 아마 허가가 날 거야. 그럴 것 같긴 하지만 확실하진 않아. 지금 이곳은
그 어느 때보다도 정치가 모든 걸 지배하거든. 심장과 뇌가 문둥병에 걸리기라도 한 것처럼

333

추하게 구는 꼴을 지켜보기 너무 힘들어. 아마 거기서도 알겠지만, 높은 자리에서 결정하는 인간들이 나한테 그다지 호의적이지가 않아. 전쟁터에서는 오히려 마음이 평화로웠는데, 지금 알제에서는 매일 눈앞에서 벌어지는 광경 탓에 그야말로 고장나버렸어. 믿기 힘든 불의, 추하기만 한 하찮은 복수, 서로에 대한 밀고와 가해와 중상모략…… (인간들 틈에서 이런 일들을 겪고 나면 영원히 수도원으로 들어가는 수밖에 없을 것 같아.) 사실 미국 가는 일이 허가가 날 것 같지는 않아. 오히려 언젠가 왜 자기들 방식이 아니라 내 방식대로 내 나라를 사랑했느냐고 비난받게 되겠지. 결국 그럴싸한 구실을 내세워서 날 꽁꽁 가둬둘 셈인 거야. 전부 증오의 내리막길로 치닫고 있어. 아! 콘수엘로, 당신을 꼭 껴안고 싶어. 당신은 나의 아내고, 나의 여름이고, 나의 자유야.

건강 잘 챙겨. 조심하고, 당신 자신을 잘 지켜. 절대 밤늦게 외출하지 말고, 감기 걸리지 말고, 절대 날 잊지 말고. 날 위해 기도해줘. 마음이 괴로운데 어떻게 위안을 얻어야 할지 모르겠어!

당신의 남편

앙투안

127

앙투안이 콘수엘로에게

알제, 1943년 11월

콘수엘로 당신이 보냈다는 여행 가방도, 태엽을 감으면 여덟 시간 간다는 손목시계도,

아무것도 안 왔어.*

콘수엘로, 난 마음이 너무 추워. 당신의 웃음소리를 듣고 싶어. 내 사랑 어린 아가씨, 당신과

멀리 떨어진 곳에서 끔찍하게 슬픈 날들을 보내고 있어!

제발 내가 당신 소식을 받지 못한 채로 지내게 만들지 마. 당신 편지는 내 마음의 양식이야.

오 콘수엘로, 곧 돌아가서 사방에 어린 왕자를 그려놓을게……

[어린 왕자 그림의 말풍선 속에 대사가 쓰여 있다. "나의 콘수엘로는 어디 있지?"]

콘수엘로 당신을 사랑해.

앙투안

* 「편지 123」 참고.

Consuelo je n'ai jamais reçu votre valise ni le moulin qui marche huit jours. ni rien. Et ce me fait tellement de peine qu'un signe de vous soit perdu !

Consuelo j'ai terriblement froid dans le coeur. J'ai besoin de t'entendre rire. Petite fille mon amour que de jours affreusement tristes j'ai passés loin de toi.

Ne me laisse jamais sans nouvelles. C'est le pain de mon coeur.

Oh Consuelo je reviendrai bientôt dessiner partout un petit Prince...

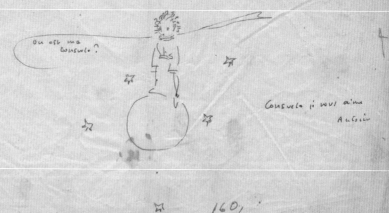

ou est ma consuelo ?

Consuelo je vous aime
Antoine

160,

"나의 콘수엘로는 어디 있지?"

128

콘수엘로가 앙투안에게

뉴욕, 1943년 11월 23일*

〔매카이 라디오로 전달된 전보〕

MK941 KN NEWYORK NY 99 1/50 23 735 PM

NLT ANTOINE SAINT-EXUPÉRY

CARE DOCTEUR PÉLISSIER 17 RUE DENFERT-ROCHEREAU

ALGER

가방을 다시 보냈어 사랑과 크리스마스 선물과 다정한 편지를 가득 채워서

어쩌면 당신이 영원히 받아보지 못할 수도 있지만

나도 당신을 보러 알제에 가고 싶어 당신 친구들은 가지 말라고 말리지만

내가 어떻게 하면 좋을지 말해줘

과테말라에서 식구들이 내가 크리스마스에 오길 기다려 재입국허가서는 받았고

당신도 내가 석 달 동안 가 있는 거 괜찮지 고지대에 가서 천식을 치료하고 싶어

그런데 당신한테서 더 멀어져도 될지 망설여져 제발 전보로 당신 생각을 알려줘

뉴욕으로 전보도 계속 자주 보내주고

난 너무 힘들어 내가 늙은 여자가 되기 전에 당신이 돌아오게 해달라고 하늘에 빌어

당신을 사랑해 콘수엘로 드 생텍쥐페리.

---

* 　알제 전신국 수령 소인 날짜.

앙투안이 콘수엘로에게

알제, 1943년 12월 29일

〔웨스턴 유니언 유선통신〕

RECEIVED AT 40 BROAD STREET (CENTRAL CABLE OFFICE),

NEW YORK, NY

VIA W-U CABLES

HO DBGTL6IB RA ALGERS 43 29 1900

NLT SAINT-EXUPÉRY 2 BEEKMAN PLACE NYK CITY

1943 DEC 29 PM 6 40

당신은 은행 유선통신으로 전보를 보냈네 콘수엘로 내 사랑

곧 당신을 안을 수 있을지 모른다는 엷은 희망이 생겼어

부탁이야 소식을 전해줘* 당신은 나의 유일한 위안이야

크리스마스였으니까 힘껏 안아줄게 앙투안 드 생텍쥐페리

- 편집자 커티스 히치콕은 1943년 12월 31일 앙투안으로부터 무선전보를 받는다. "콘수엘로가 건강한지 전보 바람 걱정됨 너무 소식이 없음 진정한 친구로부터."

130

앙투안이 콘수엘로에게

알제, 1943년 12월 말

나의 어린 아가씨. 내가 선택한 직업으로는 전쟁의 끝을 도저히 볼 수 없을 것 같아. 나에게 편지를 좀 써줘. 왜 편지를 안 보내지? 당신이 아플까봐, 걱정하고 우울해할까봐 내가 얼마나 두려운지 알아? 내가 당신을 지켜줄 수 있으면 얼마나 좋을까. 나를 너무 애태우지 마. 사람들 사이에서 많이 힘들지만, 저녁에는 머릿속으로 너무 많은 질문을 곱씹지 않으려 해. 지상에서 만 미터 높이까지 올라가야 할 때는 잠을 잘 자두는 게 좋거든.

나의 어린 아가씨, 온종일 당신을 보러 가고, 당신이 쓸 석탄을 구해주고, 당신에게 작은 크리스마스 선물도 주고 올 거야. 당신은 나에게 크리스마스 편지를 보냈어야 해. 난 여기서 크리스마스 미사도, 찬송가도, 크리스마스이브의 식사도 없이 너무 슬픈 밤을 보냈어.*

나의 어린 아가씨, 난 정말로 당신을 돕고 싶어!

앙투안

* 이 편지는 새해 전날 넬리 드 보귀에에게 쓴 편지를 떠올리게 한다. 넬리에게 보낸 편지에서 앙투안은 다섯 살 때 외삼촌 에마뉘엘 드 퐁콜롱브의 성에서 보았던 구유를 떠올리며 이렇게 쓴다. "한 아이의 탄생에 대한 세상의 인정은 그야말로 놀라운 것이지. 이천 년이 지났잖아! 인간들이 나무가 열매를 맺듯 자신들도 기적을 만들어내야 한다는 걸 알고 전부 한데 모인다면 얼마나 아름다운 시가 될까! 세 명의 동방박사…… 그 이야기는 전설일까, 역사일까? 아주 아름다워."(『전시의 글들』, pp.363~364)

339

131

앙투안이 콘수엘로에게

알제, 1943년 12월 31일

〔웨스턴 유니언 유선통신〕

UI5CC 53 CABLE VIA FI RA ALGER 29

NLT SAINT-EXUPÉRY 2 BEEKMAN PLACE NYK CITY H5R

48 NNCH

1943 DEC 31 PM 12 07

사랑하는 콘수엘로 당신과 멀리 떨어져 크리스마스를 보내는 게 너무 절망스러웠어
당신이 보내주는 편지들이 이 엄청나게 쓰라린 마음에 얼마나 큰 위안이 되는지
내 삶의 유일한 기쁨은 바로 당신을 다시 만나는 거야
난 당신을 생각하느라 백 년은 더 늙은 것 같아
그 어느 때보다 당신을 사랑해 앙투안 드 생텍쥐페리

앙투안이 콘수엘로에게

알제, 1944년 1월 1일

아, 나의 콘수엘로, 새해 첫날 쓰는 편지야. 새해 첫 밤은 나 혼자 보냈어. 동료들과 함께할 마음이 안 들어서. 이 대륙에서 난 함께할 여자친구도 없이 수도승처럼 살고 있지……

그냥 내 테이블 위에 어질러져 있는 종이들을 바라보면서 혼자 밤을 보냈어. 콘수엘로, 먼 종소리 같은 콘수엘로, 내가 다시 글을 쓰려면 당신이 필요해. 콘수엘로 콘수엘로, 내 식사시간과 휴식시간과 작업시간을 알려줄 당신이 필요해. 난 더는 시간을 모르겠어. 추가 더이상 움직이지 않는 끔찍한 괘종시계를 닮은 이 세계에서 난 시간을 모른 채로 살고 있어. 콘수엘로 당신이 나에게 말해줘. "식탁으로 와. 오리고기가 벌써 노릇노릇하게 익었어……" 나에게 옷이 되어준 건 오로지 당신의 편지들뿐이야. 나는 벌거벗은 느낌이고, 벌거벗고, 벌거벗고, 매일 점점 더 벌거벗고 있어. 우편수송기가 당신의 편지를 쏟아놓고 가는 날이면 나는 온종일 화려한 실크를 걸치고 있지. 시종처럼, 기사처럼, 왕자처럼. 특히 당신의 글이 아름답고 슬기로운 날, 당신의 세심한 배려가 느껴지는 날이면 더욱 그래. 이튿날 나는 여전히 다시 살아가고, 여전히 보기에 아름다워. 안에서 보면 아주 아름답지. 한동안은 그래. 하지만 몇 주가 지나면, 조금씩 다시 추워져. 색들도 서서히 광채를 잃고. 새 편지가 필요한 거야. 아무래도 편지가 닳는 것 같아, 끔찍하리만치 빨리. 뭐랄까, 전설 속에서 당신이 달았던 나비 날개처럼 말이야. 내-고통-콘수엘로, 내-매일매일의-크나큰-비참 콘수엘로, 당신의 진실과 전설을 내가 단 한 번도 분간할 수 없었던 콘수엘로, 성녀가 될 수 있었을, 되어야 했을, 아마도 천사의 날개를 단 경이로운 요정이었을 콘수엘로, 도와주고 싶은, 온 힘을 다해 기도해주고 싶은 콘수엘로, 하지만 날 두렵게 하고 걱정하게 하는, 아프게 하는, 침묵으로 내 옷을 벗겨버리는 콘수엘로.

콘수엘로, 나의 텅 빈 밤이 슬퍼. 어떻게 당신이 날 잊을 수 있지? 크리스마스 밤에는 왜 내 마음속에 초롱불이 켜지지 않았지? 세상 어딘가에선 새해 첫날과 크리스마스를 밝히는 내 별이 반짝이고 있을까? 콘수엘로, 난 당신을 선택했고 지켜왔으니, 이제 당신이 의무를 다할 차례야……

나의 어린 아가씨, 언젠가 보방광장에 살 때 당신이 한 말 기억나? "당신은 뒤죽박죽 흩어진 성운이야…… 약간 응축이 필요해……" 그래서 난 나의 대작*을 쓰기 시작했지. 어린 아가씨 어린 아가씨, 성스러울 수 있는, 슬기로울 수 있는, 목동이 되어 성운을 지킬 수 있는, 풀처럼 바람처럼 신선할 수 있는, 오 콘수엘로, 예쁜 사과가 익어가는 당신의 아름다운 사과나무 주위에서, 오 콘수엘로, 제발 날 도와줘. 내가 대작을 쓰게 도와줘, 콘수엘로, 부탁이야. 너무도 많은 슬픔에 짓눌린 나를 도와줘. 콘수엘로, 이렇게 불안에 허덕이는 나를 두고 왜 아무 말도 없는 거야?

나의 콘수엘로, 내 삶을 당신에게 걸었다는 걸 기억해줘……

콘수엘로……

앙투안

---

* 『성채』를 말한다.

133

앙투안이 콘수엘로에게

알제, 1944년 1월 1일

오 나의 콘수엘로……

조금 전에 배들이 제각기 사이렌을 울렸어. 병사들은 모두 거리로 나가 노래를 불렀지.
새해를 맞는 자정이니까. 그런데 난 혼자 있었어. 얼음같이 차가운 방안에 나 혼자. 난 혼자
되뇌었지. "난 콘수엘로의 소식을 받지 못했어. 내 아내의 소식을 받지 못했어. 난 집이
없어. 내가 돌아가야 할 피란처에서 아무런 소식이 없어. 난 혼자야, 혼자, 모든 사람이
서로를 미워하는 땅에서 혼자야."
당신을 위해 짧은 기도를 올렸어. "주님, 저의 콘수엘로를 지켜주십시오. 모든 위험과 모든
함정으로부터 지켜주십시오. 저의 콘수엘로가 산에 피어나는 한 송이 꽃처럼 싱그럽고
순결하고 지극히 단순한 여인이 되게 하시고, 언젠가 제가 그녀에게 돌아갈 수 있게
해주십시오."
이 겨울, 난 완전히 깃털 잃은 한 마리 새가 된 것 같아.
콘수엘로, 편안하고 행복한 새해를 맞길. 당신의 모든 정성이 보답받는 한 해가 되길. 당신
곁에 내가 돌아갈 집이 있길. 난 너무 너무 너무 괴로워!
당신의 남편

앙투안

앙투안이 콘수엘로에게

알제, 1944년 1월 1일

콘수엘로가 매일 저녁 해야 할 기도

주님, 너무 피곤하게 애쓰시지 않아도 됩니다. 그저 있는 그대로의 제가 되게 해주세요.

저는 사소한 일에서는 자만하는 것처럼 보이지만, 큰일에서는 겸손합니다. 사소한 일에서는

이기적인 것처럼 보이지만, 큰일에서는 모든 것을, 목숨까지 내어놓을 수 있습니다. 사소한

일에서는 순수하지 않아 보일 때가 많지만, 사실은 순수함 속에서만 행복을 누립니다.

주님, 제가 남편이 제 안에서 읽어내는 여인과, 언제나, 같은 모습이 되게 해주세요.

주님, 주님, 제 남편을 구해주세요. 그 사람은 저를 진정으로 사랑하고, 그 사람이 없으면

저는 고아나 다름없습니다. 하지만 주님, 우리 둘 중에선 남편이 먼저 죽음을 맞게 해주세요.

그는 무척 단단해 보이지만 집안에서 저의 소리가 들리지 않으면 너무 불안해하니까요.

주님, 그가 그런 불안에 시달리지 않게 해주세요. 제가 언제나 집안에서 소리를 내게, 이따금

무언가를 깨트려서라도 소리를 내게 해주세요.

제가 그에게 충실하고, 그가 경멸하는 사람들, 그리고 그를 싫어하는 사람들을 만나지 않게

해주세요. 자기 삶을 저에게 다 건 남편에게 불행이 될 테니까요.

주님, 저희 집을 지켜주세요.

당신의 콘수엘로

아멘

344

135

앙투안이 콘수엘로에게

알제, 1944년 1월

당신을 사랑해, 콘수엘로, 당신은 이게 무슨 뜻인지 알아? 난 내가 '왜' 당신을 사랑하는지
모르겠어. 어쩌면 언젠가 우리 사이가 나빴을 때 당신이 말한 것처럼 '혼인 서약' 때문일
테지. 당신은 나와 한몸이고, 우리는 갈라질 수 없고, 우리를 잇는 끈이 세상 그 어떤
것으로도 끊어지지 않기 때문인 거야. 그리고 당신이 저지른 수많은 잘못 때문에 내가
아무리 많은 고통을 겪었어도, 당신은 경이로운 시인이고 내가 당신의 언어를 잘 이해할
수 있기 때문이지. 그리고 내가 여전히 당신을 사랑하는 건, 너무도 사랑하는 건, 아마도
당신이 그때 과테말라에서 보낸 전보에 쓴 말 때문일지도 몰라. "당신의 잃어버린 종소리
들려?"라고 했잖아. 사랑하는 콘수엘로, 나의 조국 콘수엘로, 나의 아내 콘수엘로.
콘수엘로, 난 오로지 당신의 얼굴, 당신과 함께 사는 집, 당신과 함께 맞는 노년을 통해서만
평화로울 수 있어. 오 콘수엘로, 난 늙는 건 별로 두렵지 않아…… 나에게 노년은 벽난로
깊숙이 꺼지지 않고 이어지는 온기, 안온함과 불꽃이 있는 향기로운 장작불이야……
나의 어린아이 콘수엘로, 당신 없이는 난 살 수 없어. 당신은 '내 거'니까.

콘수엘로가 앙투안에게

뉴욕, 1944년 1월 7일

〔전보〕

214 NEW YORK 350/6 113 5 SH VEAST

당신 전보를 받고 한 달 만에 침대를 벗어났어. 당신은 나의 유일한 음악인데 지난 두 달 동안 편지를 못 받았지. 당신 편지가 안 오면 난 어쩔 줄 모르겠어. 나의 유일한 지평선은 우리의 사랑과 당신이 쓰는 책이야. 제발 대작을 써내려가기 시작해줘. 내가 당신이 돌아오길 기다리듯 친구들과 편집자들은 당신이 쓸 책을 기다리고 있어. 난 당신이 없어서 슬픔의 눈물을 하염없이 흘려. 아마도 내 눈은 당신의 작은 글씨를 제대로 읽어내지 못할 테지만 그래도 난 변함없이 당신을 기다리는 친구들의 경탄과 칭송에 귀를 기울일 거야. 내가 받은 유일한 크리스마스 선물은 바로 당신의 전보들이었어. 다정하게 당신 침대를 준비하는 일로 나의 크리스마스를 시작했어. 하느님이 곧 당신을 보내주실 테니까 준비해야지. 당신에게 진한 키스를 보낼게. 콘수엘로 드 생텍쥐페리.

앙드레 루쇼가 앙투안에게

뉴욕, 1944년 1월 8일[*]

〔전보〕

225 NEW YORK 408/9 31 8 VEAST

콘수엘로의 건강은 회복되었지만 흥분했다 무너졌다 하는 상태라네
자네가 어서 돌아와야 할 것 같아
새해 인사 고맙네 늘 자네를 생각하네 앙드레 루쇼.

[*]   알제 전신국 수령 소인 날짜는 1944년 1월 10일이다.

콘수엘로가 앙투안에게

뉴욕, 1944년 1월 10일[•]

〔전보〕

215 NEWYORK 398/9 42 8 165 VEAST

당신 연락 받을 때마다 펠리시에 씨 주소로 답장했어

그동안 내 편지가 가지 않았다니 너무 절망스러워

난 오로지 당신을 볼 수 있다는 희망으로 살고 있어

키스를 보내 품에 꼭 안아줄게 콘수엘로 드 생텍쥐페리

•   알제 전신국 수령 소인 날짜.

콘수엘로가 앙투안에게

뉴욕, 1944년 1월 14일

나의 그대,

조금 전 엘리자베스 드 라뉘*한테 전화가 왔는데, 자기 집 차 모임에 온 사람 하나가 곧
알제로 떠난대. 그래서 검은 치마 차림 그대로 곧바로 달려와서, 나의 남편 당신에게 지금
이 편지를 쓰고 있는 거야. 당신이 돌아오면 얼마나 좋을까. 당신 없이는 그 어느 것도
분명하지가 않아. 그 어느 것도 아름답지 않고, 중요하지 않아. 난 계속 그림을 그리고 있고,
최선을 다하고 있어. 집들은 좀 비스듬하고, 인물은 모두 엘살바도르인이야. 그리고 당신,
당신은 내 그림 속에서 언제나 큰 새야, 어린 새의 목을 받쳐주는 커다란 새. 그 어린 새는
바로 나야. 큰 새가 작은 새를 잡아먹을지 혹은 하늘의 경이를…… 순수를 보여줄지, 그건

• 1928년 피에르 드 라뉘와 결혼한 미국인 디자이너자 실내장식가 엘리자베스('에어Eyre'라고 불렸다)는 양차
   대전 사이에 파리의 전위예술을 대표하는 예술가이자 지식인이었다. 남편인 피에르 드 라뉘(1887~1955)는 전
   쟁 전에 앙드레 지드와 『NRF』의 비서로 일했고, 이후 미국 주재 프랑스 고위급협의회 위원, 국제연맹의 파리
   지국 국장, 프랑스 정보원 원장을 지냈다. 1940년 2월 뉴욕에 정착한 그는 국제관계학 전문가로 강연을 많이
   했고, 1942년에는 미들버리 칼리지(버몬트) 현대문명학과장이 되었다. 그는 뉴욕에 머무는 앙투안에게 믿을
   수 있는 친구였고, 『전시 조종사』가 큰 성공을 거둔 기쁨도 함께했다. "나는 생텍쥐페리가 그 책을 마무리할
   즈음 거의 매일 그를 만났다. 프랑스의 불행, 독일의 승리로 인해 그가 빠져 있던 맹렬하고도 잔인한 비관주
   의, 그가 스스로 제기한 문제들, 하지만 타협을 거부하는 마음과 열정적으로 만들어나가는 정신이 답을 제시
   할 수 없었던 그 문제들. 1941년의 이 모든 불분명한 상황 때문에 『전시 조종사』를 쓰는 일은 보답을 얻을 수
   없는 쓰라린 일이었다." 피에르 드 라뉘, 『뉴욕 1939~1945년』(Hachette, 1947)

알 수 없지…… 난 나의 큰 새를 제대로 옮겨 그리려고 애써…… 푸른 마을들과 더없이

맑은 하늘도 그리고. 〔그림에 설명이 붙어 있다: 집들/고약한 사냥꾼〕아름다운 그림이야.

당신을 너무도 좋아하는 루쇼는 내 가장 좋은 친구야. 루쇼가 오늘 저녁 먹으러 오기로

했어. 최근에 내가 그린 커다란 보나르°풍 그림을 보려고. 내가 그린 그림 같지가 않아. 난

정말로 뭔가 대단한 걸 그리고 싶은데. 당신을 사랑하는 법을 배웠으니, 이젠 뭐든지 잘할

거야. 어서 와서 날 꼭 안아줘, 내 사랑. 난 춥고, 두려워. 그림마저 그리지 않았다면 그대로

갇혀 있을 것 같아…… 그래서 잘 그리지 못해도 계속 그리고 또 그릴 거야, 그러니 당신은

걱정 안 해도 돼! 나의 그대, 제발 당신도 어서 글을 쓰면 좋겠어. 당신의 몸과 머리 그리고

정신을 지나가는 투쟁의 조각 하나만이라도 우리에게 가져다줘.

나의 그대, 태양과 구름과 생명의 좋은 냄새, 신의 냄새가 나는 사람은 나에겐 오직

당신뿐이야. 내 전보 받았어? 여러 번 보냈는데. 당신이 불안해한다니 절망스러워. 말해줘,

내가 알제로 갈까? 당신 없는 삶은 너무 슬퍼. 여기서 당신을 기다릴 수 있고 영원 속에서도

기다릴 수 있지만, 당신을 기다리는 일은 참 고통스러워! 아파! 늘 공허뿐이야! 날 당신

주머니에 넣고 다니겠다고, 다시는 당신의 집에서 멀어지지 않을 거라고 말해줘. 난

당신이 혼자서 신과 대화하고 날씨와 대화하는 그 긴 부재의 시간이 두려워. 나는 끝없이

이야기하기를 좋아하는 수다스러운 어린아이야…… 걱정하지 마, 그대. 지난번엔 나 혼자

이런 생각도 했어. 내가 한집에 같이 있을 수 있는 남자는 오로지 나의 토니오뿐이라고.

내 모든 색깔을, 당신에 대한 희망으로 끓는 내 모든 피를 쏟아부은 키스를 보낼게.

콘수엘로

°   피에르 보나르(1867~1947). 프랑스의 화가로, 인상주의 말기에 젊은 화가들이 모인 나비파의 중심인물이었다
(‘나비’는 히브리어로 ‘예언자’를 뜻한다).

내일은 더 길게 편지 쓸게. 그 편지는 당신이 받아볼 수 있겠지? 당신이 쓴 한 장짜리 짧은

편지는 받았어. 당신 심장의 별똥별 같은 편지.

당신을 사랑해!

내 걱정은 하지 마. 난 아주 성실하게 지내고 있어. 글 많이 쓰도록 해.

돌아와.*

• 콘수엘로는 이 편지에 장마다 입을 맞추어 립스틱 자국을 남겨놓았다. "돌아와"라는 말은 첫 장의 입술 모양
   안에 썼다.

travers, mes personnages sont des
petits Salvadariens, et toi toujours.
Tu est un grand oiseau qui
tiens au cou sa fille oiseau
c'est moi — on ne sait pas
si il va la manger ou bien lui
montrer le merveilleux du
ciel .... de pur ......
je tâche de copier mon grand
oiseau ....

avec des
villages
bleus
et des
ciels tre
pur le
tableau est beau —

des maisons

un méchant
chasseur

"당신은 내 그림 속에서 언제나 큰 새야, 어린 새의 목을 받쳐주는 커다란 새."

reviens.

Mon grand chéri.

. Elizabeth Delaunay
vient de me téléphoner que chez
elle pour le thée il y à un
monsieur qui part pour Alger.
alors je cours, déjà dans mon
jupon noir, avant de avoir écrire
cet mesage pour vous, mon
mari — je vous veux de
retour — rien est claire sans
toi — rien est beau, rien
compte — je continue a
faire des tableaux, essaiyant
de le faire le mieux, mes
maisons, sauf un peu de

de la revener ! Demain j'écris une lon/ letter. Peut être
peux me passe, une petite lettre se vous
vous veux, une étoile filant de ton coeur.
je t'aime !

돌아와.

140

콘수엘로가 앙투안에게

뉴욕, 1944년 1월 15일

내 사랑,

아직 몇 줄 더 쓸 수 있겠어. 어제 피에르 드 라뉘의 집에 갔었어. 후다닥 그린 새 그림하고
짧은 편지 한 통을 당신한테 보내려고. 오늘은 이름은 기억 안 나는 중위 편에 전할
거야(당신이 오래 떠나 있는 동안 내 기억력이 점점 나빠지고 있어). 당신이 심지어 금발 여자들하고
있대도 안전하다는 거 아니까 난 아무렇지도 않아! (하늘이 또 날 벌하지 않기를!) 그대 나의
남편, 무슨 무슨 중위라는 사람이 두 시간 뒤에 온대. 아주 선량하고 용감한 사람인 것 같아.
그 사람이 알제에서 당신을 찾아가 소포를 전해줄 수 있대. 우선 최고급 '서모스' 보온병
두 개를 넣었어. 구석에 던져두면 안 돼. 굉장히 쓸 만하고, 이젠 더는 안 나오는 질 좋은
보온병이야. 낮이든 밤이든 따뜻한 차나 커피를 담아봐. 당신이 글을 쓸 때 차를 오랜 시간
시원하게 혹은 따뜻하게 보관할 수 있을 거야. 그대, 잊으면 안 돼. 인생은 아주 짧다는
거, 당신이라는 사람 안에는 깊은 우물들이 있다는 거, 당신은 더 목마른 다른 사람들에게
당신의 물을 줘야 한다는 거. 글을 써, 그대. 멋진 소설을 기대할게. 아름다운 이야기,
아이들을 위한 이야기도 써서 내년에 내면 어떨까? 삽화는 내가 그릴게. 그러려면, 석 달
정도는 시간을 줘야 해.
보잘것없지만 내가 아주 좋아하는 내 그림들을 찍은 사진을 당신에게 보내지 못해서 슬퍼.
기회가 생기면 그중 괜찮은 거 하나를 펠리시에 씨에게 보낼게. 그 그림을 자주 보도록 해.

아, 내 그림 얘기를 너무 많이 했네, 미안해. 시간도 별로 없는데. 이 편지를 전해줄 사람이 곧 올 거야. 당신 친구들 소식도 궁금하겠지만, 별로 해줄 말이 없어. 난 집안에, 비크먼광장 2번지에 틀어박혀 있거든. 밖에 잘 안 나가. 사람들 때문에 너무 괴로워서…… 시시한 프랑스 여자들…… 남자들은 자꾸 나한테 정치에 관해서 물어. 난 아무것도 모르는데. 그렇다고 말해, 정말 모르니까. 하지만 다들 은근히 비꼬는 것 같아……

안경이 형편없어서 글씨를 제대로 못 쓰겠어. 시력이 자꾸 떨어져. 그래도 당신이 돌아오면 눈을 크게 뜨고 당신을 쳐다볼 거고, 집도 잘 정리되어 있을 거야. 오늘은 거실 바닥에 리놀륨을 깔았어. 마음놓고 그림 그리려고! 당신 책을 낸 히치콕이 당신의 글을, 당신이 쓴 무언가를 초조하게 기다리고 있어. 뭐라도 보내달라고 당신한테 말해달라고 나한테 자꾸 부탁해. 들어줄 수 있지? 노력해봐. 물론 지쳤겠지만, 그래도 앞으로 나아가야 해. 아무도 우리를 도와주러, 당신을 도와주러 오지 않을 테니까! 당신은 세상을 잘 알잖아! 내가 여생 동안 입맞출 당신의 아름다운 손으로 열심히 써야 해.

내 마음에 대해선 아무 걱정 마. 오히려 당신이 문제지. 당신이 오래 떠나 있기도 했고 다른 소문도 많아서 조금 잊히긴 했지만. 앞으로 페기 히치콕[*]의 부탁을 잊지 않겠다고 말해줘. 히치콕은 당신의 글을 뭐라도 출간하고 싶대. 다른 건 싫다면 시적인 글을 써도 된다고 하고. 부탁할게. 멋진 보온병을 바라봐. 수많은 생각이 떠오르게 해줄, 당신 아내를 향한 다정한 욕망이 가득 담겨 있는, 당신의 생각이 얼마나 아름다운지 이미 속삭이고 있는 그 보온병에 담긴 차를 바라봐!

이 전쟁이 언젠가 끝나긴 할까? 언제 끝날까, 그대? 모루아는 이미 돌아와서 책을 쓰고 있고, 강연도 벌써 몇 번이나 했어![**] 내가 직접 만나지는 못했어. 루쇼 말로는, 자기가

---

[*]　앙투안의 미국인 편집자인 커티스 히치콕의 아내.

[**]　앙드레 모루아는 북아프리카에서 돌아왔다. 「편지 117」 참고.

계속 당신 소식을 물어도 답이 없대. 속상해!! 그의 아내 시몬*하고 지난여름 한두 번 같이 점심을 먹기도 했지만, 나도 아직 아무것도 물어보지 못했어. 나에게 말해줘, 그대. 어떻게 해야 할까? 이 아파트를 떠나서 호텔로 가거나 멕시코로 갈까? 빚은 없지만, 월세 내고, 물감과 액자 사고, 음식 만들고, 살림하고, 〔빨래도〕 자주 맡기거든. 물론 난 아주 예쁜 집에 살고 있어. 매달 받는 보조금의 절반이 집세로 들어가지. 어차피 지금 뉴욕은 주택난이 어마어마해. 이제 곧 내 그림들을 팔 거야. 그런데 마르셀 뒤샹이 나더러 그림을 팔거나 초상화 그리는 일은 하지 말래. 다들 내가 드랭°°보다 잘 그리게 될 거래! 그래, 필요하고, 할 수 있으면 해야지! 이곳은 물가가 너무 많이 올랐어. 빵 한 조각이 금값이야.

당신 테이블을 식당에 꺼내놨어. 곧 작은 식탁 하나 구하고 당신 건 다시 들여놓을게. 남편, 수없이 많은 시간을 나는 밤낮으로 당신의 부재를 슬퍼하며 한숨짓고 있어. 이제 곧 당신이 돌아오면 내 마음은 기쁨으로 가득찰 거야. 고마워, 나의 남편.

당신의 콘수엘로

그대, 부탁이야. 책 『존재하기』와 보온병은 챙겨 와줘. 우리가 가진 물건이 별로 없어.

---

* 시몬 모루아(1894~1968. 결혼 전 성은 카야베). 1926년 앙드레 모루아와 결혼했고, 두 사람 다 재혼이었다. 시몬은 마르셀 프루스트의 소설 『잃어버린 시간을 찾아서』에 나오는 인물 '생루 양'의 모델이기도 하다. 시몬의 아버지 가스통 아르망 드 카야베는 극작가로, 프루스트와 가까운 사이였다.

°° 마티스와 함께 야수파를 이끈 화가 앙드레 드랭을 말한다.

°°° Vous et moi. '당신과 나'라는 뜻이다.

141

콘수엘로가 앙투안에게

뉴욕, 1944년 1월

나의 그대, 나의 남편, 나의 새,

나의 애정을, 평화롭게 당신을 사랑하는 내 기쁨을 써 보내야 하는데, 아주 멋진 황금

깃털 펜이 없어. 그래도 하느님은 선하셔, 내가 평생 이렇게 말해왔지. 주님, 저는 당신이

남편으로 주신 한 남자를 사랑하고, 당신이 감사하게도 저에게 그 남자를 주신 뒤로 단

한순간도 그를 향한 사랑을 멈춘 적이 없습니다. 그러니까 당신도 주님께 말씀드려줘. 내가

매일 밤 잠자려고 눈을 감을 때, 내게 주신 남자와 나를 위해, 우리 둘을 위해 기도하려고

주님께 다가갈 때, 매번 평화를 구한다고. 이미 허락하신 그것을 원한다고, 아멘.

난 매일 기다렸고, 하느님은 분명 내가 당신을 다시 만나기를 원하셨어. 그런데 이렇게

오랫동안 당신이 없으니 나는 절망하게 돼. 너무 약해졌는지 몸이 떨리고. 예쁜 그림을

그리는 동안에도 몸이 마치 비바람에 흔들리는 나무처럼 떨려.

난 하느님께 힘을 달라고, 정신적인 힘을 달라고 청해. 사람들이 끔찍이도 무서워. 사람들이

마치 통조림 속 정어리들처럼 켜켜이 쌓인 채로 즐거워하며 살아가는 대도시에서는 난

도무지 아무것도 이해가 안 돼. 내겐 하늘이 필요하고, 넓은 공간이, 강이, 어린 왕자의

말대로 웃음 짓는 별들이 필요하거든. 거리로 나가는 건 나에게 큰일이야. 몇 시간 동안

준비하고 또 해도, 마지막 순간엔 늘 모자를 잃어버려. 차라리 아랍 여자들처럼 몸을 가려서

나 자신을 보호하고 싶어. 그곳 여자들은 옷을 여러 겹 껴입는다잖아. 그건 정신 나간 짓이

아니야. 그런 뒤엔 낯선 사람들이 보지 못하도록 얼굴도 가린대. 다행히도 난 고독 속에서 슬기로워지고 평온해지고 있어. 만일 누군가 나에게 "토니오가 돌아오려면 이십 년을 더 기다려야 해요"라고 말하면, 난 그 순간 이십 년을 더 산 여자가 되어서 이렇게 말할 거야. 주님, 제가 이십 년 동안 아름다워질 수 있도록 도와주세요. 그러고는 엄청난 연구를 하고 음악과 라틴어와 순수수학을 배울 거야. 당신이 없는 이십 년은 아주아주 길겠지! 하지만 당신을 다시 맞이할 여러 가지 준비를 하며 그 이십 년을 알차게 보내면서 이렇게 생각할 거야. '나는 그를 맞이할, 그를 기쁘게 할 준비가 되었어.' 그래, 난 그 정도로 내 남자를 사랑해.

그림은 아주 조금씩 그리고 있어. 실력이 나아지는지는 잘 모르겠어. 해가 좀 길어져서 빛이라도 좀더 많이 볼 수 있으면 좋을 텐데.

당신한테 들려줄 얘기가 너무 많아서 편지를 쓰는 동안에 중요하게 할 얘기를 자꾸 잊게 돼. 내 심장은 뉴욕을 떠나지 말라고, 어느 날 아침 당신이 우체국에서 전화를 걸어올 거라고 말해. 17C, 비크먼광장 2번지. 당신도 그렇게 생각하지?

사랑할 때는 인생이 참 짧아. 아름다움을 꽃피워서 예쁜 꽃다발을 만들어야 하니까.

그대, 당신이 소령이 되었다는 소식을 들었어. 나도 참 바보같이 기뻐! 나라면 당신을 하늘의 기사, 달의 기사, 콘수엘로의 기사로 임명할 거야!

당신이 소령 승진을 워싱턴에 공식적으로 알리면 내가 받는 돈이 좀더 늘어날 거래.* 그러면 색이 화려한 커튼을 달 수 있을 거야. 번거로운 일이 아니라면 잊지 말고 해줘.

아직 커튼을 못 샀거든. 하지만 커튼 봉을 얹을 고리는 이미 달아놨어. 커튼을 달면 창문이 얼마나 아름다울까!

• 이 문제에 관해 콘수엘로는 1944년 1월 12일과 14일에 미국 주재 프랑스군 대표부의 G. J. 바랄 중위와 서신을 주고받았다.

142

콘수엘로가 앙투안에게

뉴욕, 1944년 2월 22일

토니오, 나의 날아다니는 물고기, 나의 유일한 나비, 나의 사랑, 나의 마법 상자,

당신이 지난번에 보내준 편지를 다 외워버렸어. 기다림과 불안으로 채워진 긴 날들을 달래기 위해서는 당신의 더 많은 편지가 필요해.

그림에 집중하려고 애쓰기는 하는데, 그래도 한창 그리고 있는 그림을 보면서 자꾸 다른 생각을 하게 돼. 이게 다 무슨 소용이람, 누굴 위한 그림이지? 더구나 아름답지도 않은데! 그래도 마음이 불안해질 때 피해 가는 묘수를 찾아냈어.

그러니까 내 앞에 있는 당신 초상화에 대고 말하는 거야. 가로세로 1미터짜리 그림이야. 당신의 눈은 깊은 호수 같고, 당신의 입은 내 손이 다 들어갈 만큼 커. 실제로는 입이 훨씬 작은데.

당신의 미소가 기억나. 아마도 당신이 웃을 때 풍겨 나오는 매력이 내가 평생 당신의 아내로 남게 만들었을 거야. 당신처럼 웃을 수 있는 사람은 세상 어디에도 없거든.

당신 웃음은 다른 사람들의 웃음과 달라. 무슨 말인지 잘 알지? 나에게 당신의 웃음은 은총이야. 이 땅의 아름다운 것들에 감사 인사를 하는 하나의 방식이라고.

나무에 열리는 순결한 열매 같아. 당신의 미소가 내 마음을 향기로 가득 채워.

내가 만일 마술사라면 당신 작은 입의 리듬이 영원하도록 당신이 언제나 매력적이게끔 만들 거야.

359

지난 한 달 동안 당신 편지를 하나도 못 받았어.* 아니, 한 달도 더 된 것 같아. 당신이 보낸 크나큰 선물, 그래, 콘수엘로에 대한 생각, 콘수엘로의 초상화, 콘수엘로를 위한 기도, 콘수엘로를 향한 사랑을 담은 긴 편지를 받은 게 1월 첫 주였거든.**

하지만 밤이든 낮이든, 텅 빈 시간이든 격정의 시간이든, 난 두 손으로 머리를 감싸쥐고 믿으려고 애써. 당신이 이 세상 어디엔가 실제로 존재한다고, 언젠가 곁에 와서 내 손을 만져줄 거라고. 그러면 내 주름살과 걱정이 지워질 것 같아서, 그리고 아마도, 내 광기가 가라앉을 것 같아서. 내 온 삶을 바쳐서, 설령 기억을 잃게 되는 날이 온다 해도 난 당신을 기다릴 거야.

당신 충고도 잘 따르고 있어, 나의 남편. 건강 챙기고, 슬기롭게 행동하려 애쓰고, 우리의 남은 날들 동안 평화와 행복이 이어지리라고 믿고 싶어. 하지만 당신한테서 소식이 없으면, 내 몸의 모든 뼈가 의혹으로 떨리는걸. 창백해지고 열이 난단 말이야. 더는 그림을 그릴 수도 없어. 이 땅의 그 어떤 것에도 흥미를 느낄 수 없어. 난 남편을 잃고 혼자 남은 여인이 되어버려.

콘수엘로

내 사진 받았어? 당신 사진도 한 장 보내줘.

---

* 이때 앙투안은 아직 비행 금지 상태로 알제에 있었다.
** 아마도 1944년 1월 1일의 편지들일 것이다. 여기서 말하는 초상화는 찾지 못했다.

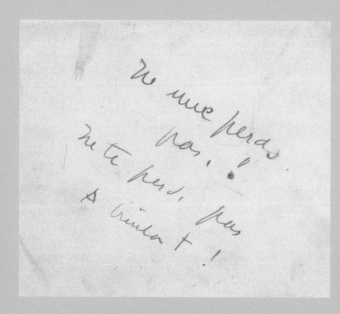

"날 잃지 마!
당신을 잃지 마. 곧 만나!"
앙투안을 위한 사진과
콘수엘로의 글
뉴욕, 1943

콘수엘로가 앙투안에게

뉴욕, 1944년 2월

파푸,

제발 당신이 글을 쓰는 일에 대해, 당신 책에 대해 말해줘. 이번엔 당신의 위대한 왕자잖아.
글쓰느라 노력하고 있는지 어떤지 말해줄 거지? 그대, 부탁할게, 꼭 글을 써. 나중에 당신은
당신의 책으로 채워질 거고, 당신 책과 당신의 아내, 그리고 내가 보기에 분명 당신을
사랑하시는 하느님이 당신을 지켜줄 거야.
나의 남편, 지금 내가 사는 아파트를 그냥 둬야 할지 아니면 그만 나와서 호텔에 묵어야 할지
좀 말해줘. 당신이 돌아올 때를 생각하고 이 아파트를 빌렸거든. 뉴욕에서는 이제 아파트를
구하기가 너무 힘들어. 월세가 두 배, 아니 그보다 더 뛰었어. 나의 남편, 나에게 조언을
해줘. 빨리 와서 날 도와줘.
사랑해.
당신의

콘수엘로

144

앙투안이 콘수엘로에게

알제, 1944년 2월 29일

〔웨스턴 유니언 전보〕

W44CC 75 VIA WU ALGIERS 1600 FÉVRIER 29 1944

NLT SAINT-EXUPÉRY 2 BEEKMAN PLACE NEWYORK CITY

NEWYORK NGR

소중한 콘수엘로 하루에 편지 여러 통에 크리스마스 선물과 전보까지 받고 너무 감동했어

왜 내가 길게 쓴 편지들이 안 갔는지 이유를 모르겠네

워싱턴 프랑스군 대표부의 슈미들랭* 대령에게 전화해서 내가 보낸 긴 편지를 달라고 해

아파트는 가능하면 비우지 말고 그냥 있어 가족을 만나러 가더라도 금방 돌아올 수 있어야 해

그래야 내가 돌아가서 당신을 안아줄 수 있으니까

이 편지에 크나큰 내 사랑을 같이 보낼게 당신의 앙투안 드 생텍쥐페리

•   워싱턴 주재 프랑스군 대표부 소속이었던 폴 슈미들랭 대령을 말한다. 조종사였던 그는 1938년부터 1939년
    까지 달라디에 프랑스 총리가 미국 측으로부터 항공기를 구매하려는 목적으로 추진한 '모네자캥' 사절단에 참
    여했다.

콘수엘로가 앙투안에게·

뉴욕, 1944년 3월 2월

나의 토니오,

내 심장이 종을 울려 나의 온 사랑이 당신 귀에까지 가닿을 거야. 곧 4월이야. 내가 성모마리아께 당신을 단 오 분만이라도 내 곁에 머물게 해달라고, 내 남편이 아프리카로 떠나기 전에 오 분만이라도 내 것일 수 있게 해달라고 외친 지 벌써 일 년이 지났네⋯⋯ 그때 나는 아팠고, 일어서서 걷기도 힘들었어. 그래서 이 도시에 머무는 마지막 십오 분을 즐기러 친구들한테 가는 당신을 따라나설 수가 없었어. 난 왜 이렇게 약할까 자책하면서. 아무리 아파도 아프리카까지 당신을 따라갔어야 했는데. 하지만, 오 주님, 난 지금도 나의 소리, 나의 맛, 그리고 나의 냄새가 어디든 당신을 따라가리라는 희망을 품고 있어. 난 당신에게 줄 게 없고, 가난하잖아. 비록 그 순간이 불꽃처럼 짧다 해도 난 그림을 그리고 싶고, 새로운 세상과 새로운 마술과 새로운 색깔을, 당신에게 선물할 나만의 음악을 만들고 싶어. 그러고 나면 곧바로 죽어도 상관없어.

다친 머리를 치료하느라, 그날 사고 이후에 머리를 회복하느라, 강도들이 달려들던 밤··의 공포를 지우느라 꼬박 일 년을 보냈어. 곧 일 년이 돼. 그 일 년 동안 난 정말로 온 힘을

· 타자기로 치고 서명한 뒤에 손으로 쓴 내용이 더해져 있다.

·· 「편지 93」 참고.

다해서 당신에게 사랑 편지를 썼는데, 그 편지들이 당신에게 가닿지 않은 거야. 이러다가 내가 바람에 날려 길을 잃어버리고 연기처럼 허공으로 사라지는 게 아닐까? 허공에서 당신을 찾다가 난 어디로 가게 될까? 토니오, 토니오, 더는 못 버티겠어. 하지만 너무도 간절히, 그래도 버텨내고 싶어.

당신 없이, 남편 없이, 난 그야말로 혼자야. 하지만 더 강해지고 더 건강해질 거고, 당신이 돌아오면 당신을 더 잘 사랑하고 당신에게 모든 걸 더 잘 줄 수 있을 거야. 그렇게 난 당신을 기다리고 있어. 돌아오면 당신이 없는 사이에 내가 뭘 해냈는지 보게 될 거야. 태양이 빛나면 난 내 마음을 이토록 아름다운 사랑으로, 내 남편을 향한 무한한 사랑으로 가득 채워준 하느님께 감사해. 난 행복에 젖어서 당신 사진들과 대화를 해.

오늘 난 행복해. 당신 전보를 받았으니까. 당신이 워싱턴의 대령 주소를 알려준 전보 말이야. 내일까지 기다렸다가 그 사람한테 당신 얘기를 꺼내보려고. 내일의 내 행복이 될 거야. 선함, 희망, 전쟁이 끝난 뒤에 우리가 누리게 될 달콤한 미래의 행복에 대한 믿음, 이런 것에 대해 당신에게 어떻게 얘기해야 할지 모르겠어. 그런 것을 믿지 말아야 했던 거라면, 난 이미 미쳐버렸거나 아니면 쥐들한테 잡아먹혔을 거야. 오늘은 당신한테 더 말하지 않을래. 이 편지를 오늘 당장 보내고 싶거든(루쇼 영감님이 내 편지를 고쳐줬어. 틀린 게 너무 많은 채로 보내지 않을 수 있어서 다행이야. 물론 틀린 곳이 많다고 해서 우체국과 우리 마음에 무거운 짐이 되진 않겠지만). 꿀을 만들기 위해서 가장 달콤한 꽃을 찾는 벌떼처럼 키스를 보낼게.

당신의 아내,

콘수엘로

146

콘수엘로가 앙투안에게

뉴욕, 1944년 3월 초

나의 토니오,

지난 전보에 슈미들랭 씨한테 가서 당신이 보낸 편지를 찾아오라고 했잖아.

그래서 전화를 걸었는데, 놀랍게도 나한테 온 게 하나도 없다는 거야. 친절한 사람이었는데,

그 사람도 내 말에 많이 놀라더라고. 난 사과했고, 오늘 곧바로 편지에 전화로 심려를 끼쳐서

미안하다고 써서 보냈어. 올겨울엔 아마도 당신이 돌아오겠지? 난 그날을 간절히 기다려.

당신을 못 본 지 일 년이 다 되어가네. 나의 남편, 당신은 지금 어디 있어? 당신도 알다시피,

난 그리 강하지 못해. 그다지 곱지 않은 모습으로 쇠약해질까 두려워. 난 무언가 말하고

싶을 때면 작품에 대해, 점점 커져가는 고통에 대해 말해. 그래도 난 여기에 먹을 게 있고

편안한 아파트가 있잖아. 언젠가 그날이 오리라고, 당신이 내 곁에 있는 날, 내가 당신에게

커피를 준비해주는, 우리가 서로 고함치며 싸우는, 그러면서도 함께 사는, 안니발이 다시

주인 곁으로 돌아오는 그런 날이 올 거라고 믿어. 사는 게 정말 별것 아닌 것 같아. 그냥

사는 기술일 뿐이지. 그런데 토니오, 난 그걸 못하겠어. 자꾸 어디에 부딪히고, 심지어

말들에도 부딪혀. 내 또래의 문명화된 인간들 사이에서는 살기 너무 힘들고, 그렇다고

원시인들 사이에서 살 자신도 없어. 하기야 지구상에 아직도 원시인이 남아 있기는 할까?

문명화된 인간들이 이미 원시적으로 변했으니까 말이야. 도대체 나한테, 내 마음속에 무슨

일이 일어난 걸까? 내가 이미 원시인과 살고 있는 건지, 여전히 문명인을 꿈꾸고 있는 건지,

366

그것도 잘 모르겠어. 난 이제 사랑에 대해서도 말을 잘 못해. 당신이 멀리 있으니까, 내일이

어쩌될지 알 수 없으니까. 당신에게 키스를 보낼게, 나의 토니오. 오늘은 내 기분이 좀

우울해서 미안해. 하지만 매일같이 벽 앞에, 그래, 벽 앞에 서 있는 기분이야. 날 이해하지

못하는 사람들의 벽, 어처구니없는 전쟁이라는 벽. 내 작은 머리로는 감당이 잘 안 돼.

당신의 대작에서 그걸 내게 설명해주면 좋겠어. 책 쓰는 일에 진전을 보이고 있다고 말해줘.

그리고 이야기해줘, 그대, 당신은 스스로에 대한 의무를 다하고 있는 거지? 당신 자신도 잘

챙기고? 날 사랑하지? 내가 옆에서 챙겨줄 수 없으니까, 당신이 날 위해서 다 해내야 해.

내가 꼭 안아줄 수 있게 어서 돌아와.

속기용 축음기가 말썽이야. 부쉬 양은 제정신이 아니야. [그래도] 당신에게 키스를

전해달래.

당신의 콘수엘로

367

147

앙투안이 콘수엘로에게

알제, 1944년 봄

콘수엘로, 사랑하는 나의 귀염둥이, 미국 가는 일은 아직 결정이 안 났어. 난 굉장히 우울해.

어쩌면 다시 전투기를 몰고 임무를 수행하러 나갈지도 몰라. 아니면 돌아가게 되려나?

당신이 보낸 긴 전보 받았어, 드디어! 너무너무 기뻤어. 고마워, 콘수엘로!

온 힘을 다해 안아줄게. 내 편지도 보냈어. 다른 사람한테 보여주지 말고, 나한테 편지로든

전보로든 답장할 때 그 편지에 대해선 아무 말도 하지 마.

당신의 앙투안

148

콘수엘로가 앙투안에게

케임브리지, 1944년 3월 25일

사랑하는 토니오,

당신과 멀리 떨어져서 살아가고, 숨쉬는 고통을 어떻게 말해야 할까? 난 지금 사흘 동안
머물려고 케임브리지에 와 있어. 산틸라냐*를 만나고 이 대학 도시를 구경하면서 주말을
보낼 계획이야. 무엇보다 시간을 보내러 왔어.

그림을 열심히 그리기는 하는데, 잘 안 돼서 많이 속상해. 이 행성에서 머무는 내 여정이
이미 다 끝난 거면 좋겠어. 그대, 당신은 나 없이 걸어다니는 게 익숙하지. 난 나를 지켜주는
커다란 나무, 당신 없이 시들어가고 있어.

당신의

콘수엘로

• 「편지 110」 참고.

내일 뉴욕의 내 푸른 새장으로 돌아가. 노래하는 당신이 없어서 내가 더이상 사랑하지 않는 새장 안으로!

여기서 보낸 이틀은 유쾌하지도 불쾌하지도 않았어. 그저 남편 없이 이틀을 또 보냈을 뿐이지. 난 슬픔으로 병이 났어. 문득 이런 생각이 들어. 그래, 전쟁이 이어지는 내내 여자들은 집에서 기다리는구나. 시간이 가기를 기다리는구나. 그러고 나면 또다른 생각도 들어. 돌아온 토니오가 어쩌면 심술궂은 토니오고, 왔다가 또다시 내 창문 밖으로 날아가버릴지 모른다고. 그리고 난 눈물을 흘리지…… 하지만 설령 그런 일이 일어난다 해도, 나의 남편, 난 진심으로 당신이 돌아오길 빌어. 당신은 돌아올 거고, 돌아온 당신은 착할 거고, 당신의 애정이 내 천식을 낫게 해줄 거야. 어쩌면 이 땅에서 우리가 함께 보낼 시간이 얼마 남지 않았을지도 몰라. 그러니까 당신은 정말 진심을 다해서 내 말대로 해줘야 해. 당신이 문밖으로 떠나가버릴지라도…… 나는 더는 의혹으로 고통받지 않을 거야.

당신에게 키스를 보낼게. 사랑해.

콘수엘로

149

앙투안이 콘수엘로에게

알제, 1944년 3월 30일

콘수엘로 나의 어린 아가씨, 내 사랑, 이 편지는 아주 짧겠지만, 그래도 아주 빨리 당신에게 갈 거야. 마치 우리가 함께 있기라도 한 것처럼, 롱아일랜드에서 우리의 커다란 나무 아래 함께 살고 있기라도 한 것처럼, 오 콘수엘로, 우리가 죽을 때까지 함께 늙어가기 시작한 것처럼 말이야.

확실하고 분명해, 나의 애정의 콘수엘로. 당신과 떨어져 있는 이 끔찍한 부재의 하루하루가 나를 점점 더 당신에게 다가가게 하고, 날 당신에게 묶어놔. 내 말이, 이 말이 당신을 향해 떠나갈 수 있으려면 정말 서둘러 써야 하니까 가장 중요한 것만 말할게. 신 앞에서 당신은 점점 더 나의 아내가 되어가고 있어. 당신에 대해 아무 걱정도 하지 마. 콘수엘로 당신을 불안하게 하던 문제들은 다 끝났으니까. 이제 당신이 말해줘, 콘수엘로, 나도 불안해할 필요 없는 거지?

지금은 너무 촉박해서 내가 어떻게 지내고 있는지 자세히 쓸 수가 없어. 난 두 번 많이 아팠고, 지금도 조금 아파. 우선 위가 아주 많이 아파. 나중에 제대로 치료해야 할 것 같아. 캐나다에서처럼, 콘수엘로. 하지만 당신을 다시 만나면 너무 기뻐서 날 괴롭히던 모든 불행을 단번에 벗어던지고 다 나을 거야.

『어린 왕자』를 몇 권 보내줘. 아직 한 권도 못 받았어! 조만간 미국에 며칠 머물 수 있는 기회가 생기길 간절히 바라고 있어. 그러니 어딜 가든 주소를 꼭 알려줘. 내가 미국에 일주일 머무는데 당신이 멀리 가 있으면 난 어떡해?

이렇게, 지금 한 번에 다 말하기는 힘들어. 당신에게 다 얘기하려면 거대하고 고요한 밤의 평화가 필요해. 이십 분 만에 써야 한다니, 이 편지가 전화보다 더 끔찍해. 다른 건 다 제쳐두고, 내가 당신을 사랑한다는 것만 알아줘. 당신이 아무 거리낌 없이 확신을 가져도 된다는 걸, 당신을 다시 만나는 게 이 땅의 어떤 것보다 나에게 큰 행복을 준다는 걸 알아줘. 나의 콘수엘로, 어떻게 당신이 모르고 있었는지 이해가 안 돼. 내가 소령이 된 건 이미 여덟 달 전인데. 워싱턴 주재 프랑스군 대표부의 슈미들랭 대령이 증명해줄 거야. 그러면 좀 늦게라도 당신이 돈을 받을 수 있겠지. 내 전보는 받았어? 내가 당신에게 보낸 긴 편지도 달라고 했고? 그 편지는 고요할 때 미리 써놓은 거야. 그 편지를 읽으면 나에 대해 많은 걸 알 수 있을 거야. 이렇게 수없이 편지를 쓰는데 전해지지 않는다니, 너무 끔찍한 일이야! 콘수엘로, 당신의 편지는 나에게 양식이나 마찬가지야. 침묵 속에 날 버려두지 마. 편지를 써, 편지를 써줘…… 이따금 편지가 오면 내 마음에도 봄이 와……

나의 아내, 내 사랑의 힘을 다 바쳐 당신을 품에 안아줄게.

당신의 앙투안

30 mars

Consuelo ma petite fille nous aurons cette lettre sera un peu court mais elle te parviendra si vite, si vite que ce sera un peu comme si nous étions ensemble, comme si nous vivions ensemble sous nos grands arbres de Long Island, o petit Consuelo, comme si nous commencions à vieillir ensemble vers la fin de la vie.

C'est bien sûr et bien fort, Consuelo-de-ma-tendresse, chaque jour de cette affreuse absence me rapproche un peu plus de toi, me lie à toi. Je suis tellement pressé. J'écris pour que ce mot parte, que je veux dire l'essentiel. Vous êtes de plus en plus ma femme devant Dieu. Ne craignez rien jamais en ce qui nous concerne. Elles sont finies les grandes angoisses de la petite Consuelo. — Dites moi, petite Consuelo, que sont finies les miennes!

Je suis bien trop pressé pour raconter ma vie des en détail. J'ai été deux fois bien bien malade et je le suis encore un peu. J'ai très mal à mon cœur à l'estomac. Il faudra me soigner plus tard beaucoup beaucoup. Comme au Canada, Consuelo. Mais je serai tellement heureux quand je vous reviendrai que je guérirai d'un seul coup de toutes mes misères.

Envoyez moi mon Petit Prince je n'en ai jamais reçu un! mais j'espère tellement fort avoir l'occasion de débarquer en amérique bientôt pour quelques jours. En un

Mrs H D Craft 470 Park Avenue
PLAZA 9.6166

"『어린 왕자』를 몇 권 보내줘. 아직 한 권도 못 받았어!"

150

앙투안이 콘수엘로에게

알제, 1944년 3월

앙투안 드 생텍쥐페리 소령

프랑스 연락 지부 APO 512 항공우편(6센트)

(다른 건 일절 쓰지 말 것. 뉴욕도 쓸 필요 없음)

나의 콘수엘로, 나의 토끼, 나의 아이, 난 당신 편지를 한 통도 못 받았어. 이번에 이 주소는 괜찮을 것 같아. 잘 적어놔. 수첩마다 다 적어놔. 다시 알려줄게.

앙투안 드 생텍쥐페리 소령

프랑스 연락 지부

APO 512

항공우편

(이건 위쪽에 쓰는 게 나아)

6센트짜리 우표

편지를 전해줄 인편이 운좋게 생겨서 지금은 아주 짧게 써야 해. 『어린 왕자』프랑스어본 열 권을 꼭 좀 보내줘. 한 권도 못 받았는데, 동료들한테 주겠다고 약속했거든.

콘수엘로 내 사랑, 난 좀 많이 아팠어. 척추뼈를 다쳤고, 캐나다에서처럼 담낭염이

심해졌어.* 여기저기 다 엑스선 촬영을 했지. 몸이 아플 때면 그곳에서 아팠을 때 당신이

상냥하게 챙겨주던 게 생각나. 그리고 이렇게 혼잣말을 해. 탕약도 먹고 간호도 받고 누군가

계속 곁에 있어줘야 하는데. 나에겐 아내가 있으니까, 나에겐 콘수엘로가 있고, 콘수엘로는

내 아내니까. 그런데 지금은 나 혼자라니. 콘수엘로를 언제 다시 볼 수 있을까?

제발 부탁이야, 나한테 편지를 써줘. 편지를 많이, 많이 보내줘. 콘수엘로, 나의 위로가

되어줘. 지금은 너무도 쓸쓸한 시간을 보내고 있어!

당신은 어때? 어떻게 지내고 있어? 당신 얘기를 좀 들려줘, 내 사랑.

아, 오이풀, 난 나무 그늘 아래서 멋진 책을 쓰고 싶어! 이곳은 처량한 늪 같아. 내가 미국에

며칠 다녀오는 임무를 두고 위에서 얘기하고 있는 것 같은데 아직 오리무중이야. 완전히 물

건너간 얘기는 아니지만, 오래 걸리네, 정말 오래 걸려! 지금 이곳은 정치가 너무 복잡하고,

너무 거칠어. 사랑은 그 어디에서도 찾아볼 수 없고!

이제 곧, 정말로 곧 당신을 보게 되면, 마침내 난 이 땅의 슬픔을 전부 잊을 수 있을 거야.

당신을 꼭 품에 안아줄게. 도무지 답장을 받아보지 못하니까 이젠 당신한테 편지를 어떻게

써야 할지도 모르겠어! 당신한테 할 얘기가 얼마나 많은데! 당신한테 할말이 너무 많아.

당신의 앙투안

• 「편지 63」 참고.

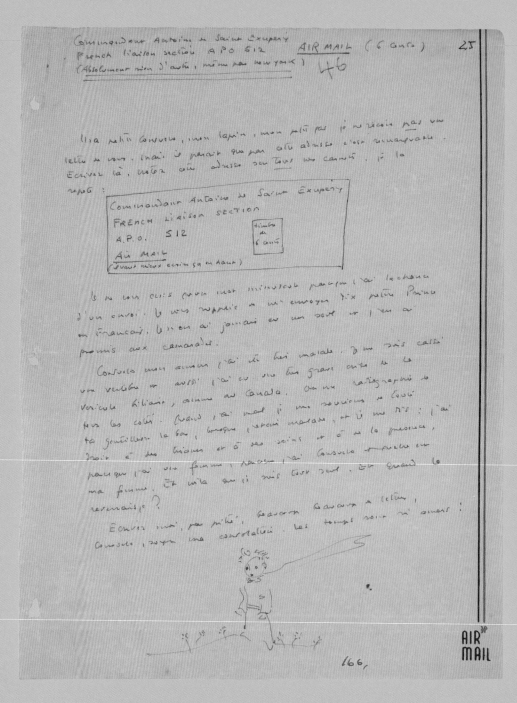

"난 나무 그늘 아래서 멋진 책을 쓰고 싶어!"

151

콘수엘로가 앙투안에게

뉴욕, 1944년 봄

내 사랑, 내 사랑,

당신 없이는 난 너무 외로워. 지금의 이 이별이 끝나고 나면 다시는 다시는 다시는 우리가
떨어지지 않을 거라고 빨리 말해줘. 신이 다시 우리를 이어주신다면, 이제는 죽을 때까지
헤어지지 않을 거야!

난 무척 슬프고, 무척 불행해. 친구들은 당신이 날 조금도 사랑하지 않는다고 떠들어!
당신을 기다리는 데 인생을 바치고 있는 내가 바보래. 하지만 난 이미 내 인생을 당신한테
줬는걸. 난 당신밖에 몰라. 당신만 사랑해. 그대, 나의 불안은 다 끝났다고, 이제 끝이라고
말해줘. 당신은 이곳에서의 내 삶에 대해 아무 걱정도 하지 마. 당신 친구들이 거짓말로
당신을 힘들게 할까봐 걱정되기는 하지만. 지금 난 책을 쓰는 중이야.* 프랑스어는 루주몽이
고쳐줘. 그러느라 날 괴롭히기도 하는데, 그래도 그가 다른 사람들한테서 날 지켜주잖아.
이곳에는 내가 뭐라도 부탁할 만한 사람이 아무도 없으니까. 넬과 나드**의 친구들은
나한테 아무런 도움도 안 줘. 심지어 매카이 부인까지도 드니***한테 이런 말을 했는걸. "아!

- 『오페드』를 말한다.
- ** 넬리 드 보귀에와 나다 데 브라간사.
- *** 드니 드 루주몽.

앙투안이 돌아왔을 때 자유로운 몸이어서 나다와 결혼할 수 있으면 좋겠네!" 이러는데 내가
어떤 심정으로 그 사람한테 내 고통에 대해 말할 수 있겠어? 드니는 재미있다고 웃지만,
내 남편 당신이 언젠가 와서 날 꼭 데려가야 해. 우리 둘의 말이 맞았다는 걸 사람들한테
보여줘야 해. 사랑해. 당신을 위해 그리고 날 위해 잘 처신해야 해. 난 당신 생각하느라 잠도
못 자. 내 사랑, 당신은 지금 어디 있어? 당신 걱정으로 내 심장이 피를 흘려.

정신 나갔지만, 너무도 슬기로운 당신의 콘수엘로

오늘 루쇼가 시골의 일요일 저녁식사 자리에 쿠르낭 박사님*과 함께 나를 데려가주기로
했어.
당신에게, 당신의

* 생리학자이자 교수인 앙드레 쿠르낭(1895~1988). 파리에서 태어났고, 1941년 미국으로 귀화했다. 뉴욕 벨뷰
종합병원과 컬럼비아대학교에서 진행한 심장 카테터 삽입술에 관한 공동 연구로 1956년 노벨의학상을 수상
했다.

152

콘수엘로가 앙투안에게

뉴욕, 1944년 봄

그대,

프랑스 연락 지부를 통하면 편지가 아주 빨리 간다는 걸 오늘에야 알았어. 지금 이 짧은 편지를 보내면서 내 연락이 당신한테 빨리 가닿기를 빌고 있어. 난 편지를 자주 보내는데, 어쩌면 내 프랑스어가 너무 알아보기 힘들거나 사람들이 잘 못 읽어서 내 편지들이 가야 할 곳으로 제대로 못 가는 걸까…… 그래도 언젠가 당신이 받아볼 수 있다고 생각할래, 아마도.

당신은 내가 이곳, 이 거대한 수도에서 얼마나 외로운지 짐작도 못 할 거야. 다행히도 난 가족이나 충실한 친구들에게 둘러싸여 자라지 않았어. 그래서 영화를 보면서, 일 년에 한 번씩은 멋진 연극을 보면서, 그리고 당신의 편지를 읽으면서 살아갈 수 있지…… 나는 전원을 거닐고 싶어. 그게 나의 유일한 기쁨이야. 내가 어쩌자고 뉴욕에 아파트를 구했는지 모르겠어. 비크먼광장 35번지를 떠나야 했을 땐 너무 정신이 없었어…… 당신이 없어서 어찌해야 할지 알 수 없었고, 갚아야 할 돈과 먹어야 할 약은 많고…… 간호사를 부르고 의사에게 진료를 보는 돈도 많이 들었어…… 그래서 많이 아파도 혼자 버티는 법을 배웠지…… 이젠 혼자 주사를 놓을 줄도 알아…… 천식 발작이 일어났을 때 말이야. 난 매일 밤 어김없이 새벽 세시에 일어나서 에페드린을 주사하면서 당신이 있는 곳은 지금 몇시일까 생각해…… 오늘 아침은 머리가 그리 맑지 않아…… 날이 [흐리고], 3번가에서

점심 먹고 들어오는 길에(르 모알*에서 먹었어) 예쁜 꽃을 사 왔는데도 기분이 나아지지

않네…… 낡은 인형 같은 내 얼굴보다 더 행복해 보이는 색을 넣은 예쁜 그림을 그려야겠어.

그래도 계속 안 좋으면, 그냥 자리에 누워서 당신 편지나 다시 읽을래. 그대, 다정한 키스를

보낼게.

당신의

콘수엘로

---

* 뉴욕 3번가 942번지에 있던 유명한 프랑스 식당.

153

콘수엘로가 앙투안에게˙

뉴욕, 1944년 4월 21일

소중한 토니오,

내 사랑, 당신의 한 장짜리 짧은 편지를 받았어. 당신의 마음 때문에, 당신이 치르는 전쟁 때문에 괴로워! 토니오, 나를 이 행성에 외톨이로 남겨두지 마. 참, 남편, 이 짧은 편지는 일 처리에 관한 거야. 뉴욕의 아파트 때문에 고민이야. 계속 살 거면 1944년 10월부터 1945년 10월까지 일 년 연장 계약에 서명을 하래. 그런데 서명할 엄두가 안 나. 이 아파트를 당신을 위해, 당신을 기다리며 나 혼자서 오롯이 사랑으로 가득 채웠는데! 편하고 좋기는 한데, 아무래도 비싼 것 같아. 그런데 막상 지금 뉴욕엔 빈 아파트가 없기는 해. 호텔에도 방이 거의 없어. 워싱턴하고 똑같아! 어떡하지? 뉴욕을 떠날까? 그냥 일 년 더 산다고 서명할까? 이 편지가 당신한테 제때 가면 좋겠어. 아직 시간은 있어. 7월 15일 안에 서명하래. 그때까지 안 하면 권리를 잃는 거고. 너 나 할 것 없이 빈 아파트가 나오길 기다리고들 있으니! 내 상황이 조금 어려워질 거야. 혹시 당신 편지가 늦어져도, 연장해도 좋을지 당신 의견을 기다릴게! 이곳은 말할 것도 없고 어디나 생활비가 자꾸 오르는 것 같아. 당신은 우리가 장차 어떻게 살지 계획해놨어? 당신도 아무것도 모를 것 같아. 어차피

˙   V우편의 수신인은 "앙투안 드 생텍쥐페리 소령/프랑스 연락 지부/APO 512 뉴욕시티 NY", 발신인은 "C. 드 생텍쥐페리/비크먼광장 2번지/뉴욕시티 NY"로 되어 있다. V우편은 '빅토리 메일'의 약자로, 제2차세계대전 동안 미군이 해외파병중인 병사들의 통신을 위해 사용한 군사우편이다.

뭐든 정확히 아는 사람은 아무도 없겠지만. 당신 말대로, 모두가 암중모색중이니까. 그런데

난 그렇게 더듬거리며 모색하는 법을 몰라. 그냥 가버리지. 하지만 하느님 덕분에 난

알게 되었어. 하느님이 당신한테 주시는 것은 그 누구도, 설령 악마라도 다시 빼앗아가지

'못한다'는 걸, 하느님 곁에 다가가서 기도하기만 하면 된다는 걸 말이야. 이렇게 하는 거야.

주님, 도와주세요. 전 아무것도 가진 게 없고, 너무 슬프고, 너무 추합니다. 절 아름답게

만들어주세요! 절 사랑해주세요! 저에게 다시 은총을 내려주세요! 진심을 다 바쳐서 이런

기도를 할 때 하느님이 생명을 허락하신다면 그 생명은 '은총'과 함께 올 거야. 난 천 일하고

하루가 더 지난 뒤에야 마침내 당신을 되찾았어! 나를 위한 꽃 한 송이 없는 수많은 봄을

지낸 뒤에야! 도둑들이 우리 꽃병에 남은 향기까지 훔쳐가든 말든 마음대로 하라고 해……

그러거나 말거나 난 꽃으로 덮인 채 살고 또 죽을 거야……

아! 당신이 히치콕한테 미리 돈을 받아서 삼 개월 치 집세를 먼저 내라고 했던 전보를 잃어버렸어.

히치콕은 당신 전보가 있어야만 돈을 주겠대. 잃어버렸는데! 왜 늘 이 모양일까. 여기서

여행하다가 잃어버렸어! 삼 개월 치 집세를 내야 하는데, 증거가 없어. 히치콕한테 보여줄

전보를 당신이 다시 보내줄 수 없을까? 그대! 서둘러줘, 나한테 다시 전보를 보내줘. (추가

보조금은, 정말이야, 단 한푼도 못 받았어.* 히치콕은 절대 못 준대. 그 사람은 일에 있어선 굉장히 엄격해. 물론

그래야 할 테지만! 꼭 당신이 보낸 증거가 있어야 한대!) 이 문제하고 아파트 건을 해결해야 하니까

편지 보내줘. 당신의 아내

골칫거리 콘수엘로

• 　　콘수엘로는 1943년 7월 29일 미국 주재 프랑스군 대표부가 확인해준 대로 앙투안이 그녀를 위해 신청해놓은
　　보조금을 받았다. 한 달에 370달러였을 것이다.

당신이 원한다면 난 호텔에서 지낼 수도 있을 것 같아!

내 삶에 대해 당신이 정하는 모든 걸 받아들일게(히치콕이 당신이 날 아내로서 사랑하지 않는다고 믿는 것만 빼고).

154

콘수엘로가 앙투안에게

뉴욕, 1944년 4월 25일 부활절 일요일

그대,

당신한테 서문을 써달라고 부탁한 건 내가 잠시 경솔했던 것 같아.* 아이들이 하늘의 별을 따달라고 하는 것과 비슷하지. 물론 그래도 별이 하늘에서 떨어진다면……

그대, 당신한테 서문을 부탁한 건, 내가 당신과 함께하게 된 뒤로 언제나 해오던 생각이었어. 난 당신의 모든 것이 좋거든. 당신한테도 나의 모든 게 좋으면 얼마나 좋을까? 당신이 나를 싫어하게 되는 일이 절대 없도록 하늘이 도와주시길……! 당신 친구들은 내가 없어야 당신이 행복할 거라고 하지만, 뭐라고 떠들든 상관없어. 두고 봐, 뱅자맹 콩스탕의 『아돌프』에 나오는 엘레노르°°보다 더 잘 버텨낼 테니까! 그리고 난 알아. 만일 내가 죽으면 당신은 낯선 이방인 무리에 섞인 아돌프 같을 거야. 난 당신 거고, 당신은 나의 나라고, 나의 언어고, 나의 자부심이야! 당신은 나의 고통이고, 이젠 나의 기쁨이 될 거야. 난 언제나 기쁘고 이전에도 기뻤어. 당신을 향한 사랑으로 눈물만 흘릴 때도 똑같아!

* 콘수엘로는 오페드 마을에 머물렀던 이야기를 바탕으로 "희망의 시"(앙드레 모루아)라 부를 만한 짧은 소설을 썼고, 남편에게 서문을 부탁했다. 콘수엘로가 직접 삽화를 그린 책은 1945년 4월 미국에서(프랑스어판은 브렌타노스에서, 영어판은 '바위의 왕국, 오페드의 기억Kingdom of the rocks. Memories of Oppede'이라는 제목으로 랜덤하우스에서) 출간되었다.

°° 사랑의 심리를 다룬 소설 『아돌프』에서 열 살 어린 청년 아돌프에게 유혹당한 엘레노르는 아돌프의 변심을 알고 난 뒤 크게 마음의 상처를 입고 결국 죽음에 이른다.

오늘 세인트패트릭성당에서 영성체를 했어. 난 순결하고, 순결해. 마음도 가벼워. 이 부활절 편지는 축복을 받아 당신한테 꼭 전해질 거야. 나도 그럴 거고. 언젠가 나도 당신 품속에 안길 거야. 당신은 나한테로 올 거고.

나의 남편, 한 존재를 송두리째 사랑하는 게 죄일까? 아니야, 사랑은 성스러우니까……! 나의 남편, 날 사랑해? 그래, 나의 파푸. 전쟁이 남자들에게 안긴 수많은 근심을 보상하기 위해 내가 당신에게 빚을 줄게. 우리 여자들은 당신의 상처, 당신의 부재를 슬퍼하게 만드는 전쟁에 대해선 잘 모르니까……

어쩌면 『오페드』가 영화로 만들어질 것 같아. 그렇게 되면 작은 농장은 당신 아내가 당신한테 사줄 수 있을 거야! 그대, 순결해진 내가 오늘 당신한테 할말이 있어. 내가 루주몽과 너무 가까이 지낸다고 탓하지 않지? 뉴욕이 어떤 곳인지 당신도 알잖아. 게다가 당신과 친한 여자들은 날 반기지 않아. 그대, 당신도 알다시피 난 바르비종 플라자에서 혼자 버텼고, 센트럴파크의 예쁜 아파트에서도 혼자 버텨야 했잖아……* 친구도 없고 살아야 할 이유도 모르겠을 때 루주몽이 내 마음을 좀 달래주었어. 그러니까 내가 당신과 행복을 누리면서도 그를 계속 친구로 삼아도 좋다고 편지에 써줘. 내가 죽을 때까지 당신을 사랑한다는 걸 그도 알고 있어.

당신의 콘수엘로

* 콘수엘로가 뉴욕 생활 초기에 머물던 곳들이다.

콘수엘로가 앙투안에게*

뉴욕, 1944년 4월 27일

나의 토니오,

가족을 보러 떠나는 건 포기했어. 아무래도 내가 없는 사이에 당신이 날 필요로 하는 일이 생길 것 같아서. 이제 여기서 뭘 해야 할까? 난 천식 치료를 위해 새로운 약을 쓰고 있고, 덕분에 요즘은 잠을 잘 자.

나의 남편, 난 이런 방식의 우편을 이용하는 데 많이 서툴러. 하지만 친구들 말로는 제일 빠른 연락 방법이래. 부탁할게, 이렇게 짧은 편지라도 일주일에 한 번, 단 한 통씩이라도 빼먹지 말고 보내줘. 나도 매주 보낼게. 세 통이나 네 통씩은 보낼 거야. 아마도 그 편지들은 당신한테 전해지겠지. 난 당신이 너무 필요해, 나의 토니오, 내 사랑. 그림은 열심히 그리고 있는데, 당신이 없어서 몹시 슬퍼.

콘수엘로 드 생텍쥐페리

---

* V-우편의 수신인은 "앙투안 드 생텍쥐페리 소령/프랑스 연락 지부/APO 512 뉴욕시티 NY", 발신인은 "C. 드 생텍쥐페리/비크먼광장 2번지/ 뉴욕시티 NY"로 되어 있다.

콘수엘로가 앙투안에게*

뉴욕, 1944년 5월 4일

소중한 토니오,

내 책이 나왔다고 축하해주고, 또 당신이 지금 나와 아주 멀리 떨어진 곳에서 전쟁을 하고 있다고 말해준 편지**를 보내줘서 행복해. 당신을 기다리는 내 사랑이 당신을 지킬 거고, 우리는 아랍 동화에서처럼 함께 늙어갈 거야. 우리가 많이 많이 사랑한다면, 착한 요정이 우리를 영원히 젊고 아름답게 지켜줄 거야. 그래, 내 마음의 주군, 나의 남편, 우리를 돌봐주는 착한 요정 친구를 데려가지 못하게, 우리 행복한 시간을 가져가지 못하게 문을 지켜주는 그대, 우리집에 도둑이 들어오지 못하게, 그들이 우리집에 자국을 남기지 못하게 해줘.

머리 다친 건 이제 다 나았어, 그대. 전적으로, 내가 죽지 않기를 바란 당신 덕분이야. 그래, 오늘 드는 생각인데, 하늘 덕분이고! 당신 덕분이야! 내가 죽지 않기를 바랐을 뿐 아니라, 당신을 위해 내가 살기를 바란, 나아가 내가 당신을 위한 아름다운 꽃이 되길 바란 당신 덕분이야. 그래서 난 내 몸을 잘 돌보고, 많이 힘들어도 계속 나에게 물을 주고 있어, 나의 남편! 수정 별로 된 더없이 순결한 내 마음을 당신에게 바치고 싶어. 당신이 이 세상의

---

* V우편의 수신인은 "앙투안 드 생텍쥐페리 소령/프랑스 연락 지부/APO 512 뉴욕시티 NY", 발신인은 "C. 드 생텍쥐페리/비크먼광장 2번지/뉴욕시티 NY"로 되어 있다.

** 이 편지는 찾지 못했다.

비참한 불행을 설명하는 훌륭한 책을 쓰는 일을 꿈꿀 수 있도록 말이야. 우리가 아주 슬기롭다면, 당신 역시 콘수엘로를 위로하고 콘수엘로의 세상을 위로할 힘을 지니게 될 거야.

콘수엘로

V우편*이 다른 편지들보다 빨리 전달되는지 알려줘. 당신에게 나의 커다란 사랑의 노래를 보낼게. 희망의 노래를.

* 항공과 선박 화물에서 우편물이 차지하는 자리를 줄이기 위해 1942년 6월 15일 개시된 V우편은 편지를 사진으로 찍어 마이크로필름으로 바꾸고 수령할 때 다시 작은 크기로 인쇄하는 통신 방식이다. 관리가 쉽지는 않았지만, 편지 전달에 걸리는 시간은 획기적으로 줄었다. 선편으로는 한 달이 걸렸지만 항공편을 이용하는 V우편으로는 12일이면 가능했다. 편지를 촬영해 마이크로필름으로 만드는 과정에서 미군의 검열이 있었다.

157

콘수엘로가 앙투안에게

뉴욕, 1944년 5월 13일[*]

〔전보〕

앙투안 드 생텍쥐페리 소령 / 펠리시에 박사 댁

작은 아파트를 구할 수가 없어 3천 달러로 일 년 연장 계약을 해야만 할 것 같아

아니면 루주몽 보케르〔오류다〕의 복층아파트 절반을 나누어 쓰거나 그건 천 달러면 되거든

이사가는 게 현명한 일 같아 날 도와줄 사람이 아무도 없는걸 돈 때문에 너무 힘들어

나에게 조언을 해줄 수 있는 사람은 오직 내 사랑 그대뿐이야 내가 받는 보조금으로는 월세를

낼 수가 없어

내가 책을 마칠 수 있도록 루주몽이 자상하게 날 지켜줬어 오페드의 서문 정말 고마워

너무 외로워 와서 날 안아줘 빨리 답장해줘 당신의 아내 콘수엘로 드 생텍쥐페리.

---

[*] 알제에서의 수령 소인 날짜.

389

158

콘수엘로가 앙투안에게

뉴욕, 1944년 5월 27일

〔V우편•〕

나의 파푸,

당신이 다시 알제를 떠난•• 뒤로는 당신 연락을 하나도 못 받았어. 모두가 그렇듯이 당신도 전쟁 때문에 정신이 없는 것 같아. 최소한 편지로라도 나를 안심시키고 나를 사랑해줄 필요조차 못 느끼는 걸까? 난 몸도 아프고, 당신의 침묵 때문에 불안해. '나의 고통은 영원히 끝났다'고 믿었는데. 토니오, 제발 말해줘. 아무것도 없는 공허, 당신이 우리 둘 사이에 열어놓을지 모를 그 심연이 끔찍해.

그대, 나에게 믿음을 줘. 아니면 난 곧 죽고 말 거야. 아무 생각도 할 수가 없어. 날 좀 도와줘. 나에게 편지를 써줘. 아니면, 정말로 더는 나를 위해 쓸 말이 없는 거야? 그대, 키스를 보낼게. 난 괴로워. 어디로 가야 할지 모르겠어. 어서 당신의 두 팔로 안아서 내

• 앙투안 드 생텍쥐페리 소령(프랑스 연락 지부 APO 512)에게 뉴욕(비크먼광장 2번지)에서 부친 편지.

•• 프랑스와 미국의 군사 당국과 정계의 긴 논의 끝에 앙투안은 1944년 5월 16일 다시, 마흔셋의 나이에도 정찰 비행단 33연대 2대대에 조종사로 배속되었고, 사르데냐(알게로)로 가서 옛 전투비행 중대의 전우들과 합류했다. 이후 그는 1944년 6월 6일부터 사르데냐에서 출발하는 비행 임무를 몇 차례 수행하고, 7월 17일 소속 전투비행 중대와 함께 바스티아(코르시카)로 갔다.

390

마음을 평온하게 다독여줘, 내가 당신의 작은 조각이 되게 해줘.

콘수엘로

난 여전히 비크먼광장 2번지에 있어.

159

앙투안이 콘수엘로에게

알제, 1944년 6월 4일

〔전보〕

NE219 INTL＝N ALGIERS 66 2 FIL＝

NLT MADAME DE SAINT-EXUPÉRY

2 BEEKMAN PLACE NYK

1944 JUIN 4 PM 5 43

알제를 지나는 항로는 경이로웠어 당신의 편지와 전보는 보물이야

난 다시 비행을 하고 내 비행 중대가 있는 곳에서 멀리까지 날아가

나의 소중한 콘수엘로 편지를 많이 써줘

루주몽의 아파트에 들어가지는 마 부탁이야

당신을 다시 보고 싶은 갈증은 끝이 없어 내 사랑 평생 날 믿어줘 곧 당신에게 돌아갈게

콘수엘로 나의 위안 당신의 앙투안 드 생텍쥐페리.

160

콘수엘로가 앙투안에게[*]

뉴욕, 1944년 6월 6일

나의 그대,

이 짧은 편지가 당신 두 손에 더 빨리 가닿길 바라. 당신이 알제에서 보내준 전보[**]는
받았어. 내가 쓴 편지가 몇 통이나마 당신에게 전해졌다는 게 기뻐. 오늘은 세 통을 보낼게.
군대가 프랑스를 침공한다는[°°°] 소식에 가슴이 뛰고 불안해. 나의 남편은 어디 있지? 여기는
여름이고, 날씨가 좋아. 나무들이 잠잠하기만 해. 여름이잖아!
그대, 건강 잘 챙겨. 위장도 조심하고. 머리도. 문에 머리 부딪히지 말고. 부탁이야. 난 조금
정신이 없어. 오는 10월에 아파트를 나가기로 했거든. 근데 빈 아파트를 통 찾을 수가 없어.
이제 어디로 가야 할까? 그래도 우리가 곧 만날 테니까. 당신 품이라면 어디에 있어도 좋아.
키가 큰 나의 아이, 나의 보물, 나의 사랑.
당신의 아내

콘수엘로

6월 15일부터 10월 말까지 내가 머물 곳의 주소야. 레이크 조지/뉴욕/로버트 레빗 씨 댁.

- [*] V-우편의 수신인은 "앙투안 드 생텍쥐페리 소령/프랑스 연락 지부/APO 512 뉴욕시티 NY". 발신인은 "C. 드 생텍쥐페리/비크먼광장 2번지/뉴욕시티 NY"로 되어 있다.
- [**] 이 전보는 찾지 못했다.
- [°°°] 1944년 6월 6일의 노르망디상륙작전을 말한다.

161

콘수엘로가 앙투안에게[•]

뉴욕, 1944년 6월 6일

이제 곧 당신 생일이네.^{••}

내가 내 사랑 그대를 생각해줄게.

나의 토니오, 나의 사랑.

오늘은 마음이 너무 혼란스러워. 이곳, 아메리카에서, 프랑스 침공 뉴스가 나왔거든. 나도 병사가 되어 불쌍한 프랑스인들을 도우러 가고 싶어. 프랑스인들은 어떤 번민, 불안, 기다림을 겪고 있을까를 생각해. 내 육신의 작은 조각, 아니 큰 조각인 당신, 당신은 어떨까, 이런 생각도 하고. 그리고 늘 그렇듯이 막막한 상태로 당신에게 편지를 써…… 내가 아는 다른 여자들은 나보다 운이 좋아. 그들의 편지는 수신인에게 잘만 전달되거든. 히치콕에게 전보를 보내서 당신의 수입 내역을 나한테 알려주게 해달라고 벌써 여러 번 부탁했는데 왜 안 해줘? 왜 그렇게 간단한 것도 다들 나한테 숨기는 거지? 그저 당신의 아내로 조금 대우받는다는 느낌을 받고 싶은 것뿐인데. 우리가 그동안 슬픈 일을 얼마나 많이 겪었는데! 정말로 당신이 그러는 거라고는 못 믿겠어. 당신 입으로 내가 당신 아내라고 말할 수 있으면, 오 주님, 당신이 없는

•   타자기로 친 뒤 자필로 수정한 편지.

••   앙투안은 1900년 6월 29일에 태어났다.

동안에는 나한테 권리가 있고, 내가 알아야 하는 거 아닐까? 그래야 나도 일 처리를 할 수 있지. 당신한테 몇 번이나 부탁했는데도 헛일이네. 아니면 혹시 당신은 내 편지를 아예 못 받는 거야? 그것도 아니면 내 골치를 썩이는 이 문제, 그래, 내가 생활의 질서라고 부르는 것에 당신은 아예 관심도 없는 거야? 어떻게든 정리해야지. 상황이 이러니, 내가 이 아파트에 계속 살아도 되는지 도무지 정할 수가 없잖아. 월세가 275달러로 비싸니까. 아무래도 10월부터는 못 있을 것 같아. 호텔에 갈까 생각중이야. 그러고 나면 식당들, 친구들 집을 전전하겠지, 거리를 헤매고…… 무서워 죽겠어. 거리에서 머리를 얻어맞은 사고 이후로 훨씬 더, 전부…… 난 슬픔에 젖은 채로 혼자 생각해. 토니오는 나에게서 아름다운 꽃들을 원하면서 나의 뿌리는 돌보지 않는구나. 1945년 한 해 동안 보조금 외에 천 달러만이라도 더 받을 수 있었는데, 내가 미리 알았다면 아파트를 포기하지 않았을 텐데. 9월 말에 이사할 일도 없을 거고! 내가 당신한테 이런 말을 하는 건 생활의 질서를 위해서야. 모든 사람이 비뚜로 가고 있는 지금, 질서를 바로잡을 수 있다면, 설령 작은 손수건을 정리하는 일일지라도 그렇게 해야 하잖아. 난 오전 내내 이렇게 혼잣말을 해. 내 집을 잘 정리해야 한다. 내 영혼과 내 모든 생각을 잘 정리해야 한다. 그래서 당신에게 집 얘기를, 우리의 집 얘기를 하는 거야. 나는 늘 당신이 돌아와서 당신의 푸른색 방에서 살 거라고 믿었어. 어쩌면, 하느님이 허락하신다면, 우린 이미 10월에 프랑스로 돌아가 있을지도 모르지! 하지만 난 이런 생각을 해. 내 남편은 이곳으로 돌아와서 속기용 축음기로 글을 써야 하고, 책을 내줄 사람도 이곳에 있다고. 그리고 당신은 분명 몹시 피곤할 테니 많이 쉬어야 할 거라는 생각도 해. 롱아일랜드의 조용한 곳에 가야 하지 않을까…… 당신은 전쟁에서 당신 몫을 해냈어. 당신은 휴식을 얻어냈고, 당신에게 휴식이란 역시 글을 쓰는 거잖아. 나의 소중한 시인, 당신은 글쓰는 걸 좋아하니까. 내 곁에서 아름다운 책들을 써야 해.

어제, 당신이 쓴 『전시 조종사』에서 아름다운 문장 하나를 다시 읽었어. "나는 손바닥으로 더듬어가며 불길에 다가가는 맹인처럼 걸어갈 것이다. 맹인은 그 불길을 묘사할 수 없지만,

그래도 그가 그 불길을 찾아냈다. 우리가 지켜내야 하는 것은 아마도 그렇게 모습을 드러낼 것이다. 그것은 눈에 전혀 보이지는 않지만, 마을을 덮은 어둠의 재 속에 잉걸불처럼 남아 있다."•

나의 토니오, 내 사랑, 당신은 내 사랑을 확신해도 돼. 당신의 꽃들이 열매를 맺을 수 있도록 당신을 지켜주려는 내 의지를 믿어도 돼. 어려운 일이겠지, 나도 알아! 그래도 조금만 슬기로워져봐! 그러면 우리는 풍성한 수확을 거둘 거야! 인간으로서의 과업을 행하는 자부심도 느끼고. 그러니 제발, 의혹은 그만! 주여, 더는 못 견디겠어요.

당신을 향한 내 사랑은 아름다운 대지처럼 나의 양식이 되어줘. 친구들, 당신 친구들이 하는 말들은 알고 싶지도 않아. 난 당신을 믿어. 내가 당신을 행복하게 해줄 수 있다고 믿고, 나의 그대, 우리는 정말 행복해질 거야. 난 이미 내 삶을 당신에게 바쳤어. 당신이 설령 한쪽 발을 잃은 채로 돌아온다 해도, 와서 잔뜩 심술을 부린다 해도, 난 당신에게 아름다운 이야기들을 들려줄 거야. 어제 당신 책을 읽다가 이런 생각을 했어. 내 편지가 당신한테 전해지지 못하니까, 6월 16일에 시골에 가면 그때부터는 나중에 당신에게 들려줄 이야기들을 미리 써놓자. 그렇게 미리 써놨다가 당신이 슬퍼하거나 심술부릴 때 큰 소리로 읽어주자. 당신이 이미 슬퍼지고 난 뒤에 생각해내긴 힘드니까! 미리 준비되어 있으면 그냥 읽어주기만 하면 되고, 당신은 감동받고, 나는 이해할 수 없는 일들 앞에서 겁에 질릴 필요가 없잖아. 이건 왜 그렇고, 저건 왜 그런지 이해가 잘 안 되면 난 크게 소리를 질러대니까. 그리고 이런 생각도 해. 토니오가 정말로 나를 사랑한다면, 나와 함께할 수도 있었을 마지막 몇 분 동안 왜 그 바보 같은 라모트**한테 달려갔을까? 그 사람은 왜 내가 남편한테 말도 못하게 그렇게 떠들어댔을까? 난 아직도 모르겠어……! 그게 바로 내가 아직 한쪽 다리로만 걷고 있는

• 『전시 조종사』의 7장 끝부분이다.

•• 앙투안은 군복무 후 해군사관학교에 떨어진 뒤 미술을 전공했다. 화가 베르나르 라모트(1903~1983)는 보자르에서 앙투안과 함께 공부했고 1941년 뉴욕에서 재회한 뒤로 아주 가까이 지냈다.

이유야…… 그래, 토니오, 나의 그대, 내가 당신을 다독여줄 수 있을 거야. 당신을 당신

정원의 그늘에 앉혀줄게. 내가 맛있는 수프를 준비하는 동안 당신은 머릿속에 쏟아지는

별똥별들과 함께 성큼성큼 앞으로 나아가. 나의 멋진 남자, 나의 훌륭한 남편, 난 당신

마음속에서, 당신 몸속에서 살림을 하고 싶어. 내가 아주 젊었을 때 당신에게 한 적 있는

말인데, 내가 정신 나간 상태일 때였어, 정말이야, 정말 그랬어. 나에게 당신은 언제나 나의

남편이었어. 하늘이 나에게 준 남편, 내가 기도하고 영혼을 바쳐 보살펴야 하는 남편. 그리고

당신, 나의 남편, 당신도 날 여러 번 지켜준 거 알아! 이젠 당신을 믿으니까, 우린 이제

행복한 부부야! 당신이 없기 때문에, 당신이 없는 날들 때문에 내가 눈물짓는 건…… 우리의

다가올 봄을 마음껏 누리기 위해서야……! 그래, 다들 마음대로 떠들라지…… 당신에 대해,

나에 대해 좋은 말을 하든 나쁜 소리를 하든 상관없어! 길 끝에 이르렀을 때 우린 서로에게

만족하게 될 테니까. 우리는 스스로를 깎고 다듬으려고 조금 어긋난 길로 간 거야. 보석도

그렇게 깎아내잖아. 우리가 서로를 더 잘 알아보고, 서로 더 잘 어울리게 하려는 거였다고!

레이크 조지의 집* 얘기를 조금 들려줄게. 난 목과 천식 때문에 '산으로' 가야 해. 의사가

바다는 권하지 않았어(용기만 있었으면 올여름에는 멕시코에 가 있었을 텐데). 하지만 당신하고 더

멀어진다는 생각만 해도 아무것도 할 수 없고 재입국 서류도 걱정돼서…… 그래서 미국에,

뉴욕에서 기차로 여섯 시간 걸리는 곳에 온 거야. 레이크 조지에서 이전에 우리가 살던

베빈 하우스와 비슷한 집을 구했어. 다 무너져가긴 하는데, 그래도 나에겐 새집 같고 너무

아름다워. 여름에는 편의시설 없이도 버틸 만하고! 호수에서 살짝 씻을 수 있을 테니까.

(안니발을 키워주는 노부인한테 부탁하면, 안니발이 와서 날 지켜줄 수도 있을 거야. 그 부인이 당신이

돌아와서 원하면 안니발을 돌려주겠다고 약속했어. 어쨌든 지금은 안니발을 아주 잘 돌봐줘. 안니발

• 뉴욕 북쪽에 위치한 콘수엘로가 임대한 별장. 드니 드 루주몽, 앙드레 브르통, 마르셀 뒤샹 등이 와서 지내기
도 했다.

부인도 구해줬고. 당신이 오지도 않았는데 내가 다시 데려오겠다고 하는 건 옳지 않은 것 같아! 안니발을 보러 하루나 이틀 그 부인 집에 갈 거야. 우리 강아지가 얼마나 많이 먹는지 몰라. 돈이 아주 많이 들어!)

집은 레이크 조지 시내에서 2마일 떨어져 있어. 집주인 로버트 레빗 씨가 내 우편물을 가져다주기로 했어. 그 사람은 시내에 사는데, 집들을 임대하는 부동산중개업자야. 오늘 아침엔 편지 쓰기가 영 힘드네. 빅토리아 탕제*의 집에서 그녀의 친구들과 영어로 얘기를 너무 많이 해서 그래(다들 나한테 참 잘해줘). 주말을 그 집에서 보냈거든. 그곳 호수도 무척 아름다운데, 나의 낡은 집을 보러 레이크 조지에 오겠대. 우리집엔 하인이 없다고, 내가 다 해야 한다고 미리 알렸는데 그래도 좋대. 먹을 건 내가 잘 준비하겠지만, 청소는 자기들이 직접 해야지. 난 그림을 몇 점 그려야 하고, 당신이 돌아오면 기분전환하게 해주고 또 심술 났을 때 마음 풀어줄 이야기들도 써야 하니까! 지금 안 쓰면 너무 늦잖아. 이젠 마녀도 빗자루 가지고 안 놀 테고, 나는 뭘로 마녀가 되나……

그대, 내 두 발과 내 속눈썹, 그리고 당신의 순결한 땅에서 싹트려 하는 나의 모든 씨앗들과 함께 당신을 힘껏 안아줄게.

[손으로 써서 덧붙인 구절]

당신 전보 받았어. 잘 알겠어, 그대. 루주몽의 집에는 안 갈게. 그런데 어디로 가야 할지를 모르겠어. 10월이 되면 어쩌면 빈 아파트가 나올지도 모르지만…… 지금은 아예 없어. 뉴욕에는 정말로 빈집이 없어! 심지어 호텔들도 꽉 찼어! 앙드레 루쇼가 도와주겠다고 약속했어. 하느님이 당신을 지켜주시길! 당신에게 키스를 보낼게. 당신의 아내

콘수엘로

* 로베르 탕제의 아내.

162

앙투안이 콘수엘로에게

알게로(사르데냐), 1944년 6월

편지를 APO 512로 보내줘. 아니면 펠리시에 박사의 집으로 보내면 전달될 거야.

내 사랑, 너무 짧은 이 편지를 [글자를 알아볼 수 없다]로 떠나는 동료에게 맡길 거야. 그가 그곳에 가서 이 편지를 부쳐주기로 했고. 난 아주 멀리 있어. 어딘지는 말해줄 수 없어. 하지만 나의 콘수엘로, 당신은 늘 내 마음속에 살고 있으니 내 곁에 있는 것과 같다는 걸 알아줘.

나는 다시 라이트닝기를 몰고 먼 프랑스 상공에서 항공촬영 임무를 수행하는 중이야. 이런 시기에 지식인 구경꾼으로만 살고 싶은 마음은 추호도 없어. 난 거창한 말들이 너무 싫고, 사람들이 벌이는 논쟁, 잘난 척 떠들어대는 광적인 믿음이 싫어. 자기들이 처한 문제에 몸으로 달려들지는 않잖아. 콘수엘로, 나의 어린 아가씨, 나는 몸소 희생을 치르지 않는 것은 그 어떤 것도 받아들일 수 없어. 전쟁에 직접 뛰어들면 나 자신이 절대적으로 순결하다고 느껴지고, 내가 증오와 저주의 문구를 떠올리며 생각하는 것들에 대해 증명할 필요도 없어져. 그저 내가 생각하는 그대로가 되는 거지. 이런 암흑의 시기에 난 그 누구도 원망하고 싶지 않아. 인간들이 명확하게 생각을 전혀 못하고 있잖아. 그저 더듬거리고 있을 뿐이지. 모두 불행하고 말이야. 다른 것 다 필요 없이, 그저 있기만 하면, 말들 속에서 길을 잃지 않을 수 있을 거야.

콘수엘로, 그대, 내 사랑, 설령 나에게 불행이 닥친다 해도, 내가 내린 결정을 원망하지 말아줘. 나는 빠른 비행기(라이트닝기는 세상에서 가장 빠른 비행기야)를 타고 전쟁을 하는 유일한 '늙은' 조종사야. 그래도 잘 버텨내고 있어. 하지만 프랑스 하늘 어디에선가 신이 내 다리를 걸어 넘어뜨릴지도 모르지. 그런 날이 와도 조금도 후회하지 않을 거야. 단지 당신을 울게 만든다는, 나의 소중한 어린 아가씨를 더는 지켜줄 수 없다는 것 외에는, 결코 그 어떤 회한도 없어. 다른 건 하나도 후회 안 돼. 증오와 어리석음만 가득한 이런 시국에 어차피 할일도 없잖아. 당신이 변호사들, 소송대리인들을 얼마나 미워했는지, 증인들의 악의, 당신의 니스 집°을 빼앗다시피 한 그 온갖 복잡한 이해관계와 트집을 얼마나 싫어했는지 기억하지……? 그래서 지금, 병사와 정원사를 제외한 모든 남자가 날 절망하게 만들어. 그들이 떠들어대는 이상한 수학 같은 말을 듣지 않을 수만 있다면, 당신도 아마 당신 집까지도 포기했을 거야. 난, 목숨을 포기하지. 콘수엘로, 난 아무것도 후회하지 않을 거야. 지금 나는 가꿔야 하는 정원을 잃어버린 정원사가 된 것 같아. 내가 가진 것이라곤 오로지 당신의 아픔뿐이야.

콘수엘로, 사랑하는 그대, 당신이 나의 정원이 되어줘야 해. 당신을 보호하려는 마음이 매일 점점 더 커져. 당신이 지은 경이로운 시 속을 느릿느릿 거닐고 싶다는 마음도 커지고. 난 새들과 이슬과 시원한 바람이 필요한 만큼, 해가 뜰 때 노래하는 모든 것이 필요한 만큼, 내 곁에서 잠을 깨는 당신이 필요해. 콘수엘로, 콘수엘로, 나의 잠자는 숲속의 공주, 내가 백 년의 전쟁을 치른 뒤 당신을 깨우러 돌아갈 수밖에 없도록 계속 아름다워야 해. 사랑하는 그대 콘수엘로, 큰 소리로 날 불러줘. 리비아 일 기억하지?°° 난 당신을 돕기 위해 살아서

° 콘수엘로가 전남편 카리요에게 상속받은 니스의 저택 '빌라 엘 미라도르 드 니스'를 말한다. 남아메리카를 떠나 파리로 돌아온 뒤 생텍쥐페리 부부는 형편이 어려워진데다 콘수엘로의 교통사고 벌금까지 내느라 결국 그 저택을 팔아야 했다.

°° 1935년 12월 리비아사막에서의 비행 사고에 관한 이야기다. 이 일화는 『인간의 대지』에도 등장한다. 앙투안은 1936년 1월 3일 카이로에서 어머니에게 편지를 썼다. "콘수엘로한테는 제가 너무도 필요한데 그냥 두고 왔다는 사실이 정말로 끔찍합니다. 돌아가서 보호해주고 지켜주고 싶은 마음이 굴뚝같은데, 지금 저는 의무

돌아갔어. 제대로 정원을 가꾸지 못했다는 회한 때문에……

나의 정원, 하루를 깨우는 나의 자명종, 나의 콘수엘로……

당신의,

앙투안

를 다하기 어렵게 만드는 모래 앞에서 손톱을 물어뜯으면서 이 산 저 산 돌아다니고 있습니다. 저에게는 엄마가 필요합니다. 엄마가 저를 보호해주고 지켜주세요. 저는 새끼 염소처럼 제 생각만 하면서 엄마를 부르곤 했죠. 제가 돌아간 건 콘수엘로를 위해서이긴 하지만, 엄마, 엄마를 거쳐서 돌아가는 것이랍니다."(플레이아드 전집 1권, p.785)

163

콘수엘로가 앙투안에게*

레이크 조지, 1944년 6월 22일

나의 소중한 그대,

나의 호수에 왔어, 올여름을 보낼 나의 호수. 아직 나뭇잎들은 작아, 아이들 같지. 여긴 아직
봄이야. 거의 산이나 마찬가지야. 거대한 산! 집은 예쁘고, 어린 왕자의 집 못지않게 쾌적해.
하지만 여기엔 키가 큰 나의 토니오가 없지. 난 스스로에게 말해, 올가을 끝자락엔 그이가
분명 날 찾으러 올 거라고. 그이가 날 찾으러 올 거야, 나의 남편. 그때는 호수가 차가울
텐데, 그래도 호수에서 둘이서 배를 타야지. 그러다 문득 한숨을 쉬고, 사람들 소리에 꿈에서
깨어나. 하녀가 없으니까 내가 직접 음식을 만들어야 해! 토니오, 나에게 돌아와, 온전히
돌아와. 어서 나에게 돌아와! 난 한 걸음 옮길 때마다 생각해. 그래, 그이는 온전히 돌아올
거야! 그리고 난 하늘에 감사해. 당신의

콘수엘로

이 짧은 V우편이 그냥 보내는 편지들보다 당신에게 빨리 가는 것 같아. 당신이 3월에 쓴
편지** 이후로 당신 소식을 하나도 받지 못했어! 너무 슬퍼!

- V우편의 수신인은 "앙투안 드 생텍쥐페리 소령/프랑스 연락 지부/APO 512 뉴욕시티 NY". 발신인은 "C. 드 생
  텍쥐페리/록리지 하우스/볼턴 로드/ 뉴욕"으로 되어 있다.
- •• 알제에서 보낸 1944년 3월 30일자 편지. 「편지 149」 참고.

164

콘수엘로가 앙투안에게

레이크 조지, 1944년 6월 22일

〔전보〕

19 LAKEGEORGENY 19/26 29 22 1500 VEAST

그대 이제 뉴욕 볼턴 로드 록리지 하우스로 소식 전해줘 내 사랑 온전히 나에게 돌아와.

콘수엘로 드 생텍쥐페리

165

콘수엘로가 앙투안에게

1944년 6월 29일
레이크 조지, 6월 말, 당신의 생일

내 사랑,

아침 여섯시에 잠이 깼어. 잠옷 바람으로 호수까지 달려와 물에 발을 담갔지. 물이 아름다워.
호수 옆의 산모퉁이 너머에서 부드러운 햇빛이 다가왔어. 난 당신을 생각해, 나의 그대.
당신을 생각하고 당신을 꿈꾸면 행복해져. 당신이 세상에서 가장 나이 많은 조종사라는 사실
때문에 두렵지만, 나의 그대, 그래도 세상 사람 모두가 당신 같으면 좋겠어!
이제 마을까지 뛰어가야 해. 그곳의 작은 성당에서 매일 아침 일곱시 삼십분에 미사가
열리거든. 마을에 성당이 그곳 하나뿐이야. 가톨릭 신자들이 거의 없고 사제들은 더 없어.
오늘, 당신의 생일에, 성당에 가서 사람들이 찾지 않는 의자에 앉을 거야. 내가 당신에게
줄 수 있는 게 그것뿐이니까. 그래서 서둘러야 해, 나의 남편. 옷도 갈아입어야 하고,
성당까지는 걸어서 삼십 분 거리야.
곧 만나. 이 행성에서 당신을 다시는 볼 수 없다면, 하느님 곁에서 당신을 기다리고 있을게!
내 안의 당신은 흙 위의 초목과 같아. 당신을 사랑해, 나의 보물, 나의 세상.
당신의 아내

콘수엘로

c'est tout c'est que je peux te
donner – Alors, je coure, mon
mari, je dois m'habiller. j'ai
une demi heure de marche a
pied. jusque a l'église.

A bientôt. si je ne
vous vois plus dans cet planette
sachè que vous me trouverès
pres du Bon Dieu vous
attendent, pour de bon !

Vous est dans moi
comme la végétation est
sur la terre. je vous aime
vous mon trésor, vous mon
monde.

Votre femme.

Consuelo.

29 juin 1944.

"이 행성에서 당신을 다시는 볼 수 없다면, 하느님 곁에서 당신을 기다리고 있을게!"

콘수엘로가 앙투안에게[*]

레이크 조지, 1944년 6월 말/7월 초

그대,

내 주소 다시 정확히 알려줄게. USA 뉴욕 볼턴 로드 록리지 하우스. 집 이름이 록리지야.
아! 토니오! 나는 당신을 기다리는 데 평생을 바치고 있어! 분명 하늘이 나에게 당신의
귀환이라는 상을 내려주실 거야. 그리고 확실히 해야 할 일이 더 있어. 7월 15일이면 내
아파트 임대계약을 연장하든가 포기하든가 결정할 수 있는 권리가 사라져. 어떻게 해야 할까?
당신이 연장에 서명하라고 하면, 월세가 너무 비싸기는 하지만, 그래도 한 해 더 계약을 연장할게.
내가 어떻게 해야 할까요? 나의 남편! 이제야 이곳 호숫가에서 좀 편히 쉴 수 있게 됐는데!
히치콕 때문에 너무 힘들어. 내가 여기서 지내는 석 달 동안 그가 뉴욕 아파트 집세를 내줘야
하는데, 당신이 그렇게 하라고 분명히 말해주는 전보가 꼭 필요하대. 그런데 당신이 보내준
그 전보가 없어졌어. 나한테 곧바로 다시 한번 보내줘. 한번 더 말할게. 난 보조금 외에는
히치콕한테 단 한푼도 못 받았어.

당신의 아내

콘수엘로

•   V-우편의 수신인은 "앙투안 드 생텍쥐페리 소령/프랑스 연락 지부/APO 512 뉴욕시티 NY", 발신인은 "C. 드 생
텍쥐페리/록리지 하우스/볼턴 로드/뉴욕"으로 되어 있다.

콘수엘로가 앙투안에게

레이크 조지, 1944년 7월 첫째 주

나의 훌륭한 남편. 키도 크고, 마음도 크고,
생각도 큰 남자라고 말해주고 싶어.

새벽 네시

그대, 나의 새벽, 나의 하루.

호수는 아직 잠들어 있어. 죽음만큼 고요해. 우리가 알지 못하는 죽음만큼. 아직 멀리 있는
태양의 희미한 빛이 잠든 물위에 어른거리면 전혀 다른 (완전히 새로운) 경치가 펼쳐져. 난
천식 때문에 새벽 세시에 깼어! (호수에 와 있고 소나무들이 있는데도 천식은 그대로야.) 그래서
배의 아름다운 갑판 같은 테라스로 나왔어. 이곳에선 아침 안개 속 호수에 펼쳐진 삼백다섯
개의 섬이 보이거든. 당신도 호수가 어떤지, 호수의 아침 안개가 어떤지 잘 알지? 새벽
두세시의 비행장 같을 거야. (나의 남편, 안개의 'brume'에서 m을 하나 더 써서 'brumme'이라고 써도
될까?) 경치가 바뀌면 나도 완전히 새로워져, 그대! 새로 발견한 광경을 그림으로 옮기고
싶어지고, 응고시키고, 매듭을 풀어주고, 그렇게 당신한테 줘서 당신이 부자가 되고 나를
좋아하게 만들고 싶어. 내 갑판 위에 있는 의자 얘기도 해줄게. 여름 동안 당신을 위해
테라스에 의자 하나를 꺼내놓고, 아무도 못 앉게 하려고 그 위에 아름다운 독수리 청동상을

없어놨어. 그런데 손님* 하나가 그 의자를 쓰려고 청동상을 치우려 한 거야. 전등만한 독수리가 그렇게 무거울 줄 모르고 번쩍 들어올렸지. 블레즈 알랑**(이게 그 사람 이름이야)이 갈비뼈 부위를 심하게 다쳤어. 근육이 놀라서 경직된 거야. 결국 독수리는 옮기지 못하고 그대로 내려놨지. (블레즈는 라르보와 파르그***의 중간쯤 되는 시를 쓰는 사람이야.)

내 사랑, 내가 참 수다스럽지? 하지만 당신 아니면 내가 누구하고 마음껏 이야기할 수 있겠어? 당신은 선물하듯 자주 내 말을 들어주었고, 그런 뒤에는 내 이야기, 내가 말한 풍경들 중에 어떤 게 가장 아름다운지 말해줬지. 사실 나하고 같이 있으면 위험해. 난 늘 내가 보고 느끼는 것, 사물들에서 끌어내는 모든 것을 휩쓸어가버리니까. 혹시라도 제일 좋은 걸 남겨두게 될까봐 그래. 결국 내 머릿속 세상은 좀 뒤죽박죽이 되어버려. 선택해야 할 때 용기를 내지 못하고, 나머지를 버리는 데 익숙해지지 않아서 그런 거야! 남겨둔 것들이 무슨 징표인 것 같고, 좀더 폭넓은, 좀더 미지의 선택의 씨앗인 것처럼 느껴지거든. 난 어디서 새로운 빛을 끌어낼 수 있을까? 그리고 그러다가 금방 길을 잃어, 정말 금방, (내 것인) 내 보물들을 다른 사람들에게 보여주려 하는 순간 그렇게 돼. 나 혼자서 그것들을 볼 때는 괜찮은데! 그럴 땐 조용히 깨달을 수 있는데.

내 의자 위에 앉아 있던 독수리에 대해서 오랫동안 열띤 토론이 벌어졌어. 반대로 헛심을 쓰는 경우에 대해서도! 그러니까 엄청 무거울 줄 알고 작심하고 들었는데 물건이 너무 가벼운 거지. 그것도 나빠! (가벼울 줄 알았는데 들어보니 무거운 독수리와 반대지.) '목적론적 도덕'

- 앙드레 브르통이 뱅자맹 페레에게 보낸 1943년 7월 23일자 편지에는 이렇게 쓰여 있다. "나는 지금 뉴욕에서 두 시간 거리에 있는 콘수엘로의 집에서 며칠 동안 머물고 있네." 콘수엘로는 남편이 알면 싫어할까봐 아예 말하지 않았다.
- **뉴욕으로 망명한 스위스 작가이자 번역가 알프레드 로세(1902~1975)의 필명. 그가 르네 크르벨, 조르주 위네, 드니 드 루주몽, 앙드레 브르통 등과 주고받은 편지가 있다. 1932년 출간된 『황금 섬의 비밀Les Secrets de l'Île d'or』을 비롯해 몇 권의 책을 썼다. 1932년 스위스에서 그의 첫 시집 『시온Sion』도 출간되었다.
- ***발레리 라르보, 레옹 폴 파르그는 모두 20세기 프랑스 시인이다.

애기도 나왔어. 루주몽이 다음 책 제목을 그걸로 할 거래.

최근에 지드의 잡지 『라르슈』*도 읽었는데, 『라 르뷔 프랑세즈』**와 똑같았어. 여전히 같은 주제를 다루는 그 사람들이 보기 좋아! 거기 실린 지드의 일기 중에 프랑스 이야기가 있어. 프랑스와 지로두***에 대해서 최근에 쓴 글이야. 지드는 지로두의 죽음으로 프랑스의 하늘에 먹구름이 꼈대! 지나치게 문학적이지! 내가 너무 수다스러운 건 아니면 좋겠는데. 편지가 도중에 전해지지 못할까봐 걱정되거든. 검열하는 새들이 내 편지를 읽어도, 문학 애기가 금지되진 않겠지?

어차피 당신은 내 작은 머릿속에 뭐가 들어 있는지 알잖아. 내 생각 다 알지? 당신 마음에 들어, 그대? 정말로? 확실히? 내 남편의 전쟁이 끝나면 우리는 어디로 갈까? 난 좀 조용한 곳으로 가고 싶어! 포****처럼 거리가 시끌벅적한 곳에서 당신과 재회하고 싶지는 않아. 당신만을 위한 땅이 있을 거야. 늘 세월의 연기와 먼지 속에 섞여 있을 필요는 없어. 당신은 혼자서 당신의 날을, 당신의 세계를 열었잖아. 당신의 샘은 당신 안에 있어. 인생은 짧아. 이젠 앉아서 쉬어도 돼. 다른 사람들, 단순한 사람들에게 똑바로 나아가는 법을 가르쳐주기 위해 뭘 할 수 있을지 살펴보기도 하고.

---

* 앙드레 지드를 주축으로 에드몽 샤를로가 발간한 『라르슈 L'Arche』는 1944년 2월 알제에서 처음 간행되었고, 장 앙루슈가 편집장을 맡았다(지드는 그 잡지에 그의 『일기』 일부를 발표했다). 창간호에 『어느 인질에게 보내는 편지』가 실렸다. "난 더 버틸 수 없었어. 나에 대해 하는 말을 듣고 싶지 않았지. 나를 두고 떠드는 소리들, 혹은……"(넬리 드 보귀에에게 보내는 편지, 『전시의 글들』, p.354) 앙투안이 알제에서 장 앙루슈와 친하게 지냈음을 보여주는 그림들도 있고, 장 앙루슈가 그에게 보낸 1943년 11월 7일자 편지를 봐도 그 사실이 드러난다. 앙루슈는 프랑스인으로는 드물게 1946년 이전에 『어린 왕자』를 읽었다. "당신의 이야기는 더없이 아름답습니다. 어쩌면 당신에게는 어린 왕자가 이미 죽었겠지만, 앞으로 그 죽음으로 인해, 그 어린 왕자를 닮았으면서도 유일한, 각자 '자기'의 시선과 친구를 가진 어린 왕자들이 많이 생겨날 겁니다. 어느 별 아래 펼쳐진 그 모래 풍경 속에서 어린 왕자를 만나는 일이 사람들에게 제일 중요한 일이 될 거고요."
** 『NRF』를 말한다.
*** 프랑스의 작가. 외교관으로 1944년 1월 사망했다.
**** 「편지 40」 참고.

탕제 부부는 떠났어. 부엌일이 줄어들어서 좋아. 하지만 같이 해수욕하던 빅토리아가
떠난 건 아쉬워. 지금은 드니와 블레즈밖에 없고, 다음주에 쿠르트 볼프* 부부가 올 거야.
당신도 그 사람 알지? 그의 아내 헬렌이 참 사람이 좋아. 그는 뉴욕에서 새 출판사를
운영하고 책을 내. 아주 흥미롭고 영리한 선택이지. 그 사람이 여기 오는 건 내 책을 영어로
내고 싶어서야(프랑스어판은 브렌타노스와 계약했어). 정작 책은 아직 이불 밖으로 나오지도
않았는데! 당신한테 내 책에 대해 조금 알려줄게. 타자 친 원고로 오백 쪽을 썼어! 쿠르트
볼프한테는 다 읽어줬고, 히치콕과 그의 아내 페기한테는 한 장章을 읽어줬어. 히치콕도
출간하고 싶어해. 그런데 아직 프랑스어를 제대로 고치지도 못했어. 부쉬 양하고 또다른
비서가 문법적인 것만 겨우 고친 상태야. 난 브르통보다 드니가 프랑스어를 고쳐주는 게
좋아. 브르통은 시인으로는 재능이 뛰어나지만 우리하고 사이가 안 좋잖아. 당신이 내키지
않고, 당신은 곧 나니까. 하지만 드니, 그의 도움을 받는 것도 쉽지만은 않아! 창작을 하려면
그렇게 고통을 겪어야 하나봐! 아마도 그의 말이 맞는 것 같아! 내가 가시 없는 장미를
원한다나! 드니가 아직 고치고 쳐내는 일은 시작도 안 했어. 너무 오래 걸려! 나 혼자였다면,
그러니까 도움 줄 사람이 없었더라면, 그냥 내가 혼자 했겠지! 하지만 난 열등감이 너무
심하니, 내 책은 절대적으로 아름다운 책이 되어야 해. 작가가 손을 봐주니까(내 상식과는
어긋나는 일이지만). 드니와 나는 생각이 너무 다르고 시적 감각도 다르지만, 그래도 그가
손을 봐주면 더 간결하고 탄탄하고 균형잡힌 책이 될 거야. 사실 책을 빨리 출간하고 싶은
것만 아니라면, 내가 두고 봐가며 그냥 내 느낌대로 할 것 같아. 하지만 『오페드』 이야기를
구상한 뒤로 너무 그 책에 갇혀 있어. 어쨌든 『오페드』를 큰 구실 삼아서 기쁜 마음으로 다른
사람들한테 이런저런 말을 할 수 있어. 새롭고 유용하다고 믿는 것들에 대해 말하곤 해. 결국

---

* 독일인 편집자 쿠르트 볼프(1887~1963)와 그의 두번째 아내 헬렌(1906~1994. 결혼 전 성은 모젤)을 말한다. 볼
프는 1941년 3월 뉴욕에 온 뒤 시프랭 등과 함께 판테온북스를 공동으로 설립했다.

드니가 내 선생님인 셈인데, 겁이 많이 나기는 해(괜히 큰 말썽이 생길 것 같으면 차라리 책을 안 내는 게 낫지). 드니에게도 몇 번 말했어. 내키지 않으면 안 해도 돼요. 나중에 내가 고칠게요. 이렇게 말이야. 당신이 돌아오면 우리가 같이 뭔가 아름답고 단순한 일을 해보면 좋을 것 같아. 오페드 노트, 콘수엘로 노트, 이런 거. 난 조금 피곤해! 집안일을 너무 많이 하거든. 그런데 그걸 안 하면 또 쉬는 시간을 뭘 하며 보내겠어? 전쟁에 대해 한탄이나 하겠지! 당신과 나, 우리가 잃어버리는 시간, 우리가 멀리 떨어진 채로 이미 잃어버린 시간을 한탄하게 될 거야…… 나의 토니오, 난 지금 한 시간째 당신한테 편지를 쓰고 있어. 이제 자야겠어. 내일은 일요일이야. 내일 계속해서 당신과 얘기할게, 내 사랑. 아, 주님! 제 남편을 빨리 돌려주세요! 남편이 저를 잊을까 전전긍긍하며, 불안에 시달리며, 제 남편이 아닌 다른 남자들의 호의를 엿보면서 살고 싶지 않아요! 그러다보면 난 아파. 당신 손이 아닌 다른 손이 건네는 꽃은 아무리 아름다워도 소용없어! 그러면 천식도 심해져. 잠을 잘 못 자고, 제때 밥도 못 먹고, 우울한 얘기들만 혼자 되씹어. 나 자신에게 이렇게 말하지. 불쌍하구나, 행복을 꿈꾸다니. 네 꿈을 정리하렴. 네 인생이 그런걸. 가련한 콘수엘로!

콘수엘로 드 생텍쥐페리
록리지 볼턴 로드
레이크 조지, 뉴욕

168

콘수엘로가 앙투안에게

레이크 조지, 1944년 7월 7일*

〔우편엽서**〕

토니오,

내가 올여름을 보내는 호수가 보이지? 회색 배도 있는데, 아직은 아게에서처럼 혼자 타고
갈 엄두가 안 나. 레빗 씨 집으로 온 당신의 첫번째 전보***를 방금 전달받았어. 히치콕에게
전보 보내줘서 고마워. 아직 아무 연락은 없는데, 당신 전보가 왔으니까 다 잘 해결될 거야.
이 엽서가 잘 도착할지는 알 수 없지만, 일단 보낼게. 만일 당신이 받아보게 된다면, 엽서
사진에 내가 지금 와 있는 자리를 X 자로 표시해뒀으니까, 확인해보면 재미있을 거야.
당신의

콘수엘로

*   우편 소인 날짜.
**   "앙투안 드 생텍쥐페리 소령/프랑스 연락 지부(512)/APO 512 뉴욕시티 NY" 앞으로 온 항공우편 엽서.
***   이 전보는 찾지 못했다.

Lake George is 32 miles long and has 365 Islands. As seen from the State Fire Tower on Prospect Mountain, Green Mountains in the distance. Copyright 1940, A. S. Knight.

콘수엘로가 앙투안에게 보낸 우편엽서

콘수엘로가 앙투안에게[*]

레이크 조지, 1944년 7월 10일

나의 파푸,

햇볕이 가득한, 황금빛 꿀벌들의 집이 있는 나의 아름다운 나무에서, 그 벌들은 은밀하게,

심지어 당신을 생각하는 것만으로 순수의 꿀을 만들어. 진리 말이야.

나의 그대, 당신은 내가 쉴 때도 내가 일할 때도, 작은 일벌이 되어 내가 모든 것을 누리는

여왕이고 왕이 되게 해줬어.

내 사랑, 난 당신한테 말하는 게, 이 짧은 편지를 쓰는 게 좋아. 이 편지가 당신의

손을 향해 날아갈 거야. 당신이 큰 가위로 오려서 당신 창문에서 내 창문으로 던지는

종이비행기들처럼.

나의 남편, 지난번 이후로 당신의 긴 편지는 못 받았어. 6월 말에 짧은 한 장짜리 편지가

레이크 조지로 온 게 전부야. 난 바로 그날 당신한테 전보를 보냈는데. 당신 생일이었잖아.

나의 토니오!

나의 남편, 난 당신이 필요해. 당신을 믿고 당신 품에서 보호받으며 자고 싶어. 낮이나

밤이나 내가 먹고 자라게 해주는 젖과 같은 당신 애정이 필요해. 난 당신 사랑을 마시고

---

* V우편의 수신인은 "앙투안 드 생텍쥐페리 소령/프랑스 연락 지부/APO 512"이고, 발신인은 "콘수엘로 드 생텍쥐페리/록리지 볼턴 로드/레이크 조지/뉴욕"으로 되어 있다.

싫어서 목말라. 자꾸 메말라가. 영원과도 같은 이 부재 때문에, 혹은 내 사랑의 진실 때문에, 기도하며 의연히 버티느라. 당신은 나의 지혜가 되었어.

토니오, 나는 늘 기도하느라 피곤해. 등이 굽었어. 무릎도 아파. 기다리느라 늙었어. 일어나기도 힘들어. 당신 사랑으로 축복받고 똑바로 아름답게 다시 일어서고 싶어. 그리고 다가올 날들 동안 당신 손을 꽉 잡고 평화로운 땅을 찾아 돌아다니고 싶어. 당신의

콘수엘로

나에게 편지를 써줘, 그대, 아주 짧게라도. V우편으로도 써줘. 난 당신을 맞이하기 위해 꽃피어날 채비를 할게. 하느님이 당신을 지켜주시길, 내 사랑!

콘수엘로가 앙투안에게*

레이크 조지, 1944년 7월 14일

나의 토니오,

나의 호수는 무척이나 아름답지만 조금은 심술궂어. 넘어지면서 오른손으로 땅을 짚었는데, 손가락 하나가 툭 부러져버렸어. 하지만 이 주 뒤면 다시 붙어서 괜찮아질 거야.**
왼손으로 쓰려니까 이상해. 태어나서 처음 왼손으로 편지를 써봐. 당신은 아무데도 부러지지 않게 조심해, 내 사랑!

당신의 콘수엘로

- V우편의 수신인은 "앙투안 드 생텍쥐페리 소령/프랑스 연락 지부/APO 512 뉴욕시티 NY", 발신인은 "C. 드 생텍쥐페리/록리지 볼턴 로드/레이크 조지/뉴욕"으로 되어 있다.

- 앙드레 루쇼가 1944년 7월 19일 뉴욕에서 콘수엘로에게 보낸 편지가 있다. "당신 남자의 소식을 들었다니 다행이야. 내가 그에게 바라는 것은 단 하나, 전쟁터에서 영광스러운 죽음을 피하는 거야. 난 걱정하지 않아. 그는 위대한 작가의 영예에 용감한 남자의 영예를 더하게 될 거고, 당신이나 나처럼 아주 한참 뒤에 자기 침대에서 죽음을 맞을 거야. 가문에는 덜 영광스럽겠지만, 그래도 회심하고 죽음을 맞을 시간이 생기잖아. (…) 손가락은 엑스레이를 찍어보도록 해. 고치는 걸 너무 오래 미루다가는 제대로 맞추지 못해서 결국 다시 부러트려야 할지도 모르거든. 그러면 다들 얼마나 속상하겠어. 내가 무슨 일이 있어도 당신을 보러 가겠지만, 주말밖에 못 머물 것 같아. (…) 당신의 남자들한테 나의 우정도 전해줘. 그들을 가능한 한 오래 붙잡아두고."

앙투안이 콘수엘로에게

알제, 1944년 7월 26일

나의 소중한 콘수엘로,

레만*이 뉴욕으로 떠나. 하루 예정으로 알제에 왔다가 우연히 그를 만났어. 그러니까 사흘 뒤에 내 편지가 당신에게 갈 거야. 길게는 못 써. 그가 간다는 사실을 갑자기 알게 된 거라서. 그대, 콘수엘로, 내가 북아프리카에 다시 들를 수 있을지 확실하지 않으니까, 군사우편 주소도 하나 가르쳐줄게. 내가 여기 다시 와서 편지를 찾을 수 없을 경우에 대비해서 같은 편지를 하나 더 써서 보내줘. 그런데 이 주소도 확실하지는 않아. 이쪽 우편은 엉망진창이야!

군사우편 번호 99027

이거야, 그대. 이 짧은 글에, 내가 비행 중대에 있을 때 쓰다 만 편지도 같이 보낼게. 그대, 난 공중에서 숱한 모험을 펼쳤고, 전부 잘 마쳤어. 포화 속에서 버텼고, 전투기가 따라오기도

• 앙투안은 1944년 7월 26일 마스트 부인과 함께 그들의 대자代子인 크리스티앙 가부아유의 영세식에 참석하기 위해 튀니스에서 바스티아(코르시카)로 가는 길에 알제에 들렀고, 우연히 기자인 르네 레만(1893~1983)과 만났다. 둘 다 알고 지내던 안 외르공의 집에서였다. 그날 앙투안은 외르공 부부의 집에서 묵고 있던 앙드레 지드도 만났다. 이 이전 편지의 사본을 가진 안 외르공이 그 일부를 인용한 내용이 『전시의 글들』에 실려 있다.

했고, 머나먼 프랑스 땅에서 비행기 고장도 겪었고, 산소마스크 연결이 끊어지는 바람에 기절도 했지…… 아! 어린 아가씨, 나의 어린 아가씨, 그대를 만나려면 뚫고 가야 할 함정이 너무도 많아!

조금 전에 말한 편지는 이거야.

〔아래는 삼 주 전에 쓴 '묵은 편지'다〕

알게로(사르데냐), 1944년 6월 말

삼 주 전에 쓴 묵은 편지야. 같이 보낼게.

내가 다시 전투에 나간다는 걸 알고 난 뒤 아마도 당신은…… 몹시도……

나의 콘수엘로 내 사랑,

내가 당신에게 "나는 아주 멀리서 전쟁을 하고 있어……"라고 전보를 보낼 때, 당신은 모르는 아주 새로운 일이 일어났어. 내가 다시 라이트닝기를 몰고 프랑스 땅 멀리까지 가서 항공촬영 임무를 수행하고 있거든. 이젠 내 나이를 잊기로들 했나봐. 나는 세상에서 유일하게 마흔세 살에(곧 마흔네 살이지!)* 전투기를 모는 조종사야!(시속 800킬로미터가 넘는 이 완벽한 비행기는 조종 가능 연령이 서른 살로 제한되어 있어!)

내가 죽으면 좋아할 사람이 참 많을 것 같아. 하지만 나의 콘수엘로, 난 꼭 보여줄 거야.

* 삼 주 뒤 이 구절을 다시 읽은 앙투안이 종이 여백에 "그사이 마흔네 살이 되었어!"라고 써놓았다.

프랑스인들 사이의 내전에서 어느 한쪽을 지지하지 않고도, 우리의 진정한 조국에서 뭐라도 구하기 위해 다른 방식으로 애쓰는 사람들을 무조건 배신자라고 비난하지 않고도, 정치적인 충돌이나 증오를 좋아하지 않고도, 그렇게도 조국을 사랑할 수 있고 가장 힘든 전쟁을 할 수 있다는 걸 말이야. 나의 콘수엘로, 만일 내게 죽음이 찾아온다면, 나의 슬픔은 오로지 당신 때문일 거야. 리비아 사고 때도 그랬지. 나 자신은 아무래도 상관없어. 사실 지금 내가 하고 있는 모든 일은 내 나이에 맞는 일이 아니고, 이제 난 쉴 권리가 있지. 하지만 이 끔찍한 쓰레기통 같은 알제에서 쉬고 싶지는 않아. 뉴욕으로 달려가서 당신을 안아줄 허가는 아직 얻지 못했고. 더구나 신문에 실릴 거창한 말들이나 쏟아내면서 양심을 달래지는 않을 거야! 제일 힘든 일을 안 하면 난 아무것도 안 하는 기분이 들어. 그래서 쉬는 건 나중에, 1만 1천 미터 고도에서 내려온 뒤에, 당신 품안에서, 우리의 나무들 아래서, 당신의 시가 만들어내는 평화 속에서 누릴 거야. 혹은 결정적인 잠, 사람들이 내뱉는 더러운 모욕을 다 씻어낸 잠 속에서 누려야지.

내 사랑 콘수엘로, 나의 콘수엘로, 흰 수염이 텁수룩하게 자라 기진맥진한 상태로 전쟁을 하는 당신의 파푸를 위해 기도해줘. 그를 살려달라고 기도하지 말고 마음의 평화를 얻게 해달라고 기도해줘. 그의 눈에는 자기 못지않게 위태로운 상황에 놓인 오이풀을 걱정하느라 낮이나 밤이나 불안해하지 않게 해달라고 기도해줘. 나의 아이, 내가 당신을 얼마나 사랑하는지!

내가 지금 어디 있는지는 말해줄 수 없어. 이탈리아, 코르시카, 사르데냐 등지에서 출격해. 이건 누구나 다 아는 얘기니까 알려줄 수 있지. 하지만 더 정확하게는 말할 수 없어. 그러니 내 막사 얘기를 해줄게(처음엔 한동안 천막을 치고 살았어). 내 방의 모습을 훤히 알 수 있게 시시콜콜 알려준다고 해서 적이 내 편지에서 정보를 얻어내진 못할 테니까…… 내 방이 어떤지 말해줄게.

오 콘수엘로, 미안해! 방이 정돈이 안 되어 있네. 우선 판지로 만든 예쁜 테이블이 있고,

그 위에는 차*를 끓일 수 있는 버너, 잉크병*(잉크병과 차는 기억해야 해서 * 표를 달아둔 거야),
뒤죽박죽으로 흐트러진 종이들*이 있고, 선반에 책 몇 권이 있고, 내 야전침대 밑에도 책이
몇 권 흩어져 있어. 그리고 신발이 두 켤레 있는데. 한 켤레는 한 짝은 여행가방 위에 가
있고 한 짝은 어디 있는지 모르겠네. 만년필은 지금 쓰고 있는 것 말고 두 자루 더 있는데
어디 두었는지 모르겠어. 이걸로 버티다가 쓰던 게 없어지면 악착같이 나머지 두 개 중에
하나라도 찾아내곤 해. (없어진 신발 한 짝도 나중에 그렇게 하면 찾을 수 있을 거야. 펜보다 크기도 훨씬
크니까. 하지만 지금은 신발 한 짝 찾겠다고 다 헤집고 싶진 않아.)

화장수, 전등*, 담낭염을 예방해줄 소금, 비누 여섯 개, 수건 두 장, 전기면도기 세 개도 있어.
그런데 면도기가 하나는 고장나서, 부품을 빼내서 나머지 두 개에 끼워 쓰고 있어. 모든 게
좀 짜깁기가 됐지. 당신은 아무리 들여다봐도 어디에 어떻게 들어가는 부품인지 모를 거야.
그리고 양말 네 켤레, 리넨 양복 두 벌도 있어. 잠옷도 두 벌인데, 한 벌은 세탁 보냈어.
슬리퍼 한 켤레가 있고, 어차피 맬 일 없는 넥타이도 하나 있어. 이게 다인 것 같아. 그래도
무언가를 찾다보면 늘 놀라는 일이 생겨. 까맣게 잊고 있던 다른 물건들이 나타나거든……
참, 콘수엘로의 사진 한 장, 콘수엘로가 보내준 안경 두 개와 파이프도 하나 있네. 멋진
파이프라 다들 부러워해. 나는 동료들이 부러워하라고 일부러, 더구나 당신이 준 거니까,
매일 그 파이프로 담배를 피워. 정말이야, 콘수엘로. 매일 사랑으로 대여섯 대씩 피워.
하지만 유감스럽게도 난 파이프 담배가 그렇게 좋지는 않아. 그래도 좋아하게 될 거야. 난
당신을 사랑하니까.

내 방엔 모기도 있고, 벼룩도 몇 마리 있어. 빈대도 한 마리 근무중이고. 딱 한 마리야. 다른
빈대들은 다른 데서 일하지. 이 작은 집에서 동료들 여럿과 같이 지내.

이곳은 바다에서 20미터 떨어져 있는 작은 집이야. 제일 가까운 마을도 이십 분 정도는 가야
하지. 오 콘수엘로, 걱정하지 마. 반경 20킬로미터 안에 여자는 하나도 없으니까. 샤워기가
하나 있고, 술이 가득한 카운터도 있어. 어쨌든 안팎으로 잘 갖춰져 있어. 마지막으로……

420

라디오가 한 대 있는데, 도통 작동이 안 돼. 지난번에 여기까지 썼어, 콘수엘로. 앞에 * 표가
붙은 건, 당신도 짐작하겠지, 부탁할 물건들을 잊지 않으려고 표시한 거야. 레만 편에 좀
보내줘.

* 파커 잉크 5병 (1리터짜리)
* 타자기용 종이 5천 장. 용지 종류는 부쉬 양이 알아.
* 차
* 군용 전등 건전지
* 『어린 왕자』 20권 (당신한테 열 번이나 부탁했는데, 아직 안 보냈어!)
* 『전시 조종사』 10권
* 『인간의 대지』 10권

그리고 레밍턴 전기면도기 하나, 제일 좋은 모델로 (가지고 있던 건 다 고장났어!)

여기까지야, 그대. 부디 건강 조심하고 몸 잘 챙겨. 제발 부탁할게, 슬기롭게 행동하고
차분하고 아름다워지도록 노력해줘. 온 힘을 다해 당신을 안아줄게, 콘수엘로.
당신의 남편

앙투안

Ça c'est une vielle
lettre de 3 semaines.
je la joins à mon
petit mot. je sais que depuis
tu as appris que je faisais
de nouveau la guerre — et
de beaucoup...

Ma petite Consuelo mon amour

Il s'est passé quelquechose de très nouveau que tu
n'as pas compris sur mon cable lorsque je
te disais "je fais la guerre très loin...." Je pilote
de nouveau les lightning et je fais des
missions photographiques très loin en France. on a
bien voulu, enfin, oublier mon age, et je suis
le seul pilote du monde qui fasse la guerre à
43 ans (Bientot 44 !) (Et sur un avion qui
fait plus de huit cents kilometres à l'heure

maintenant
c'est 44 !

maintenant qui est très perfectionné, la limite
d'age est de trente ans !)
Je pense qu'il y en a beaucoup qui seront
bien contents si je suis tué. mais vois tu
ma Consuelo j'aurais montré que l'on peut
aimer son pays et faire le metier le plus dur
sans etre partisan de la guerre civile entre
Français, sans accuser de trahison tous ceux
qui essaient difficilement de sauver quelquechose
de la substance du pays, et n'ont de gout
ni pour les braillemies politiques ni pour
la haine. ma Consuelo si je suis tué je

... radio qui ne marche jamais ... J'en étais là
Consuelo de cette votre lettre. Tu sais, les astérisques,
à l'intérieur, c'était pour te rappeler pas oublier
de te redemander un paquet que le Tunisien me
rapportera.

* ~~Étais Penser 51~~
* ~~5000 pages papier machine mince, modèle~~
  ~~que connaît Mlle Bouchu~~

* Thé
* Pile pour lampe électrique modèle armée

* 20 Petit Prince. (je t'ai rappelé dix fois, tu
  m'as pas envoyé !)

* 10 Pilote de Guerre
* 10 Terre des Hommes.

    1 rasoir électrique Remington, le meilleur
modèle. (j'ai cassé les autres !)

    Ma très chérie, je vous supplie de vous soigner et de
vous garder. Je vous supplie d'essayer votre toute seule
ou calme et folle. Je vous embrasse de toutes mes
forces, Consuelo

    Votre mari
        Antoine

"온 힘을 다해 당신을 안아줄게, 콘수엘로."

172

콘수엘로가 앙투안에게

레이크 조지, 1944년 7월 30일*

〔전보〕

158 NEW YORK 50/3 44 30 1109 VEAST

당신이 6월에 보낸 편지**를 받고 기쁨의 눈물을 흘렸어. 당신을 손으로 만지고 싶어. 부디 나의 남편을 보살펴주고 온전히 데려와줘. 당신의 콘수엘로 드 생텍쥐페리. 록리지 볼턴 로드 레이크 조지 뉴욕.

---

* 수령 소인은 "알제, 라 르두트"로 되어 있다. 코르시카의 보르고에서 출발한 앙투안은 1944년 7월 31일 임무 수행중 실종되었다. 콘수엘로는 이 소식을 8월 10일 레이크 조지에서 뉴욕 신문들을 읽다가 알게 된다. "비행 임무 수행중에 실종된 생텍쥐페리Saint-Exupéry lost on flying mission"(『뉴욕 타임스』, 1944년 8월 10일. 4면).

** 「편지 162」 참고.

"우리가 함께한 꿈의 세계를 사랑하니까.
난 어린 왕자의 세계를 사랑하고, 그 세계 속을 거닐어……"
앙투안 드 생텍쥐페리 그림, 베빈 하우스, 1942
앙투안과 콘수엘로가 조각가 조지프 코넬에게 준 그림

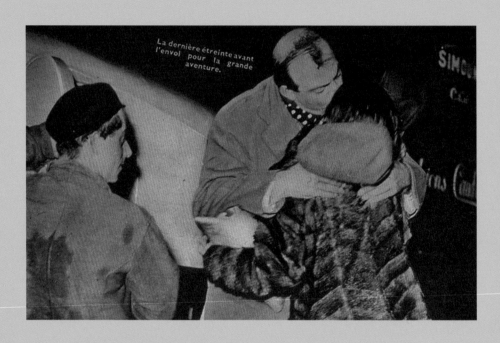

1935년 12월 파리-사이공 장거리 비행 기록 경신 대회를 위해 출발하기 전
1936년 1월 11일자 『부알라*Voilà*』°에 실린 사진°°

° 1931년 가스통 갈리마르가 창간한 주간지로 조제프 케셀이 회사를 운영했다. 주로 르포 기사들을 실었으며
1950년까지 발행되었다.

°° 사진 상단에 "위대한 모험을 위해 비행을 떠나기 전 마지막 포옹"이라고 쓰여 있다.

부록

앙투안 드 생텍쥐페리가 앙리 드 세고뉴에게 보낸 편지

부에노스아이레스, 1930년 9월

친애하는 친구에게*,

답장을 자주 안 해주는 자네에게 나는 그래도 정말로 꾸준히 편지를 쓰고 있네. 그게 참
궁금해서 말이야. 내 오랜 벗이 너무도 존엄한 형식주의자가 된 건 아니었으면 좋겠지만,
내가 모르는 동기가 있거나 내가 어떤 게임의 규칙을 어겼을지도 모른다는 생각을 하게
되는군. 자네가 어떤 이유로 그렇게 자존심의 꼭대기에서 버티고 있는지는 모르겠지만,
그래도 난 호의를 담아 이 편지를 쓰네. 내가 자네에게 편지 쓰는 게 즐겁기 때문이고,
자네가 참 좋고 앞으로도 영원히 좋아할 거라서 그래. 자네와 함께한 추억은 내가 간직한
가장 매력적인 추억들로 손꼽을 만한 것이기도 하지. 예전에 내가 힘들었을 때 자네
도움으로 살아낸 것에 대해서도 고마운 마음을 간직하고 있고. 무엇보다 난 나를 향한
자네의 비난, 아마도 설명할 수 없을 그 비난에 신경쓰지 않기 때문이야.
곰곰 생각해보았네. 일단 돈 문제는 제쳐두었지. 그건 정말 아닌 것 같으니까(혹시라도 내가

---

* 편지지 상단에 "리슈 바-로페스&시아-479 칸갈로 485-U.T. 33, 5326대로"라고 찍혀 있다. 이 편지를 앙리
  드 세고뉴에게 정말로 보냈는지는 알 수 없다. 플레이아드 전집 1권에 수록된 '앙리 드 세고뉴에게 보낸 편지
  들'에는 이 편지가 빠져 있다. 앙투안이 1917년 9월 파리 생루이고등학교 과학 그랑제콜 준비반에서 만나 "제
  일의 친구"가 된 앙리 드 세고뉴에 관해서는 「편지 13」 참고.

잘못 생각한 거면, 맙소사, 바로 연락해주게). 그리고 나니까 어쩌면 선상에서* 내가 써 보낸 퍽 다정하지만 우울한 편지 때문일지도 모른다는 생각이 들더군. 자네는 원래 논리를 따지는 데 많이 서툴러서 무언가 추론할 때면 정반대의 답에 이를 때가 많잖아. 내 편지를 두고도 그랬을 테지. 하지만 내가 그 편지를 썼을 때가, 내가 똑똑히 기억하는데, 새벽 한시였어. 내 이마 위에서 환풍기의 커다란 회전판이 마치 하늘을 나는 솔개처럼 소리 없이 아주 부드럽게 돌아가고 있었고, 그 모습이 나에겐 운명의 아름다운 이미지 같았지. 바의 문이 열릴 때마다 환자에게 덮어주는 모직 담요 같은 뜨거운 바다의 숨결이 안으로 들어왔어. 그리고 눈으로 보기엔 아무것도 움직이지 않는 것 같은데, 양 팔꿈치를 탁자에 괴고 두 손으로 머리를 감싸보면, 혹은 고개를 벽에 기대보면, 무언가를 부서뜨리는 소리가 들리더군. 아래쪽에서 크랭크암이 쉬지 않고 무언가를 부수고 있었던 거지. 나에겐 그 소리가 내 과거의 모든 것, 나 자신의 모든 것을 부수는 소리 같았어. 조국을 떠나 낯선 곳으로 가고 있었으니까. 그때 난 내 존재를 포기한다는 기분 때문에 무척 울적했어. 이틀 만에 떠나기로 정했고, 얼마나 떠나 있게 될지도 알 수 없었거든. 내가 옳은 건지 확신이 없었어. 차라리 사방이 벽으로 막힌 곳에서 내 행복의 '흑인 마을'**을 세우는 게 낫지 않을까 하는 생각까지 들더군. 그동안 나는 주로 사회가 만든, 관습과 결혼이 만든 벽 밖에서 살았지. 결혼한 다른 친구들 역시 참 많이 갇혀 있다는 느낌을 받았고.*** 난 그런 한가한 경주 혹은 피신처가 어떤 점에서 더 나은지 모르겠더라고.

내가 사용한 '흑인 마을'이라는 말에 자네가 언짢을지도 모른다는 생각이 드는군. 자네는 원래 아무것도 이해하지 못하면서도 뭘 지적하는 데 자부심을 느끼니까. 그런 걸 무척

* 1929년 10월 부에노스아이레스로 가는 배였다.
°° 19세기 말부터 20세기 초까지 유럽의 대도시에 아프리카, 북극 등지에서 데려온 원주민들을 전시하던 일종의 인간 동물원을 가리키던 말이다.
*** 앙리 드 세고뉴는 1926년 3월 22일 파리에서 미셸 아제마르와 결혼했다. 딸 아르멜은 네 살 때 일찍 죽었다.

430

좋아하지. 참 괴짜지만, 그래도 난 그런 자네가 정말 좋아.

그런데 이런저런 추측을 하다보니, 마치 십자말풀이나 수수께끼를 풀고 있는 기분이 드네. 어차피 별로 중요한 문제도 아닌데 말이야. 우리가 어떤 문제를 두고 다툰 것도 아니니, 지금 이렇게 내가 상냥한 편지를 쓰고 있는 거고.

나는 막 혁명의 현장을 목격했어*. 참 우스운 일이지. 군인들이 마치 토끼를 잡듯 사람들에게 총을 겨누는 동안 난 한가로이 거리를 거닐었으니 말이야. 거리가 정말로 새로운 각도로 보이더군. 가로등에 팔꿈치를 기댄 채로 어깨에 얹은 소총을 겨누는 남자가 얼마나 위세당당했는지 자네는 상상도 못할 거야. 총알 한 발이 1킬로미터 거리를 쓸어버렸다니까. 총알을 한 무더기 써야 했을 걸 생각하면, 아주 놀라운 효율이지. 나는 어느 건물의 문 앞 좁은 공간에서 내 튀어나온 배가 밖에서 보일까봐 힘주어 집어넣어야 했어. 안으로 들어가려다가 총소리가 나자마자 내 코앞에서 문이 닫히는 바람에 문틈에 끼어서 손톱이 깨지기도 했지. 정말 속수무책이더군.

친구들에게 소식 전해줘. 하늘이 자네에게 나처럼 충실한 친구들을 허락하길. 자네도 친구들에게 충실할 수 있기를.

자네의 오랜 벗

앙투안

---

* 1930년 9월 6일 이리고옌('털 많은 남자'라는 뜻의 '엘 펠루도'라는 별명으로 불렸다)의 합헌 정부를 무너뜨린 우리 부루 장군의 군사 쿠데타를 말한다. 앙투안이 콘수엘로를 처음 알게 된 지 얼마 지나지 않았을 때였다. 「편지 17」 참고. 콘수엘로의 『장미의 회고록』에는 앙투안이 그녀와 같이 뱅자맹 크레미외를 만나러 가기 위해 호텔로 찾아간 그날, 위험한 거리를 함께 지나간 일화가 나온다.

앙투안 드 생텍쥐페리가 뉴욕의 어느 의사에게 보낸 편지

부에노스아이레스, 1942년 12월 18일

안녕하십니까.

내가 지불해야 하는 돈을 한 달에 30달러씩 나누어 내는 방법을 제안하는 바입니다.
더 이상은 어차피 불가능합니다. 지금 내 은행 계좌에는 한푼도 남아 있지 않고 편집자에게
받은 선인세로 살고 있으니까 말입니다. 내 재정 상황은 쉽게 확인해보실 수 있을 테고, 내
제안은 법적인 최소 금액보다 많은 돈이기도 합니다.
프랑스에서 온 아내를 내가 당신에게 데려간 것은 우리의 관계가 직업적인 것을 넘어
우정에 가깝다고 생각했기 때문입니다. 아내는 아픈 데는 없지만, 여자들이 흔히 그러듯
항상 주변에서 자기 건강을 챙겨주기를 바랍니다. 그러려면 돈이 너무 많이 드는데 나에겐
그럴 여력이 없는 탓에, 의사이자 친구인 당신을 떠올린 겁니다. 당신이라면 한두 번 진료
약속을 잡고 지혜로운 조언과 함께 순한 물약을 처방해주고, 부담 없는 청구서를 주리라
믿은 겁니다. 당신이 아내를 진료하는 데 내가 간섭하면 아내에게도 좋지 않았을 테고, 내가
바라는 것을 미리 알려서 당신의 결정에 부담을 줬다면 당신은 의사로서 모욕을 느꼈겠지요.
그래서 당신이 자유롭게 판단하도록 둔 겁니다.
그런데 어느 날 내가 당신에게 재산이 동결되었다고, 꼭 필요한 생활비밖에 없다고
털어놓았더니, 당신은, 내가 당신을 신뢰하듯 날 신뢰하기에, 아내가 사실은 아무 병이
없다고, 지금까지 아내가 받은 치료는 맑은 공기를 마시며 산책하는 것으로도 대신할 수

432

있다고 털어놓았지요. 그런데 그렇게 솔직하게 말을 해놓고 200달러짜리 청구서를 함께 보내다니, 나로서는 좀 유감이었습니다. 어쨌든 아내가 기적처럼 다 나았으니, 미국 정부의 법령이 갖는 치료 효과에 대해서는 경탄하지 않을 수 없군요.

내가 많이 실망한 건 아닙니다. 당신이 청구한 금액에 법적으로 타당한 근거가 있다는 것도 온전히 인정합니다. 내 문제들을 같이 걱정해주는 친구답게 처신하지 않았다고 비난할 마음은 없습니다. 왜 우정을 보여주지 않았느냐고 당신을 탓할 권리가 내겐 없으니까요. 우리 둘 다 베르나르 라모트와 우정을 나누는 사이니까 당신과 나 역시 그런 사이라고 혼자 지레짐작한 내 탓입니다. 혼자 넘겨짚은 것에 대해 사과드립니다.

그러니까 매달 1일에 30달러씩 지불하겠습니다. 맥시밀리언 베커, 5번가 545번지. 이 사람이 지불 건을 처리할 겁니다.

원망이 섞이지 않은 호의를 보냅니다.

〈어린 왕자와 장미〉

번역가 루이스 갈랑티에르에게 준 앙투안 드 생텍쥐페리의 그림, 1942

une voyagers
que nous
chercher . . . .

옮긴이 윤진

아주대학교와 서울대학교 대학원에서 프랑스 문학을 공부했으며, 프랑스 파리3대학에서 박사
학위를 받았다. 전문 번역가로 활동중이다.
옮긴 책으로『밤의 가스파르』『사소한 삶』『알 수 없는 발신자』『질투의 끝』『중력과 은총』
『태평양을 막는 제방』『에로스의 눈물』『주군의 여인1·2』『물질적 삶』『알렉시·은총의 일격』
『벨아미』『위험한 관계』『사탄의 태양 아래』『자서전의 규약』등이 있다.

생텍쥐페리와 콘수엘로, 사랑의 편지

초판 인쇄 2024년 1월 6일
초판 발행 2024년 1월 26일

지은이 앙투안 드 생텍쥐페리·콘수엘로 드 생텍쥐페리
엮은이 알방 스리지에
책임편집 권한라 | 편집 김수현 신선영
디자인 김유진 | 저작권 박지영 형소진 최은진 서연주 오서영
마케팅 정민호 서지화 한민아 이민경 안남영 왕지경 황승현 김혜원 김하연 김예진
브랜딩 함유지 함근아 고보미 박민재 김희숙 박다솔 조다현 정승민 배진성
제작 강신은 김동욱 이순호 | 제작처 더블비

펴낸곳 (주)문학동네 | 펴낸이 김소영
출판등록 1993년 10월 22일 제2003-000045호
주소 10881 경기도 파주시 회동길 210
전자우편 editor@munhak.com
대표전화 031) 955-8888 | 팩스 031) 955-8855
문의전화 031) 955-3579(마케팅) 031) 955-1905(편집)
문학동네카페 http://cafe.naver.com/mhdn
인스타그램 @munhakdongne | 트위터 @munhakdongne
북클럽문학동네 http://bookclubmunhak.com

ISBN 978-89-546-9716-3 03860

www.munhak.com